T0280059

Siempre fue Georgie

KATE CLAYBORN

Siempre fue Georgie

TITANIA

Argentina • Chile • Colombia • España
Estados Unidos • México • Perú • Uruguay

Título original: *Georgie, All Along*
Editor original: Kensington Publishing Corp.
Traducción: Nieves Calvino Gutiérrez

1.ª edición junio 2023

Copyright © 2023 *by* Kate Clayborn
First Published by Kensington Publishing Corp.
Translation rights arranged by Sandra Bruna Agencia Literaria, SL.
All rights reserved
© de la traducción 2023 *by* Nieves Calvino Gutiérrez
© 2023 *by* Urano World Spain, S.A.U.
Plaza de los Reyes Magos, 8, piso 1.º C y D – 28007 Madrid
www.titania.org
atencion@titania.org

ISBN: 978-84-19131-22-5
E-ISBN: 978-84-19699-16-9
Depósito legal: B-6.817-2023

Fotocomposición: Ediciones Urano, S.A.U.

Impreso por: Romanyà-Valls – Verdaguer, 1 – 08786 Capellades (Barcelona)

Impreso en España – *Printed in Spain*

Dedicada al equipo de la cuarentena

1

Georgie

Vaya, vaya, vaya si esto no es otra reinvención.

Desde el sudado asiento deportivo de mi viejo Prius contemplo con incredulidad, a través del parabrisas, una tienda que a duras penas reconozco. La última vez que vine a Nickel's Market and Deli, en el letrero rojo anaranjado encima de la puerta se leía «N el's M et & D i» y el escaparate estaba adornado de forma aleatoria con carteles de cartulina blanca y en cada rectángulo torcido podían leerse las rebajas de la semana en packs de seis, en chicharrones o en toallitas de papel escritas con rotulador rojo.

De hecho, ese no era solo su aspecto la última vez que vine, sino el que ha tenido siempre que he venido aquí. Durante toda mi infancia y toda mi adolescencia.

Pero está claro que Nickel's es ahora otra historia; han encalado la antes deslucida fachada de ladrillo y el nuevo rótulo tiene un artístico aire *vintage* y cuelga sobre el reluciente escaparate bien derecho. En lugar de carteles de cartón hay un despliegue digno de Instagram de canastas trenzadas, llenas cada una de ellas de productos frescos y barras de pan de aspecto rústico, tarros de vidrio repletos de conservas y mermeladas de vívidas tonalidades.

—¡Madre del amor hermoso! —farfullo por lo bajo, aunque no debería sorprenderme. Este tipo de cosas es justo de lo que Bel lleva hablando desde hace meses; las diversas transformaciones en nuestra antaño anodina y un tanto destartalada ciudad natal de Darentville, Virginia. Gracias a las tiendas, al turismo y la reurbanización de los terrenos en la ribera del río, mi mejor amiga vuelve aquí para reinventarse a su manera. Ha pasado de la ciudad a un pequeño pueblo, de no tener hijos a ser futura madre, de adicta al trabajo en un despacho a teletrabajar como asesora a tiempo parcial.

Debería alegrarme al ver esta transformada versión de Nickel's, debería alegrarme por Ernie Nickel, que ha regentado toda la vida el local, y debería alegrarme por Bel, a quien sin duda le encanta esta versión. Pero estoy preocupada y no solo porque lo más probable es que aquí ya ni siquiera vendan el batido de fresa a por el que he venido siguiendo un repentino impulso.

No, esta inquietud es mayor, más difusa; una oleada de frustración por sentirme tan abrumada por el lavado de cara de una tienda, una duda inminente sobre mi decisión de volver aquí. Desvío la mirada hacia el retrovisor y me estremezco al ver en el asiento trasero la prueba de mi caótica marcha de Los Ángeles, toda mi vida de los últimos nueve años metida en dos maletas, una bolsa de lona y cuatro bolsas negras de basura extragrandes.

La parte de atrás es un desastre.

«Esto también es un desastre», pienso mientras me presiono los ojos con las palmas de las manos y exhalo un suspiro. Cuatro mil trescientos cuarenta y cinco kilómetros conduciendo y no dejo de darle vueltas a lo que ha pasado en mi vida el último mes, una especie de reinvención inversa a cámara lenta que me ha dejado sin trabajo, sin casa y sin un plan. Cada cinco minutos oigo el timbre fantasma de mi móvil, el tono que le he asignado a Nadia, como si esperara que fuera a llamarme en el momento menos pensado para contarme que sus repentinos y chocantes planes de cambiar toda su vida (renunciar a su muy exitosa carrera, a su muy influyente existencia en Los Ángeles y a su tan indispensable asistente) fueron un completo error.

—Esto te va a venir muy bien, Georgie —me dijo mientras los de la mudanza recogían sus últimas cosas—. Por fin podrás hacer todo aquello que quieres hacer.

Sonreí, asentí, marqué el dormitorio principal en la lista de la mudanza mientras procuraba con todas mis fuerzas hacer caso omiso del terrorífico vacío en mi cabeza que me producía esa frase: «todo aquello que quieres hacer».

Engancho el móvil y me acuerdo demasiado tarde de que ya me he comprometido más de una docena de veces en el transcurso de este viaje a través del país a mirarlo menos, a dejar de tratarlo como si todavía tuviera que llevarlo pegado a la mano.

Solo tengo un mensaje y es de Bel; una serie de emoticonos que representan su entusiasmo por mi inminente llegada. El cucurucho de confeti, la carita con ojos de corazón, dos chicas con pinta de conejitas de Playboy en una extraña postura y un montón de corazones rosas con brillo. No es uno de esos textos frenéticos del tipo: «¿Puedes hacer esto de inmediato?» que ha dominado mi vida los últimos años, pero sigue siendo un buen recordatorio. Si hay algo que solventa el problema del vacío, es la perspectiva de pasar tiempo con Bel.

Al menos, eso es algo que deseo.

Inspiro hondo mientras hago acopio de toda mi determinación. Vas a entrar, vas a comprar el batido favorito de Bel y luego vas a ir a su nueva casa y te vas a poner a ayudarla en todo lo que necesite. «Eso se te da bien —me digo, desabrochándome el cinturón de seguridad—. Estás acostumbrada a eso».

Antes de bajarme, dejo el móvil en el compartimento central, eliminando así la tentación y comprometiéndome de nuevo con este nuevo plan, el único que tiene un mínimo sentido desde que Nadia se marchó hacia el ocaso de su reinvención/retiro. Recuerdo la conversación por teléfono con Bel del mes pasado, en la que me rogó que viniera y no necesito más motivación para abrir por fin la puerta de un empujón y sacar mi cansado y agarrotado cuerpo del asiento del conductor.

Como es natural, mi firme resolución solo me dura hasta que me veo reflejada en el reluciente y limpio escaparate, momento en el que recuerdo lo que me he puesto esta mañana en la asquerosa habitación del último hotel de este viaje; una raída camiseta blanca sin mangas, que estoy casi segura de que me manché de café en algún lugar de Tennessee, y un mono de lino hasta los tobillos que parece que lo haya sacado de alguna bolsa de basura.

No parezco una mujer adulta que ha logrado labrarse una vida funcional sin ayuda de nadie, sino la pringada de diecinueve años que se marchó de este pueblo hace una década.

Echo un vistazo por encima del hombro, aliviada al ver que el pequeño aparcamiento está vacío, salvo por una vieja y solitaria camioneta. Hay tantas probabilidades de que esté abandonada como de que esté esperando el regreso de algún cliente de Nickel's. Puede que sea de algún adolescente que hoy esté trabajando allí, alguien a quien no conozco y que tampoco me conoce a mí. Quizá esto sea pan comido; una victoria en compensación por todo lo que he perdido las últimas semanas.

Pero en cuanto oigo el familiar tintineo de las campanillas sobre la puerta sé que nada va a ser pan comido, pues aunque el primer vistazo al interior de Nickel's me revela que todo es nuevo (nuevo diseño, nueva iluminación, nuevos estantes, nuevos productos), lo segundo que veo es algo familiar; Ernie Nickel, que aparece en su silla de ruedas. Su bigote canoso está un poco más poblado, su pelo algo más ralo y por su afectuosa y campechana sonrisa me doy cuenta de que me ha reconocido.

—Georgie Mulcahy, en carne y hueso —dice, y ese saludo me gusta bastante hasta que añade con una risita suave y cómplice—: No has cambiado nada.

Maldigo en silencio mi mono mientras meto las manos en los profundos y reconfortantes bolsillos.

—Hola, Ernie —respondo, acercándome al mostrador y probando una vieja táctica que conozco tras años siendo el tema de conversación por aquí: la evasión—. Pues desde luego yo no puedo decir lo mismo de este lugar. —Esbozo una sonrisa en un intento de transmitir la confianza de una persona que ha decidido presentarse así en público a sabiendas. De repente soy muy consciente del volumen de mi pelo, que sin duda es descomunal a causa del viento que he dejado que entre en el coche todo el día—. Esto tiene un aspecto genial.

Gracias a Dios, Ernie muerde el anzuelo, ya que siempre le ha gustado darle al pico.

—Bueno —dice, con una sonrisa cada vez más ancha mientras se acerca al bajo mostrador—, ¡tengo que agradecérselo a los turistas! A ellos y a los jubilados. No te creerías cuánto dinero han traído aquí. Tengo que vender y servir cosas diferentes.

Señala una carta escrita con tiza encima de él, llena con una lista de sopas y bocadillos, cuyos nombres no se parecen en nada al de «tomate» o «pavo con queso suizo» que recuerdo como mis favoritos. Miro la sección de bebidas con los ojos entrecerrados y me detengo en el anuncio de un batido de col rizada que hace que me pregunte si todo el viaje por carretera ha sido una alucinación. A Nadia le encantaban los batidos de col rizada.

—¿Todavía prepara batidos? —suelto, porque ya no es cosa mía saber qué le encanta a Nadia.

Ernie se burla con fingida indignación.

—Ahora ya sabes que sí.

Me siento tan aliviada que pido dos batidos de fresa, aunque mi preferido siempre ha sido el de chocolate.

Ernie empieza a darle a la lengua, haciendo una tesis en toda regla sobre lo bien que le va a Darentville, sobre los valores inmobiliarios en alza e incluso sobre la mención que se hace de la ciudad en un artículo del *Washington Post* acerca de los prometedores destinos a lo largo de la bahía de Chesapeake. Me dice que vamos por el buen camino para alcanzar a Iverley, la ciudad situada justo al suroeste, que tiene más costa y, por tanto, siempre ha sido más rica. No estoy de humor para continuar la conversación sobre la transformación, pero al menos así Ernie no se centrará en mi aparente falta de ella.

Pero entonces vuelven a sonar las campanillas de encima de la puerta, y en cuanto oigo la voz de marcado acento que las acompaña, con un alegre «¡Hola, Ernie!», sé que se ha terminado mi indulto.

—Esta debe de ser Georgie Mulcahy —dice la voz.

Tomo aire por la nariz. Qué no daría yo por no ir vestida como una pordiosera en este momento.

Le brindo una sonrisa nerviosa a Ernie y me giro para dar la cara.

La persona en cuestión no es, ni más ni menos, que mi profesora de música de noveno.

—¡Lo sabía! —dice Deanna Michaels, riendo—. ¡Anda que no te he visto veces la espalda!

Oigo a Ernie reprimir una carcajada detrás de mí y me concentro en controlar el calor que me sube a las mejillas. Yo también río de forma serena y modesta, pero mi cerebro hace un repaso de todas las veces que la señora Michaels me echó de clase. Por llegar tarde, por hablar demasiado, la vez que me inventé una letra nueva para *El ciclo de la vida* y se la enseñé al resto de la sección de contraltos.

—Hola, señora Michaels —saludo, intentando por todos los medios no recordar aquella letra—. Me alegro de verla.

—Bueno, no tenía ni idea de que ibas a venir a la ciudad —dice, agarrándose las manos contra el pecho, un gesto tan familiar que hace que me acuerde de cuando estaba en las gradas de su aula—. Me encontré con tu madre el mes pasado y no me dijo nada de tu visita.

—El mes pasado no sabía que iba a venir de visita —replico, pero mientras las palabras salen de mi boca, me doy cuenta de que he cometido el error de darle la clase de información que puede aprovechar.

Reconozco la manera en que se le iluminan los ojos (esa mirada compasiva e indulgente a partes iguales, que muchos de mis profesores me dirigían cuando ya no los tenía en clase) y se ríe con suavidad.

—Qué propio de ti, Georgie. ¡Siempre actuabas a lo loco!

Esta acusación es un poco injusta; tampoco es que decidiera venir ayer. Y, además, a pesar de los pelos que llevo, no estoy loca. Aunque la señora Michaels no está del todo equivocada. Cuando me conoció yo era impulsiva y frívola y, en realidad, no he cambiado. Es que guiarme por el instinto me ha resultado muy provechoso. Prácticamente me he ganado la vida así.

Pero esa ya no es mi vida.

—Ya me conoce —digo.

—Bueno, Georgie —interviene Ernie, con un tonillo amable—. ¡Háblanos de tu trabajo de ensueño! Tu padre dice que el año pasado estuviste en los Óscar.

—En realidad...

—¡Ernie, ya sabes que no debes creer nada de lo que diga Paul Mulcahy! —exclama la señora Michaels con una risita.

—Sí que estuve —afirmo, y por primera vez dejo que cierta irritación tiña mi voz. Ya sé que estas bromas sobre las legendarias historietas y exageraciones de mi padre carecen de malicia, pero siempre me han molestado, al punto de que yo también estoy dispuesta a exagerar un poco. En realidad no asistí, pero ese día trabajé, hice un montón de complicados recados para Nadia, incluyendo la entrega de cosas en la habitación del hotel donde ella se estaba preparando. Después la acompañé en la limusina hasta el teatro Dolby para que pudiera practicar el discurso que al final no tuvo que dar.

Así que técnicamente sí que fui. Más o menos.

La señora Michaels arquea las cejas y me invade una fugaz satisfacción. Pero mi capacidad de estirar la verdad tiene sus límites.

—Pero en este momento estoy buscando trabajo —digo, respondiendo al impulso de enmendar mi absurda exageración.

Se hace un silencio incómodo y entonces el bendito y heroico Ernie enciende la batidora. Aprovecho el tiempo para hacer un recuento de cosas que no tiene sentido decir. «Mi jefa decidió cambiar de vida. Dijo que era hora de que yo pensase en cambiar la mía. Si quisiera, podría agarrar el teléfono y conseguir un trabajo igualito al que tenía mañana mismo; el problema es que no sé si lo quiero. No sé qué es lo que quiero».

La batidora se detiene. ¿Tengo la cara del color de un batido de fresa? Es probable que sí. Los ojos de la señora Michael desprenden algo más cercano a la lástima.

—¡Qué buena idea volver a casa! —dice, con una sonrisa amable—. ¡Tengo entendido que todo está muy caro en Los Ángeles!

—Oh, no me he mudado a casa —la corrijo, pero creo que me he tragado esas dos últimas palabras al imaginarme a la señora Michaels pasando por delante de mi Prius lleno de bolsas de basura. Para mi vergüenza, me doy cuenta demasiado tarde de una cosa: a nivel práctico, me he mudado a casa, ya que no tengo planes concretos después del par de meses que prometí pasar con...

—Bel —balbuceo, pues si había una forma de desviar la atención de la señora Michaels de mí, era dirigirla hacia mi mejor amiga—. He venido para estar con Bel.

Funciona a la perfección.

Oh, Annabel dice con la clase de veneración reservada a una alumna de sobresaliente, de comportamiento intachable y siempre puntual—. Todo el mundo está encantado de que haya vuelto. ¡Y con su encantador marido! ¿Le conoces?

Tengo ganas de poner los ojos en blanco, pero me contengo. Es una pulla sutil, pero una pulla al fin y al cabo. En opinión de los profesores, era insólito que Bel y yo fuéramos buenas amigas.

—Fui su dama de honor —replico.

A juzgar por la expresión de la señora Michaels, está claro que esto es más impresionante que ir (más o menos) a los Óscar. Esbozo una sonrisa, puede que un tanto jactanciosa, recordando la divina despedida de soltera que le organicé a Bel hace tres años, tirando de todos mis contactos y aprovechando todos los favores que me debían para conseguir que fuera lujosa. Un fin de semana en Palm Springs con una serie de habitaciones de hotel, un delicioso cáterin, cestas de regalos y tratamientos de *spa*. Bel dice que sus amigas todavía hablan de aquello.

«¡Chúpate esa, bolsas de basura!», pienso, aunque lo cierto es que esta fugaz y educada conversación con mi antigua profesora solo ha servido para que vuelva a asaltarme esa misma cuestión del aparcamiento. No cabe la más mínima duda de que quiero estar con Bel. Pero no quiero estar en este nuevo y elegante Nickel's hecha un adefesio. No quiero estar en esta ciudad, donde la gente me tiene por un bicho raro y una fracasada.

Donde pasé un montón de años con la misma sensación de vacío y confusión con respecto a mi futuro que tengo ahora mismo.

Mi sonrisa jactanciosa flaquea, y antes de que se esfume por completo, me giro de nuevo hacia Ernie, que se ha acercado a un elegante iPad que hace que se dispare esa neurótica alarma interna que me indica que más vale que eche un vistazo a mi teléfono móvil. Intento centrarme de nuevo en los batidos y en la razón por la que he venido hasta aquí: Bel y su nueva casa, Bel y el bebé que está en camino. Al menos, eso no está en blanco.

—Los batidos son 8,42 —dice Ernie, y el aumento del precio ensancha mi sonrisa. Es probable que hoy en día los chicos de Darentville no se conformen con contar el cambio en el mostrador, como solíamos hacer Bel y yo. Bueno, bien por Ernie. Y bien también por mí, por no tener ya que andar con las monedas...

«¡Mierda! ¡Mierda! ¡Mierda!».

Me palmeo los bolsillos en vano (Dios, ¿por qué los monos tienen tantos bolsillos?) y siento la mirada ufana de la señora Michaels detrás de mí.

«¡La Georgie de siempre!», casi puedo oírle pensar.

Pero oigo un grave carraspeo a mi espalda y resulta evidente que no se trata de la señora Michaels.

Agacho la cabeza y cierro los ojos. Ya es bastante malo que haya dos testigos de mi humillación; ¿de verdad es necesario que haya un tercero? ¿Es que al darme la vuelta voy a encontrarme a alguien que me reconoce, a otra persona deseosa de echarse unas risas inofensivas a mi costa?

—Ernie —digo en voz queda, levantando de nuevo la vista—, me he dejado la tarjeta en el coche. Iré a...

Vuelve a sonar el carraspeo y esta vez miro por encima del hombro y descubro a un desconocido que me observa por debajo de la visera de una desgastada y bien calada gorra de béisbol de color verde oliva.

Le miro con los ojos entrecerrados, ahí de pie, con la impaciencia grabada en todo su largo y delgado cuerpo, la oscura barba y los dientes apretados. Si no fuera por lo irritado que parece, podría sentir afinidad con él, ya que su ropa está en peores condiciones que la mía: botas de trabajo y unos descoloridos vaqueros, cubiertos ambos de barro seco, y una camiseta con una gran mancha oscura en un lado. Hasta la señora Michaels parece guardar las distancias, pero es evidente que sigue interesada en lo que va a pasar.

Miro de nuevo a Ernie, aunque el hombre que tengo detrás creo que me suena de algo. ¿Es un desconocido o...?

—¿Necesitas que te preste dinero, Georgie? —interviene la señora Michaels, con un tono tan dulce que hace que me rechinen los dientes.

—Tengo el dinero en el coche —respondo, solo para que Ernie me oiga—. Tardo solo un segundo.

Sobre el mostrador aterriza una cesta.

—Yo me ocupo —dice el desconocido con voz baja. Tan baja que estoy segura de que también intenta excluir a la señora Michaels.

Aún no me atrevo a mirarle. En su lugar me centro en su cesta, llena de alimentos básicos: leche, huevos, una bolsa de copos de avena, un racimo de plátanos verdes y una de esas sofisticadas barras de pan.

—Tengo dinero —repito con apenas un hilillo de voz—. Solo tengo que...

Me interrumpo al ver que sus dedos agarran la cesta con más fuerza y que sus nudillos se ponen blancos un momento y los músculos de su antebrazo se contraen.

—Ernie —dice con firmeza, ignorando por completo mi presencia—, tengo prisa. Cóbrame a mí su compra.

Trato de no fijarme en su bonito antebrazo para poder centrarme en su no tan agradable comportamiento, a pesar de que se ha ofrecido a pagarme la cuenta. Pero, cuando por fin le miro, descubro que su cara, aun estando de perfil y medio cubierta por la visera de la gorra, me distrae tanto como su antebrazo. Lleva la poblada barba bien recortada a lo largo de su mandíbula cuadrada, tiene la nariz recta y unas pestañas negras lo bastante tupidas como para proyectar una pequeña sombra en sus mejillas.

—Claro —dice Ernie, que al menos me libra de mi obsesión con los detalles más atractivos e irrelevantes de toda esta situación.

—Espera, Ernie —lo intento de nuevo, pero él se limita a hacerme un pequeño gesto con la cabeza, como si quisiera advertirme para que no siga poniendo objeciones a la imperiosa exigencia de pagar mi cuenta de este hombre. Detrás de mí, la señora Michaels se ha quedado muda o se ha escabullido a otro punto de la tienda, pero no quiero mirar hacia ningún lado.

—Disculpe —farfulla el desconocido al tiempo que alarga el brazo y coloca su tarjeta en el lector. Cuando la retira, roza de manera breve la parte delantera de mi ridículo mono con la mano y se disculpa entre dientes con irritación. Me muero de la vergüenza, consciente de lo tonta y rarita que debo de parecer.

—Ya está todo, Georgie —dice Ernie, con una sonrisa suave y amable, llena de compasión.

Agarro a toda prisa los batidos que me acerca sobre el mostrador, intento concentrarme en su peso en mis manos en vez de en el zumbido que tengo en la cabeza. Haber estropeado esto parece de repente tan importante, tan revelador. No llevo ni una semana sin empleo y ya soy una marioneta a la que le han cortado los hilos. Si mi móvil no suena todo el día, recordándome las tareas pendientes, me siento perdida, irresponsable. En blanco, un desastre.

—Se lo devolveré —le digo al hombre que está a mi lado, esta vez en un tono más alto. Que la señora Michaels me oiga no parece importar demasiado, ya que el desconocido se empeña en fingir que él no lo ha hecho. Está descargando el contenido de su cesta como si tratara de recuperar el tiempo perdido al tener que decir las quince palabras que ha pronunciado en el último minuto y medio—. Iré a por efectivo y se lo dejaré a Ernie —añado, decidida ahora, como si pagar a este desconocido fuera mi mejor baza para revertir el curso de este regreso a casa.

—Vale —dice, en un tono que indica que solo quiere que deje de hablar.

«¡Vale, pues muy bien!». Por extraño e inesperado que parezca, me siento animada por su brusca despedida. En cierto modo es mejor que el espectáculo de los últimos cinco minutos, que me recordaba a cuando iba a clase. Este tío no piensa «La Georgie de siempre», sino «Esta mujer sin blanca me está entreteniendo». Al menos, eso simplifica las cosas.

—Mañana —le prometo a Ernie, al desconocido que sigue ignorándome y a mí misma. Me siento bien al decirlo, como si estuviera recogiendo algunos de los hilos de mi marioneta o llenando parte de ese vacío que tengo ante mí. Mañana ayudaré a Bel. Mañana pagaré esta cuenta. Mañana habrá algo.

No me molesto en esperar una respuesta. Levanto la cabeza y al darme la vuelta veo que la señora Michaels sigue ahí, demasiado satisfecha. Le brindo lo que espera que parezca una sonrisa serena y llena de confianza mientras paso por su lado y me hago otra promesa.

No pienso pasar los próximos dos meses de esta forma, siendo un tema de conversación o el blanco de excusas bienintencionadas, pero ofrecidas con grosería. Y no voy a seguir evitando ese vacío, el mismo que me persiguió durante casi los dos últimos años que viví en esta ciudad.

Voy a llenarlo; voy a descubrir qué es lo que quiero en realidad.

No sé cómo, pero cuando me marche de Darentville esta vez, seré muy diferente.

2

Georgie

Apenas media hora después de entrar en el amplio porche blanco de la flamante casa de Bel, decido que es bueno que me reafirmara en mi promesa.

Porque, sinceramente..., por lo que veo, al final Bel no va a necesitar tanta ayuda por mi parte.

Estamos en la casi terminada habitación del bebé y Bel está bebiéndose con pajita los restos de su batido e impulsándose con el pie en el suelo alfombrado para que su flamante mecedora de lujo se mueva con hipnótica suavidad. Ha terminado aquí el recorrido por la casa, muy emocionada de enseñarme la cuna que su marido, Harry, y ella montaron anteayer, y aunque me ha impresionado, no lo ha hecho más que el resto de la casa: grandes ventanales con vistas al mar y habitaciones que consiguen parecer muy limpias y muy habitadas a un mismo tiempo, a pesar de que Bel y Harry solo llevan aquí unas tres semanas. Imaginaba cajas alineadas en las paredes, vestidores desorganizados, armarios y cajones que había que llenar y organizar. Me imaginaba cosas que yo tenía que hacer.

Es extraño, pero en lugar de eso, me siento prescindible, y ahora que hemos terminado la visita, el tema de conversación que ha emprendido Bel, y que no es otro que mi falta de empleo, no ayuda precisamente. Ojalá no me hubiera dejado el teléfono abajo, aunque de momento nadie me llame.

—No entiendo cómo pudo levantarse e irse —dice Bel, acariciándose su redondeado vientre con la mano que no sujeta el batido. Tiene un aspecto sereno y elegante; pantalones negros cortados, camiseta negra sin mangas, un par de delicadas bolitas de oro en las orejas y el pelo rubio oscuro recogido en una coleta baja. Cuando me condujo a su despacho, provisto con dos monitores y una pizarra en la pared llena de su cuidada letra, me dijo que se vestía para trabajar todos los días, incluso con esta nueva situación.

—He leído que es importante mantener las rutinas cuando trabajas desde casa —me ha dicho, y esa frase se me ha quedado. Supongo que yo a veces teletrabajaba. En la pequeña casa de invitados de Nadia, adonde me había mudado solo tres meses después de empezar a trabajar para ella, a menudo hacía llamadas, organizaba viajes y filtraba sus miles de correos electrónicos. Pero también trabajaba en la casa principal. Trabajaba en las habitaciones de hotel cuando viajábamos. Trabajaba en los platós. Trabajaba de pie contra las paredes de los salones de baile y de los restaurantes donde se celebraban los eventos. Trabajaba en cualquier sitio y no había mucha rutina.

—Bel —digo desde el suelo, con la espalda apoyada en los barrotes de la cuna recién montada—, literalmente te fuiste de Washington hace menos de un mes.

Ella arruga la frente, con cara de ofendida.

—No es lo mismo —alega, pero el caso es que en cierto modo sí lo es. A primera vista, Nadia y Bel no tienen mucho en común. Nadia es una afamada guionista y directora, una mezcla de Nora Ephron y de Nancy Myers; Bel es una fuerza silenciosa aunque poderosa en el ámbito de las organizaciones educativas sin ánimo de lucro de Estados Unidos. Nadia es un torbellino de caótica creatividad; Bel es una solucionadora de problemas inalterable y organizada.

Pero por muy diferentes que sean, ambas han hecho grandes cambios. Ambas se centran en bajar el ritmo, en cambiar de vida.

Y a ambas les va bien sin mi ayuda.

Exhalo un suspiro, molesta conmigo misma por empecinarme en comparar. «Nadia era tu jefa —me regaño—. Bel es tu mejor amiga».

Aun así, el vacío se abre ante mí y tengo unas ganas desesperadas de cambiar de tema.

—Vi a la señora Michaels en Nickel's —digo. Es un giro brusco y al principio creo que no va a funcionar. Bel me mira con los ojos entrecerrados durante una fracción de segundo porque sabe lo que estoy haciendo al desviar de esta manera la atención. Pero supongo que decide darme un respiro, porque echa la cabeza hacia atrás y se ríe.

—¡Dios mío, la que faltaba! —exclama—. ¿Recuerdas cuando te castigó por enseñarnos...?

—¿La nueva y mejorada letra de *El ciclo de la vida*? —concluyo, sonriendo. No es tan malo que me recuerden mis debilidades en este contexto, ya que Bel nunca me ha hecho sentir un bicho raro—. Sí, se me pasó por la cabeza.

—Era una terrorista pedagógica —dice Bel—. Todavía pienso en ella cuando me encorvo.

Doy la palmada doble de manera rápida y brusca que solía hacer la señora Michaels cuando nos pillaba a cualquiera de nosotros encorvados en las bandas, y Bel vuelve a reírse antes de apoyar el pie en el suelo para dejar de mecerse, con los ojos brillantes de emoción.

—¡Dios mío! —dice—. ¡Esto me recuerda que tengo que enseñarte una cosa!

«¿Es otra habitación ya colocada y bien organizada?», pienso.

Me dan ganas de meterme dentro de este mono igual que una tortuga por tener un pensamiento tan sarcástico e impropio. En los veinte años que hace que somos amigas, nunca había tenido una reacción así hacia Bel; llena de intolerancia, de resentimiento, y rayando en la envidia. Y eso que hemos pasado por cambios mayores que este en nuestras vidas, momentos en los que las diferencias entre nuestras respectivas situaciones eran aún más pronunciadas. La primera vez que fui a Georgetown para visitarla en la universidad, repartía mi tiempo entre los turnos de mañana como cajera en Food Lion y los turnos de noche en un restaurante de Blue Stone. Mientras conducía entre el congestionado tráfico de la I-95, me preocupaba un poco que hubiera cierta tensión entre nosotras, que la universidad hubiera cambiado tanto a Bel que ya no encajáramos como habíamos hecho durante tantos años de amistad.

Pero no fue así; el reencuentro fue tan perfecto como siempre. Un gran abrazo en la acera de su residencia, chillando de felicidad por estar juntas de nuevo. Paseamos por el campus, fuimos a una fiesta en una casa con la música a todo volumen y vasos rojos de plástico, hicimos una fiesta de pijamas en una litera, nos atiborramos con el grasiento desayuno de la cafetería. Me empapé del ambiente de su experiencia universitaria sin la más mínima frustración al saber que yo nunca tendría una similar. Y en los años siguientes, después de mudarme a Richmond para trabajar de camarera, de conseguir mi primer empleo como ayudante de plató y más tarde como asistente personal y de trabajar a tiempo completo con Nadia en Los Ángeles, Bel y yo siempre hemos encajado. En cada llamada telefónica o por FaceTime, cada vez que nos las hemos apañado para vernos a lo largo de los años de amistad a distancia, hemos encajado.

Y en el fondo sé que ahora seguimos encajando.

—Pues vamos —digo con tono alegre, poniéndome en pie y dejando a un lado mi actitud. Estoy cansada, eso es todo. Desorientada por todo este cambio reciente. Demasiado tiempo en el coche, dándole vueltas a las cosas, pensando en el vacío. Quiero ver lo que sea que tenga que enseñarme, aunque tenga algo que ver con la terrible palmada doble de la señora Michaels.

Bel apoya una mano en el brazo de su mecedora y me brinda una sonrisa al tiempo que pone los ojos en blanco de forma autocrítica por sus dificultades para levantarse. Cuando por fin se pone de pie, mira su vaso de batido vacío con el ceño fruncido y yo le doy el mío de inmediato. La verdad es que solo me he bebido una cuarta parte. No haber podido pagarlo me ha impedido saborearlo. Se ha convertido en un batido de la vergüenza.

Recuerdo la embarazosa impronta de la mano de aquel guapo desconocido en la parte delantera de mi mono.

Bel da un buen sorbo, agradecida.

—Vale, sígueme —dice a continuación.

Avanzamos por el pasillo hacia la habitación de invitados, que Bel me había enseñado en el recorrido con mucho énfasis, ya que sigue esperando que cambie de opinión sobre quedarme en casa de mis padres en lugar de alojarme aquí. Estoy a punto de decirle otra vez que aunque sigo muy impresionada por el colchón terapéutico, no he cambiado de opinión (sobre todo porque Bel me ha contado en muchas ocasiones lo que el embarazo ha hecho con su apetito sexual), cuando se detiene delante de una puerta al otro lado del pasillo donde está la habitación de invitados. Si Bel me enseña un armario de ropa blanca ordenado de manera impecable al que la señora Michaels aplaudiría cuatro veces en señal de elogio, es más que probable que me eche a llorar.

—No me juzgues —dice mientras pone la mano en el pomo de la puerta y cierra los ojos con fuerza al abrirla.

—¡Aaaah! —exhalo al ver lo que tengo ante mí: una pequeña habitación abarrotada de cosas.

—¡Estoy en ello! —dice a la defensiva. Pero ya he dado un paso hacia lo que es básicamente un amplio pasillo central, flanqueado a ambos lados por desordenados montones: unas cuantas cajas de cartón, algunos contenedores de plástico y (intento con todas mis fuerzas no levantar el puño en señal de victoria) unas cuantas bolsas de basura.

—¡Bien! —digo, sonriendo—. No sé qué tiene que ver esto con la señora Michaels, pero estoy encantada.

Bel se burla, me da un suave codazo para apartarme y agarra uno de los contenedores de plástico. Tiene una tira de cinta de carrocero pegada en la parte superior y reconozco la letra de su madre: «Annabel, adolescencia».

Me acerco a Bel, con un nudo en el pecho fruto de la tristeza. La madre de Bel falleció hace dos años de un cáncer muy agresivo que se la llevó pocos meses después de que se lo diagnosticaran. Nadia me dio tres semanas libres para ir a Washington, donde la madre de Bel pasó sus últimos días en un centro de cuidados paliativos.

—He tenido todas estas cosas guardadas desde lo de mi madre —dice, con voz enérgica, pero oigo la pena en ella, y me arrimo aún más para que pueda apoyar parte de su peso contra mí—. Pero como ahora tenemos tanto espacio...

—Por supuesto —digo. Bel inspira hondo, deja el batido encima de otro montón y abre la tapa del contenedor—. Espera —digo, haciéndome cargo. Dejo el contenedor en el suelo y pongo otro delante para que Bel se siente. No parece muy cómodo, así que, mientras me siento con las piernas cruzadas en la alfombra, tomo nota de que habrá que cambiar de sitio en breve.

—Mira esto —dice, sacando la sudadera que está doblada encima y sacudiéndola. Es verde oscura, el color oficial de nuestro instituto, y delante, en grandes letras blancas, se puede leer: TORTUGAS DEL CONDADO DE HARRIS. Sé que en la espalda hay una tortuga mal dibujada sin necesidad de que tenga que darle la vuelta. En algún sitio tengo esta misma sudadera, que nos regalaron a todos el primer día de nuestro primer curso. En aquella época, era un gran acontecimiento, un rito de iniciación, pues ir al instituto del condado significaba que ya no eras solo un niño de Darentville. Ibas a clase con chicos de Iverley, Blue Stone y Sott's Mill. Habías llegado a lo más alto.

Bel se la pone por la cabeza, despeinándose la coleta y bajándosela sobre la barriga.

—Todavía me cabe —dice y, como es natural, no se lo discuto—. ¡Hala, cuántas cosas hay aquí dentro!

Bel se pone manos a la obra con entusiasmo, pero meto la mano de forma cautelosa y tensa. Por supuesto, sé que aquí hay montones de buenos recuerdos, reliquias de lo bien que nos lo pasamos Bel y yo durante aquellos años. Pero está demasiado reciente el episodio en Nickel's, el recordatorio de que, al margen de Bel, fui un desastre en el instituto; mala conducta, malas notas, sin ambiciones ni planes de futuro.

«Todo aquello que quieres hacer», resuena la voz de Nadia, que de alguna manera desaparece con cada profesor y orientador escolar que me acribilló a preguntas sobre la universidad, la escuela de formación profesional y tal vez incluso el ejército.

Nunca pude imaginarme haciendo nada de eso.

Por suerte, tengo un respiro cuando lo primero que cae en mis manos es una descolorida banda blanca sintética, recuerdo de Bell del concurso para la elección de reina del baile en nuestro último curso. La purpurina verde se me pega a las manos cuando me inclino por encima del contenedor y se la pongo por la cabeza.

—Debería haber ganado —dice.

Me pongo de nuevo a rebuscar mientras me pregunto si en algún lugar estará la corona de consolación que mi madre y yo le hicimos con cartulina al día siguiente. En vez de eso, encuentro una foto de nosotras, todavía en el grueso y chillón marco que la asociación de padres vendió en la ceremonia de graduación, con nuestro año de graduación en la parte superior y una cenefa de cabezas de cisne pintadas a lo largo de la parte inferior.

Llevamos puestas nuestras túnicas verdes, los cordones de honor de Bel se balancean entre las dos, y nos hemos quitado los birretes. Estamos abrazadas, con las mejillas pegadas y una sonrisa de oreja a oreja. Parecemos felices, hermanadas en la celebración. Pero si miro con atención, veo algo más en mis ojos: miedo a que esto termine, incertidumbre.

La misma expresión que he visto en el espejo durante semanas.

—¡Ay, Dios mío! —exclama Bel, interrumpiendo mis pensamientos. Levanto la vista y la encuentro con los ojos como platos y un cuaderno abierto en el regazo—. ¡Ay, Dios míooo! —repite, y yo me inclino para mirar.

—¿Qué...?

Pero en cuanto me acerco lo suficiente, mi voz se apaga porque sé lo que es. No he pensado en ello en años, pero de algún modo, lo reconocería en cualquier parte.

Bel grita de emoción.

—¡Nuestro diario de ficción!

—Ay, por Dios —digo en voz baja, tomándolo del regazo de Bel de forma espontánea. Lo sostengo con un extraño respeto y me invaden los recuerdos. A los trece años dediqué más tiempo a este cuaderno que a cualquiera de las tareas escolares que me asignaron durante los cinco años siguientes. Me encantaba este cuaderno. Me encantaba escribir este diario de ficción.

—¡Mira tu letra! —dice Bel.

Mis ojos recorren las rimbombantes letras que llenan hasta los márgenes de cada página, con tinta rosa y morada. Cuando avanzo unas páginas, encuentro una anotación de Bel, su letra es más pequeña y ordenada y está escrita con un Bic azul normal, el mismo tipo de bolígrafo que utilizaba para hacer los deberes. Es posible que Bel piense que mi letra ha cambiado de algún modo, pero la verdad es que sigue pareciéndose bastante a esta.

—No puedo creer que aún lo tengas —digo pasando las páginas, sin apenas darme cuenta de lo que hay escrito. Pero, aun así, mi cabeza está llena de las historias que contiene, los argumentos que Bel y yo escribimos con un entusiasmo casi frenético. Empezamos a escribirlo en octavo, a mitad de curso, mientras la preocupación constante por lo que nos deparaba el instituto ocupaba nuestras mentes. Una historia tras otra sobre lo que haríamos una vez allí, en ese nuevo umbral de la madurez. Adolescentes de verdad.

—No sabía que lo tenía —confiesa, moviéndose con torpeza hacia delante. Coloco el cuaderno de lado sobre el montón de cosas que quedan en el contenedor para que ambas podamos mirar.

—Fíjate en esto —digo, señalando una de sus aportaciones—. Es un relato completo en el que narras que te compraste un descapotable azul al cumplir dieciséis años.

Bel resopla.

—Ficción pura y dura —aduce—. Mi viejo Corolla debía de tener auténtico síndrome del impostor.

Pasa la página y el calor invade mi cara de inmediato al ver los enormes corazones que decoran los márgenes. En la parte de arriba pone «Baile de graduación con Evan Fanning», y la «a» de su nombre tiene forma de corazón.

—¡Georgieeeeeeeeeeee! —chilla en broma. Quizá sea una venganza por haberme alegrado de que tenga un cuarto de la vergüenza secreto—. ¡Estabas coladita por Evan Fanning!

Gimo de vergüenza. Estaba coladita por él y duró mucho más de lo que debería, ya que él casi ni sabía que yo existía. Evan Fanning era un año mayor que Bel y que yo, un niño bonito de Iverley, cuya familia poseía y regentaba el hotel local frente al agua. Lo había visto una vez el verano antes de que Bel y yo empezáramos este diario de ficción mientras acompañaba a mi padre a un trabajo que tenía en la posada. En el transcurso de una presentación que es probable que durara menos de dos minutos («Esta es mi hija Georgie, diminutivo de Georgie», bromeó mi padre), me quedé prendada de la cara de chico guapo y de los buenos modales de Evan como prueba de que sería el novio perfecto para el instituto. Este diario de ficción está plagado de su nombre.

—Me pregunto qué habrá sido de él —comento, aunque en realidad no es eso lo me pregunto mientras hojeo las páginas. Más bien me pregunto qué ha sido de mí, porque apenas puedo creer lo que veo. Es todo lo contrario al vacío; mi cerebro de adolescente rebosa de ideas sobre mi futuro. Por supuesto, es un futuro a pequeña escala, lleno de fantasías adolescentes sobre tradiciones locales y actividades juveniles inspiradas en el cine y en la televisión («El día que saltamos del muelle de Buzzard's Neck», «Compras en Sott's Mill», «Sidra y películas de terror»), pero la cuestión es que es un *futuro*.

Un futuro que escribí para mí.

Me sudan las palmas de las manos y me arde la cara. No me atrevo a mirar a Bel porque sé que estoy teniendo una reacción demasiado seria a lo que debería ser una divertida caja llena de tonterías y de nostalgia. Por extraño que parezca, deseo estar sola con este descubrimiento.

Oigo que abajo se abre y se cierra una puerta y cierro el cuaderno de golpe, como si mis músculos tuvieran la memoria de una chica de trece años.

—¿Bel? —dice la profunda voz de Harry.

—¡Aquí arriba! —responde Bel con entusiasmo.

Me coloco el cuaderno en el regazo y vuelvo a volcar la atención con rapidez en la papelera, apartando las cosas sin orden ni concierto. «Ahí está», pienso, sacando la corona de cartón doblada.

—Toma —digo, dándole forma lo mejor que puedo y entregándosela a Bel—. Ponte esto también.

Ella se ríe y hace lo que le digo, con la descolorida y torcida diadema rosa en la cabeza. Se levanta y se vuelve hacia la puerta justo cuando Harry nos encuentra y una sonrisa ilumina su rostro al verla.

—Vaya, fíjate —dice, recorriéndola con la mirada, como si su mujer ataviada con una sudadera demasiado pequeña y una banda con purpurina del concurso de reina del baile fuera lo mejor que ha visto en su vida. Henry Yoon es el mejor de los hombres, la persona más buena con la que podría haber imaginado que se casara mi mejor amiga, y le quiero como a un hermano.

—Hola, Harry —le saludo desde el suelo, y su sonrisa se transforma para mí, familiar y amistosa. Se acerca y se inclina para aceptar mis brazos extendidos. Huele a colonia cara, pero no en exceso, y también a cualquier producto capilar que utilice para impedir que su espeso pelo negro le caiga sobre la frente. Pero tampoco demasiado. Siempre da la impresión de que Harry haya ido a algún tipo de escuela de lujo para aprender a ser un hombre muy sofisticado. Estudió en Stanford, aunque estoy bastante segura de que allí no te enseñan la manera de conseguir que los gemelos parezcan algo del todo normal.

—Georgie —dice, dándome un ligero apretón—, me alegro mucho de que hayas podido venir.

Se levanta y se coloca junto a Bel, pasándole un brazo por los hombros y tocándole ligeramente la banda que le cruza el vientre.

—Finalista a la reina del baile, ¿eh?

—Hemos dado con una mina de oro —dice Bel, señalando el contenedor—. Georgie estaba echando un vistazo a...

—La casa es preciosa —la interrumpo de golpe, porque esa desesperación por tener un poco de intimidad persiste. No quiero hablar del diario de ficción, todavía no. Quiero verlo entero, quiero diseccionarlo. Quiero recrearme en su plenitud.

—Es todo obra de Bel —aduce Harry, y ella se pone de puntillas para besarle en la mejilla.

Se sumergen en su mundo privado y tranquilo; él le toca la barriga y le pregunta en voz queda qué tal se encuentra. Bel apoya la mano sobre la suya y murmura una respuesta que no alcanzo a oír, excepto la palabra «papi», que espero que tenga que ver con el bebé y no con el apetito sexual del que no para de hablar. Aprovecho el momento para colocarme mejor el diario de ficción en mi regazo. Sin duda, me lo metería en la parte delantera del mono si pensara que Bel y Harry no me pillarían.

—He intentado convencerla de que se quede aquí —dice Bel; su voz recupera un volumen normal y Harry me mira a los ojos.

—Estaríamos encantados de tenerte con nosotros —dice—. Te vendría bien descansar.

Bel asiente.

—Mimos —dice—. Tiempo para pensar.

Es bonito, claro que es bonito, pero también resulta tan mortificante como el episodio con la señora Michaels, los batidos y la falta de dinero. La idea de que estoy aquí para ayudar de alguna manera es muy endeble; Bel y Harry están de pie frente a mí como un equipo de «Socorramos a Georgie». Las súplicas de Bel para que viniera el mes pasado me parecen ahora una treta que debería haber pillado al vuelo; un esfuerzo por sacarme de Los Ángeles después de un cambio tan inesperado de mis circunstancias allí. De repente, no es la perspectiva de los ruidos sexuales lo que me aleja de la habitación de invitados, sino la idea de ser un proyecto para estas dos personas tan exitosas que ya tienen la mayor parte de su nueva casa organizada y que, sin duda, han estado hablando de mí de vez en cuando mientras lo hacían, preguntándose qué haré ahora que no trabajo para Nadia.

Ya sé que eso de «tiempo para pensar» significa «tiempo para pensar en lo que voy a hacer ahora», y aunque apenas ha pasado una hora desde que me hice la promesa de hacer justo eso, me doy cuenta de que hacerlo a instancias de otra persona, ya sea de Nadia o de Bel, simplemente no me atrae.

El diario me quema en el regazo.

Sacudo la cabeza, esperando que mi sonrisa parezca agradecida.

—Ya te lo he dicho, Bel. Les dije a mis padres que me quedaría en su casa. Quieren que les cuide las plantas mientras están fuera.

A cualquier otra persona le parecería una excusa poco convincente, pero mis padres son muy aficionados a las plantas. Ya tenían planeado uno de sus largos viajes por carretera, sin rumbo fijo, cuando les avisé de que iba a venir y conseguí convencerles de que no alteraran su agenda, asegurándoles lo oportuno de mi disponibilidad como canguro. A mis padres también les gustan mucho cosas como las casualidades.

—Pero vas a venir —dice Del—. ¿Todos los días?

—Por supuesto —prometo, y luego señalo las cajas—. Es posible que tardemos un tiempo en clasificar y ordenar todo esto.

Ella asiente, sus ojos se posan de forma breve en el cuaderno, y cuando vuelve a mirarme, intento decirle algo de forma tácita. Intento aprovechar todos los años que hace que nos conocemos, que somos íntimas, para comunicarle algo sobre este hallazgo inesperado. Que necesito mantenerlo en secreto por ahora.

«Me hice esta promesa a mí misma —intento decirle—. Y creo que este diario está relacionado con ello».

Es imposible que entienda todo eso, pero algo entiende. Entiende que me llevaré este cuaderno esta noche cuando me vaya y entiende que no quiero hablar de ello todavía. Entiende que el equipo «Socorramos a Georgie» debe controlar sus expectativas por ahora.

—¿Te quedas a cenar al menos? —me ofrece, y sonrío con alivio: aún encajamos.

Puedo sobrellevar la cena.

—Pues claro.

3

Georgie

Me marcho un par de horas más tarde, viendo por el retrovisor a Bel y Harry en el porche abrazados y levantando una mano para despedirse antes de que me pierda de vista. Toco el claxon una vez y saco una mano por la ventanilla, tratando de transmitir mi sensación de absoluto bienestar por medio de ese gesto despreocupado, pero a pesar de la impresionante cena (el pescado de roca al horno y las patatas asadas de Harry), no he conseguido comer demasiado por culpa de la expectación que lleva revoloteando en mi estómago de forma distraída desde el preciso instante en que el diario de ficción cayó en mis manos. Mientras cocinaba, comía y recogía, solo he sido capaz de mantener una cuarta parte de mi cerebro en la conversación. Hemos hablado más sobre la progresiva transformación positiva de Darentville otra vez (todavía necesita más restaurantes), sobre las tensas negociaciones que Harry con su empresa de planificación financiera a cuenta de su horario híbrido de trabajo a distancia y en la oficina (¡una pesadilla!), hemos tratado largo y tendido el estado de los planes para el parto (en marcha, pero aún no terminados). En un momento dado, he tenido la sensación de que Bel había conseguido mantener una comunicación secreta con Harry, advirtiéndole que desviara toda conversación que llevara a Nadia o a Los Ángeles en general, y si bien estaba agradecida, no ha hecho más que reforzar mi deseo de estar sola durante un rato.

Ni siquiera me he incorporado a la carretera principal, cuando vuelvo a bajar todas las ventanillas para dejar que el aire cálido del atardecer me ahueque de nuevo el pelo, apoyándome en la certeza de que esta noche no tengo que actuar para nadie más. El cuaderno está en el asiento del copiloto y ya sé que voy a dedicar las próximas dos horas a leerlo. La sensación que tenía en el cuarto trastero de Bel no ha disminuido. En todo caso, se ha intensificado; este diario contiene algún tipo de respuesta para mí.

El trayecto hasta casa de mis padres me resulta curiosamente familiar, más que la mayoría de los lugares de Darentville que he visto hoy, y me reconforta moverme por esta parte de la ciudad en la que los cambios no parecen tan pronunciados. Me alejo de la ribera y me acerco a las boscosas parcelas del noreste de la ciudad; veo buzones oxidados que reconozco y el cartel torcido al borde de la carretera que me indica que pare a comprar fruta cultivada en la granja, lo que significa que los Talbott siguen utilizando el mismo método publicitario que han empleado desde que se hicieron cargo del lugar cuando yo tenía doce años. Sería una pésima estrategia comercial, salvo que, si estabas en el ajo, también podías parar a comprar hierba, y diría que un buen número de personas de esta zona (incluidos mis padres) lo hacían con regularidad. El año pasado, mi padre me dijo que ahora que las leyes estatales habían cambiado, los Talbott estaban cultivando de forma legal, aunque supongo que el propio condado no se mostraba tan permisivo con que lo anunciara un cartel.

Recorro otro par de kilómetros antes de llegar al desvío apenas visible de la propiedad de mis padres, que a primera vista parece más un surco de tierra y grava en el bosque que un camino a alguna parte. De pequeña me avergonzaba esa entrada oculta llena de vegetación a nuestra casa, que contrastaba con los accesos asfaltados, bordeados de césped bien cortado de las casas de los otros niños que vivían más cerca del centro de la ciudad. A medida que crecía, dejó de importarme tanto, ya que comprendí que mis padres no seguían las mismas normas que los demás (desde luego, no las que obligaban a cuidar el césped), pero aun así rara vez invitaba a nadie que no fuera Bel. Sería agotador explicarles de qué forma buscar el desvío, y además estaba la cuestión de lo que iban a ver una vez que lo encontraran.

Todo eso se despliega ahora ante mí en toda su extraña y un tanto delirante gloria; vestigios de los hábitos y aficiones a medio formar de mis padres. En el jardín hay algunos macizos elevados más que la última vez que estuve aquí, pero el aspecto deteriorado y torcido del cedro me recuerda que en los últimos cinco años he visto a mis padres sobre todo en otros lugares; reuniones en otras ciudades, un largo viaje que hicieron a California para pasar las vacaciones el pasado noviembre. Aun así, los parterres están rebosantes de plantas, no de tomates, calabazas o hierbas que cualquiera esperaría encontrar en jardineras, sino de altas flores silvestres que atraen abejas y mariposas, que no es necesario regar en abundancia ni fumigar. Junto al parterre más grande hay un gallo metálico de dos metros, pintado de azul, verde y amarillo chillón, con un letrero de madera casero alrededor del cuello que dice: «Te quiero, Shyla». Tanto el gallo como el cartel fueron un regalo de mi padre a mi madre en el vigésimo quinto aniversario de la ceremonia de compromiso que celebraron poco después de que yo naciera. El gallo, al que mi madre bautizó como Rodney, no es el único adorno del jardín, solo el más grande, y mientras avanzo por el pedregoso camino de entrada, veo otros que recuerdo y otros recién adquiridos: esculturas, braquiquitos y carillones, piezas de cerámica de vívidos colores montadas en estacas metálicas para formar un jardín de flores de porcelana, casitas para pájaros pintadas a mano y luces para árboles colgadas.

En sí, la pequeña casa de una planta siempre ha sido normal y corriente en comparación con el encantador caos del exterior, y hace pensar que en ella vive un auténtico manitas, ya que presenta todos los signos de abandono que sugieren que la persona que vive aquí cumple esa máxima que dice que «En casa del herrero, cuchillo de palo». El blanco enlucido necesita un lavado a fondo, los canalones están torcidos y a una de las ventanas delanteras le falta una contraventana. No está del todo en ruinas ni descuidada, pero se nota que está bien habitada, y el contraste con la casa que acabo de dejar es tan grande que casi me dan ganas de reír.

Aparco el Prius debajo de la oxidada cochera y este recibimiento en particular me arranca un suspiro de alivio. A lo largo de mi viaje a través del país no le di demasiadas vueltas a la idea de estar aquí, en esta casa; pensé sobre todo en el trabajo oficial que ya no tenía y en el trabajo no oficial que creía que llevaría a cabo para Bel. Pero ahora que estoy aquí, me alegro de ello, de tener esta escondida casa, desordenada y destartalada, que armoniza con la forma en que me siento por dentro.

De momento prescindo de las bolsas de basura y de las maletas, y agarro tan solo el petate y el cuaderno para esta noche. Puede que me alegre de estar aquí, pero no puedo decir que sepa lo que me voy a encontrar una vez dentro, ya que mis padres no suelen ser metódicos a la hora de preparar sus viajes. Si mi madre se encontraba bien los días previos, lo dejaba todo limpio y ordenado, se aseguraba de hacer la colada y de fregar los platos, y tal vez de sacar de la nevera cualquier cosa que pudiera estropearse. Pero si tenía una crisis, el proceso era más lento y relajado, ya que sus articulaciones acusaban el esfuerzo.

En la parte de atrás, busco las llaves a tientas, pasando por alto la punzada que siento al tocar las tres que utilizaba con frecuencia cuando trabajaba para Nadia; la de la oficina de Burbank, la de la casa principal y la de mi casita de invitados. La puerta se sigue atorando, sobre todo con la humedad del verano, ya que las muchas manos de pintura que mis padres le han dado a lo largo de los años han hinchado la madera hasta hacerla que resulte poco cómoda. Pero ahora es amarillo limón, el mismo color que tenía cuando me mudé, y eso también es una bienvenida.

Dentro huele como siempre, a incienso y a Dr. Bronner's, que mis padres utilizan para limpiarlo todo, desde el suelo hasta la ropa de cama. Está muy ordenada (no hay platos sucios en la cocina en la que he entrado y la mesa del comedor que puedo ver desde aquí no está repleta de manualidades), así que mi madre debía de encontrarse bastante bien cuando se fueron. Todas las plantas del pequeño salón, que son unas cuantas, parecen rebosar de vida y bien cuidadas. Aun así, no me aventuro aún a recorrer el pasillo hacia los dos dormitorios, por miedo a que las cosas ahí estén manga por hombro. En lugar de eso, aprovecho para montar un caos de los míos.

Deposito el cuaderno en la mesa de centro, dejo el petate en medio del suelo del salón, y me agacho para abrir la cremallera. Antes de irme de casa de Bel, metí el móvil aquí dentro porque temía que sus tonos fantasmas fueran como un canto de sirena para mí, así que lo saco y lo pongo boca abajo (un punto para mí por no mirarlo) al lado del cuaderno. El mono que llevo puesto me resulta incómodo debido a que está húmedo por el sudor de haber conducido gran parte del día y, aunque sin duda debería ducharme antes, el estómago, que ya no lo tengo tan revuelto, me está gruñendo de hambre. Tengo unas ganas tremendas de comer algo que me reconforte antes de intentar lavarme tras un día duro y sé lo que quiero llevar puesto mientras lo hago.

Rebusco en el petate y saco ropa enrollada a toda prisa y un par de neceseres, que dejo en la alfombra mientras continúo con la búsqueda. Casi en el fondo, encuentro una vela envuelta en un pantalón corto de correr y también tres bolsitas de té sueltas, lo cual es ridículo, una señal de las prisas y del estado caótico en que me encontraba cuando al final, después de posponerlo todo lo posible, recogí mis pocas pertenencias personales. Por fin la encuentro: una bata fina de vívidos colores con estampado de flores que Nadia me regaló hace unos años durante una limpieza de armario. Tiene las mangas acampanadas y llega hasta el suelo con un poco de cola atrás, y me hace sentir como si estuviera en un culebrón. Es el tipo de bata que te pones cuando has perdido tu trabajo, tu antigua profesora piensa que eres patética y es posible que también tu mejor amiga piense que lo eres. Este es el tipo de bata que te pones cuando estás a punto de comer bocadillos y leer un diario con tus fantasías adolescentes. Esta bata es para sentirte glamurosa.

Me desabrocho el mono y lo dejo caer al suelo, sacando los pies con torpeza mientras hago lo mismo que las mujeres agotadas en todas partes: quitarme el sujetador con la camiseta puesta. Después de sacármelo por la sisa de la camiseta, lo arrojo al viejo y hundido sofá, lanzándole la mirada de asco que merecen todos los sujetadores después de un largo y caluroso día. Entonces llega el momento de la bata salida de un culebrón. Está muy arrugada por haberla guardado enrollada en la maleta, pero por algún milagro me sigue resultando fresca y suave sobre mi piel. Eso es algo maravilloso, ya que mis padres no son partidarios del aire acondicionado. No me molesto en ceñírmela a la cintura. Abro unas cuantas ventanas y vuelvo a la cocina pavoneándome, dejando que las solapas se abran y la cola se deslice a mi paso de manera... ¿glamurosa?, ¿patética?

Me preparo para encontrar apenas unos restos en mal estado en la nevera, pero me sorprendo al encontrar un cartón de huevos frescos y un envase de leche. Más tarde tendré que someterlo a la prueba del olfato, pero no es eso lo que busco. Sé con lo que puedo contar en esta casa; en la puerta de la nevera habrá un tarro de mantequilla de cacahuete natural (¡ahí está!) y en el congelador encontraré (¡sí!) una barra del pan sin gluten favorito de mi madre. Busco el tarro de miel y la caja de pasas en la despensa y en cinco minutos me he preparado una tostada untada con una cantidad indecente de mantequilla de cacahuete con miel, con unas pocas pasas y una pizca de sal marina por encima. He dejado migas en la encimera y también el cuchillo manchado de mantequilla de cacahuete, pero no consigo que eso me importe. Todo forma parte del plan de esta noche, y el plan soy yo en bata, comiéndome la tostada y descubriendo si solo es una ilusión que este diario tenga una respuesta para mí.

Reconozco que al principio sí que parece una ilusión. Al fin y al cabo, cuando era joven me costaba distinguir entre el «mi», el «me» y el «conmigo», así que puede que las respuestas sean más difíciles de analizar. Además, está el exceso de Evan Fanning (todas las «a» tienen forma de corazón. «¿Por qué, Georgie? ¿POR QUÉ?»), al que he colocado en un número vergonzoso de situaciones, incluida una en la que le lanzo un beso desde las gradas antes del partido de fútbol para que tenga suerte (¡dos páginas enteras sobre esto!).

Y también está el hecho de lo muy comprometida que estaba con el diario de ficción. Mis escritos llenan el setenta por ciento de este cuaderno, lo que es posible que demuestre todas las cosas horribles que la señora Michaels, sin duda, estaba pensando hoy sobre mí. Si me hubiera esforzado en clase la mitad de lo que me esforcé en este diario, como mínimo, seguro que a mis veintiocho años no estaría sentada en el sofá de casa de mis padres en ropa interior, con una camiseta de tirantes manchada y una bata de segunda mano digna de un culebrón.

Pero al final... Bueno, al final me acostumbro a la burda ortografía, al recalcitrante enamoramiento, a mi absoluta dedicación a este diario. Empiezo a leer, a leer con atención, con los mismos ojos y la misma esperanza conmovedora y llena de curiosidad que he sentido en casa de Bel al verlo. Claro que el diario de ficción es fantástico, pero también está lleno de lo que a mi yo de octavo le habrían parecido unos planes muy razonables para los años que Bel y yo teníamos por delante. Por aquel entonces, yo no solo era una persona que se fiaba de su instinto. Era de las que tenían objetivos. Tenía intención de que mi primer empleo de verano fuera en la posada de los Fanning en Iverley. Tenía intención de que Bel y yo saltáramos del muelle de Buzzard's Neck el fin de semana anterior al primer día de clase, con los deseos para el año escritos con rotulador en los brazos, siguiendo la tradición local. Tenía intención de comprar ropa en las *boutiques* de moda para turistas de Sott's Mill y de emborracharme por primera vez con Bel, con botellas de sidra, y ver las películas de terror que ni mis padres ni su madre nos dejaban ver. Iba a ir al baile de graduación. Iba a pasar un viernes por la noche bailando en El Nudo. Iba a pintar mis iniciales con espray en la gran roca fuera del estadio de fútbol del instituto.

Ahí no había vacío alguno.

«¿Qué le ha pasado a esta chica?», pienso mientras paso los dedos sobre los renglones.

Supongo que podría echarle la culpa de todo a Nadia, ya que su ritmo de trabajo y su forma de trabajar hacían que los únicos planes reales que pudiera hacer, los únicos futuros que pudiera imaginar, tuvieran que ver con la manera de mejorar su vida. Todos los asistentes que conocí en Los Ángeles trabajaban duro, algunos hasta el punto de estar totalmente agotados o, peor aún, de tener hábitos peligrosos que les mantenían en pie todo el día y hasta bien entrada la noche. Pero también sé que muchos de ellos asimilaban las rutinas de las personas para las que trabajaban; se levantaban a la misma hora, conocían sus horarios y sus lugares para comer favoritos, entregas y recogidas con el mismo grupo de proveedores de servicio cada semana, los medios de transporte preferidos, lo que fuera. Sin embargo, Nadia era un huracán y su enorme creatividad sin límites impregnaba cada decisión que tomaba. A veces quería que reservara vuelos para primera hora de la mañana, a veces para mediodía. Le gustaba probar sitios nuevos para comer, pasaba por fases de yoga mañanero y batidos y fases en las que dormía hasta las once y rechazaba la comida hasta pasadas las cuatro de la tarde. Con Nadia, nunca me molestaba en pensar demasiado lo que me depararía el día siguiente, ni siquiera la hora siguiente. Pasar las horas de vigilia con el teléfono en la mano, presta a ejecutar cualquier cosa que me pidiera, era el único futuro que imaginaba para mí.

Una marioneta voluntaria.

No obstante, el problema es que sé que no puedo culpar a Nadia. Me contrató porque era apta para soportar huracanes como ella, ya que me había forjado la reputación de ser totalmente imperturbable ante el caos. Primero lo aprendí trabajando duro en restaurantes, me curtí en los primeros platós en los que trabajé, lo perfeccioné en mi primer trabajo como asistente personal a tiempo completo, un empleo temporal de seis meses para un director francés que estaba en Los Ángeles con el fin de asistir a algunas reuniones. Yo no hablaba francés y él apenas hablaba inglés, pero me presentaba todos los días y cumplía. Recibía sus mensajes traducidos por Google y me ponía manos a la obra. Me ocupaba de que llegase la comida, recogía la ropa de la tintorería. Reservaba masajes. Sustituía los móviles que se le caían en la bañera. Enviaba regalos a su novia. Cuando regresó a París, lloró al despedirse de mí. De vez en cuando, recibo un correo suyo preguntándome qué tal estoy.

¿Y antes de todo eso? Antes de todo eso vivía en esta casa, con esos canalones, que algún día se arreglarán, y con ese ambiente en que nunca se sabe si recogerán o no antes de salir de viaje. Antes de eso, estudié en el instituto del condado de Harris, donde me sacaba de encima a los profesores diciendo cosas como: «A lo mejor podría ser azafata de vuelo» o «Puede que sea enfermera». Dije esas cosas de la misma manera que les dije a simples conocidos que me gustaría dar la vuelta al mundo en plan mochilera o a mis dos novios formales que a lo mejor quería tener hijos algún día. Con ánimo apaciguador, sin pensar. Meros fragmentos de conversación, en el mejor de los casos, o una forma de zanjar la conversación, en el peor. Sin ninguna intención real. Mi futuro ha estado borroso e impreciso desde que tengo uso de razón.

Pero me había olvidado del diario de ficción.

Paso unas páginas y acabo en la entrada que escribí sobre el muelle de Buzzard's Neck, un lugar apartado entre Darentville y Blue Stone que tenía una especie de reputación mística entre los adolescentes de la ciudad. Vuelvo a leerlo, entusiasmada de nuevo por esta otra yo; esta yo que veía las cosas con claridad. Escribía con sumo detalle, desde la ropa que Bel y yo llevamos puesta hasta la sensación al tocar el agua tibia y salobre del muelle.

Es una vislumbre muy pequeña, pero que representa algo muy grande.

Hace años, cuando vivía en esta casa, cuando vagaba por esta ciudad con Bel en el punto álgido de lo que entonces era una gran transición, cuando tenía tiempo para soñar con estos pequeños futuros imaginarios, yo era una persona que hacía planes para mí. Resulta extraño y contradictorio decirlo, pero no había adquirido la flexibilidad que se convirtió en el rasgo que mejor me definía para la gente para la que trabajaba. Todavía no me había convertido en una persona que nunca pensaba en el día siguiente, en la semana siguiente o en el mes siguiente para mí.

No sé cuánto tiempo he estado leyendo, pero lo suficiente como para que el sol esté a punto de ponerse y fuera se oiga el canto de los grillos y de las cigarras. Ni siquiera me he terminado la tostada, pero no importa. Estoy absorta. En un momento dado casi pierdo la concentración al darme cuenta de una dolorosa certeza; a pesar de todo el trabajo que invertí en estas situaciones ficticias, la mayoría no las he llegado a realizar o, al menos, no de la forma en que las había imaginado. Sin duda, era demasiado caro comprar ropa en Sott's Mill y El Nudo acabó cerrando durante tres años a causa de un incendio. Ignoro por qué nunca fuimos a Buzzard's Neck, pero sí sé que jamás escribí un deseo con un rotulador permanente ni salté del muelle. Fui al baile de graduación, pero desde luego no con Evan Fanning; de hecho no fui con un ligue, sino con un grupo de chicas que no estaban emparejadas en ese momento. La primera vez que probé el alcohol, fue una cerveza que me dio Chad Pulhacki en la fogata anual de otoño de sus padres y sabía a rayos y a ansiedad. La madre de Bel nunca le levantó la prohibición de ver películas de terror y yo nunca quise crearle problemas.

Pero no dejo que eso me desconcierte. De hecho, permito que me ilumine; que gran parte de esto no se haya cumplido me tiene en ascuas.

Me ha dado una idea.

La primera idea que no guarda ninguna relación con nadie con quien haya trabajado en años.

Me levanto del sofá con el cuaderno en las manos y vuelvo a la primera página, sintiendo un hormigueo de emoción en las yemas de los dedos. *Cómo conquistamos el instituto*, dice, lo que resulta divertido, enternecedor y tonto. El plan estratégico con menos riesgos de la historia. Pero todas las veces, cuando Nadia me dijo que era el momento de hacer todas las cosas que quiero hacer; cuando la señora Michaels me miró con lástima cómplice; cuando Bel me ofreció tiempo para pensar, he sentido a plomo el peso de mi vacío, y todavía lo siento. Aún no sé lo que quiero para mi vida, no sé si quiero simplemente conseguir otro empleo de asistente personal o si podría dedicarme a otro tipo de trabajo. No sé si quiero tener una familia algún día o viajar por el mundo por mi cuenta; ni siquiera sé si deseo una combinación de todas estas cosas. Necesito tiempo para averiguarlo, para cumplir la promesa que me hice en Nickel's, y necesito la confianza para creer que puedo hacerlo.

Este diario de ficción me recuerda esa confianza. Érase una vez que conté una historia sobre mí. Y si puedo hacer realidad parte de esa historia (Buzzard's Neck, El Nudo, lo que sea), tal vez estaré más cerca de escribir una nueva. Puede que pasar los próximos dos meses en la misma ciudad que mi persona favorita, la primera y única persona que jamás leyó estos planes, la persona que a veces dibujaba caritas sonrientes y escribía signos de exclamación y «¡Ay, por Dios!» encima de lo que yo escribía... En fin.

Bueno, puede que entonces por fin logre hacer realidad una versión de dichos planes. Que pueda llevar a término estos planes mientras ideo los siguientes.

Cruzo la desgastada y descolorida moqueta, evitando sobre todo los montones de cosas que he sacado de la bolsa de forma apresurada, y hojeo las páginas con rapidez. Cuento las ideas a medida que avanzo y lo curioso es que, aunque las escribí de joven, muchas de ellas me siguen gustando ahora. Son factibles, divertidas y relajantes; harán que me suelte para acometer cosas de más calado. Tendré que andar de puntillas para evitar la gran cantidad de situaciones en que participa Evan Fanning, pero parece bastante fácil, ya que no he pensado en él desde hace probablemente una década. Me centraré en las partes que tienen que ver solo conmigo y con Bel y conmigo. Voy a empezar por hacer una lista...

Me interrumpe un ruido en la puerta trasera, un golpe seco que en primer lugar pienso que podría ser un mapache. Menos mal que la he cerrado con llave, porque esos peludos y odiosos carroñeros se han colado en esta casa más de una vez debido al descuido de mis padres a la hora de cerrar las puertas. Pero cuando oigo el inconfundible sonido de una llave en la cerradura, oigo que la puerta cruje, se atasca y vuelve a crujir, me dirijo de nuevo hacia la cocina, olvidándome de que estoy a medio vestir. Es imposible que sean mis padres, ya que anoche estaban en algún lugar de Colorado haciendo un retiro de hipnosis. Podría ser Ricki, la empleada de mi padre que a veces se pasa por casa durante sus viajes, pero no es una hora muy normal para que venga.

Veo una sombra, una sombra grande, que se mueve detrás de la cortina que cubre los cristales de la puerta trasera y siento mi primera punzada de alarma. Un empujón y la puerta se abre. Yo hago lo primero que se me ocurre: agarrar el cuchillo cubierto de mantequilla de cacahuete que dejé en la encimera y prepararme para el enfrentamiento.

Primero junto las piezas: la gorra verde oliva, los vaqueros, la camiseta manchada. Esa barba y esa mirada al levantar la cabeza, de absoluta consternación con lo que hay en su campo de visión, sobre todo la mujer a la que esa tarde ha tenido que sacar de un apuro a cuenta de unos batidos. Una vez más siento que le conozco, pero esta vez, tengo un cuchillo de mantequilla de cacahuete en una mano y muchas, muchas páginas de mis sueños adolescentes en la otra, y de repente se vuelve chocante y absurdamente claro.

Solo se me ocurre una cosa que decir.

—¿Evan?

4

Levi

¡Hay que joderse!

¡Es que no hay nadie más!

Precisamente hoy.

Estoy en la puerta de la casa en la que se supone que voy a dormir las próximas dos semanas y tengo delante a una mujer a medio vestir que acaba de llamarme por el nombre de mi hermano. En una mano lleva un cuchillo de untar y un viejo cuaderno de notas en la otra, y su expresión está entre el asombro y la sorpresa.

—No —digo de manera tajante y ella frunce el ceño.

Entonces parece darse cuenta de dos cosas.

Primero, que, en efecto, no soy mi hermano.

Y segundo, que no lleva pantalones.

—¡Dios mío! —grita, poniéndose el cuaderno en el regazo y levantando el cuchillo de mantequilla en el aire. Dado que esta situación me resulta tan impactante como a ella, hago algo igual de ridículo.

Me vuelvo de espaldas y, acto seguido, levanto las manos por si acaso, en un gesto de rendición que me sigue resultando vergonzosamente familiar aun después de tantos años.

—No he visto nada —digo, lo cual es cierto. He visto lo suficiente como para saber que es la mujer de Nickel's de esta mañana, que tiene piernas para varios días y, a juzgar por esa bata, un gusto muy cuestionable en lencería.

—¡Dios mío! —La oigo repetir, esta vez en voz más baja.

Abro la boca para decir algo, cualquier cosa que impida que esta mujer, a la que sin duda he importunado, me arroje a la espalda un cuchillo de untar sin filo, pero antes de pronunciar siquiera media palabra, oigo el rápido y rítmico tintineo del collar de mi perro y el jadeo y la alegría desenfrenada que lo acompañan. Alargo un brazo para evitar un nuevo desastre, pero o bien la sorpresa hace que tarde en reaccionar o bien estoy preparándome para el impacto de ese pequeño cuchillo, porque Hank pasa a mi lado, haciendo que pierda un poco el equilibrio, y entra de un salto por la puerta trasera a la cocina, donde es más que probable que siga esta mujer sin pantalones y, sin duda, aterrorizada.

—Es muy simpático —digo, demasiado alto y tajante. Se me encoge el estómago de miedo solo de pensar que en medio de todo este lío pueda pasarle algo a Hank, el musculoso, corpulento y a menudo incomprendido Hank, que incluso después de tres años conmigo aún le tiemblan un poco las patas por los golpes que debió de recibir dondequiera que estuviera antes de que la gente del refugio lo encontrara. Me tapo los ojos con una mano en deferencia al estado de desnudez de la mujer y me vuelvo de nuevo hacia la puerta—. Por favor, no...

Me interrumpe el suave «¡Ay, Dios!» de la mujer y las patas del emocionado Hank repiqueteando en el suelo de baldosas, y sé que, al menos en lo que respecta a mi perro, todo va bien. Tal vez eso sería un alivio si no siguiera de pie en la puerta con una mano en los ojos mientras me pregunto qué narices ha pasado desde la última vez que hablé con Paul Mulcahy, que me prometió una casa vacía.

Me aclaro la garganta, pero dudo que la mujer pueda oírme con los resoplidos de placer de Hank.

—¡Pantalones! —exclama al cabo de un segundo, como si se sorprendiera de nuevo por no llevarlos puestos y por mi presencia.

—Soy amigo de Paul —digo antes de que pueda acordarse también de la opción de lanzarme el cuchillo.

—Retrocede —espeta, y sí, me doy cuenta de que la mezcla de la confusión de identidad, la conmoción y el encanto de Hank está desapareciendo.

No aparto la mano de donde está y cierro los ojos con fuerza, pero tengo la sensación de que sigue empuñando el cuchillo de untar mantequilla. Por muy irregular que sea mi pasado, nunca he tenido la costumbre de invadir casas y mucho menos he asustado a nadie de esta forma. Hago exactamente lo que me pide y doy un paso atrás.

Y siento el silbido del aire cuando la puerta se cierra de golpe en mis narices, con el rotundo chasquido de la cerradura tras de sí.

No me he quedado fuera, pues la llave que he usado para entrar sigue en la puerta, pero ya veo que ella lo ha olvidado con todo este caos. Y estoy seguro de que no voy a usarla de nuevo, no después de...

«¡Joder!».

—¡Espera! —voceo a través de la puerta—. ¡Tienes a mi...!

Hank ladra tan contento desde el interior de la casa, como si se tratara de un divertido juego nuevo, y oigo gritar a la mujer.

—¡Me estoy poniendo unos pantalones!

De repente siento todo el peso del día. El madrugón que he tenido que pegarme para recoger mis últimas cosas para las dos semanas siguientes, el ajetreo y los nervios de llevar a Hank a la única guardería de día a casi kilómetros que acepta a perros de su raza. La caótica mañana que he pasado con las botas de vadeo en casa de Barbara Hubbard, mientras cada veinte minutos me recordaba, con los ojos entrecerrados y llenos de escepticismo, que yo hacía las cosas de forma «muy diferente» a Carlos. La rápida parada en Nickel's para comprar comestibles que solo he tenido tiempo de dejar aquí antes de salir de nuevo para ocuparme de un problema con el permiso que es posible que vaya a retrasar el pago de un trabajo para el próximo mes. El largo viaje de vuelta para recoger a Hank y la pequeña pero brutal molestia de quedarme atascado detrás de un tractor en una carretera de dos carriles durante algo más de nueve kilómetros y medio de un trayecto que no suelo tener que hacer.

Deslizo la mano que me tapaba los ojos, frotándome la cara y la barba. A estas alturas, lo único que quiero es que la mujer abra la puerta y deje salir a Hank. Necesito dormir las horas que quedan de este día, y si tengo que hacerlo fuera de mi propia casa pero dentro de mi propia camioneta, perfecto. No sería el peor lugar en el que he pasado una noche.

Excepto... ¡Mierda! Paul no solo me está haciendo un favor al darme un lugar donde quedarme un par de semanas; se supone que yo se lo estoy devolviendo al vigilar las cosas mientras Shyla y él recorren el país en una vieja autocaravana que, por lo que sé, se mantiene unida con bridas y cinta adhesiva. Incluso antes de tener que desalojar mi casa esta mañana, he estado viniendo aquí cada dos días para recoger el correo, echar un ojo a las plantas y ordenar parte de lo que Paul y Shyla parecían haber olvidado guardar antes de irse. No puedo irme ahora sin averiguar quién es esta mujer, qué hace aquí y si tiene permiso para estar en la casa.

«¡Mierda!».

Miro de nuevo la puerta cuando ella vuelve a aparecer, descorriendo la descolorida cortina para mirar por el cristal. Su rostro queda encuadrado por uno de los cristales y la veo por primera vez con claridad; la masa de rizos castaño rojizo que le caen por los hombros; las cejas oscuras que enmarcan los ojos castaños entrecerrados, las pecas que le salpican la nariz y las mejillas sonrojadas. Tiene los labios fruncidos y un poco ladeados, con una expresión tan suspicaz que sé a ciencia cierta que ha dejado de lado cualquier ilusión de que yo sea Evan, que dudo que haya sido objeto de esta clase de mirada en su vida.

—Soy Levi —digo a través del cristal, esperando que pueda oírme bien—. Evan es mi hermano pequeño.

Lo que ocurre a continuación es algo que ya he visto antes. El reconocimiento, luego el ligero alejamiento que me dice que es de por aquí. Seguro que por su mente pasa una docena de rumores generados en el condado de Harris mientras me mira. En general, hace tiempo que dejó de molestarme.

Pero ¿ver su cara después de que la haya sacado de apuros hoy? Por alguna razón, hace que cambie el peso de un pie a otro presa de la vergüenza.

—Solo necesito a mi perro —digo. Y aunque, por lo que veo, ella es la intrusa aquí, añado en tono apaciguador—: Llamaré a Paul desde mi camioneta y le contaré lo que ha pasado.

Ella espera unos segundos, haciendo algún tipo de cálculo en su cabeza. Es probable que esté sopesando mi gesto galante de esta mañana con toda la mierda que ha oído sobre Levi Fanning, el gamberro local.

A continuación, descorre el pestillo y abre la puerta.

—Soy Georgie —dice ella, todavía cautelosa. Hank se queda dentro, meneando todo su cuerpo junto a ella, como si fuera él quien facilitara esta presentación.

«¡Dios mío!». La hija de Paul y Shyla; debería haberme dado cuenta. Seguro que me habría percatado en Nickel's si no hubiera llevado los AirPods en los oídos y hubiera estado escuchando un pódcast hasta que fui a pagar. No la conocía, aunque sé que es unos años más joven que yo, lo que habría impedido que nos cruzáramos mucho, pero diría que alrededor del cincuenta por ciento de lo que Paul habla está relacionado con ella.

«Nuestra hija vive en California y ve el mar todos los días desde la ventana de su casa».

«La de mi Georgie es una historia con final feliz. ¡Estaba trabajando en un restaurante y, de buenas a primeras, pasó a codearse con la gente guapa!».

«¡Anoche mi Georgie ganó un Óscar! Bueno, no lo ganó, ¡pero he de decir que mi Georgie hace que las cosas sucedan en esa ciudad!».

Supongo que nunca pensé demasiado en las cosas que Paul decía sobre su hija, ya que es muy dado a exagerar. Una vez me dijo que se encontró con el fantasma de Woody Guthrie en una fogata después de tomarse unas setas que le compró a Don Talbott, lo cual podría ser cierto, pero parece muy poco probable. Pero ahora que tengo a Georgie delante, me doy cuenta de que las historias de Paul habían hecho que me formara una imagen inexacta de ella; habría supuesto que era rubia y estaba morena, por aquello de que vivía junto al mar, aunque eso tiene el mismo sentido que conocer al fantasma de Woody Guthrie en una fogata. Y con toda la charla de Paul sobre su trabajo en Hollywood, me la había imaginado un poco más refinada, con maquillaje en la cara, ropa elegante, todo eso.

Pero esta chica... parece una chica de pueblo. Cuando hoy me acerqué al mostrador de Nickel's, sobre todo intentaba mantener la cabeza gacha y evitar que esa arpía que era profesora de música en mi instituto se metiera en sus asuntos, el único tipo de servicio público para el que estoy capacitado, ya que casi toda la gente me da de lado a menos que esté haciendo un trabajo para ellos. Pero sí me fijé en que llevaba un mono arrugado que había visto días mejores, en aquella masa de pelo rizado y en sus grandes ojos, que tenían una expresión avergonzada. Entonces, mientras se palmeaba los bolsillos y le suplicaba a Ernie, carecía del más mínimo refinamiento y ahora tiene incluso menos. Aún lleva esa bata de intensos colores como la cola de un pavo real y se la ha cerrado sobre la blusa, aunque ahora se ha puesto unos suaves y holgados pantalones rosa chillón, que conjuntan a la perfección con la bata. Estoy seguro de que además tiene comida en la cara. Mantequilla de cacahuete, puesto a adivinar. Vaya, está hecha un desastre.

Pero también es guapa a rabiar.

—Mulcahy —añade, porque seguro que parece que estoy intentando atar cabos.

—Vale, ya lo suponía. He oído hablar mucho de ti. —Vuelve a entrecerrar los ojos y lo entiendo. Cuando me dicen eso no se refieren a nada bueno—. A tu padre, quiero decir.

Su expresión se suaviza, pero parece avergonzada. Lo más seguro es que también le haya contado lo de la fogata. Ya se conoce las historias que él cuenta.

—¿De qué conoces a mi padre? —Desvía la mirada hacia mis llaves, que aún se balancean por fuera de la cerradura—. ¿Por qué le conoces tanto como para venir a nuestra casa con una llave un lunes a las nueve de la noche?

Me quito la gorra de la cabeza y me froto el cuero cabelludo con los dedos. Es un alivio hacerlo; ha hecho un calor de mil demonios todo el día, y lo peor va a ser el dolor de cabeza que ya me está empezando. Pero antes de poder suspirar de alivio, me vuelvo a poner la gorra, sabiendo que, sin duda, llevo el pelo hecho un desastre, pegajoso por culpa del sudor.

—Soy el dueño de Chesapeake Dock Service. Tu padre y yo nos movemos en los mismos círculos.

Es cierto, pero no es toda la historia. Paul Mulcahy podría haberme ignorado como hicieron al principio muchos de los artesanos locales de por aquí, pero no lo hizo. No es de esos tipos y siempre me recomienda a gente que tiene problemas con sus muelles o que quiere construir algo nuevo a la escala que nosotros lo hacemos.

Ella enarca las cejas.

—¿Qué le ha pasado a Carlos?

No lo dice como la señora Hubbard, pero sí de un modo que me haría saber que es de Darentville aunque no tuviera ese aspecto de chica de pueblo. Lo dice como alguien que se ha criado conociendo a Carlos y sabiendo que es toda una institución.

—Se jubiló. Yo me hice cargo de forma oficial el año pasado.

Para ser franco, todavía es difícil de creer. Sigo esperando que aparezca alguien y me diga que todo fue un error. No Carlos, que no es de los que se preocupan por los errores y que siempre ha tenido mucha fe en mí, incluso cuando no la merecía. Tal vez mi padre, que acostumbraba a hablarme de mis errores.

—Oh —dice, con expresión curiosa.

Al principio creo que se está replanteando las cosas al saber que tengo un empleo remunerado o algo así, pero luego me doy cuenta de que está esperando a que responda a la otra parte de su pregunta.

—Voy a hacer unas obras en casa de Car... —me interrumpo y carraspeo. Supongo que otra cosa que aún me cuesta creer es que Carlos no solo me vendiera el negocio, sino también su antigua casa—. En mi casa durante las próximas dos semanas y Hank y yo no podemos estar allí. Tus padres me dijeron que les sería de mucha ayuda si cuidaba la casa en su ausencia, así que...

Ella cierra los ojos y respira hondo.

—Ya —dice, pero es más un «Yaaa». Un «ya» incómodo. A Hank le encanta; aúlla y salta sobre sus patas delanteras.

—Vamos, colega —digo, palmeándome el muslo, porque está claro que no tiene sentido hacer esto más incómodo. Conozco lo suficiente a Paul Mulcahy como para saber que es muy posible que me prometiera un lugar donde quedarme y se olvidara de que su hija también venía a la ciudad. Esta noche dormiré en la camioneta. Tal vez mañana vea si hay un hotel cerca de donde voy a llevar a Hank las próximas dos semanas. Me da miedo pensar en la mierda de comida que tendré que improvisar al vivir en una habitación de hotel, pero da igual.

Hank se da la vuelta y se adentra corriendo en la casa.

Pongo los brazos en jarra para disimular el encorvamiento de mis hombros.

—Siento esto —murmuro—. ¡Hank! —le llamo, pero no me hace ningún caso.

Oigo el familiar sonido de sus resoplidos de puro e irrefrenable gozo mientras se frota la cara y los costados contra los muebles que no conoce. Si estuviera con él, podría impedirlo, pero no quiero entrar sin permiso. Desde luego está aprovechando bien. Le oigo emitir un gemido de placer que casi parece humano. Siento que se me calienta la nuca a causa de la vergüenza.

—¿Por qué no entras? —dice Georgie, tomándome por sorpresa, y levanto la mirada hacia ella. Sonríe, pero no es una sonrisa de satisfacción ni nada parecido. Es más bien una aceptación tácita de que es posible que más tarde, una vez que ya no estemos el uno en presencia del otro, esto pueda resultarnos cómico. No es que mejore la situación, pero tampoco la empeora, y es la única vez que me ha pasado hoy.

—¿Estás segura? —pregunto, en vez de hacer lo que parece más natural, que es decir que no, volver a llamar a mi perro y largarme de aquí.

Ella asiente.

—Sí, llamaremos a mi padre para averiguar qué ha pasado.

Asiento con más brusquedad que ella y, aunque resulta molesto, no puedo evitar pensar en mi hermano. Sé que es solo porque nos ha confundido durante un instante, pero no deja de ser un sincero halago. Puede que ya no le conozca, pero estoy seguro de que Evan no asentiría de manera brusca; no se comportaría como un cascarrabias igual que he hecho yo desde que he abierto esta puerta y me he encontrado con una desastrosa y hermosa mujer al otro lado. Lo más seguro es que se hubiera comportado de un modo encantador, muy educado y sonriente, ya que todos los Fanning menos yo son así.

—Que sepas que tengo esto. —Saca un bote de Raid que llevaba escondido a la espalda—. Es un insecticida y te rociaré la cara si haces algo... poco apropiado. Te dolerá y puede que hasta te quedes ciego.

Casi... casi sonrío. Pero entonces me doy cuenta de que a Evan no le habría amenazado con un bote de insecticida. Los irritantes celos que le tengo a mi hermano son los que me llevan a entrar.

—No me avises de que tienes el insecticida —replico.

Ella frunce el ceño, mira el bote y luego a mí. Asiente con aire pensativo.

—Tienes razón. Por lo del elemento sorpresa, claro.

Esta vez, tengo que morderme la mejilla para no sonreír.

Qué extraño.

Hank sigue ahí dentro dando vueltas, pasando la mejor noche de su vida, y yo sacudo la cabeza mientras paso al salón con Georgie detrás de mí. Es peor de lo que pensaba, porque al final parece que el perro ha desparramado el contenido de su bolsa por todo el suelo del salón y no se está frotando contra los muebles. No, está patas arriba, revolcándose en un montón de ropa de ella. Me parece que también ha tirado una vela, aunque al menos no estaba encendida. Lo peor es que se las ha apañado para meter la cola por la pernera de un par de bragas, que ondean como una bandera mientras se contonea.

—Hank —digo en un tono cortante que antes he reprimido y que rara vez uso con él, y funciona. Se levanta, esbozando una enorme sonrisa con esa gran boca y la lengua fuera, que me hace pensar que es una locura que alguien le tenga miedo. Me alegro de que se haya puesto de pie, pero en cierto modo es peor, porque ahora resulta más evidente el problema de que su ropa interior esté ondeando como una bandera.

—¡Dios mío! —dice Georgie, lo que se está convirtiendo en su lema durante este encuentro. No puedo decir que la culpe.

—Lo siento —replico, pero ella se disculpa al mismo tiempo, y soy consciente de que le dirijo otra mirada malhumorada—. ¿Por qué tienes que disculparte?

Contempla de nuevo el caos del suelo del salón, la ropa tirada por todas partes, y da un respingo.

—Eh... —dice—. Ya, no lo sé.

Me dispongo a acercarme a Hank porque tengo que resolver lo de la bandera, pero entonces me doy cuenta de que no puedo tocar las bragas de esta mujer sin su permiso, aunque no las lleve puestas. Me quedo inmóvil con la mano extendida y sé que parece ridículo. Esto es ridículo.

—Oh, yo... —Pasa por delante de mí y desengancha la ropa interior de la cola de Hank con la mano que no empuña el insecticida. Él está encantado; cree que este es el comienzo del juego de no acercarse, al que jugamos con el pato de peluche que tengo en mi camioneta, junto con sus otras cosas. Se levanta de un salto y ella abre los ojos como platos por la sorpresa y, acto seguido, se mete las bragas en el bolsillo de su bata. Por primera vez desde que empezó este terrible espectáculo, Hank capta la indirecta y se sienta. Sobre más ropa, pero bueno. Es un avance.

—Quieto —le digo con firmeza. La miro y está roja de vergüenza o por el esfuerzo que le cuesta no reírse. Puede que por ambas cosas. Nos miramos a los ojos un segundo y tengo esa sensación de la que no estoy del todo seguro. Curiosidad, pero con un toque de otra cosa. Algo que no quiero reconocer.

Georgie rompe el hechizo al pillar su teléfono del brazo del sofá y... Vaya, ahí hay un sujetador; en esta casa hay ropa interior por todas partes. Bajo la mirada otra vez mientras lo mete detrás de un cojín. Luego vuelve a la cocina con la bata ondeando tras ella. No he visto una bata así en toda mi vida; me recuerda al agua, por la forma en que se mueve. Empieza a gustarme cómo le queda a ella, que es algo en lo que no debería pensar, sobre todo tratándose de una mujer que hace nada me ha amenazado, por muy ineficaz que haya sido, con dejarme ciego.

Llamo a Hank para que me siga y le lanzo una golosina del bolsillo cuando obedece mi orden de tumbarse en la alfombra junto a la puerta trasera. Echo un vistazo para ver si Georgie se ha dado cuenta de que mi perro me hace caso cuando las circunstancias son más tranquilas, pero está colocando su teléfono encima del cuaderno que sostenía cuando he entrado. Se estremece un poco al pasar los dedos por la pantalla, pero se le pasa rápido. Me quedo al otro lado del mostrador y ella pone el altavoz, consiguiendo de ese modo que el sonido del timbre corte el incómodo silencio. Tiene el insecticida para avispas al alcance de la mano.

—Mis padres son pésimos con el teléfono —dice, después del tercer tono—. Puede que no conteste...

—¿Es mi pelirrojita Georgette la que llama? —La voz de Paul Mulcahy retumba al otro extremo y Georgie da un respingo.

Me aclaro la garganta. Es un apodo bastante raro.

—Papá, estás en el altavoz.

—¡Estamos en un lugar llamado Durango! —dice, como si esa fuera la respuesta natural al estar en el altavoz.

—Vale, pero...

—Tu madre ha conocido a una mujer aquí que enseña cerámica. —Se oye un susurro—. ¡Shyla! —dice lo bastante alto como para que Georgie y yo retrocedamos un paso de forma instintiva—. ¡El Tren de Medianoche al teléfono!

¿El tren de medianoche?

Sonrío al darme cuenta. *Midnight train to Georgia**. Seguro que Paul tiene un millón de estos. Cuando Georgie pone los ojos en blanco me doy cuenta de que los odia todos, pero yo solía odiar que Carlos se burlara de mí por tener nombre de pantalón.

—¡Papá! —gruñe—. Estoy aquí con...

—Oh, Georgie. —Se oye la voz de Shyla—. Espera, ¿dónde está? ¿Por qué no puedo verla?

---

* Hace referencia a *Midnight train to Georgia*, una conocida canción del año 1973 interpretada por Gladys Knight and the Pips. (N. de la T.)

—Es una llamada de voz, mamá.

—¡Vamos a conectar la cámara!

Georgie apoya los codos en la pequeña encimera de la isla y se presiona la frente con las yemas de los dedos. Puede que a ella también le esté empezando a doler la cabeza.

—Escucha —digo en voz baja, y ella levanta la cabeza. Casi no articulo sonido alguno—, me voy de aquí. No es para tanto.

—No —nos dice a su madre y a mí.

Pero Shyla se ha olvidado de la videollamada y sigue adelante como una apisonadora.

—¿Te ha contado tu padre lo de Kizzy? ¡Enseña cerámica! Y ha enseñado a mucha gente que tiene las manos como las mías. ¡Voy a asistir a una clase mañana!

La expresión de Georgie se ablanda y se me encoge el estómago. No recuerdo la última vez que comí, así que seguro que ese es el problema.

—Es genial, mamá —dice, y me doy cuenta de que lo dice en serio.

Casi todo el mundo por aquí sabe que Shyla tiene artritis reumatoide, una enfermedad que en los últimos años ha empeorado tanto que sus manos ya no le funcionan del todo bien, eso sin mencionar que a veces le cuesta moverse.

—Esta Kizzy hace de todo —dice Paul—. Resulta que ayer conseguimos una pipa...

—¡Papá! —espeta Georgie. Supongo que no quiere que hable de que fuman delante de mí, aunque el gusto de Paul y de Shyla por el pequeño remedio herbal no es ningún secreto, y yo nunca lo criticaría—. Estoy en casa —dice. Sé que intenta darle pistas, pero él no las capta.

—Hacía mucho que no venías, ¿verdad? ¿Qué te parece? ¿Ves el nuevo color amarillo en la puerta?

—El amarillo siempre ha sido tu color favorito, Georgie —interviene Shyla.

—No estoy... sola en la casa.

No sé muy bien por qué Georgie está jugando a las adivinanzas. Aprecio mucho a Paul y a Shyla, pero son bastante despistados, y está claro lo que ha pasado: de una forma u otra, se olvidaron de que habían dejado la casa a dos personas a la vez, y no creo que los comentarios orientativos de Georgie les sirvan de ayuda.

—Paul —digo, para agilizar las cosas—. Soy Levi Fanning.

Hay un largo rato de silencio y me imagino a Paul y a Shyla mirándose dentro de esa destartalada caravana.

—¡Mierda! —exclama Paul a continuación.

No lo dice como si estuviera enfadado consigo mismo por ello, sino con un cierto tonillo jocoso, y estoy casi seguro de que ese ruido que oigo es Paul dándose una palmada en la pierna tan típica de él, como cuando Carlos le dijo que podía conseguir madera un quince por ciento más barata si estaba dispuesto a conducir hasta Greenport o cuando le enseñé que podía ingresar cheques desde su teléfono.

—Vale —replica Georgie.

—¡Vaya! —dice Shyla, que es lo mismo que: «¿Cómo ha podido pasar esto?».

—¿No fuisteis juntos a clase?

Georgie ha dejado de masajearse la frente con los dedos y en este momento se presiona los ojos con las palmas de las manos.

Decido aclararlo yo en su lugar.

—Soy unos años mayor que Georgie.

—Claro, claro —dice Paul—. ¡Oh! Fuiste a clase con Ev...

—Papá —vuelve a decir, esta vez con algo más de firmeza, como yo hablando con Hank en el salón hace un momento. Supongo que tampoco quiere que él hable de mi hermano. Me pregunto si habrá salido con él; sé que Evan andaba por ahí en el colegio—. ¿Me lo puedes... explicar?

—Bueno, la cosa es que *On my mind...* —*Georgia on my mind*, y hasta yo detesto esta referencia—. Verás, hace solo unos días que nos comentaste que venías.

Georgie sacude la cabeza en señal de desacuerdo, puede que olvidando, lo mismo que su madre, que no se trata de una videollamada. Pero no discute.

—Ya —dice en su lugar, pero con las manos en la cara, su voz suena apagada y nasal.

—Y la última vez que Levi y yo hablamos de que iba a quedarse... ¿Cuándo fue eso, Levi?

—La semana pasada —respondo. Paul y Shyla se pasaron por mi casa con una llave cuando se iban de la ciudad.

—¡Una eternidad! Supongo que se me cruzaron los cables. Ya sabéis lo que es planificar un viaje. En fin, ¿qué tal el viaje, bombón?

—Largo —dice Georgie de manera socarrona, como si se refiriera a algo más que el viaje. Estoy seguro de que se refiere a esta llamada.

—Paul, voy a buscar un hotel —le digo.

—¡Oh, no puedes hacer eso! —dice Shyla—. ¿Qué pasa con las plantas?

Yo también tengo ganas de presionarme los ojos con las palmas de las manos.

—Bueno, tu hija ahora está aquí, así que... —interrumpo, esperando a que retome el hilo.

Shyla se ríe.

—Ah, claro. ¡Dónde tengo la cabeza! Georgie, ¿puedes cuidar de las plantas?

Ella suspira.

—Claro, mamá.

—Siento mucho la confusión —dice Paul—. Os he puesto a los dos en una situación incómoda, ¿verdad?

No sabe ni la mitad. He visto a su hija medio desnuda y mi perro ha llevado puestas una de sus bragas.

—No hay problema. Me buscaré un hotel —repito.

—Georgie —dice Paul, sin añadir ningún apodo, lo que quizá significa que se ha dado cuenta de la gravedad de la situación—, desconecta el altavoz un segundo, ¿quieres?

Me pongo tenso de manera instintiva y no sé por qué. Tengo una buena relación con Paul; hablamos de negocios y es evidente que confía en mí tanto como para dejar que me quede en su casa y vigile sus cosas mientras él está fuera. Pero son las viejas heridas las que hacen que imagine que tiene la intención de hacerle algún tipo de advertencia en privado. Lo haría de forma amable: «Levi Fanning es un buen tipo, pero no sé si deberías pasar tiempo con él».

Me dan ganas de largarme por esa puerta.

Pero antes de que pueda hacer nada, Georgie ha tocado la pantalla de su teléfono y se lo ha acercado a la oreja, enviándome otra mirada contrita antes de darme la espalda y volver al salón, con la bata ondeando de nuevo tras ella. Ese trapo resulta hipnótico. De todos modos, marcharme mientras ella está ahí sería raro, puede que desconcertante, así que me apoyo en la encimera y cruzo los brazos mientras espero. Hank levanta la cabeza de la alfombra y me lanza una mirada que dice: «Me gusta esta alfombra y no pienso irme». No sé si encontraré un hotel que lo acepte, así que tendré que preguntar en la guardería si pueden alojarlo durante la noche. Detesto la idea. Tal vez sea quisquilloso con mi perro, pero Hank y yo somos un equipo, lo hemos sido desde el día que lo traje a casa.

Aún estoy pensando qué voy a hacer con él y conmigo las próximas semanas mientras destroza la casa de Carlos (joder, mi casa), cuando Georgie vuelve a entrar. Sonríe de nuevo, pero esta vez es diferente, y solo me cabe suponer que se trata de una sonrisa falsa.

—Me parece que vamos a ser compañeros de piso una temporada —dice encogiéndose de hombros.

—No —digo negando con la cabeza y tirando de la visera de mi gorra—. Toda tuya. Sé que esto debe de ser incómodo para ti. —Señalo el insecticida para avispas.

—Confío en mi padre —dice, encogiéndose de hombros de nuevo—. Todo irá bien —asevera, pero vuelvo a sacudir la cabeza. Sea lo que sea, es muy amable lo que le ha dicho su padre, pero quedarme en una casa con una mujer que no conozco es una locura—. Pero si lo prefieres, puedo intentar quedarme con mi amiga un par de semanas. Puede que esta noche no porque... —se interrumpe y luego aprieta los labios—. Da igual el porqué. Pero podría irme mañana.

—Esta es tu casa —declaro.

—Tanto como pueda serlo tuya —responde, lo que es una afirmación bastante extraña sobre la casa en la que has crecido, pero ¿quién soy yo para decirlo? Hace más de diez años que no he vuelto a la casa en la que me crie—. De todas formas, te debo una por los batidos.

Es la primera vez que saca el tema de que nos hemos conocido hoy, si se puede decir así. Si he de ser sincero, ni siquiera estaba seguro de que lo recordara. Parecía bastante nerviosa en Nickel's, lo cual entiendo. La señora Michaels todavía me hace sentir que debería estar más erguido, aunque en su momento jamás le hice caso.

Hago un ruido, seguro que parecido a un gruñido. No quiero que esté en deuda conmigo por los batidos.

Ella exhala un suspiro.

—Oye —empieza—, ha sido un día muy largo. En realidad, unos cuantos días. Sé que esto es raro, pero hay dos dormitorios y cerraduras en ambas puertas, además, tengo el insecticida. —Señala el bote con la cabeza y se aparta un mechón de pelo de la cara—. Tenías un plan para ti y para tu perro y, aunque quisieras, sería un engorro tener que cambiarlo ahora. Así que esta noche seremos compañeros de piso y ya veremos lo que hacemos mañana.

Hank se tira un pedo.

—Lo siento —murmuro, lanzándole una mirada reprobatoria. Es un perro, así que no tiene ni puta idea de a qué se debe.

—¿Qué es lo que sientes?— pregunta, de nuevo con esa sonrisa sincera y cómplice en los labios.

—Es probable que tenga algo de malestar estomacal hoy. Ya sabes, por haber cambiado su rutina. —Hank nunca se porta bien en las guarderías caninas; los ladridos de los otros perros le ponen demasiado nervioso. Es un perro que prefiere la compañía de la gente, sobre todo la mía.

—Claro, es normal —dice, lo cual es muy amable por su parte. Lo cierto es que se está tomando toda esta situación con más filosofía que yo. Prefiero que todo esté en orden y bien planificado, que sin duda es la razón por la que no debería haber contado con Paul Mulcahy para disponer de alojamiento durante un par de semanas—. Me quedo con la habitación de mis padres —prosigue, como si ya hubiera zanjado el tema—. Aún no he mirado dentro, pero sé que mi antigua habitación aún tiene una cama de matrimonio. Puede que tengas que quitar algunos de los materiales para manualidades de mi madre.

No quiero decirle que ya he movido bastantes cosas de manualidades. La primera vez que vine había veinticinco flores de papel de seda en la mesa del comedor. Sé que Shyla hace manualidades para mantener las manos ágiles, y aunque a mí no me gustan mucho las flores, me pareció que quedaban bien. Las coloqué con mucho cuidado una a una encima de la cómoda de la habitación en la que supongo que seguiré durmiendo esta noche.

Georgie continúa, pues sin duda ha aceptado ya este arreglo.

—Recogeré mis cosas del suelo y me daré una ducha rápida. —Hace una pausa y mira el cuaderno, luego lo alcanza y lo sujeta contra el pecho—. Tengo que organizar... esto... algunas cosas, así que luego iré a mi habitación. Después será toda tuya. ¿Te levantas temprano?

Dejo escapar un bufido.

—Sí —respondo, porque lo que yo entiendo por «temprano» es un eufemismo para la mayoría de la gente. Siempre tengo mucho que hacer para mantener el negocio en marcha, sobre todo cuando estamos en los meses más cálidos. Además, Hank tiene su rutina.

—Vale, entonces casi seguro que ya te habrás ido antes de que me levante. Todavía me estoy adaptando al horario de la costa oeste.

Asiento. Aunque su aspecto es aún más desastroso que el de esta tarde, no parece la mujer de Nickel's que no podía pagar sus batidos. Parece una mujer que tiene las cosas claras y, en cierto modo, eso me tranquiliza, hace que esta situación sea más llevadera. Ha sido un día duro y no quiero dormir en mi camioneta ni dar vueltas tratando de encontrar un lugar donde quedarme. Seguro que a Hank le daría diarrea si hiciera eso y, para ser sincero, no creo que pudiera soportar que otra cosa saliera mal.

Se aparta el cuaderno del pecho y lo hojea. No intento mirar, pero lo que veo, aunque muy de pasada, se parece más a esa colorida bata que a que vaya a contarme su horario y preguntarme por el mío. Esa cosa parece escrita por una adolescente, con tinta rosa y morada por todas partes.

Llega a una página en blanco y se detiene, arrancando una tira torcida antes de pasar junto a mí hacia un cajón y abrirlo de un tirón. Vaya, menudo caos. Más que un cajón de trastos, es un vertedero. Georgie no parece darse cuenta; saca un bolígrafo e intenta garabatear en el papel. Los bolígrafos uno y dos no tienen tinta y, en lugar de tirarlos, los vuelve a dejar en el cajón. Estoy seguro de que eso hace que me tiemble el ojo derecho. Por fin se decanta por uno y anota su número de teléfono. Antes de pasármelo, frunce el ceño y añade su nombre encima.

Como si después de todo esto pudiera olvidar a quién pertenece este número.

Me lo entrega.

—Mándame un mensaje mañana y veremos qué hacemos. Hablaré con mi amiga para quedarme en su casa.

Lo miro, asiento y luego vuelvo a mirarla. Otra vez tiene el cuaderno pegado al pecho, como si fuera algo muy valioso. Intento recordar si alguna vez Paul me contó que era escritora o algo así, pero luego me sacudo la cabeza para librarme de ese pensamiento. ¿Qué intento hacer, entablar conversación con esta mujer? Yo no entablo conversación. Agacho la cabeza. De todos modos, tengo que dar de comer a Hank y acomodarlo, y luego despedir el día, tal y como había planeado.

Por un segundo, creo que está esperando a que le pregunte, pero el momento pasa y no consigo decidir si me siento o no aliviado.

—Voy a recoger mis cosas —dice, señalando por encima del hombro hacia el salón.

—Claro. Yo iré a mi camioneta a por algunas cosas. Y a dar de comer a Hank.

Ella le sonríe a mi perro, que a su vez le responde golpeteando el suelo con el rabo de manera entusiasta. Vuelvo a sentir que se me encoge el estómago. Supongo que antes de irme a dormir me prepararé una parte de los huevos que compré e intentaré no hacer ruido.

—De acuerdo. En fin, buenas noches entonces, Levi.

No sé por qué eso provoca esta reacción en mí. Un simple «Buenas noches, Levi», como si yo fuera un buen tipo y no hubiera ningún problema. Es algo más que el gruñido de hambre de mi estómago; es una oleada de calor que me recorre todo el cuerpo. No lo reconozco, no sé de qué se trata. Casi me da miedo la pueril emoción que me produce que me acepte de un modo tan simple y generoso.

Así que cuando se da la vuelta para irse, me aclaro la garganta para hacer que se detenga. Se gira y le tiendo el bote de insecticida.

Asiento cuando lo agarra y salgo por la puerta.

5

Georgie

—¿Has dormido en la misma casa que él? ¿Que Levi Fanning?

Bel se medio incorpora en la postura en la que acaba de acomodarse, encima de una almohada en forma de «u» del tamaño de una persona que tiene en su lado de la enorme cama de matrimonio, y que según me ha informado, es su alma gemela; al cuerno los votos matrimoniales. Me presenté en su casa hace una hora, justo al final de la media jornada de reuniones de Bel, y ella se estaba frotando la cadera y haciendo muecas, quejándose de que Herman Miller no es rival para la ciática inducida por el embarazo. La he obligado a entrar en su dormitorio, he traído a rastras dos cajas del trastero y me he acomodado en el suelo de modo que pueda ver los objetos que sujeto en alto y que tiene que revisar. Hasta ahora, lo que he averiguado es que las cajas de trastos de Harry contienen un montón de camisetas viejas, y espero que no les tenga demasiado cariño, porque Bel me ha dicho que done casi todas. Por otra parte, como nunca he visto a Harry con una camiseta, es probable que tenga razón.

Me avergüenza decirlo, pero la ciática y el exceso de camisetas han sido una digna distracción, ya que aparecí dispuesta a marear la perdiz. Sabía que contarle a Bel mi actual situación vital provocaría justo esta reacción y sé que lo que se avecina es una nueva discusión para que me mude aquí una temporada. Puede que le haya prometido a Levi que lo estudiaría, pero ahora no estoy segura de querer hacerlo. Incluso dejando a un lado la incomodidad de compartir un espacio con él (¡anoche salí disparada del baño a la habitación de mis padres porque no quería que me viera con una toalla enrollada en la cabeza!), sigo pensando que estaría más cómoda allí que aquí. Claro que está el trastero, pero la pulcritud de esta casa sigue burlándose de mí. Además, Bel tiene un chupetón bastante grande en la clavícula, prueba de que Herman Miller podría no ser el único culpable de la ciática. Me alegro por ella, pero no tanto...

—¿Por qué sigues diciendo su nombre así? —pregunto, sujetando en alto otra camiseta.

Ella hace caso omiso.

—¿Por qué tú no lo haces?

Exhalo un suspiro, bajo las manos y la camiseta se pliega como un acordeón en mi regazo. En el fondo sé a qué se refiere. Me di cuenta de que era el hermano mayor de Evan en cuanto dijo su nombre al otro lado de los cristales que nos separaban; se encendió una luz en mi cabeza y recordé todas las historias que había oído entre susurros sobre él. Levi Fanning era la oveja negra de una familia que, por lo demás, nunca cometía un error de manera conjunta. Cuando empecé el instituto, hacía tiempo que se había ido, pero los rumores sobre él perduraban. Los chicos decían que había robado en tiendas y coches; que le había arrancado los dientes de un puñetazo a Sammy Hayward por mirarle de reojo. Decían que había abandonado el instituto después de pasarse colocado todo el primer curso. Decían que vendía drogas en Richmond, que se juntaba con gente que estaba metida en cosas aún peores.

Anoche, tumbada en la cama de mis padres, intenté recordar alguna vez que hubiera visto a Levi Fanning por la ciudad cuando yo era adolescente, pero no me vino a la cabeza ni una sola, y eso es mucho decir, teniendo en cuenta lo interesada que estaba en todo lo que tuviera que ver con Evan. Es un signo de hasta qué punto estaba Levi fuera del mapa en el momento en que estaba enamorada hasta las trancas de su hermano.

Así que es bastante extraño lo integrado que parece estar ahora.

—Parece inofensivo —digo, alisando la camiseta. Es otro recuerdo de la maratón, igual que es aproximadamente el cincuenta por ciento de las camisetas—. Mi padre dijo que debería dejar que se quedara.

Bel pone los ojos en blanco.

—Tu padre, cómo no.

Bel es la única a la que dejaría salir impune de un comentario sarcástico, y eso es porque sé que quiere a mi padre tanto como yo. Al fin y al cabo, él es el responsable de que Bel y yo seamos tan buenas amigas, desde que nos conocimos cuando mi padre pintó la casa de su madre el verano en que cumplí nueve años. Eran nuevos en la ciudad, se habían mudado a Darentville después de que la madre de Bel se divorciara del imbécil de su marido. Fue una de las primeras veces que acompañé a mi padre a trabajar, justo cuando los síntomas de la artritis de mi madre se agravaron. Estaba decepcionada y de mal humor, ya que quería ir a mi campamento diurno habitual en la piscina, pero la habían cerrado para limpiarla porque el día anterior Jenny Westfeld estuvo nadando en ella teniendo impétigo. Sin embargo, mi padre me había prometido que podría pintar mi nombre y cualquier otra cosa que quisiera en un lateral de la casa mientras él trabajaba en las molduras, siempre y cuando supiera que lo taparía al final de la jornada, y eso parecía divertido. Así que ahí estaba yo, pintando grandes estrellas desiguales por todas las partes del viejo enlucido que podía alcanzar, con los brazos y la cara manchados de pintura, y entonces oí el crujido de las agujas de pino secas detrás de mí. Cuando me di la vuelta, allí estaba Annabel Reston, contemplando con sus grandes ojos el desastre que había hecho en su casa.

Nunca me había considerado una niña tímida; mis padres eran de esas personas que hablan literalmente con cualquiera, y desde luego no eran del tipo de padres que piensan que a los niños hay que verlos, pero no oírlos. A la hora de comer, siempre hablábamos mucho; de qué tal había ido el día, de música, de plantas y de los proyectos que hacía mi madre, de la gente que mi padre conocía en el trabajo. Y yo hablaba mucho en el colegio, en detrimento mío. Pero el día que conocí a Bel me sentí cohibida, ya fuera porque ella era más reservada o porque el instinto me decía que quería ser su amiga.

Así que fue mi padre quien tuvo que romper el hielo por las dos. Bajó de su escalera y habló con Bel sin parar de cosas aburridas, por ejemplo del tipo de enlucido de su casa, como si a una niña de nueve años le importara eso, pero era una táctica. Al cabo de un rato estaba tan desesperada por dejar de escucharle que me preguntó si quería un polo y entonces nos fuimos como un rayo. Acompañé a mi padre a ese trabajo seis días enteros, incluso después de que reabriera la piscina. Solo en una ocasión conseguí que Bel pintara algo en el enlucido, pero cuando lo hizo, era la palabra «mierda» en minúsculas. Nos partimos de la risa y nos hicimos amigas para siempre.

Aun así, no es justo que Bel le eche la culpa de esto a mi padre, porque si bien me dijo que Levi era un buen tipo («Un tío legal, que tiene un problema con las tuberías de debajo de su casa»), la verdad era que yo ya había decidido no echarle a la calle, y no porque fuera tan atractivo como recordaba de mi breve problema para mirarle en Nickel's. No, era porque su aspecto reflejaba... cómo me sentía yo por dentro. Cansado y malhumorado al final de un larguísimo día. También parecía como si le hubiera dado un puñetazo en el estómago cuando le llamé Evan.

La idea de echarle de nuevo para que buscara otro lugar donde quedarse era como dejar a alguien en la cola de la caja sin dinero con el que pagar sus batidos.

Además, tenía un perro muy simpático, por mucho que el bobalicón y musculoso pitbull se hubiera metido de patas en mi ropa interior. Aun así, había sido un buen chivo expiatorio para cargar con las culpas de las cosas que había dejado tiradas por todas partes y el sonido de las uñas de sus patas en el suelo de la cocina esta mañana me ha resultado extrañamente reconfortante mientras dormitaba en la cama, afectada por el desfase horario y un tanto confusa en lo referente al lugar en que me encontraba.

—No me molestaba tenerlo en casa. De todas formas, me parece que va a buscarse un hotel para el resto del tiempo.

Siento otra punzada de remordimientos por no haberle planteado a Bel la sugerencia de mi traslado a su casa, pero es que estoy casi segura de que la opción del hotel es lo que él preferiría. No parecía muy cómodo con la idea de aceptar la ayuda de mi padre si eso significaba echarme. Sin embargo, si ha encontrado hotel, aún no me ha enviado ningún mensaje al respecto y yo no le pedí su número anoche.

—Supongo que La Ribera no es una opción, ¿eh? —dice Bel.

La Ribera es el nombre del hotel de los Fanning y pertenece a su familia desde hace, al menos, un par de generaciones. Se encuentra en una privilegiada zona de Iverley, una península que sobresale en una parte especialmente ancha del río. En todo el condado era famoso por servir solo a los forasteros; la mayoría de la gente de por aquí ni siquiera iba a su lujoso restaurante a menos que trabajara allí. Sé por mis padres que lo han ampliado desde que me mudé, pero nunca han entrado en detalles al respecto. Aunque, pensándolo bien, tampoco me comentaron que conocían a Levi Fanning, y mucho menos que lo conocieran tan bien como para tenerlo de invitado, así que ¿quién sabe? Puede que ahora La Ribera sea gigantesca.

—Supongo que no —digo, inquieta.

Imagino que si no fue allí, o si no fue a casa de sus propios padres, es porque sigue siendo la oveja negra. Vuelvo a recordar la cara que puso cuando le llamé Evan y hago una mueca. Debería haber sabido que no debía confundirlos; me habría sorprendido que Evan Fanning tuviera ese aspecto, los ojos atormentados y el porte tenso y cauteloso, al crecer. Pero le tenía muy presente por culpa del diario de ficción...

Cierto, el diario. Ahora me acuerdo.

Vuelvo a levantar la camisa, la sacudo y miro a Bel enarcando una ceja. Ella me hace un gesto con el pulgar para indicar que también es para donar. Pienso consultarle a Harry antes de llevar a cabo estas órdenes. A lo mejor le guarda rencor por la ciática. Y por el chupetón.

Después de echarla al montón, respiro hondo y me concentro. No puedo dejar que me distraiga el Fanning que conocía ni el que acabo de conocer. Quiero que Bel sepa lo que he encontrado en el diario, quiero que sepa lo que pienso, y no solo porque sea mi mejor amiga. Quiero que lo sepa porque ese cuaderno era tan suyo como mío, aunque haya más de mí en él. No estoy buscando permiso, aunque está claro que busco... ¿una bendición, tal vez? Un «¡Qué gran idea!». Estoy desesperada por contar con la aprobación de alguien, algo de lo que carezco desde que me quedé sin mi trabajo. Nadia era exigente, pero también agradecida. Siempre reconocía todo lo que yo hacía; siempre se aseguraba de que supiera lo necesaria que era en su vida.

Abro la boca para hablar, pero antes de que pueda hacerlo, Bel se incorpora de nuevo, apoyándose en un codo.

—Un momento —dice entusiasmada, con la misma luz en los ojos que cuando escribió la palabra «mierda» en el lateral de un edificio—. ¿Le has preguntado qué tal le va a Evan?

—¡No! —replico, como si estuviera ofendida. Como si, por una fracción de segundo, no los hubiera fusionado a los dos en mi cerebro confundido por el diario de ficción.

—Es evidente que no hace tanto tiempo que he vuelto como para conocer los cotilleos de por aquí, pero apostaría una pasta a que sigue en Iverley —dice Bel—. Era un héroe local. Pregúntale al hermano antes de que se vaya. ¡Imagínate! ¡Podrías tener una aventura con tu gran amor de la adolescencia! ¡Es prácticamente una película de Hallmark!

Suelto una risita, pero Bel no puede saber lo poquísimo que me atrae la idea. En primer lugar, lo último que necesito es una aventura romántica cuando se supone que tengo que centrarme en mí misma y en averiguar lo que quiero. Y en segundo lugar, en una película de Hallmark, nadie tiene una tórrida aventura. Abren una panadería y se casan seis meses después, y a mí eso me parece lo peor.

Pero la reprimenda que me da es la oportunidad que necesito, así que me pongo de pie y me subo a su lado en la cama, apartando de mi mente los pensamientos sobre la ciática y el chupetón mientras me tumbo boca arriba. De este modo, las dos miramos el ventilador del techo que gira de manera indolente en lo alto y nos resulta tan familiar que hace que guardemos silencio. Cuando éramos jóvenes, nos tumbábamos así, con las luces apagadas, cuando me quedaba a dormir y hablábamos de todo tipo de cosas; los tensos fines de semana mensuales de Bel en casa de su padre, sobre todo después de que se volviera a casar; de los altibajos de mi madre con su artritis; de los deberes de Bel; y, por supuesto, de mi amor platónico por Evan Fanning. Es muy probable que fuera así como se nos ocurrió la idea del diario, aunque no recuerdo bien sus orígenes concretos.

—Vale —digo por fin, lo que todo el mundo sabe que es el código convenido entre amigos cuando uno de ellos está a punto de soltar algún tipo de bomba—. El cuaderno de ayer.

Se ríe.

—¡Oh, ya veo! Sí que quieres tener una aventura veraniega con el que se te escapó.

—No, hablo en serio. —Me doy cuenta de que gira la cabeza para mirarme, pero sigo mirando al frente—. Anoche lo leí enterito.

No le digo que algunas partes me las leí dos veces ni que he doblado las esquinas de algunas páginas. No le digo que fui a esa página vacía, la que rompí por la mitad para poder darle mi número a Levi Fanning, para hacer una lista de lo que creía que eran las mejores ideas del diario. No le digo que la lista es lo primero que he mirado cuando me he despertado del todo esta mañana, pasadas las diez.

—¿Sí?

—Sé que solo éramos unas crías haciendo el tonto.

—Que fuéramos solo unas crías no es ningún problema. A los niños les pasan cosas importantes. Los niños hacen cosas importantes. —Me empuja el pie con el suyo. Bel va a ser una gran madre.

Asiento con la cabeza.

—Me he dado cuenta de que..., bueno, puse mucho empeño en ese cuaderno.

Cuando la miro, veo que se ha puesto seria.

—¿Y qué? —dice, poniéndose de inmediato a la defensiva—. No tiene nada de malo.

No es que Bel sea dura conmigo, es que Bel es dura por mí. En la escuela, cada vez que estaba a punto de mortificarme por mis notas, siempre me recordaba, sin importar que las suyas fueran las más altas, que las notas no lo eran todo, que yo era la persona más inteligente que conocía y que, en cualquier caso, seguro que el álgebra era un timo.

—Ya sé que no. En realidad... —Mi voz se va apagando mientras intento encontrar alguna forma de explicarle todo en lo que pensé anoche—. En realidad, creo que podría ayudarme.

Se gira en parte sobre un costado, acomodando su alma gemela para apoyar su bulto.

—Cuenta —dice, con voz suave y seria.

Me aclaro la garganta.

—¿Recuerdas que te conté lo que me dijo Nadia el día que anunció su... jubilación, o lo que sea?

—Ah, sí. —Ni siquiera tengo que mirarla para saber que tiene cara de enfado—. Su aislamiento deliberado —añade, utilizando la frase que Nadia había repetido con una frecuencia casi patológica en las semanas previas a su traslado. Un rancho que su marido y ella poseían en Nuevo México. A varias horas del aeropuerto más cercano. «Una oportunidad para escapar de todo esto», había dicho. «De volver a ser yo misma, de ser independiente».

—Eso es.

—Recuerdo que te dijo que no debías aceptar otro trabajo de inmediato —prosigue Bel, con la voz teñida de desdén.

Está segura de que Nadia solo dijo eso porque quiere que esté libre como un pájaro cuando se acuerde de que no sabe ir al médico sola y tenga que rogarme que vuelva. Pero conozco bien a Nadia. Es diferente de los otros jefes para los que he trabajado; no se hizo un hueco en la industria hasta pasados los cuarenta. Antes de eso, fue profesora en un colegio público de Bakersfield y escribía relatos cortos y guiones por las noches, después de acostar a los dos hijos de su primer matrimonio. Sabe llevar su propia vida, quiere volver a llevar su propia vida, y lo hará bien ahora que su tiempo es suyo. El hecho de que mi teléfono haya permanecido en silencio es la prueba.

—Me refiero a la parte sobre mí. La parte en la que decía que trabajar como asistente personal durante tanto tiempo significaba que no tenía que pensar en mí misma ni... en lo que de verdad quería para mí. Que nunca podía hacer las cosas que quería hacer.

Bel vuelve a tener la misma expresión que cuando dijo que el álgebra era un timo.

—Bueno, quizá no debería haberte mandado cincuenta mensajes cada hora. ¡Así habrías tenido tiempo de pensar!

Me río.

—No eran cincuenta a cada hora —replico, aunque en silencio añado un «en su mayoría». Luego me dispongo a soltar la parte difícil. Respiro y Bel espera—. En eso no se equivocaba —añado al fin—. Ni siquiera creo que sepa cuánta razón tenía. Nunca... No me gusta pensar en lo que quiero para mi propia vida porque creo que nunca lo he sabido. Mi trabajo siempre ha sido una buena distracción para no abordar ese problema.

—Georgie —dice en voz baja.

—En el diario, pensaba en ello, ¿sabes? Hacía planes para hacer cosas que quería hacer. Planes para mí. ¿Y cuándo me has visto a mí hacer eso?

—¡Por supuesto que haces planes para ti! —Juro que esta mujer me defendería literalmente por cualquier cosa. «Por supuesto que no quería asesinarlo!», casi puedo oírle decir.

Arqueo una ceja y le lanzo una mirada que dice: «Dame un ejemplo». Y en la comunicación silenciosa veo que no puede. Es capaz de reproducir una película de mi vida durante los últimos quince años y ver lo mismo que yo. Voy de una cosa a otra, mitad golpes de suerte y mitad puro coraje. Vivo en hoteles cerca de los platós o, al final, en una casa de invitados que ni siquiera he tenido que decorar. Me las apaño como puedo, disponible cuando quiero, para hacer lo que sea. Me forjo una vida organizando la vida de los demás.

—Tienes mucho éxito. —«Le asesinaste limpiamente», está diciendo.

—No digo que no lo haya tenido.

Dados mis antecedentes, es justo decir que tengo más que éxito. A diferencia de mucha gente que trabaja como asistente personal, yo no tuve ningún contacto con el sector mientras crecía y no tengo título universitario. Tampoco tenía ambiciones propias en la industria; no me interesaba actuar, escribir guiones ni nada de eso. Si bien eso suponía a veces una abrupta curva de aprendizaje para algunas tareas, Nadia siempre decía que mi desinterés por esas cosas era una ventaja para el tipo de trabajo que hacía, no un inconveniente. Tengo fama de volcarme de lleno en el trabajo y solo en el trabajo. Y Nadia me pagaba bien porque el trabajo que realizaba y yo misma contribuíamos, en cierta medida, a hacer posibles sus éxitos, ya que le permitía tener una visión de conjunto.

—Mi trabajo me permitía... distraerme —continúo—. Hacía que solo me centrara en el futuro que le importaba a la gente para la que trabajaba. Y ahora mismo dispongo de este lapso de tiempo en el que no tengo que hacer eso. —No menciono que estaba dispuesta a dedicarme por completo al proyecto de ayudarla a preparar su casa—. Así que puede que esta sea también mi oportunidad para descubrir quién soy y qué quiero.

«Para no ser una página en blanco», añado en silencio.

Explicárselo a Bel no es nada fácil, pues siempre ha sabido bien quién era. En la escuela, gozaba de una popularidad atípica; presidenta del consejo estudiantil, del comité de bienvenida, lo que sea. Pero no se debía a que siguiera las reglas de los demás, ni porque hiciera la pelota a otros chicos populares para asegurarse de que siempre la invitaran a las fiestas adecuadas, sino a que era ella misma y no se dejaba influir por las gilipolleces. No agachaba la cabeza, pero tampoco se mostraba altanera. Miraba al frente.

—Tú eres maravillosa —dice, y por supuesto que la quiero por ello. Pero no quiero una defensa por asesinato en este momento. A veces, alguien te quiere tanto que no puede verte con claridad. Puede que ahora mismo la señora Michaels tenga más razón sobre mí que Bel, y eso es un fastidio, ya que es una persona horrible.

Parpadeo mientras contemplo el ventilador del techo y al cabo de un segundo me pincha en el hombro con el dedo.

—El diario de ficción —dice, y me doy cuenta de que sabe que se ha equivocado, que está intentando volver a lo que estaba diciendo—. ¿Qué quieres hacer con él?

—Quiero hacerlo realidad. Al menos una parte.

Yo también me pongo de lado, así que estamos frente a frente.

—¿La parte de Evan Fanning no? —dice.

—Exacto —respondo, pero en mi cerebro suena un ruido al oír su nombre y saco el móvil del bolsillo trasero, por una vez sin pensar en Nadia. Todavía sin noticias de Levi—. De todas formas, es un personaje secundario —continúo, cosa que es cierta, aunque al principio las «a» en forma de corazón hacen que verlo sea más difícil. Vuelvo a guardar el teléfono—. Es fácil de eliminar. Lo que importa es lo demás.

Le cuento las ideas que saqué del diario para la lista. Buzzard's Neck, Sott's Mill. El Nudo. El programa de películas de terror mientras bebemos sidra. La roca fuera del instituto. Las cosas que, por el detalle con el que escribí sobre ellas, sabía que habían representado un rito iniciático para mí, que habían simbolizado algún tipo de sentimiento para mí.

—Es una lista de cosas que hacer antes de morir —dice—. Salvo que tú las haces para empezar algo, no para terminarlo. Entonces sería la lista de cosas que hacer antes de... ¿qué? —pregunta. No tengo ni la más mínima idea. Nada de lo que se me ocurre resulta demasiado atractivo—. Da igual, ya se me ocurrirá algo —dice, en plan jefa de proyecto—. ¿Cuándo empezamos?

—¿Empezamos? —Intento no mirarle la cadera. Es imposible que Bel salte desde Buzzard's Neck en su estado.

—Sí, empezamos. Puede que Evan fuera un personaje secundario, pero yo no, ¿verdad? Debería hacer estas cosas contigo. —Me mira con los ojos entrecerrados—. Si dices una palabra sobre que estoy embarazada...

—¡No he dicho nada! Pero, además, tienes un trabajo. Y un marido.

—Ahora trabajo desde casa. ¿No se trata de que pueda tener un horario más flexible? —alega, pero tengo dudas. Por mucho que yo sea flexible, Bel no lo es. Los horarios son su salvavidas—. En cuanto a Harry, soy su mujer, no su niñera. No veo qué tiene que ver él con esto.

—No pretendo enredarte en mis problemas, Bel.

—Georgie Mulcahy —dice, pinchándome de nuevo con el dedo, más fuerte esta vez—. Nos hemos apoyado desde que teníamos nueve años. Quiero hacer esto contigo.

Lo dice de una forma... casi vehemente, y sé que no aceptará que la rechace. Si quiere hacer esto conmigo, entonces es tal y como ha dicho;

nos hemos apoyado desde hace mucho. Y es muy raro tener esta oportunidad en la que de verdad podemos estar una al lado de la otra y a distancia, cada una en una punta del país.

Me siento entusiasmada y le brindo una sonrisa.

—Vale, Bel —digo—. Ya sabes, vamos a conquistar el instituto.

Esta vez, cuando salgo de casa de Bel, nadie se despide de mí con preocupación desde el porche, y eso me hace sentir muy bien. De hecho, son muchas las cosas que hacen que me sienta bien. Hace un día espléndido, soleado y con poca humedad, una rareza por aquí, y el aire está tan limpio que el río huele salado y fresco.

Sin embargo, aún mejor es la sensación de que tengo algo entre manos. Un plan para cumplir la promesa que me hice, un plan para llenar la página en blanco.

Con esto en mente, otros planes se gestan con facilidad; debería hacer la compra, debería deshacer la maleta, sobre todo porque las bolsas de basura siguen, para mi vergüenza, en el asiento de atrás. Decido volver a Nickel's, aunque temo con quién pueda encontrarme esta vez. No creo que Levi Fanning espere esos ocho pavos que pagó por los batidos, pero Ernie sí, y no quiero que piense que le he fallado ni tengo ganas de explicarle que anoche dormí a una habitación de distancia de Levi y podría haberle dejado el dinero en la encimera de la cocina.

Cuando entro en el aparcamiento, hay más coches; elegantes todoterrenos, algunos con matrícula de otro estado, un par de monovolúmenes con portaequipajes. Turistas, lo cual me parece bien. Reviso el bolso para asegurarme de que esta vez llevo la cartera cuando suena un mensaje entrante en mi teléfono.

TAL VEZ: LEVI FANNING, dice la pantalla, y se me encoje el estómago a causa de la expectación. Esto no parece mucho más saludable que esperar a que mi antigua jefa envíe un mensaje de texto, pero da igual. Las victorias de una en una.

Deslizo el dedo para leer el mensaje.

¿Alguna posibilidad de que hayas podido hablar con tu amiga?

Miro la pantalla con el ceño fruncido. Es un poco corto. O puede que aún esté luchando con mi sentimiento de culpa por no haberle planteado la cuestión a Bel. Me entretengo, ya sea por su brusquedad o por mis dudas, y añado a Levi a mis Contactos antes de responder.

¿Doy por hecho que no has encontrado hotel?

¡Qué cobarde, responder a una pregunta con otra pregunta!

No tiene sentido que me quede sentada en el coche a esperar su respuesta; puedo leer y responder dentro de Nickel's con la misma facilidad. Pero algo hace que siga con el teléfono en la mano y la cabeza gacha mientras veo que pone «escribiendo mensaje» y que luego desaparece.

Varias veces.

Y por fin:

No pasa nada. Gracias por lo de anoche.

Y justo después:

Me refiero a que dejaras que me quedara a dormir.

Arrugo la frente. En realidad, no me ha contestado, y además, ¿a qué venía todo eso de escribir y borrar? La verdad es que no sé por qué me importa, ya que no es que quiera pasar otra incómoda noche en la que un perro pueda acabar llevándose mis bragas. Y, bueno, ya tengo bastante con mi plan.

Pero sí que me importa.

¿Has encontrado alojamiento o no?

Esta vez no veo ningún «escribiendo mensaje», nada en absoluto durante un minuto, que se me hace eterno. Miro por el parabrisas y veo a una familia salir de Nickel's; dos hombres en bañador y camiseta, cargados con bolsas reutilizables, y dos niños con las caras enrojecidas por el sol y las bocas azules por los polos que llevan en las manos. Se dirigen a una de las furgonetas y sonrío en nombre de Ernie. Turistas, en efecto.

Mi teléfono vuelve a sonar, pero no es una respuesta. O, si lo es, está en algún tipo de código. Dos «o» y una «I» mayúscula.

Sin pensarlo, pulso el botón para una llamada de audio al principio de esta reciente cadena de textos sin sentido. Nada más hacerlo me doy cuenta de que no es una buena idea, ya que hoy en día, las llamadas telefónicas son solo para los íntimos y para los mensajes automatizados, y no hay término medio. Pero ya está sonando y sería raro colgar, y de todos modos él contesta incluso antes de que empiece el segundo tono.

—Ha sido un accidente —dice a modo de saludo. Su voz suena... muy irritada. Irritada tipo: «Ernie, tengo prisa», lo que significa que ahora yo también lo estoy.

—Oye, ¿has encontrado un...? —me interrumpo cuando oigo un largo y lastimero gruñido—. ¿Qué ha sido eso?

Oigo suspirar a Levi.

—Escucha, ahora mismo estoy liado.

—¿Era tu perro?

Otro de esos horribles gemidos. De repente me siento muy preocupada por este perro que anoche se tiraba pedos en la cocina de mis padres.

Levi hace un ruido afirmativo.

—Está bien —dice, pero da la impresión de que se lo está diciendo más para Hank, para sí, que para mí.

—¿Qué ha pasado? —Sé que en este punto estoy acribillando a este hombre al que apenas conozco a preguntas que está claro que no quiere responder, al menos, cuando soy yo quien las hace. Pero incluso por teléfono, me sigue provocando esa punzada.

No puedo darle la espalda.

Se hace un largo silencio al otro lado, sin duda, mientras Levi sopesa la relativa conveniencia de colgarme sin más y bloquear mi número.

—Hoy han atacado a Hank en la guardería —dice.

—Oh, no. —Recuerdo la enorme sonrisa de ese bobalicón. Las uñas de sus patas golpeando el suelo mientras yo dormitaba antes de que amaneciera.

—Está bien —dice de nuevo—. Diez grapas en la oreja derecha.

—Oh, no —repito.

—No fue culpa suya.

Arrugo la frente.

—No creía que lo fuera.

Parece que las largas pausas son una característica de la conversación con Levi Fanning, así que espero. La puerta de Nickel's vuelve a abrirse y sale una pareja mayor, con grandes viseras y gafas de sol. Jubilados.

—Hank es tímido con otros perros, siempre lo ha sido —dice finalmente Levi—. Una pequeña terrier fue a por él. Se abalanzó, le enganchó y tiró un poco. Hank... se quedó quieto, sin hacer nada, hasta que vino uno de los supervisores.

Puede que sea lo máximo que me ha dicho Levi de una sola vez y su voz suena diferente, tan dolida que me llega al corazón. Por raro que parezca, estoy afectada y tengo ganas de verle.

—No debería haberle llevado allí. —El arrepentimiento en su voz es tan intenso que casi le pregunto dónde está.

—No creo que sea culpa tuya —digo en cambio. Él no dice nada—. Pero no puedes llevarlo allí otra vez. —Lo he dicho de forma que parezca una afirmación, no una pregunta, y espero que se dé cuenta.

—No. —Se oye ruido al otro lado del teléfono y una puerta que cruje al abrirse—. Oye, vuelve el veterinario. Tengo que irme.

Frunzo el ceño. Ir ¿adónde? ¿Adónde va a ir esta noche? No creo que sea fácil encontrar un hotel por aquí que le permita a Levi tener a su perro con él, al menos, no uno que sea cómodo.

—¿Levi? —digo antes de que pueda colgar.

—¿Sí? —Otra vez en plan escueto, pero lo ignoro.

—Hank y tú os quedáis en casa, ¿vale? Yo también estaré, pero... ya lo solucionaremos. Todo irá bien.

Sé que es lo que querría mi padre. Cuando era yo pequeña, mis padres acogieron en más de una ocasión algún amigo en el sofá, el viejo invitado que se estaba recuperando. Solía ser molesto, a veces incómodo, pero esta vez es lo que yo también quiero. Y lo que yo quiero... Bueno, todo eso forma parte del nuevo plan, ¿no? Hacer la compra, prepararme para tener un invitado humano y otro canino, superar cualquier incomodidad que pueda surgir y empezar a conquistar el instituto.

—¿Estás seg...?

Pero no le dejo terminar.

—Nos vemos allí —digo. Acto seguido, cuelgo y me dirijo a Nickel's, sin preocuparme ya de a quién voy a encontrarme dentro.

6

Levi

Por segunda vez en dos días, me dirijo a la casa de los Mulcahy sintiéndome agotado. Pero esta vez todavía hay luz y de hecho reparo en el Prius aparcado en la cochera, que ayer debería haber sido mi primer indicio de que iba a toparme con algo inesperado.

Pero la perspectiva de pasar otra noche con Georgie ya no me pone tan nervioso, no después de toda la mierda con la que he tenido que lidiar hoy. Después de dejar a Hank esta mañana, encontré un motel en Blue Stone que, al menos, me aceptaría y pensé que podría dejar a Hank por una noche mientras buscaba otra cosa. Pero entonces recibí la llamada mientras estaba en el pasillo de la madera del Home Depot y después de eso todo había sido horrible.

Primero, se me cayó el alma a los pies cuando la señora de la guardería me dijo que Hank estaba herido. Puede que algunas personas digan que estoy demasiado apegado a Hank, pero apuesto a que esas personas nunca han tenido un perro tan bueno como él. Después vi su estado cuando llegué, con un vendaje provisional ensangrentado alrededor de la cabeza, y su gran cuerpo temblaba tanto por culpa del pánico que ni siquiera pudo caminar conmigo hasta la camioneta. Tuve que tomarlo en brazos como si fuera un bebé, una hazaña nada desdeñable dada su corpulencia. Se quedó laxo en mis brazos y también a mí me invadió el pánico, pero resultó que estaba aliviado, según creo. Ni siquiera me molesté en ponerle su cinturón de seguridad especial, sino que dejé que se acurrucara junto a mí en el asiento de mi camioneta durante todo el trayecto hasta la consulta del veterinario, donde (y esto es otra mierda como una catedral de grande) lloriqueó y se quejó como si hubiera tenido el peor día de toda su vida, y eso es mucho decir, teniendo en cuenta el lugar del que sé que vino. Me asaltan unos cinco mil kilos de remordimientos por haber puesto a Hank en una situación en la que acabó herido.

Hice los planes adecuados, pero han acabado saliendo mal.

La verdad es que la culpa es la razón principal que me ha hecho volver aquí esta noche. En el hotel que había reservado me dieron una rotunda negativa a llevar a mi perro, sin importar que solo fuera por una noche. Si un Yorkshire con un problema de actitud no le hubiera medio arrancado la oreja a Hank, tal vez habría vuelto a nuestra casa, habría sacado mi vieja tienda del cobertizo y acampado una temporada. Pero no puedo obligar a Hank a dormir fuera después de lo que ha pasado, y la casa está demasiado desordenada para intentar dormir dentro. El contratista se rio y me dijo que no tenía suelo en la mitad de la casa ni agua corriente y que no la tendría hasta, por lo menos, un par de días.

Así que esta es la segunda noche en el motel Mulcahy y espero que esta vez la propietaria esté vestida. Anoche soñé con esas piernas, lo que me hizo sentir como un puñetero pervertido, teniendo en cuenta que soy un invitado de sus padres. Si hubiera tenido ese bote de Raid a mano, podría haberme rociado yo mismo. Para ser franco, el sueño es una parte de lo que hizo que me empeñara tanto en buscar ese hotel a primera hora de la mañana, después de haberme movido por la casa con sumo sigilo para intentar no despertarla, encogiéndome de vergüenza cada vez que Hank hacía ruido. Eso por no hablar de lo que fue oír correr el agua de la ducha mientras ella estaba allí anoche, de que podía oler su jabón y su champú en el vapor que impregnó la casa después de que ella saliera. O que las paredes son tan finas que pude oír que seguía despierta cuando por fin me metí en la cama, pasando las páginas de algo.

Pero esta noche, no tengo que fijarme en nada de eso. Tengo que cuidar de Hank.

Tenía la cabeza apoyada en mi regazo y se ha levantado al reconocer que hemos vuelto adonde estuvimos anoche. Cuando ayer le dejé salir, corrió por el peculiar patio, olisqueó al gran gallo, tocó con el hocico todos los carillones que pudo alcanzar antes de escarbar dos círculos en la maleza y, cómo no, entrar por la puerta abierta, despreocupado y lleno de entusiasmo. Sin embargo, ahora me mira con expresión hostil cuando salgo, como si le hubieran hecho trizas las cuatro patas y no la oreja.

—Vamos, amigo —digo, dándome una palmada en el muslo, pero Hank se limita a mirarme. «No se puede esperar que me mueva después de lo que he sufrido», dice esa mirada.

Mi Hank es un auténtico teatrero.

Aun así, hago lo que quiere, meto medio cuerpo en la cabina de la camioneta, le rodeo con los brazos, evitando la herida mientras lo levanto con cuidado, y retrocedo para salir una vez que lo he agarrado. Es complicado; las uñas de Hank se enganchan en mi camisa mientras yo intento evitar golpearme la cabeza con el marco de la puerta. Cuando me enderezo, me vuelvo hacia la casa, y maldita sea si Georgie Mulcahy no está ahí de pie en la puerta trasera, viéndome sujetar con torpeza a mi perro como si fuera un niño pequeño revoltoso.

¡Mierda!

Me agacho para dejar a Hank en el suelo. Al principio se aferra un poco, pero en cuanto ve a alguien se olvida de mí y de su oreja, porque vuelve a mover el rabo y se dirige hacia ella, jadeando alegremente.

—Ya veo, ya —murmuro por lo bajo, pero por dentro me siento aliviado.

Lo más seguro es que no vuelva a ver un Yorkshire sin cagarse encima, pero al menos parece que aún se lleva bien con la gente. Georgie ya está en cuclillas y con los brazos extendidos, como si Hank fuera un amigo al que hace mucho que no ve, y tengo que apartar la vista. Gracias a Dios está vestida, pero lleva unos pantalones vaqueros cortos y va descalza. Sigo viendo una gran parte de esas piernas con las que soñé y otra vez me pongo nervioso.

«Insecticida», pienso, como si fuera una especie de talismán.

Me entretengo sacando las cosas de mi camioneta; la cama y el equipo de Hank, mi bolsa, las mismas cosas que me llevé de aquí esta mañana, dando por hecho que encontraría otro lugar donde quedarme. Es muy probable que haga lo mismo mañana por la mañana, pero ya pensaré en ello. Esta noche haré que Hank coma y esté cómodo, le daré una de esas pastillas para el dolor que me ha recetado el veterinario y no sé qué más. Supongo que me esconderé en la habitación de invitados hasta que Georgie se vaya a la cama, para no incomodarla con mi típico silencio malhumorado. Tal vez ponga un pódcast muy alto para no oírla en la ducha.

Pero algo me dice que ella tiene otros planes.

Cuando llego adonde esta, sigue agachada, hablando con Hank como si él le respondiera.

—Y ¿qué pasó luego? —dice ella, con los ojos como platos, y para ser sincero, por los resoplidos y los jadeos con que responde Hank, parece que estuviera intentando hablar con ella—. ¡Uf, qué injusto! —replica Georgie, acariciándole con suavidad el flanco mientras vuelve a escuchar con atención—. Vaya, menuda perra —dice y, caramba, Hank casi parece reír. Esto es un truco de encantador de perros. Yo casi lloré cuando vi a Hank y Georgie le ha curado con solo actuar como si hubiera tenido una refriega en el patio del colegio. Funciona tan bien que Hank sale corriendo al patio para ocuparse de sus asuntos y Georgie se desenvuelve con facilidad, como si hubiera estado acogiendo perros neuróticos en casa desde el colegio toda su vida. Es alta como su padre; con los pies descalzos, la parte superior de su cabeza me llega casi a la nariz. Tiene el pelo húmedo, lo que significa que me ahorraré los ruidos de la ducha, pero seguro que no los olores. Creo que su champú lleva romero—. ¿Ves lo que he hecho? —dice, sacándome de mis pensamientos. Sobre el romero, por el amor de Dios.

Me aclaro la garganta y asiento.

—Sí, gracias. Has hecho que se sienta mejor.

Ella me mira con el ceño fruncido.

—Oh. Quería decir... ¿ves lo que he hecho al llamar «perra» al perro? —Menea las cejas—. Porque has dicho que era una hembra...

—Oh. Sí, ya veo.

Hay un largo rato de silencio, durante el que, sin duda, Georgie piensa que no tengo sentido del humor. No se equivoca. Me doy cuenta de que es graciosa; lo que pasa es que yo no soy de risa fácil. Por Dios, necesito unas quince horas de absoluto silencio para superar los dos últimos días. Tal vez debería ir directo a mi habitación en cuanto le ponga de comer a Hank. Tengo algunas barritas energéticas en mi bolsa.

—En fin, ¡he hecho la cena! —anuncia. Y esta vez ni siquiera consigo articular nada. No creo que pueda empezar mis quince horas de silencio durante una cena que ha preparado esta mujer, pero lo cierto es que es posible que lo intente—. Es algo sencillo —añade, y aún no se me ocurre nada que decir—. Y, en realidad, la estaba haciendo para mí porque, como es evidente, yo como. No te estaba haciendo la cena a ti, ya sabes. Pero he preparado de sobra. Si eso tiene lógica.

No es una ecuación cuadrática, de modo que sí, tiene lógica. Pero a su vez, en cierto modo en no la tiene, porque hemos tenido solo dos conversaciones y ambas sobre la manera de conseguir evitarnos en una casa bastante pequeña. ¿Y ahora ha hecho cena de sobra? No quiero ni pensar en lo que le diré si ha preparado algo que yo no como. Es probable que sea mejor que la rechace ahora. No quiero insultar sin querer su cocina debido a que soy vegetariano.

Me aclaro la garganta de nuevo, preparándome para decir... algo, lo que sea, pero ella me interrumpe.

—Es pasta vegetariana, súper fácil. Se lo he comprado todo a Ernie. Además, le he dejado ocho dólares por los batidos, por si alguna vez quieres cobrar esa deuda.

Juraría que está usando conmigo la misma mierda que ha empleado con Hank, fingiendo que el hecho de que esté aquí de pie, mirándola, es el equivalente a las respuestas jadeantes de Hank. Se da la vuelta y vuelve a entrar por la puerta abierta de la casa, pero sigue hablando. Y como no soy mejor que un perro, la sigo, con Hank pisándome los talones.

—Ernie tiene una sección entera de productos frescos al fondo de la tienda; ¡no me lo puedo creer! Bueno, tú ya lo sabes porque vives aquí.

¡Ahí solía tener comida preparada y encurtidos en frascos! Lo contrario de fresco, ¿sabes lo que quiero decir? No sé, puede que me haya pasado. Además, si te soy sincera, después de lo de ayer, puede que intentara demostrarle que podía pagar mi comida...

Dejo mis cosas y no sé si en Nickel's se pasó tres pueblos, pero vaya si no se ha pasado aquí. La cocina es un desastre. Menudo desastre. Hay tres tablas de cortar en la isla, todas con restos de comida, como si necesitara una superficie nueva para cada verdura que cortara. Además de un cuchillo limpio. Yo ni siquiera tengo tantos cuchillos como hay en esta isla. Menos mal que no he entrado de forma inesperada en plena faena, porque estos sí que pueden hacer pupa.

También tiene tres ollas en el fogón, cucharas en la encimera, un escurridor en el fregadero y las especias fuera de su sitio. No es de las que limpian sobre la marcha. Me tomo un segundo para respirar y aliviar el estrés. Tampoco hay que ser una lumbrera para saber que paso mucho tiempo solo, por lo que no estoy acostumbrado a los hábitos de los demás. Excepto que alguien capaz de sembrar el caos en una cocina para preparar pasta vegetariana no parece importarle demasiado los hábitos. Esta es una situación caótica.

—¡... al final tampoco le he dado muchas vueltas! Así que esta receta ni siquiera es una receta. Me la he inventado, así que espero que no te importe.

Caos.

—Para nada —digo, lo que suena más brusco de lo que pretendo. Me aclaro la garganta—. Voy a asearme.

—¡Claro! Mientras tanto terminaré con esto y hablaré con mi amigo de cómo nos vamos a vengar de la reina del baile —replica. Me la quedo mirando—. La perra que le ha mordido —aclara.

Después de esta noche, no creo que esta mujer quiera pasar otra teniéndome que explicar sus chistes. Será mejor que mañana me ponga de nuevo a buscar otro lugar donde alojarme.

Cuando me meto en el baño para lavarme las manos y echarme un poco de agua en la cara, la oigo en la cocina, hablando en voz baja con

Hank, cuyas uñas repiquetean en el suelo mientras la sigue. Espero que no le esté tirando ninguno de los tomates que he visto en la encimera o me espera una larga noche. Hank no puede comer semillas. Aun así, me tomo más tiempo del necesario porque resulta muy agradable oírlos desde aquí. No debería parecer algo normal, pues lo normal sería que Hank y yo estuviéramos en mi casa y que él no tuviera un montón de metal sujetándole la oreja. Pero esto tiene un cierto efecto calmante. Tal vez sea el olor a romero o que por fin estoy asimilando que Hank está bien y que, al menos, tenemos un lugar donde pasar la noche.

Cuando salgo, Georgie está colocando dos humeantes cuencos en la mesa redonda del salón. Hank observa cada movimiento de Georgie y un poco de baba le sale por un lado del hocico. Señalo la cocina.

—Primero voy a darle algo de comer y luego me reuniré contigo. No me esperes.

Hank por fin se acuerda de quién soy cuando oye el ruido de sus croquetas. Entra en la cocina y se sienta como siempre insisto en que haga antes de ponerle el cuenco en el suelo. Cuando le adopté, pagué una pasta a un adiestrador para que me ayudara a adaptarlo a la vida en casa y los modales a la hora de comer fue una de las cosas que practicamos mucho a fin de asegurarnos de que Hank no se volviera agresivo con la comida. En el momento en que le doy el visto bueno, se pone a comer, pero lo hace a su manera; muy despacio, casi croqueta a croqueta. A veces saca algunos trozos y los deja en el suelo antes de comérselos, como si diera cabida a la expectativa o como si disfrutara sabiendo que nadie se lo va a quitar. Es extraño, pero al menos es una costumbre.

No tengo ningún motivo para quedarme aquí mirándole, así que me resigno al hecho de que estoy a punto de compartir una comida con alguien a quien apenas conozco. Supongo que tiene por costumbre aceptar sugerencias, porque ya está comiendo y eso hace que me sienta más cómodo ocupando el asiento de enfrente. Me coloco en el regazo la servilleta de papel que ha dejado junto a mi cuenco y echo un buen vistazo.

Son verduras, que es lo que yo como, pero aquí también reina el caos; supongo que ni yo ni nadie pondría judías verdes en un plato de pasta.

Bueno, no pasa nada. Es comida, y cuanto antes me la meta en la boca, menos probable es que tenga que mantener una conversación.

—El caso es que sería mucho más fácil para mí poder quedarme aquí —dice en cuanto le he dado un bocado—. Mi amiga acaba de mudarse a su casa y está embarazada, así que...

Asiento con la cabeza y trago saliva antes de hablar.

—No pasa nada. Mañana ya no te molestaremos más.

Siento que me mira. Aquí dentro hace tanto calor como fuera; no sé qué tienen los Mulcahy en contra de disponer de unos ventiladores bien situados.

—Pero... ¿cómo es eso? Quiero decir, habías dicho que no podías quedarte en tu casa. ¿Eso ha cambiado?

Empujo la pasta por el plato. No puedo negar que las judías verdes hacen que me resulte raro. Niego con la cabeza.

—No, es que... —Exhalo un suspiro, pensando en el desbarajuste que sé que hay allí—. Debajo de parte de la casa hay tuberías de arcilla que hay que cambiar. Es una obra importante.

—Y seguro que no es fácil encontrar un hotel que admita perros, ¿verdad?

Me encojo de hombros.

—Hay que ir más lejos. Desde luego en ningún lugar del condado.

Eso no es cierto, y me pregunto si ella lo sabe. La casa de mi familia tiene un ala que admite perros, pero me resulta tan inaccesible que bien podría estar en otro continente. Hace años que no pongo un pie en esa propiedad. Ni siquiera estoy seguro de lo que pasaría si lo intentara.

—Creo que tienes que quedarte aquí —asevera con naturalidad. Agarra el tenedor y empieza a comer de nuevo, como si el asunto estuviera ya zanjado. Todavía está masticando, cuando se pasa una mano por la boca y añade—: Son solo un par de semanas.

—No quiero incomodarte. —«Ni imaginarte en la ducha».

—No lo harás. Podemos planificar nuestros horarios o lo que sea. Así no nos estorbaremos.

Pincho una judía verde, escéptico respecto a la judía y también al plan.

—Trabajo mucho. Madrugo y termino tarde.

—¿Lo ves? Entonces será fácil. Además, yo también estaré ocupada. Me estoy encargando de... —se interrumpe y agita su tenedor—. Será fácil.

Asiento mientras intento creérmelo. Hago memoria de los encargos que tengo programados para las próximas dos semanas y pienso qué puedo decirle sobre dónde estaré, cuánto tiempo y qué días. Lo tengo todo en el móvil, pero me parece de mala educación sacarlo en la mesa. Comemos en silencio, salvo por los sonidos de los lentos progresos de Hank en la otra habitación. Resulta tan familiar que casi me olvido de lo que ha pasado hoy.

—¡Mierda! —farfullo en cuanto me acuerdo.

—¿Qué?

—No es nada. Lo solucionaré.

Puede que a Georgie Mulcahy no se le dé bien inventarse recetas, pero seguro que es perspicaz con la gente, porque dice:

—Puedo cuidarle. Si de eso se trata.

—Demasiadas molestias. No estoy seguro de que no vaya a toquetearse las grapas. —Me dieron uno de esos collares isabelinos en el veterinario, pero cuando el técnico veterinario y yo intentamos ponérselo se quedó paralizado. No sabía dar un solo paso con eso puesto.

—No es molestia. Es un buen perro. Además, una vez tuve un trabajo en el que tenía que ponerle un jersey a un bulldog francés todas las mañanas. Tenía epilepsia y, encima, cuando se sobreexcitaba respiraba tan fuerte que se desmayaba. Estoy acostumbrada a cosas complicadas.

Vuelvo a quedármela mirando.

—Creía que eras..., uh. Creía que trabajabas para actores o algo así. Gente de Hollywood.

—Así es —dice, y luego se aclara la garganta—. Así era, quiero decir. Pero mis obligaciones eran... —abre los brazos, tenedor en mano, y un tomate cae al suelo— muy extensas. La gente de Hollywood a veces tiene perros.

Voy a tener que alcanzar ese tomate cuando se levante; no creo que se haya dado cuenta. También me estoy preguntando a qué vienen los jerséis para perros, porque yo pensaba que en el sur de California siempre hacía calor. Pero ese no es el tema de esta conversación.

—¿Y tus cosas? —digo—. Tus... Dijiste que tenías cosas que hacer, ¿verdad?

Georgie se encoge de hombros.

—Tengo un horario flexible. De todos modos, ¿le gusta viajar? Es probable que pueda llevármelo a algunos sitios.

Quizá piense que sería fácil, pero Hank no es un bulldog francés con jersey. Hay gente que le tiene miedo, por eso casi nunca me lo llevo a las obras. Además, uno de mis obreros habituales, Laz, es alérgico, así que si trabajamos en la misma obra, no hay nada que hacer. La mayoría de las veces intento dejar a Hank en casa durante el día y me paso para dejarle salir cuando hago un descanso. Allí está cómodo y tiene su rutina.

—No quiero molestarte —alego, pero incluso cuando lo digo me doy cuenta de que ni siquiera estoy pensando en mi respuesta. Rechazar su ayuda es algo automático, como si no pudiera confiarle a Hank. En realidad, no es justo, ya que deja que me quede en esta casa y hoy ni siquiera he visto el insecticida. No puedo permitirme ser despectivo, y menos con el aprieto en el que estoy. Odio tener las manos atadas, pero no tengo muchas opciones.

Hank elige ese momento para entrar y me da un empujón con el hocico en el muslo como hace siempre después de comer, algo que yo interpreto que es su forma de darme las gracias.

—Es un perro muy bueno —dice.

—Sí que lo es. —Le rasco la cabeza, en el lado que tiene ileso—. Ponte cómodo, amigo —digo, y Hank pasa al salón y da dos vueltas antes de tumbarse. Parece sentirse cómodo aquí y con Georgie, y quizá yo debería seguir su ejemplo. Paul y Shyla son buenas personas, así que no hay razón para pensar que Georgie no lo sea también. Carlos solía decirme que me cuesta confiar en la gente, lo cual es un eufemismo. No creo que lo dijera como una crítica, solo como un hecho, y él sabía que yo tenía mis razones. Aun así, ese hecho está jodiendo mucho mi capacidad para resolver un problema, así que más me vale que lo supere. Me aclaro la garganta y le doy otro bocado a su pasta—. Te lo agradezco —digo, y suena como si me estuvieran estrujando la garganta—. Si no te supone mucha molestia.

—Para nada —responde, haciendo caso omiso de mi tibia respuesta, y continúa comiendo, metiéndose una judía verde en su boca medio sonriente.

Y, de esta forma, Georgie Mulcahy se convierte en mi compañera de piso y en mi cuidadora canina, al menos, por ahora.

Después de cenar, insisto en ayudarle a recoger, aunque Georgie se resiste, y creo que es porque se da cuenta por primera vez del desastre que ha montado. Intenta echarme de la cocina, diciéndome que vigile a Hank, pero él está ahí, roncando y disfrutando del primer descanso que ha tenido en todo el día. Farfullo entre dientes que no hay que menear el avispero y empiezo a recoger los restos de comida en un cuenco. Paul tiene un compostador fuera, parecido al que yo tengo en casa, así que al menos no se desperdiciarán.

La cocina es pequeña y nos rozamos demasiado como para sentirme cómodo, pero Georgie ya está más tranquila y recoger las cosas me calma. Estoy seguro de que encontraremos una rutina, dure lo que dure esto. Y es probable que apenas nos veamos, lo que significa que no me sentiré tentado de mirar esas piernas cada vez que pase por mi lado.

Todo irá bien.

—Así que, ¿muelles? —dice entonces.

Tardo un segundo en darme cuenta de que no está haciendo una especie de ejercicio de vocabulario al azar; en realidad, me está preguntando por mi trabajo. Lástima que Hank esté durmiendo. Es mejor conversador que yo.

Asiento y me dispongo a agarrar el trapo que me tiende.

—¿Cómo es? —pregunta.

La única palabra que se me ocurre durante unos eternos segundos es «húmedo».

Finjo estar muy ocupado secando una olla.

—Ajetreado en esta época del año —digo al final—. Somos una empresa pequeña. Hacemos reparaciones de estructuras existentes y pequeñas construcciones residenciales.

Eso ha estado muy bien. Una respuesta normal. La miro por el rabillo del ojo y veo que asiente mientras frota uno de los cuchillos con un estropajo. Al cabo de unos segundos, me lo pasa y vuelve a hablar:

—Supongo que quería decir..., ya sabes..., si te gusta.

—Oh. —Entonces, ¿no es una respuesta normal? Bueno, vale. He hecho lo que he podido—. Está bien. Estás al aire libre, sobre todo. Estás en el agua o cerca de ella.

A pesar de que me sentía más cómodo fregando en silencio, entiendo que me toca a mí, que debo interesarme por su trabajo, el que comentó que era tan extenso. Me acuerdo de que abrió los brazos. Estaría bien que fuera ella y no Paul quien me hablara de ello.

Pero vuelve a hablar antes de que pueda decir nada.

—¿Cómo te metiste en esto?

Trago saliva con incomodidad. No me apetece mucho entrar en esa cuestión. En que Carlos me sacó de la cuneta en la peor noche de mi vida. Me dio una oportunidad cuando todos los que conocía aquí me habían dado por perdido.

Mi respuesta es simple.

—Soy bueno con las manos. Me manejo bien en un barco. —Casi añado que aprendo rápido, pero no quiero parecer arrogante.

Me pasa otro plato.

—Bueno, es más que eso, ¿verdad? Ya que ahora diriges la empresa.

Paso el peso de un pie al otro y me aclaro la garganta.

—Fui aprendiz de Carlos durante unos siete años. Conocía bien el negocio. Era lo más lógico.

Es más complicado que eso, pero no sé si quiero entrar en los detalles de por qué era lo lógico, de todo el trabajo extra que hice y de lo que estudié para asegurarme de que podía ocuparme de algunas de las cosas para las que Carlos tendía a contar con sistemas ineficientes. Llevar la contabilidad, ocuparme de las nóminas, de los protocolos de facturación. Cuando se jubiló de manera oficial, yo conocía el negocio mejor que él.

Una vez más, estoy a punto de cambiar de tema o, al menos, de centrarlo en ella. Siempre he sabido que me siento incómodo hablando de mí, pero con Georgie veo más claro que nunca lo tenso que me pongo al hacerlo. Ella parece relajada y abierta, cómoda en este pequeño espacio. Para mí, incluso una conversación sobre algo tan imparcial como mi trabajo está llena de pequeñas trampillas, puntos en la historia que me llevarían por derroteros por los que no quiero ir.

Pero entonces, por increíble que parezca, las cosas van a peor.

—Siento haberte confundido con tu hermano —dice de forma repentina y rápida—. Ayer, quiero decir.

Aprieto los dientes y se me tensan los músculos de la mandíbula. No tengo ni idea de qué le ha llevado de preguntarme por mi trabajo a sacar a colación el error de ayer, pero me da igual qué lo haya provocado. Me importa que haya abierto una de esas trampillas a mi propio error, en el que me esfuerzo por no pensar, al menos, fuera de la consulta de mi psicólogo. Y hace tiempo que no voy.

—Es porque fui al colegio con él —dice, ya sea porque no se da cuenta de la tensión que emano o tal vez porque lo hace—. Y yo... me acuerdo de él.

Me aclaro la garganta.

—Claro —consigo decir, pero doblo el paño por la mitad y lo dejo sobre el fregadero—. Terminaré de secar más tarde, si te parece bien.

Ella continúa como si no me hubiera oído.

—Y por un segundo parecías...

—Georgie —digo con brusquedad, y me doy cuenta de que es la primera vez que digo su nombre en voz alta. Por alguna razón en la que no quiero pensar demasiado odio que haya sido así. Con aspereza, con severidad.

Me mira con los ojos muy abiertos y las manos llenas de espuma del fregadero. Por fin le he hecho ver que hablar más no es la mejor manera de avanzar, pero no me supone ningún alivio. Me imagino cuáles habrían sido sus siguientes preguntas. Lo más seguro es que quiera saber cómo está él. Tal vez incluso quiera saber cómo ponerse en contacto con él.

No me sorprendería.

Pero lo más importante es que no sabría qué decirle en ninguno de los dos casos.

—No le veo —digo, adelantándome a ella, y hago un esfuerzo para que mi voz surja más suave. Sé que no es culpa suya, sino mía—. Ni a nadie de mi familia. Prefiero no hablar de eso.

—Oh —dice en voz baja—. Oh, claro.

Es el «claro» lo que me afecta, aunque no debería. ¿Acaso no vi anoche ese reconocimiento en su cara? ¿No sabía ya que, sin duda, tiene un montón de historias sobre mí a su disposición?

Aun así, escuece, hace que esta habitación sea más asfixiante y menos cómoda de lo que era incluso antes, aunque esto es por una razón diferente. Ha hecho añicos nuestra frágil paz, recordándome que no somos extraños, no de un modo que haría más llevadera esta situación de compañera de piso/cuidadora canina. En cambio, somos el tipo de extraños que crecieron en pueblos vecinos del mismo pequeño condado, en el que tus asuntos no son únicamente de tu incumbencia. Donde la reputación de uno no desaparece, no importa lo que hayas hecho a partir de entonces.

Agarro el cuenco con los restos de comida, me doy una palmada en el muslo y llamo a Hank.

—Voy a sacarlo. Puedes dejarme el resto para que lo limpie.

—No, está bien. Lo sien...

No la dejo terminar lo que sé que va a ser una disculpa. No la merezco, y lo sé.

—Agradezco lo que estás haciendo. Que dejes que me quede, y además con Hank.

El collar de Hank tintinea al entrar en la habitación, con aire somnoliento. Sacude la cabeza, agitando las orejas y olvidándose de su herida. Debería haberle dejado tranquilo para que descansara más, pero estoy desesperado. Necesito salir de esta cocina.

—Ya te he dicho que no hay problema...

—Pero no compliquemos las cosas —digo, cortándola de nuevo. «Nada de conversación —tengo ganas de decir—. Sin trampillas».

Ella asiente, con la cara enrojecida por lo que supongo que es vergüenza, y es como si yo hubiera caído en otra trampilla de todas formas. Estoy muy por debajo de ella, en la húmeda oscuridad de mi pasado, y lo único que quiero es subir y salir.

Así que no me disculpo, no intento explicarme. Abro la puerta y salgo, sabiendo que sus ojos me miran mientras me alejo.

7

Georgie

Hasta ahora, no diría que la cosa va demasiado bien.

Bel y yo solo llevamos unas horas trabajando en nuestra primera iniciativa inspirada por el diario y yo estoy tensa y distraída. Una parte de mí está frustrada porque no es como lo había imaginado y la otra parte está avergonzada de haberlo hecho. Cuando llegué a casa de Bel a primera hora de la tarde, se paseaba de un lado a otro por el porche, con el teléfono delante de la cara y hablando animadamente con quienquiera que estuviera al otro lado. Me he quedado en el coche y he intentado meterme en mis redes sociales, pero como aquí la señal es pésima, más que meterme, he esperado a que se cargaran. Cuando Bel abrió la puerta, yo estaba mirando un anuncio de un collar de doscientos dólares que parecía hecho de clips sujetapapeles y tratando por todos los medios de no pensar más en Levi Fanning y en el desastroso final de nuestra cena de hace dos noches.

—¿Qué te pasa en la cara? —me dijo Bel, lo que interpreté como que mis esfuerzos habían sido en vano.

Le dije que estaba pensando en la composición actual del Tribunal Supremo, cambié de tema y le pregunté por su llamada. Durante el resto del trayecto, Bel habló con todo lujo de detalles de un programa de ordenadores portátiles reacondicionados que está intentando organizar para cinco distritos escolares de la zona del Columbia, Maryland y Virginia, y aunque eso hizo que Levi desapareciera de mi mente, también me llevó pensar en otra cosa desagradable. Cuando terminó, yo estaba pensando: «¿Un cuaderno de octavo curso, Georgie? ¿En serio?».

Aun así, me detuve en un lugar junto a la calle principal de Sott's Mill e intenté reunir todo mi disperso entusiasmo antes de empezar. Mientras me preparaba, Sott's Mill me había parecido el punto de partida perfecto, y no solo porque no hubiera encontrado la forma de que Bel participara de forma activa en un salto desde un viejo muelle o en una borrachera a base de sidra. Me había parecido el punto de partida perfecto porque era discreto, familiar. A fin de cuentas, comer e ir de compras eran cosas que hacía con bastante regularidad en mis escasos días libres en Los Ángeles, donde quedaba con otra asistente personal cuyo jefe había trabajado en la exitosa serie de Nadia para Netflix hace un par de años. Prácticamente lo único que Jade y yo teníamos en común era nuestro trabajo, pero era simpática, estaba bien adaptada y le encantaba la moda, y entrar y salir de las tiendas con ella siempre hacía que añorara a Bel.

Además, el pasaje de Sott's Mill es una de las pocas que no tiene absolutamente nada que ver con Evan Fanning, lo cual es una buena elección dadas las circunstancias, y esas circunstancias son que su hermano, en el que no puedo dejar de pensar, me ha evitado durante dos días seguidos.

Pero, aun así..., esto no va nada bien.

—Este lugar ha cambiado mucho —dice Bel, mientras salimos de nuestra tercera tienda, que desde fuera parecía decente, pero resultó tener un montón de carteles pintados que decían cosas como: DAME SIEMPRE UN BESO DE BUENAS NOCHES y PREFIERO ESTAR EN DISNEY WORLD. Que no se me ofendan los besos de buenas noches ni Disney World, pero recuerdo que Sott's Mill tenía más cosas que yo quería.

—Me alegra un montón que lo digas —digo, exhalando un suspiro—. ¿No había... muchísimas más tiendas?

Bel asiente y mira hacia la calle en la que antes había dos manzanas de escaparates llenos y bien cuidados. En el diario de ficción había descrito esta calle como «elegante», y lo era, al menos comparada con la principal calle comercial de Darentville en aquella época. Sin embargo, ahora se ve descolorida, un poco triste. Como si hubieran aplicado a todo el filtro más deprimente de Instagram, sobre todo si dicho filtro también convirtió una tienda que solía vender una popular marca de maletas y bolsos de colores vivos y profusos estampados en un Almacén de Municiones.

—Al menos, las patatas fritas que hemos comido estaban de muerte... —dice, refiriéndose a la comida que hemos tomado en un restaurante a dos manzanas de donde estamos.

Bel se lo toma todo con más calma que yo y supongo que es porque el declive de Sott's Mill es otra señal del ascenso de Darentville. Dado que hace poco que ha comprado una casa allí, no me cabe duda de que esto es así. Seguro que piensa que nos habría ido mejor yendo al renovado distrito comercial de allí, pero si es así, no lo dice, cosa que agradezco. A saber con quién nos habríamos cruzado. Es muy probable que con otro profesor que me hubiera mandado al despacho del director.

Y, además, el diario de ficción decía que tenía que ser aquí.

Intento ceñirme al plan, aunque parece que por el momento no encuentro ni rastro de la plenitud que al parecer sentía cuando lo ideé.

En su lugar, vuelve a aparecer el vacío, esa sensación de no saber qué es lo que quiero, aunque sé que preferiría no estar en Disney World.

—¿Y si probamos en la tienda de antigüedades por la que hemos pasado? —propone Bel de forma animada, sin duda, porque tengo pinta de que estoy pensando otra vez en el Tribunal Supremo—. Cierto que las antigüedades no nos iban cuando teníamos trece años, pero a quién le importa, ¿no?

—Vale —respondo, bregando con mi razón de ser.

En el diario de ficción, el atractivo de Sott's Mill radicaba en las opciones que nos ofrecía; ir a un sitio y decidir nosotras mismas lo que queríamos comprar nos parecía algo emocionante, propio de personas adultas e independientes. Por aquel entonces, nos obsesionaba la ropa, ya que a las dos nos habían criado unos padres poco interesados en seguir las tendencias. Una página entera del diario sobre Sott's Mill trata sobre el vestido camisero estilo polo que me imaginé comprando y que ahora hace que mi yo más joven me dé vergüenza ajena.

Pero ¿es posible que ahora me gusten las antigüedades? ¡Habla de opciones! Opciones entre cosas antiguas, pero ¿qué hay más adulto que una antigüedad? Seguro que no mucho. Quizá lo que quiero es un apartamento decorado con un candelabro del siglo xix. Al fin y al cabo, tengo que empezar a pensar en mi situación vital.

Engancho mi brazo al de Bel y nos dirigimos hacia ella mientras Bel parlotea de manera animada sobre las patatas fritas que hemos comido.

La tienda, inesperadamente espaciosa, está llena de largos pasillos repletos de muebles, lámparas y cachivaches en diversos estados de conservación. Hay un buen número de clientes deambulando entre el surtido de cosas y la propietaria nos saluda de forma jovial. Está claro que no ha recibido ningún memorándum referente a no hacer nunca comentario alguno sobre el cuerpo de una embarazada, ¡porque llama a Bel «cariño» y le dice que está «a punto de estallar» antes de insistir en llevarla a un pasillo con cunas viejas, baúles y cambiadores! A Bel no parece molestarle y tampoco parece dispuesta a decirle a esta señora que su habitación infantil ya está terminada.

«He pasado por esto, señora de las antigüedades», pienso.

Me detengo ante una mesa con relojes antiguos y paso los dedos por la curvada y deslustrada parte superior de uno. Seguro que esto quedaría horrendo en cualquier apartamento.

Deambulo por otro pasillo, recorriendo con la mirada viejos y polvorientos marcos, que sin duda serían perfectos para un cuadro maldito de tu yo en descomposición. Mi mente no tarda mucho en alejarse de nuevo de todas estas cosas que desde luego no quiero y, en la relativa intimidad del pasillo de los marcos malditos, hago justo lo que no debería estar haciendo y echo un vistazo a mi teléfono.

Sorpresa; todavía no hay noticias de Levi.

«¡Para, Georgie!», me regaño en el acto, pero es demasiado tarde. Estoy cayendo fácilmente en el mismo conjunto de molestos pensamientos que me han asaltado en casi todos mis momentos de soledad de los últimos dos días. La conversación con Levi y el silencio tenso provocado por la misma son como un cardenal que no puedo dejar de apretar. ¿Por qué saqué el tema de Evan? ¿Por qué, justo en el momento en que por fin habíamos mantenido una conversación normal, sentí que era necesario que me disculpara por algo que, sin duda, Levi ya había olvidado?

Además, ¿por qué añadí judías verdes a ese plato de pasta?

Por extraño que parezca, parece que esté conectado; la repentina disculpa y las judías en un plato de pasta. Así soy yo cuando me dejan a mi aire, cuando manejo yo mis propios hilos: impulsiva, irreflexiva. Vi aquellas judías, me pareció que tenían buena pinta y quise incorporarlas, poco importaba si armonizaban con cualquier otra cosa que hubiera comprado. Obtuve algunos datos sobre la vida profesional de Levi y, de repente, saqué a relucir algo doloroso de su vida personal.

Sacudo la cabeza, abriendo el hilo de mensajes que tengo ahora con él; el último mensaje que me ha enviado es de las seis de la mañana, cuando yo aún dormía.

Hoy me llevo a Hank. Gracias de nuevo por cuidarlo ayer, dice.

Hice una mueca cuando lo leí, pues sentí que de alguna forma había perdido otro empleo. Seguro que ayer a Levi no le quedó otra que dejar a Hank en casa conmigo, pero supongo que se está tomando muchas molestias para no tener que necesitarme más. He estado mirando mi móvil porque espero que, en el momento menos pensado, me llegue un mensaje diciéndome que al final ha encontrado un hotel.

«No compliquemos las cosas», le oigo decir con esa voz tranquila pero impaciente, y se me enciende la cara de vergüenza. Me guardo otra vez el móvil en el bolso, decidida a dejarlo ahí el resto de la tarde.

Levi no es el protagonista del día de hoy. ¡Los protagonistas son los marcos malditos!

—¡Georgie! —me llama Bel desde algún lugar de la tienda—. ¡Georgie, ven aquí!

Agradecida por la distracción, sigo el sonido de su voz, esperando que haya encontrado algo muy inquietante que enseñarme. Quizá una vieja muñeca con traje de marinero y todo el pelo arrancado o un espéculo antiguo. Echo un vistazo a un par de pasillos antes de encontrarla; la dueña y ella están de espaldas a mí y al acercarme veo que están delante de un precioso baúl de madera de cerezo pulida que hay en el suelo. No tengo ni idea de dónde lo va a poner Bel, pero supongo que eso no es asunto mío.

—Es bonito —digo, con los ojos clavados en ella mientras me acerco y me detengo a su lado, pero entonces me pellizca en la parte posterior del brazo—. ¡Ay! —exclamo, y levanto la mano en el acto para frotármelo. Le dirijo una mirada de espanto, pero entonces me doy cuenta de que la propietaria y ella no estan solas delante del baúl—. Oh —me corrijo. Menuda sorpresa.

Esta vez tengo ante mí la cara de Evan Fanning.

—¡Mira con quién me he topado! —dice Bel, que parece tan encantada como una anticuaria comentando la etapa del embarazo de una nueva clienta.

—Oh —repito, pero en esta ocasión es menos una sorpresa y más una revelación; de inmediato sé, sin lugar a dudas, por qué le pedí disculpas a Levi hace dos noches. Es porque, a pesar de que hacía solo unas horas que le conocía (el Levi rudo y tosco, tierno con su perro y tímido para hablar de su éxito) me parece ridículo que pudiera confundirle con el adolescente brillante, seguro de sí mismo y superpopular del que una vez estuve enamorada.

A día de hoy, Evan Fanning está casi igual que cuando era adolescente. Más viejo, por supuesto, pero de algún modo sigue igual. Espeso cabello castaño peinado hacia atrás, bien afeitado. Nariz recta, mandíbula fuerte. Bronceado por el sol y risueño. Con las manos metidas de manera desenfadada en los bolsillos de los pantalones, en una actitud relajada y cómoda.

—¿Te acuerdas de Evan Fanning? —dice Bel, y reconozco que tiene su mérito, ya que no lo dice como si hubiera escrito media novela *amateur* en honor a esta persona. Lo dice en plan: «¡Mira, el chico que iba al instituto con nosotras!».

—Por supuesto —digo, tratando de adoptar su tono informal—. Hola.

—Georgie, ¿verdad?

Exploro mi cuerpo en busca del instinto adolescente de desmayarme de alegría porque él sabe mi nombre.

No siento más que un vago alivio por no llevar puesto un mono arrugado. Sin embargo, Bel está a mi lado con el mismo entusiasmo que una niña con zapatos nuevos. En cuanto subamos al coche, le devuelvo el pellizco. Con suavidad, debido al embarazo, pero se lo devuelvo de todos modos. Está disfrutando demasiado con esto.

—La misma que viste y calza —respondo, y me giro hacia su acompañante, una joven con el pelo largo del mismo color que el de Evan (y el de Levi) y una mirada llena de emoción que se pasea entre Bel, Evan y yo—. Hola —la saludo, tendiéndole la mano.

Ella me la estrecha con brío.

—¡Soy Olivia, la hermana de Evan! Aunque es probable que no os acordéis de mí, ¡ya que yo iba muchos cursos por detrás de vosotras en el colegio! —No tengo ocasión de decirle si me acuerdo o no (me acuerdo vagamente, sobre todo por mi obsesión con Evan), porque ella sigue hablando—. Básicamente eres una leyenda para mí. ¿Trabajar para Nadia Haisman? ¡Me encantan sus películas!

Tampoco tengo la oportunidad de decirle que eso ya no es así; al parecer, no se ha topado con la señora Michaels en los últimos días. No obstante, es un cambio agradable que se te conozca por algo que no sea estar castigado o dormirte durante las Pruebas de Aptitud Académica.

—Liv es una gran cinéfila —señala Evan. Él suelta una afectuosa risita burlona, que seguro que me habría provocado un ataque al corazón hace una docena de años, y le da un codazo—. Créeme, lo sé bien.

Olivia pone los ojos en blanco y le da un suave empujón.

—Evan y yo somos compañeros de piso desde hace unos meses. Anoche le obligué a ver *Una rubia muy legal*.

—Todo un clásico —comenta Bel, encantada a más no poder.

—Con comentarios —apostilla Evan, gimiendo para causar efecto, y Bel y Olivia ríen levemente. Pero yo solo puedo pensar en Levi, diciéndome que no tiene contacto con su hermano ni con nadie de su familia. Evan y Olivia parecen muy unidos, cómodos el uno con el otro, y aunque parezca inexplicable, me siento ofendida por Levi. ¿Cómo pueden ver *Una rubia muy legal* (¡y con comentarios!) sin su hermano? Supongo que estaría bien ver una película con Levi, siempre y cuando no... mencionara justo a las personas con las que, de forma irracional, estoy molesta por excluirle.

Bel se da cuenta de mi inusual silencio y se aclara la garganta.

—Georgie me está ayudando a prepararme para este pequeño —explica mientras se pasa una mano por el vientre—. Mi marido y yo hemos vuelto hace poco. Bueno, él es originario de Connecticut. Pero ya me entendéis.

—*Le he estado enseñando algunos baúles —interviene la propietaria, y Olivia se queda boquiabierta al ver el que hay en el suelo y que yo había olvidado por completo.*

—Otro gran hallazgo, Pam —dice Evan. Y Pam, de unos sesenta años de edad, me recuerda a mí cuando tenía trece—. Cuando estés libre para atendernos, nosotros también hemos elegido algunas cosas.

Pam junta las manos.

—Los Fanning son mis mejores clientes —nos dice a Bel y a mí—. ¿En cuántas de tus habitaciones de invitados hay piezas de aquí, Evan? —Estoy segura de que agita las pestañas.

—Oh, en casi todas —aduce Evan con soltura, y la propietaria se sonroja.

Supongo que no ha perdido su don. Sus ojos se cruzan con los míos durante un segundo, y no sé cómo lo hace, pero da la sensación de que me guiñara un ojo sin guiñármelo de verdad. Es como si me dijera que es consciente de que me he dado cuenta de su encanto, como si compartiéramos un secreto. De algún modo consigue hacerlo sin parecer engreído, y lo admito; esta vez el escáner corporal revela algo. No son mariposas en el estómago, pero... sí noto algo.

—¿Todavía curráis en La Ribera? —le pregunto, y entrecierro un poco los ojos. No le he oído a Bel decir «currar» desde segundo, justo cuando entró en el equipo de debate y retórica.

Olivia sonríe.

—Evan es ahora el director general. Yo dirijo el *spa*.

Bel enarca las cejas.

—¡No sabía que hubiera un *spa*! ¡Georgie, hay un *spa*! Tendremos que ir alguna vez.

—Me encantaría —dice Olivia—. Tenemos un masaje para embarazadas del que la gente habla maravillas. —Me mira—. ¡Y, por supuesto, muchos otros servicios! ¡Seguro que no tan lujosos como a los que estás acostumbrada, viniendo de California!

—Seguro que es maravilloso —digo con una sonrisa. Olivia se muestra simpática, aunque a mí este encuentro en general me resulta muy confuso. Estoy de pie en el borde de un acantilado y el agua que hay debajo se compone por completo de la pregunta: «¿Por qué no os habláis con vuestro hermano mayor?». Me dan ganas de lanzarme. Pero en vez de eso, digo—: De todas formas, no suelo tener tiempo para hacer visitas al *spa*.

—Oh, claro. No me extraña. Seguro que siempre estás hasta arriba de trabajo.

«¡Ya no! —canturrea mi cerebro—. ¡Por ahora estamos solo mi viejo cuaderno lleno de ideas tontas y yo!».

—Hablando de trabajo —dice Evan, mirando el reloj inteligente que lleva puesto—. Pam, quizá te llamemos para lo de las piezas. Por desgracia, los dos tenemos que hacer turnos de sustitución en el restaurante esta noche.

Pam chasquea la lengua.

—Seguís teniendo problemas, ¿eh?

Ahora es Olivia quien gime.

—No te haces una idea. Ahora mismo los camareros están muy solicitados. Hemos contratado a un par de personas nuevas, pero sigue siendo difícil cubrir los turnos.

—La semana pasada tropecé al subir las escaleras del patio y se me cayó una botella de Moët medio llena —dice Evan, meneando la cabeza y mostrándose cómodo y relajado con su propia torpeza—. Me pregunto qué desastres me depara esta noche.

—Estoy segura de que eres maravilloso —dice Pam.

—¿Sabes qué? —interviene Bel, y por la forma en que alarga las palabras, el «¿Saaabes qué?», por la presión de su codo en mi costado, sé lo que va a decir incluso antes de que salga de su boca, y soy incapaz de detenerla—. Georgie tiene mucha experiencia en restaurantes —concluye.

Olivia levanta las manos, separando bien los dedos, y la «o» que estaba formando su boca se transforma en un dramático «¡Ay, Dios mío!». Nunca había visto a nadie tan impresionado por mi anterior trabajo como camarera, pero cobra más sentido cuando Olivia añade:

—¿No es así como te descubrieron?

Me echo a reír al oír semejante descripción, como si fuera modelo, actriz o algo por el estilo.

—Más o menos. Trabajaba de camarera en Richmond cuando conseguí mi primer trabajo en un plató.

En aquella época, se estaba rodando en la ciudad y sus alrededores una serie de prestigio sobre la Guerra Civil y el director venía a cenar al restaurante donde yo trabajaba cuatro noches a la semana. Todas las noches pedía la misma mesa, solía estar solo y siempre llevaba su portátil. Un miércoles por la noche, se le averió mientras se comía el plato principal y yo le ayudé enviando un mensaje de texto a Justin, el chico que vivía en el apartamento dos pisos más abajo del mío y que trabajaba en el servicio técnico. Justin recibió mil dólares en metálico y dos porciones de tarta de chocolate que iba a tirar al final de la noche, el director consiguió que su portátil funcionara mejor que antes y a mí me ofrecieron que pasara por el plató como agradecimiento por ayudar a salvar el rodaje del día siguiente. Al poco tiempo, ya tenía un nuevo trabajo temporal: repartir cafés, recoger la ropa de la tintorería e informar al director sobre el tiempo que el actor principal llevaba discutiendo con su novio por Face-Time.

—Debes de tener mucho talento —dice Evan, y ahí está otra vez el codo de Bel. Vaya, sí que se ha puesto fuerte. Me pregunto de forma distraída si debería renovar mi suscripción a la aplicación de fitness que solo usé seis veces el año pasado.

Me alejo un poco de ella y, llena de vergüenza, hago un gesto con la mano para restar importancia al cumplido, aunque no sé muy bien por qué. Tal vez me haya acostumbrado a que la palabra «talento» describa a un determinado sector del equipo con el que colaboraba, un sector en el que no estaba incluida.

—Bueno, a mí nunca se me ha caído una botella de champán —digo, con tonillo burlón.

Evan se ríe y Olivia da una palmada mientras se mece o se pone de puntillas, no sé muy bien. Pam parece un poco enfadada porque cree que intento robarle a su novio.

Veo que Evan me mira, se lleva la mano al bolsillo trasero para sacar la cartera y luego extrae una delgada tarjeta blanca.

—Ya sé que es una posibilidad remota, pero si tuvieras tiempo de prestarnos un poco de tu talento durante un rato mientras estás aquí, te lo agradeceríamos.

Olivia vuelve a susurrar: «¡Ay, Dios mío!» y Bel se acerca de nuevo, poniendo fin al espacio que había dejado entre nosotras.

Evan me ofrece la tarjeta y durante un instante solo puedo pensar en Levi. En su rostro severo en contraste con este rostro sonriente. En lo difícil que fue para él pedir ayuda y lo fácil que parece resultarle a Evan.

Pero, esta vez, Bel ni siquiera tiene que darme un codazo, porque ya lo hace mi instinto de conservación. ¿Por qué pienso en Levi, que es más que probable que ya haya hecho las maletas y se haya marchado? ¿Por qué no me concentro en la ilusión que me produce la perspectiva de tener otra cosa, algo útil, con lo que ocupar mi tiempo?

¿Por qué no pienso en que la perspectiva de tener un empleo en el restaurante de los Fanning, aunque sea temporal, es también una muy conveniente oportunidad, como salida del diario de ficción por arte de magia, que ni siquiera había considerado incluir en mi nuevo plan? No importa que Evan ya no me haga sentir mariposas en el estómago. ¿No debería tomármelo como una especie de señal para pasar página?

Al igual que el resto de las cosas que hay en mi lista, ¿no debería ser esto una oportunidad para pensar en lo que quiero?

Le tiendo la mano, ignorando la miradita entusiasmada de reojo que Bel me dirige y también mis dudas sobre Levi. Le brindo una sonrisa a su hermano pequeño y me encojo de hombros con despreocupación, ocultando todas las emociones de los últimos minutos.

—Claro, ¿por qué no? —digo.

Mantengo el aplomo hasta que entro en casa de mis padres y veo la camioneta de Levi aparcada junto a la cochera. Estaba tan convencida de que no estaría aquí que, después de dejar a Bel en casa, me moría de ganas de llegar a una casa vacía, deseosa de tener tiempo para asimilar todo lo ocurrido en este día en general y el hecho particular de haber aceptado una invitación para ir mañana a La Ribera. Pero ahí está Hank, tumbado a los pies de Rodney, el gallo de metal, y en cuanto me ve, se pone a ladrar y viene hacia mí. Miro de inmediato hacia la puerta trasera y veo a Levi en el porche, con los brazos cruzados sobre el pecho.

«¡Qué bien!», pienso, contemplando esa actitud huraña y sintiendo una frustrante punzada de culpabilidad. La tarjeta de Evan bien podría estar haciéndome un agujero en el bolsillo trasero.

Aprovecho la distracción que me ofrece Hank cuando salgo del coche, de modo que le acaricio los flancos y le digo cosas sin sentido sobre qué tal le ha ido el día. Pero al final se nota que me estoy entreteniendo y me dirijo hacia Levi, con Hank trotando de forma entusiasta detrás de mí. En parte espero que el hombre se limite a darme la espalda y a entrar sin saludarme, ahora que su perro se dirige al interior de la casa, pero se queda esperando.

Se acaba de duchar y aún tiene húmedas las puntas de su corto cabello y la barba recién arreglada. Huele genial, a la pastilla de jabón azul que tiene en la ducha y a ese regusto salado del agua cuando estás cerca de la orilla. Sin la gorra de béisbol, puedo verle los ojos, y eso es un problema. Son de un azul más intenso que los de Evan, protegidos por unas cejas más pobladas y enmarcados por unas pestañas más largas y oscuras.

—Hola —dice, con los brazos cruzados. A lo mejor nota que he visto a sus hermanos. A lo mejor tiene una afición secreta por las antigüedades y lo ha visto todo.

—Hola —respondo, desesperada por librarme de esta injustificada culpa—. Has vuelto pronto a casa.

Me doy cuenta de lo raro que suena en cuanto sale de mi boca. «¿A casa?». No vive aquí. «¿Pronto?». No conozco su horario normal. Bien podría ser la superficial esposa en un mal episodio piloto de televisión.

Si percibe algo extraño, no lo menciona.

—Hoy he terminado antes —se limita a decir—. He tenido algunos problemas para estar pendiente de Hank en el trabajo.

—Oh. Deberías haberme enviado un mensaje. Podría haber...

—No estás a mi disposición —dice antes de que pueda terminar, y luego suelta un suspiro a la vez que descruza los brazos. Levanta uno y se pasa una mano por el pelo—. Lo siento.

Me encojo de hombros y me agacho para rascar la oreja ilesa de Hank.

Levi se aclara la garganta.

—Quería decir que siento mi comportamiento de la otra noche —se disculpa. Mi mano se detiene en la oreja de Hank y vuelvo a levantarme para mirar a Levi a los ojos. Parece serio, nervioso y decidido, y durante un segundo no puedo decir nada—. Me has pillado desprevenido —añade—. No se me da bien conversar. —Sigo mirando. El problema es que siento un monumental revoloteo en el estómago—. Y no estoy acostumbrado a... —se interrumpe y se aclara la garganta una vez más—. No estoy acostumbrado a hablar de mi familia.

Se acabó el revoloteo de mi estómago. ¿Está haciendo tictac mi bolsillo trasero?

—No, siento... —empiezo, pero me interrumpe de nuevo.

—Esto es una disculpa unilateral. No actué bien; sobre todo después de lo mucho que has hecho por mí dejando que me quede. Cuidando a Hank y preparando esa estupenda cena.

—No hay problema. Y sé que la cena estaba... Sé que esas judías no pegaban con la pasta.

—Estuvo muy bien.

Cielos. Me doy cuenta de que miente, pero es la mentira más bonita que jamás me hayan dicho. En mis labios se dibuja una sonrisa.

—Se me ocurrió devolverte el favor —dice—. No es que tengas un perro para que lo cuide. Ni que necesites un lugar donde quedarte.

Mi sonrisa se ensancha y ¿ese aleteo en el estómago? Aparece de nuevo y se vuelve más... intenso. Con él mirándome así, con una expresión que es mitad esperanza y mitad vergüenza, me olvido de todas las decepciones del día y, por supuesto, me olvido de que esa tarjeta de visita me ofrecía una posible vía de escape. Para ser franca, me olvido por completo de Evan Fanning. Me olvido de todo menos del hombre que tengo delante y de la invitación que me hace a continuación.

—Lo que estoy diciendo es: ¿te apetece cenar conmigo?

8

Levi

Durante la siguiente media hora, reparto mi energía mental entre preparar los ingredientes y dudar de mí mismo. La expresión de Georgie cuando le he pedido que cenáramos era una mezcla de sorpresa y dudas, y a punto he estado de echarme atrás, de decirle que podía dejarle algunas sobras. ¿Por qué iba a querer cenar otra vez conmigo después de la última vez?

Pero tras las revelaciones de hoy, intento mantenerme firme. He pasado toda la mañana trabajando en la propiedad de los Quentin con Micah, uno de mis ayudantes temporales al que se le dan muy bien los diques flotantes. Esa es, en realidad, la única opción para los Quentin, ya que tienen una estructura bastante frágil en su propiedad, el nivel del agua es fluctuante y la consistencia del fondo es blanda. Micah es un buen tipo, un buen trabajador, pero le gustan dos cosas que a mí no me gustan en el trabajo: la música y charlar. La música tiene que ver con el trabajo en sí, pues creo que va mejor cuando puedes oír todo lo que estás haciendo, cuando prestas atención al agua, a la madera, al viento y a cualquier otra cosa que pueda afectar al resultado final del producto. Como es evidente, la charla es una debilidad mía, pero a Micah le encanta y es incapaz de callar. La cosa es que si tiene una lista de reproducción en marcha, no habla tanto. En vez de eso, se pone a cantar.

Pero en la propiedad de los Quentin no hay ningún tipo de cobertura móvil ni inalámbrica, por lo que Micah no pudo conseguir su lista de reproducción y eso significaba que tocaba darle al pico. Al principio, fue bastante inofensivo. Micah y su mujer, Natalie, viven en Varina Creek con sus tres hijos y tienen un proyecto familiar para este verano, que consiste en ampliar el gallinero para las pintadas que crían desde hace cosa de un año. Durante la primera hora aprendí más cosas sobre las pintadas de las que nunca quise saber, incluido el sonido que hacen cuando se agitan, ya que Micah lo interpretó para mí. Me estaba quedando adormilado, imaginando que seguiría hablando del gallinero, de las aves o de que una de sus hijas intentó tomar el té con ellas, lo que enfadó tanto a Natalie como para hacer que Micah durmiera en el sofá dos noches.

—¿Sigues viviendo en casa de Mulcahy? —me dijo de repente, como si lo supiera.

Volqué sin querer la caja de tornillos que estaba revisando y le miré, pero él seguía trabajando, como si le diera igual mi respuesta.

—Sí —respondí con desconfianza.

—He oído que Georgie ha vuelto a la ciudad, por eso pregunto.

—¿Cómo te has enterado?

—Natalie se encontró con Deanna Michaels en el Food Lion. Dijo que vio a Georgie en Nickel's y también a ti. —Puse los ojos en blanco y pensé: «¡Qué puta ciudad!»—. Georgie y yo nos graduamos en la misma clase —continuó Micah—. Buena chica. Un poco excéntrica. —Entonces volví a mirarle, molesto. ¿Qué derecho tiene a llamar «excéntrico» a alguien un tipo que deja que su hija tome el té con aves salvajes? Estaba elaborando una defensa para ella, que sin duda habría sido un simple gruñido de desaprobación, cuando Micah prosiguió—: Entonces, ¿te quedas en la casa con ella?

Me centré en los tornillos que estaban esparcidos por la hierba.

—Por ahora —repliqué.

Esperaba que eso fuera el final, pero con Micah no hay final hasta que ya no estás en la misma habitación que él o hasta que suena algo que pueda cantar. Durante los diez minutos siguientes me contó todas las historias que recordaba de Georgie Mulcahy, incluida la vez que ella y su padre se pasaron una tarde de domingo limpiando a presión la terraza de la abuela de Micah, sin cobrar nada, para echarles una mano después de que el abuelo de Micah falleciera.

—Los Mulcahy son muy amables, ¿verdad? —repuso.

Por alguna razón, esas palabras se me quedaron grabadas y se me encendió la cara de vergüenza mientras volvía a colocar aquellos tornillos en su sitio. Esa amabilidad hizo que la otra noche me sintiera muy vulnerable, ¿no? Por un lado, Georgie solo fue amable conmigo y yo la desprecié por algo que no tenía por qué saber que me incomodaba, aparte de los rumores que probablemente había oído. Por otro, no debería importarme que quisiera llamar a mi hermano pequeño para saludarle; eso no es de mi incumbencia. Es algo que podría hacer una persona normal y amable que ha vuelto a su ciudad natal, y no tengo ningún motivo para ponerme susceptible por ello.

O, al menos, ninguna razón que sea justa para ella.

Durante el resto de la jornada laboral hice que Micah volviera a hablar de aves de corral para que yo pudiera pensar en mi situación. Sabía que tenía que disculparme por mi forma de actuar y por haberla evitado. Sabía que a Paul y a Shyla no les habría gustado la manera en que había tratado a Georgie, pero lo más importante era que sabía que a mí tampoco me gustaba. Si lo que le había dicho a Georgie era en serio, que no quería complicar las cosas, eso significaba que tampoco tenía que complicárselas a ella.

Y eso significaba ser amable.

No frágil, estilo nivel del agua fluctuante con la consistencia del fondo blanda.

En el momento en que Micah y yo colocamos los tablones especiales en la segunda estructura, yo ya me había decantado por un plan: disculparme con Georgie y compensarla con una cena preparada por mí. Le dije a Micah que íbamos a parar pronto, luego recogí a Hank, que llevaba todo el día intentando cavar agujeros, aunque sabe que no le está permitido, y fui a Nickel's a por comida. Intenté actuar con normalidad cuando Ernie me descontó ocho dólares de la cuenta.

Así que en eso estoy ahora. He concluido la primera parte de mi plan y, tras un comienzo un poco complicado, todo ha salido bien. La segunda parte es más arriesgada. Soy buen cocinero, así que ese no es el problema, pero la vela de citronela que encendí en la mesa de fuera me está irritando. No me apetece volver a comer en la cálida intimidad del comedor, pero el problema de salir fuera es que resulta necesario controlar los bichos, y la vela necesaria para conseguirlo hace que la situación parezca más romántica de lo que pretendía. Además, puedo preparar la cena, pero comerla entraña que conversemos, y por supuesto ahí es donde las cosas se torcieron la última vez.

«Amable —me digo—. No frágil».

Mientras Georgie friega los platos, yo salgo un par de veces de la cocina a la parte de atrás, preparo los ingredientes y pongo en marcha la parrilla de Paul. De nuevo en la cocina, termino de estirar con el rodillo la masa que he hecho y le doy la forma que quiero. Georgie es muy oportuna y vuelve a la cocina cuando estoy listo para sacarla. Agradezco tener que concentrarme en el cocinado, porque sigo sin estar muy predispuesto a ser amable cuando consigo echarle un buen vistazo. Se ha recogido el pelo, pero los mechones demasiado cortos se deslizan por su cuello, rodeado por tres finos collares dorados de distinta longitud, delicados adornos que se suman a la decoración de sus pecas. Estaba demasiado nervioso para fijarme en lo que llevaba puesto cuando ha llegado a casa, pero sé que no era esto; unos vaqueros desteñidos con agujeros en las rodillas y una fina y holgada camiseta de tirantes que casi hace que me trague la lengua. No tiene nada de elegante, pero ese es el problema. Aquí, Georgie está en casa de sus padres y se siente cómoda, relajada y a gusto, y eso hace que me sienta hambriento y desesperado, como un perro abandonado en medio de una tormenta.

—¿Qué estás preparando? —dice, mirando las bandejas que sostengo.

—Uh —digo, bajando los ojos para intentar recordar, ya que su reaparición ha hecho que se me olvide todo—. Pizza. En la parrilla.

—¡Pizza a la parrilla! —Da la impresión de que sea lo más excitante que ha oído en su vida. Me la imagino en Los Ángeles, rodeada de gente del cine, comiendo en restaurantes de moda que yo nunca he visto.

—¿Te puedo echar una mano en algo?

Niego con la cabeza.

—Me parece que lo tengo todo listo. ¿Podrías abrir la puerta? —Ella vuelve a salir con Hank a su lado, y cuando se sienta en una de las sillas, emite un gemido de alivio que me recuerda al mío al final de la jornada laboral, al menos, cuando estoy solo—. ¿Un día duro? —pregunto, comprobando la temperatura de la parrilla.

Tarda un poco más de lo que esperaba en contestar y me pongo nervioso. Pero no puedo esperar que vuelva a ser la de antes solo porque yo haya hecho un pequeño esfuerzo.

—Antigüedades imprevistas —dice finalmente—. Mi amiga ha encontrado el baúl que quería, y he tenido que cargar con algo de peso.

—¿No te ha ayudado?

Georgie sonríe.

—Está embarazada, ¿recuerdas? —Hace un gesto con la mano, que simula una barriga grande y redonda.

Y ahora ¿por qué me imagino a Georgie embarazada? Eso no está bien. Me vuelvo hacia la parrilla.

—Puede que la conozcas —continúa Georgie, evitándome tener que pensar en qué decir para seguir con la conversación—. ¿Annabel Reston? Bueno, ahora Annabel Reston-Yoon. También creció aquí.

—Me parece que no.

—Oh. Bueno, su marido y ella han comprado una casa en Little Bay.

Puede que no conozca a la persona, pero seguro que sí conozco la casa. Little Bay es una urbanización reciente en Darentville, un pequeño número de grandes construcciones que crearon un gran destrozo en la ribera, delimitada por un largo muro de contención que no tiene el más mínimo cuidado con la flora y la fauna de la zona. De vez en cuando me llaman para solicitar presupuesto para la construcción de algún muelle, pero los he rechazado todos, igual que habría hecho Carlos.

—Conozco la zona. —Es cuanto digo.

—Si te soy sincera, todavía me sorprende bastante —continúa, mientras coloco la masa en la parrilla y me apresuro a cerrar la tapa.

—Su marido y ella trabajaron en el Capitolio durante años; tenían trabajos muy intensos. Pero, ya sabes... —Se detiene y exhala un gran suspiro—. Reinvención. Es lo que se lleva hoy en día.

Debería decir algo, pero de repente soy muy consciente de que dispongo de dos minutos y treinta segundos antes de darle la vuelta a la masa. Mi plan para la cena debería haber incluido la posibilidad de estar haciendo algo en todo momento para evitar este tipo de cosas. De repente, el desorden de Georgie parece más una estrategia que un caos.

—¿Eso es lo que estás haciendo? —digo al final. Ella me mira, parpadea con esos grandes ojos castaños y durante unos segundos su rostro tiene una expresión que no se parece a nada que yo haya visto nunca, incluida la vez que la sorprendí en ropa interior. Parece confusa, perdida y quizá un poco asustada. Al verla, me gustaría meter la cabeza dentro de la parrilla—. Me refiero a volver aquí —añado, porque intento ser más concreto. Intento quitarle esa mirada de la cara.

—No, por Dios —declara de forma tajante y decidida—. No voy a volver.

Tiene el efecto deseado en cuanto a su cara, pero no en cuanto a cómo me hace sentir. Sí que ha sido vehemente sobre no volver aquí, aunque no sé por qué debería importarme.

«Amable —me recuerdo—. No frágil».

Asiento con la cabeza y me dedico a reorganizar los ingredientes que he colocado, una tarea innecesaria que me ayuda a pasar el tiempo antes de volverme hacia la parrilla, dar la vuelta a la masa y poner los ingredientes en la parte cocinada. Debería haberle preguntado por sus preferencias, pero, de nuevo, tengo la pasta que preparó como antecedente. Si me baso en eso, no es muy exigente con la comida.

Le pregunto si le trae la comida a Hank y parece agradecida por la oportunidad de levantarse de la mesa. Aprovecho el tiempo para terminar de preparar la cena y también para debatirme sobre si debo apagar la vela. Al final, la dejo encendida porque más vale no arriesgarme a añadir el virus del Nilo Occidental a esta situación, y cuando Georgie vuelve a salir, estoy pasando las pizzas terminadas a la tabla de cortar de madera que me traje.

—¡Madre mía! —exclama cuando lo dejo en la mesa—. ¡Parece hecho por un profesional!

El cumplido me anima. Cocinar es una de las pocas cosas que considero un *hobby* y me he vuelto bastante bueno desde que adquirí la casa de Carlos.

Murmuro un «gracias» mientras me pongo a cortar, pero dudo que me oiga.

—¡Ni siquiera sabía que se podía hacer pizza a la parrilla!

Parece entusiasmada. Esa naturalidad con la que muestra su deleite es algo que me gusta de ella. Será mejor que no deje que mis pensamientos sigan por esos derroteros y empiece a preguntarme cómo funciona en situaciones no relacionadas con la cena.

Divido las porciones entre los dos y muerde un trozo enseguida, gimiendo de placer mientras se abanica la boca entreabierta con la mano porque echa humo.

—¡Esto está buenísimo! —dice, con la boca aún medio llena, y no sé por qué resulta sexi, pero así es. Grande, libre de ataduras, desinhibida. Recuerdo la forma en que extendió los brazos la otra noche cuando me habló de su trabajo.

Me remuevo en mi asiento, intento centrarme, reconducir las cosas a ese punto sencillo y acogedor en el que estoy decidido a quedarme.

—Así que, ¿estás ayudando a tu amiga a mudarse a su casa?

Se encoge de hombros y traga saliva.

—La verdad es que no. Estoy... —Ladea un poco la cabeza y se queda mirando la pizza—. Me despidieron del trabajo. En Los Ángeles.

Por Dios, espero que no sea la pizza la que le haya sonsacado eso.

—Siento oírlo.

—Mi jefa allí decidió cambiar el rumbo de su vida. Quiere que todo sea más simple. —No hace el gesto, pero puedo decir que unas comillas de aire enmarcan esa última palabra—. Así que ya no me necesitaba. Me refiero a una asistente.

—¿Tienes problemas de dinero?

Niega con la cabeza y muerde otro trozo de pizza, pero no espera a terminar de masticar para responder.

—No tenía muchos gastos cuando trabajaba para ella, así que tengo ahorros. Y me dio una generosa indemnización. Tengo tiempo. Opciones de conseguir otro trabajo como el que desempeñaba antes, si quiero.

Arrugo la frente mientras mastico despacio. No me importa reconocer que es difícil entender lo que quiere decir con «si quiero». ¿Qué tiene que ver eso con trabajar?

—Sé que tengo suerte de tenerla. Intento aprovechar esta oportunidad... Bueno, es difícil de explicar.

—Inténtalo —digo, sorprendiéndome a mí mismo y, por su forma de parpadear, estoy seguro de que también a ella con la petición. Pero ahora tengo curiosidad y un segundo después me enfrento a un pensamiento incómodo: ¿Es así como se sintió Georgie la otra noche cuando intentaba hablar conmigo?

Parece pensárselo un rato y me pregunto si es posible que se cierre en banda igual que hice yo con ella. Supongo que me lo tendría merecido.

—De niña —empieza y, joder, puede que yo haya estado conteniendo la respiración— hice una... una especie de lista de cosas que pensaba hacer de adolescente. Cuando llegara al instituto. Ya sabes lo que era pasar al instituto. Qué importante me sentía entonces.

Dudo que yo sintiera lo mismo que ella. Ya tenía muchos problemas por aquel entonces; me habían expulsado tres veces y había pasado una noche en un calabozo cuando empecé a estudiar en el instituto del condado de Harris. Lo único importante para mí en esa época era destrozar cosas, incluso a mí mismo.

—Sí —digo, porque quiero que siga hablando.

—Así que tenía la lista, pero resulta que no llevé a cabo la mayor parte. Me distraje, me desvié o vete tú a saber. Luego me gradué y no había pensado en lo que quería para mi futuro. Después de eso, emprendí este oficio en el que mi trabajo consistía en asegurarme de que otros tuvieran lo que querían.

Bueno, me imagino que así son la mayoría de los trabajos. Barbara Hubbard quiere un banco para el embarcadero a pesar de que la estructura original es demasiado estrecha. Pues se va a gastar un montón de dinero extra para conseguirlo y es más que probable que solo se siente en él dos veces al año, ya que siempre está preocupada por que puedan caer garrapatas de los árboles que dan sombra a su orilla. El año pasado, Dale Hennessy quiso que instalara cuatro grandes cornamusas en el embarcadero que le construimos, aunque no tiene intención de tener ningún tipo de embarcación. «Por darle autenticidad», me dijo.

Instalamos las cornamusas.

—En fin, el caso es que encontré la lista y se me ocurrió llevarla a cabo, o al menos parte de ella, ¿sabes? —prosigue—. Una especie de ejercicio. Hubo un tiempo en que deseaba estas cosas y puede que ahora me ayuden a entender algo sobre mí.

Pienso en el cuaderno con el que la he visto los dos últimos días. A mí no me pareció mucho una lista, pero quizá las listas de Georgie se asemejen a las comidas que prepara.

—¿Da resultado?

Suelta un bufido, confuso y muy poco elegante, y lo único que puedo pensar es que quiero ese sonido más cerca. Me gustaría hacerla reír de alguna manera y que ella resoplara, que dejara escapar su aliento contra mí en una sonora bocanada.

Creo que sería una sensación increíble.

—Todavía no —dice, con expresión desanimada—. Hoy ha sido la primera vez. He ido a Sott's Mill, que siempre fue un gran acontecimiento cuando era adolescente.

A veces voy a Sott's Mill por trabajo, pero sé a qué se refiere, lo que suponía cuando éramos más jóvenes. Una especie de lugar turístico. Mis padres solían llevarnos allí de compras cada dos meses, al menos, cuando no les avergonzaba llevarme a sitios.

—¿No era lo que esperabas?

Frunce el ceño y vuelve a removerse en su asiento.

—Bueno, había más antigüedades. —Acto seguido, baja la vista a su plato, con aire pensativo y un tanto triste. Me dan ganas de agarrar el brazo de esa vieja silla destartalada y acercarla a la mía. Sé que he dejado de lado lo de ser amable, y todo por lo vulnerable que parece ahora—. A lo mejor era una idea absurda —añade—. No sé si debería seguir con ella.

Me acuerdo de Micah llamándola «excéntrica». Pero la cosa es que a mí no me parece excéntrica. Parece... parece «abierta», por usar su expresión. Rebosante. El tipo de persona a la que le costaría hacer una lista, pero, de algún modo, en el buen sentido.

—A mí no me parece ninguna tontería —aduzco.

—¿No?

Niego con la cabeza.

—Parece una buena oportunidad para... volver atrás, en cierto modo. Ver si eso te lleva por otro camino diferente.

—¡Sí! —exclama, enderezándose en su silla y abriendo los ojos como platos—. ¡Has dado en el clavo!

Pensé que el entusiasmo que demostraba por mi pizza era agradable, pero esto es mejor. No quiero perder esa sensación todavía.

—¿Qué incluye la lista?

El entusiasmo en sus ojos se torna en inquietud.

—Oh. Bueno, tonterías sobre todo. Cosas como las que he hecho hoy. Sin duda, debería haber incluido el estudiar para la selectividad.

—Aunque eso no te serviría de mucho ahora. No creo que dejen que se presente nadie tan mayor como tú.

Se ríe, y pienso en su aliento, que me gustaría sentir en mi piel. Tan inquieto me tiene ese deseo (ya lo has conseguido, has hecho que se ría), que me levanto y me encamino hacia la puerta para dejar salir a Hank ahora que ha terminado de comer. Expresa su agradecimiento de forma rápida apretándose contra mi pierna y luego sale corriendo al patio para ver a ese gallo oxidado con el que se ha encariñado. Vuelvo a sentarme. Durante unos minutos, Georgie y yo comemos en silencio, hasta que recuerdo que mi último comentario ha sido que era mayor.

—Si te hace sentir mejor, a mí jamás se me habría ocurrido hacer una lista así cuando tenía esa edad.

Me mira con cautela y lo entiendo. Está cerca del punto en el que las cosas salieron mal la otra noche, pero ahora es diferente; hay aire fresco, se escucha el tintineo de las campanillas de viento de Shyla y las luciérnagas empiezan a iluminarse en la arboleda. No hay trampillas o, si las hay, las abro yo.

—¿En serio?

Asiento y la veo tragar saliva, veo el recelo en su mirada. Puedo sentir lo que quiere preguntar.

«Si la hubieras hecho, ¿qué incluiría?».

Pero no pregunta y debería sentirme aliviado, porque no tengo respuesta. Debería dejarlo pasar, cambiar de tema. Tal vez podría hablar de las pintadas. No del ruido que hacen, sino de otras cosas.

En lugar de eso, me aclaro la garganta y apilo algunos de los platos sucios.

—Parece que solo podía pensar en el día que estaba viviendo. Todo lo demás estaba prácticamente en blanco.

Al principio pienso que no me ha oído, que el ruido de los platos ha ahogado mi voz grave y cautelosa. Pero cuando levanto la vista hacia ella, veo que me está observando con atención, de forma penetrante, y que el recelo ha desaparecido de sus ojos.

—¿Qué quieres decir? —pregunta en voz baja—. ¿Cómo que en blanco?

Resisto el impulso de volver a cerrar de golpe la trampilla. He empezado yo y, en cualquier caso, no creo que ahora pueda apartar la mirada de ella. Veo la titilante llama de la vela que no pretendía ser romántica reflejada en las brillantes profundidades de sus ojos, colmados de una esperanza dirigida a mí a la que no estoy acostumbrado, a menos que se trate de reparar pilotes.

—Era incapaz de ver dónde encajaba. Desde luego era incapaz de descubrir lo que los demás parecían tener claro. La universidad o una carrera.

—«El negocio familiar. La familia».

Parpadea, pero la esperanza no merma ni un ápice. Parece tensa como un arco; por una vez, lo contrario de abierta.

—Y ¿ahora sí? ¿Ves dónde encajas?

Trago saliva, parpadeo y continúo apilando platos.

—Veo algunas cosas —respondo, lo cual no es mentira. Veo los trabajos que tengo pendientes; veo los planes que tengo para mi casa. Veo las cosas que tengo que hacer para cuidar de Hank cada día. Veo más de lo que veía cuando era joven y eso es bueno. Es saludable, es estable y mejor de lo que nadie esperaba de mí. Pero nada de eso tiene que ver con encajar y tengo la sensación de que la decepcionaría si se lo dijera. No quiero terminar la cena de esa forma. Quiero mantener esa luz en sus ojos, la que yo he puesto ahí con solo entender algo de ella—. Creo que deberías seguir con ello —digo—. Es una muy buena idea.

Me doy cuenta de que está a punto de replicar, pero Hank ladra y ambos desviamos la mirada hacia él. Está sentado justo delante del gallo, mirando hacia arriba, como si estuvieran manteniendo una conversación. Seré sincero: ese gallo me incomoda. No me considero supersticioso, pero el número de veces que tu perro puede intentar comunicarse con un adorno de jardín antes de que empieces a preguntarte si esa cosa está dotado de consciencia tiene un límite.

Nuestros ojos se cruzan de nuevo y nos miramos durante un instante eterno con diversión cómplice al ver a Hank; su sonrisa es suave y relajada; la mía, más débil y tensa. Pero es tan inesperadamente íntimo que retiro la silla y me levanto a recoger los platos para llevarlos dentro.

—Ahora vuelvo —digo, recordando que esta noche no estoy siendo frágil. Solo necesito un segundo para respirar sin tenerla cerca, ejerciendo presión con su cercanía sobre todos los pedazos recompuestos de mí. Tal vez le hable sobre las pintadas cuando vuelva.

Pero antes de que pueda irme, Georgie también se levanta, y si antes pensaba que la tenía cerca...

En fin, me equivocaba por completo.

Está tan cerca que veo el movimiento de su pecho al respirar. Está tan cerca que contengo la respiración para no perderme la sensación al verla exhalar.

—Levi —dice, y me pone la mano en el antebrazo para detenerme. Funciona, porque me convierto en una estatua bajo su tacto, si las estatuas tuvieran un corazón grande y palpitante y además les llegara la sangre directamente a su miembro. Jamás en toda mi vida me había sentido tan frágil y tan fuerte al mismo tiempo.

—¿Sí? —digo, o eso creo. Puede que solo emita un ruido. Me sorprendo mirándole la boca, sus suaves y rosados labios. Tiene una mancha de salsa de pizza en la comisura izquierda del labio inferior y me parece inmoral lo mucho que me gusta verla ahí. Las ganas que tengo de pasar el pulgar por ese punto.

—Gracias —responde ella—. Por la cena y por... —Baja la vista y mira su mano sobre mi brazo, como si se sorprendiera al darse cuenta de que me está tocando. Mueve apenas uno de sus dedos en una pausada caricia, casi imperceptible, sobre mi marmórea inmovilidad y me aferro a ella con todas mis fuerzas—. Y por... —repite, y su voz se apaga de nuevo.

Ahora soy yo el que está tenso, ansiando saber cómo va a terminar la frase. Estoy esperando que diga algo referente a la forma en que le he hablado, a que le he contado algo de mí. Que la he animado a que siga con su lista.

Que he sido amable con ella.

Pero eso es solo porque ni en un millón de años habría imaginado la alternativa.

Y la alternativa resulta ser que Georgie me aprieta con suavidad el brazo que había acariciado, se pone de puntillas y posa su boca en la mía.

9

Georgie

«No te está devolviendo el beso».

No sé cuánto tiempo tardo en darme cuenta, aunque espero que sea solo un escueto y humillante segundo, tal vez incluso cuestión de milisegundos, pero la verdad es que sospecho que es más tiempo. Sospecho que lo que he sentido en cuanto mi boca ha tocado la de Levi (la tibieza de sus labios, el roce burlón de su barba, la dura y flexible tensión del antebrazo bajo mi mano), me ha sumido en una especie de estupor en el que los únicos pensamientos que rondaban mi cabeza eran sus perfectas texturas y todas las formas en que quería explorar todas y cada una de ellas.

Pero en cuanto me doy cuenta...

En cuanto me doy cuenta de que se mantiene inmóvil delante de mí, la única textura en la que puedo pensar es la del suelo bajo mis pies, ya que sería estupendo que pudiera abrirse y tragarme entera.

Me aparto tan rápido que Levi se apresura a asirme del codo con la mano con la que no sujeta una pila de platos. Cómo no... Cómo no, la textura de su mano también es exquisita. La tibieza y las rugosas crestas de su callosa palma, la fuerte curva de sus suaves dedos se amolda a mi brazo.

—¿Qué...? —empieza, y no puedo soportarlo.

No soporto que me pregunte: «¿Qué ha sido eso?»; ¿A qué ha venido?»; «¿Dónde está la pala para que pueda ayudarte a cavar un hoyo en que esconder tu humillación?».

—¡Lo siento! —me disculpo al tiempo que retrocedo de nuevo y el calor de la mano de Levi en mi piel me abandona. Mis pantorrillas chocan contra la silla, cuyas patas metálicas hacen un ruido infernal en el patio de ladrillo. Hank ladra y el tintineo de su collar me indica que se acerca para ver a qué se debe tanto ruido. Me doy cuenta de que el contacto visual con el perro de este hombre también es una perspectiva demasiado embarazosa en este momento.

—Georgie —dice Levi con voz grave y tranquila de una manera que reconozco, y para nada es con impaciencia reprimida, como cuando estaba a punto de pagar con discreción mis batidos. Pero también tiene una nota de algo familiar, algo que he oído a muchas personas en esta ciudad que me han visto meter la pata.

Podría ser un poco de... lástima.

De hecho, sé dónde está la pala; está en el abarrotado cobertizo del jardín de mi padre. Esperaré a que Levi entre y entonces la sacaré y yo misma cavaré el hoyo.

Se compadece de mí.

—No quería hacer eso —suelto, algo tan estúpido que tengo que cerrar con fuerza los ojos por un segundo—. Lo he hecho sin pensar.

No suena mucho mejor, pero sin duda se ajusta más a la verdad. Si hubiera estado pensando, habría recordado que Levi me había pedido que no complicara las cosas, y besarse las complica. Habría recordado que hace solo unas horas decidí olvidarme de él y centrarme en mí. Habría recordado que aún tengo la tarjeta de visita de su hermano en el bolsillo trasero de los pantalones que he dejado tirados en el suelo de la habitación de mis padres.

No estaba pensando.

Estaba sintiendo. Sentía que por fin alguien me entendía y sentía una extraña emoción porque fuera él. Sentía que era fuerte, sensible y más dulce de lo que esperaba. Por una vez me sentía llena de deseo.

Pero no por eso tendría que haberle besado.

Veo que mueve su garganta al tragar saliva con fuerza y que flexiona los dedos de la mano derecha. Con la izquierda sujeta la pila de platos con firmeza. Me doy cuenta de que no sabe qué decir y, con sinceridad, es lo más normal.

—¿Necesitas que cuide a Hank mañana? —pregunto, porque lo menos que puedo hacer es volver a aquello que se suponía que era sencillo. A ser compañeros de piso. A cuidar del perro. A comer juntos de vez en cuando, aunque estoy bastante segura de que eso no volverá a ocurrir después de esta noche, lo cual es una pena, porque esa pizza estaba de muerte.

Parpadea y sus ojos se posan en mi boca durante un segundo. Mi cerebro se agita igual que segundos antes de que le besara, segundos antes de que al parecer malinterpretara todo lo relacionado con el momento. No volveré a cometer ese error; no puedo volver a cometerlo.

—Mañana puedo tenerlo conmigo —dice Levi.

Asiento con rapidez mientras me hago a un lado, apartándome de la silla, y retrocedo.

—Estupendo. Es estupendo.

—Geor... —empieza, y no quiero dar la impresión de que me lo tomo a la tremenda, pero es que literalmente no puedo. Tengo que alejarme de esto de inmediato.

—Si al final me necesitas, puedes mandarme un mensaje —me apresuro a decir a la vez que doy otro paso atrás—. No sería ningún problema.

—Claro, pero...

—Tengo que ir pitando al baño. —Señalo con el pulgar por encima del hombro, sin prestar atención a lo poco convincente que resulta esta excusa, aunque sea efectiva. Ninguna persona decente, y en el fondo sé que Levi Fanning lo es, preguntaría si estás mintiendo.

Hasta que no estoy dentro de la casa, en el dormitorio de mis padres y con la puerta cerrada, no caigo en la cuenta de que le he dejado solo recogiendo todo lo de la cena, sin que tenga ninguna intención de volver a salir. Al menos, Levi no ha montado en la cocina un lío ni remotamente parecido al que monté yo hace dos noches.

«Al lío que acabo de montar ahora», me reprendo, gimiendo en voz baja y cubriéndome la cara con las manos. Estoy pensando en mi estrategia para quedarme en esta habitación hasta el día del Juicio Final, o al menos hasta que oiga que Levi y Hank se van a dormir, cuando suena un familiar y alegre trino en mi teléfono; es la primera vez que oigo ese tono en días. Es la notificación de los mensajes de Nadia y me avergüenzo de la oleada de alivio que me invade.

«Por favor, pídeme algo. —Pienso mientras me encamino hacia la mesilla de noche—. Por favor, dame una razón para pensar en algo que pueda hacer por ti en lugar de en todas las cosas que al parecer no puedo hacer».

Cuando desbloqueo la pantalla, veo que me ha enviado varios mensajes de texto, y eso también me resulta familiar; a menudo tenía un montón de peticiones o ideas, como si pensar en una tarea para que yo la hiciera llevara a que se le ocurrieran decenas de ellas. Pero los diez mensajes en total no son peticiones. Se trata de dos textos, que enmarcan las ocho fotografías que hay entremedias.

¡Hoy hemos ido a la ciudad y hay buena cobertura, así que te mando algunas fotos! ¡Estamos viviendo un sueño! ¡Jamás he sido tan feliz ni me he sentido tan relajada!

Después se suceden tres fotografías casi idénticas de puestas de sol en tonalidades áureas y rosadas en un paisaje salpicado de cactus. Una foto del marido de Nadia, Bill, junto a un burro, con el lomo cubierto por una colorida manta. Dos fotografías de platos blancos llenos de deliciosa comida; coloridas verduras, gruesos trozos de carne y cremoso puré de patatas. Una instantánea de una cristalina piscina azul rodeada de tumbonas y macetas con suculentas. Dos selfis de Nadia, morena y sonriente, y una de Nadia y Bill, con otra crepuscular puesta de sol como telón de fondo, brindando ante la cámara con sendas copas de vino medio vacías en las manos.

¡Espero que a ti también te vaya bien! Besos y abrazos.

Miro el teléfono, muy decepcionada. Imagino lo que le contestaría si fuera totalmente sincera. Podría decir: «Debido a recientes acontecimientos relacionados con mi sexi y nada interesado compañero de piso, ¡es más que probable que luego empiece a cavar un hoyo!» o «Estoy tratando de hacer realidad a trompicones el sueño adolescente en una tienda de antigüedades; ¡aquí tienes una foto de una vieja veleta que podría ser obra del mismísimo Satanás! Sigo sin saber lo que quiero».

Pero Nadia no quiere oír nada de eso y, en cualquier caso, yo no quiero contárselo. Ella ha encontrado la felicidad donde está, y me animó a que yo hiciera lo mismo. Antes de que me saliera del camino, una vez más, a causa de Levi Fanning, estaba llegando a alguna parte. Claro que había comenzado con mal pie en Sott's Mill, pero las cosas habían cambiado, ¿no?

Le respondo con un emoticono de corazón y le digo que estoy bien y que pronto la pondré al día. Luego arrojo el teléfono a la cama y voy a por los pantalones que están tirados en el suelo para sacar la tarjeta de La Ribera que me dio Evan. Me dirijo a la cómoda, donde he dejado el diario de ficción esta mañana, y lo hojeo en busca de la primera mención que pueda encontrar del hotel. Guardo la tarjeta y cierro el cuaderno otra vez en cuanto la leo y apoyando la palma de la mano sobre su fría, plana y desgastada superficie. Cierro los ojos, intentando no pensar en el contraste con la sensación del tacto de la piel de Levi bajo mi mano. Al ver que eso no funciona, me obligo a pensar en su manera tensa e inexpresiva de responder a mi beso y el cuaderno parece volverse más sólido y reconfortante contra mi piel.

«Creo que deberías seguir con ello», resuena en mi cabeza, e intento fingir que es mi propia voz, y no la de Levi, la que me guía.

Hay un dicho al que Nadia solía recurrir durante las épocas de mayor ajetreo para ella, esas temporadas repletas de largas jornadas en el plató, con entrevistas de prensa y reuniones de trabajo de quince minutos en espacios poco adecuados y sesiones nocturnas de escritura impulsadas a base de café expreso y pura determinación. Mientras la seguía de acá para allá, la acompañaba a la siguiente actividad ineludible o intentaba por todos los medios reorganizar alguna cita a la que había llegado tarde, ella hacía eso de escuchar en modo piloto automático mientras escribía en su teléfono o le daba vueltas a una idea en la cabeza, fiándose por completo de mi capacidad para ocuparme de los detalles de la agenda del día que estaba revisando. Yo le decía algo así como: «Vale, ahora vas a hablar con *Variety* durante diez minutos sobre el acuerdo de emisión en exclusiva, luego tienes una reunión con Tony para buscar localizaciones y a las 2:15 tenemos que irnos a tu cita con el dermatólogo», y Nadia me miraba, al parecer sin inmutarse, y respondía: «Saltamos de la sartén para acabar en las brasas, ¿no?».

Puede que no haya tenido que hablar con nadie sobre un acuerdo de emisión, sobre la búsqueda de localizaciones ni sobre las arrugas en la frente, pero cuando llega el viernes por la tarde, ya vuelvo a estar más que familiarizada con eso de saltar de la sartén para caer en las brasas.

He de decir que la sartén es la persistente vergüenza por lo que pasó anoche con Levi; la agitada noche de sueño a medias, que en su mayoría he pasado dando vueltas en la cama mientras veía en bucle recuerdos a tamaño gigante de mí plantando mi cara contra la suya, seguida del hecho de que él aún estuviera en casa al despertarme, moviéndose en silencio y hablándole a Hank en susurros. En los pocos días que llevamos conviviendo, Levi ya no estaba en casa cuando me despertaba, y he tenido la espantosa sensación de que me estaba esperando, probablemente para terminar ese compasivo «No te preocupes» que sabía que estaba preparando la noche anterior. Me he quedado en la cama, regodeándome en mi propia cobardía, hasta que he oído que su vieja camioneta arrancaba y se alejaba.

Y las brasas...

Bueno, las brasas son mi nuevo trabajo.

Mi repentino nuevo trabajo.

—El de la catorce quiere otra ración de calamares —dice Remy con rapidez mientras pasa a mi lado poniendo los ojos en blanco. Dado que solo llevo dos horas y media trabajando en el restaurante de La Ribera, no conozco la distribución de la sala lo bastante bien como para poder identificar la mesa catorce a simple vista; sin embargo, con solo la mirada de Remy adivino que los calamares son para el tipo de la camisa hawaiana que se ha bebido tres gin-tonics en la última hora y va subiendo sin parar el volumen de su voz mientras habla con sus compañeros de golf sobre los tipos de interés. Todos parecen quemados por el sol y agotados por el calor, y no paro de llevarles agua fresca a la mesa porque temo un desmayo inminente.

—De acuerdo —digo. A continuación me giro en dirección a la cocina y le canto la comanda a la mujer que atiende la ventanilla y cuyo nombre, me avergüenza confesar, ya he olvidado en medio del caos.

Cuando esta tarde llegué La Ribera, decidida a retomar el asunto del diario o, al menos, el asunto que se me había presentado en la tienda de antigüedades, esperaba una propuesta. Una visita guiada por lo que me pareció un espacio recién renovado y ampliado, tal vez acompañada de alguna que otra súplica para contar con mi ayuda temporal. Suponía que tendría una hora para distraerme de la sartén y luego la oportunidad de decidir si quería trabajar de camarera en el lugar de mis sueños adolescentes como parte de mi proyecto.

En vez de eso, me encontré a una Olivia Fanning aterrorizada, apartada de sus tareas diurnas en el *spa* para atender a una inesperada reunión de agentes hipotecarios de todo el centro de Virginia, que querían comer en el restaurante después de jugar al golf durante un turno con muy poco personal.

—Evan está liado, ocupándose de un problema con el riego en el hoyo 9 —me dijo Olivia con voz temblorosa y la frente bañada en sudor cuando me dirigí al comedor—. Y mi madre está quién sabe dónde, mi padre está navegando en velero y yo...

—Sáqueme a mí, entrenador —le dije con una sonrisa alegre.

Y si he de ser sincera... Si he de ser sincera, la cara de alivio de Olivia Fanning hizo que me sintiera más útil de lo que me he sentido en semanas, aunque no se trate de un objetivo que figure en el cuaderno.

Por supuesto, mi deslumbrante sonrisa había ocultado todo lo que había olvidado respecto a ser camarera en los años transcurridos desde mi último empleo, y me he pasado las dos últimas horas tratando de entender el funcionamiento de una cocina desconocida, leyendo a trompicones los platos especiales para el almuerzo y sacudiendo las manos y los brazos cada vez que me doy la vuelta después de dejar varios platos y bebidas, ya que no estoy acostumbrada a cargar con tanto peso.

En este preciso instante agarro unos platos de una comanda que sale de la cocina cuando reconozco que la nota que lo acompaña es una de las mías. Cargada, vuelvo al abarrotado comedor y mi cuerpo, enfundado en un uniforme de repuesto que no es de mi talla, consistente en un polo con un logo y pantalones oscuros, se transforma como solía hacerlo cuando hacía este trabajo a tiempo completo. Mi expresión ceñuda desaparece, una sonrisa serena se dibuja en mis labios, yergo los hombros y adopto un ritmo que guarda un equilibrio perfecto entre la rapidez y la parsimonia.

—Aquí tienen —digo al llegar a la mesa porque, a diferencia de Bel, yo nunca me he dedicado al debate ni a la retórica, y también porque esta campechanía y desenvoltura siempre me ha reportado buenas propinas al final del turno. Ahora que lo pienso, ni siquiera estoy segura de cómo me van a pagar por esto, ya que no ha habido tiempo para papeleo, aunque de momento no importa. Sigo todos los pasos; pregunto si todo parece estar bien, me río cuando uno de los agentes hipotecarios se palmea la barriga y pregunta si sus ojos son más grandes que su estómago y prometo regresar para ver qué tal va todo dentro de un rato. Cuando me vuelvo para echar un vistazo a las otras mesas, veo a Olivia al otro lado de la sala, anotando un pedido con cara de agobio, la coleta caída y la frente todavía sudorosa.

Remy pasa por detrás de ella y hace una pequeña mueca ante lo que sea que oiga. Se nota que tiene experiencia y también que lleva una carga bastante pesada.

El ajetreo se prolonga durante otra hora y media; servimos a los agentes la comida, el postre y el café, que no parece despejarles, aunque todavía pueden continuar la conversación durante largo rato, arrastrando las palabras, utilizando términos propios de su campo. Como era de esperar, el tipo de la camisa hawaiana y sus compañeros de mesa son los últimos en irse. Se tambalea cuando se levanta y yo me preparo para que se desplome, pero al final se mantiene firme y me dice: «Gracias, encanto» mientras se va. Después de parpadear para que se me pase el colocón que, sin duda, me ha provocado su aliento empapado de ginebra, me giro y veo a Remy cerrando las puertas del comedor, encerrándonos a todos los supervivientes del turno de la comida en el bendito y tan esperado silencio.

—¡Madre del amor hermoso! —dice Remy, dejándose caer contra la puerta.

Olivia ya está en un taburete, con la cabeza apoyada en los brazos cruzados, y el camarero, que me parece que se llama Luke, echa un trapo blanco mojado en una bandeja para recoger y se abre paso hasta la cocina, harto sin la más mínima duda.

—¡Bien! —digo—. ¿Lo hemos conseguido?

Olivia gime.

—Faltan dos horas para que estas puertas vuelvan a abrirse para la cena —aduce Remy, señalando el desorden que aún hay que volver a organizar—. Aún no lo hemos conseguido.

—Cinco minutos —dice Olivia, con voz apagada y abatida. Remy vuelve a poner los ojos en blanco y yo empiezo a recoger los platos—. Cinco minutos para dejarme recordar el momento en que le he tirado unos panecillos calientes en el regazo a un hombre.

«Podría haber sido peor», pienso en el acto, antes de acordarme de que estoy recordando el momento en que besé a su hermano. Alejo el recuerdo con todas mis fuerzas, molesta por que mis pensamientos hayan vuelto a la sartén con tanta facilidad, justo cuando por fin he salido de las brasas.

—Todo esto es culpa de mi hermano —gime Olivia, y el temblor de mi mano hace que el cuchillo y el tenedor resbalen con gran estruendo del plato que he agarrado. Contemplo la posibilidad de preguntar si el *spa* de Olivia ofrece sesiones de hipnosis para borrar recuerdos. Sé que es imposible que se refiera a Levi, pero...

—No es culpa suya —dice Remy—. La culpa es de su mujer.

Menos mal que he agarrado los cubiertos.

Olivia levanta la cabeza y mira a Remy con los ojos entrecerrados.

—Su exmujer —le corrige.

Debo de haberme quedado mirándola, porque Olivia se gira en su taburete hacia mí y aclara el asunto.

—La exmujer de Evan llevó el restaurante durante tres años. Hasta que lo abandonó todo hace seis meses por el hijo de puta de su novio del instituto, con el que llevaba un año mensajeándose.

—Oh, no —digo, y hablo en serio, aunque odio el nudo de tensión irracional que se afloja al saber con certeza que no estamos hablando de que Levi esté casado. Si Bel estuviera aquí, sé que me estaría pellizcando, pensando en alguna película romanticona. Pensando en el diario de ficción. Pero parece que la noticia de que Evan acaba de quedarse soltero no me provoca más que una vaga sorpresa y compasión.

—Nunca debió casarse con ella —asevera Olivia, que se baja del taburete y se pone a recoger con Remy y conmigo—. Era muy mala.

Remy resopla.

—¡Si a ti te caía bien!

—Me cegaron sus blanquísimos dientes y su habilidad con el rizador. Desde que se fue no he tenido unas ondas playeras tan estupendas.

—Creía que los unicornios eran un animal de verdad —me dice Remy—. Que eran un tipo de caballo. Raro y caro.

Me río muy a mi pesar.

—¿En serio?

Remy asiente y sonríe con satisfacción, pero luego se encoge de hombros mientras vierte los culos de los vasos de una mesa en un vaso vacío y los va apilando a medida que avanza.

—Pero este trabajo se le daba genial. Hacía que este lugar marchara a las mil maravillas.

—Por eso Evan tiene que darse prisa en contratar a su sustituta —dice Olivia, a todas luces indignada con el estado de una servilleta que ha recogido del suelo.

—¿Tienes experiencia en gestión? —pregunta Remy, lanzándome una mirada mitad esperanzada, mitad bromista—. Yo no puedo hacerlo; empiezo Veterinaria en otoño.

—Ay, eso... —empiezo, pero Olivia me interrumpe.

—¡Dios mío, Rem! —exclama—. Ni siquiera he tenido tiempo de hablarte de Georgie; ¡trabaja para Nadia Haisman!

No tengo ocasión de corregir el tiempo verbal, pero no importa mucho, porque la conversación pasa de manera natural a ser el tipo de charla entre compañeros de trabajo que se están conociendo, llena de bromas, que me recuerda a mis primeros días de camarera. Una parte gira en torno a mí, a los trabajos que he tenido, a la gente famosa que he conocido y a la que no, y a si mis padres son los que dejan esquejes de plantas gratis en las esquinas de las aceras de todo el condado, pero la mayor parte, debido a mi experta distracción, es sobre Remy y Olivia. Me entero de que son primos; la madre de Remy es hermana de la madre de Olivia. Luke también es primo, por parte de los Fanning, y el chef (que, por suerte, no es primo por parte de ninguno de los dos) y él mantienen lo que Olivia llama un «idilio no muy secreto». Remy me cuenta que quiere ser veterinario de animales grandes, Olivia me habla del *spa* y los dos me cuentan que la exmujer de Evan fue la responsable de cambiar la decoración del restaurante y transformarlo en esta mezcla de casa rural moderna y cabaña junto al mar, que sospecho que deben de estar ocultándole a la señora que regenta la tienda de antigüedades.

Y aunque la sartén aún chisporrotea (sobre todo cada vez que nos acercamos a dinámicas familiares que obviamente no tienen nada que ver con Levi), en un momento dado, mientras apilamos las sillas, caigo en la cuenta de que me estoy... divirtiendo.

No puedo decir que esté disfrutando del trabajo que estoy haciendo, porque me duelen los pies, huelo a marisco y voy a tener que cambiar el agua de la fregona, pero el tiempo que he pasado en La Ribera se ciñe más al espíritu del diario de ficción que todo lo que hice en Sott's Mill con Bel. Puede que en su mayoría escribiera sobre que quería estar cerca de Evan, pero no cabe duda de que también consideraba La Ribera como una manera de formar parte de algo, de un mundo al que no tenía acceso cuando era más joven. Y claro que Remy, Olivia, Luke y yo hemos estado muy ocupados aquí toda la tarde, pero me he sentido parte de un grupo, más de lo que solía sentirme durante el tiempo que trabajé para Nadia. En los dos últimos años, sobre todo, me hice cargo de más cosas, trabajé casi siempre sola o únicamente con la propia Nadia. Hoy ha sido agradable formar parte de un equipo, intercambiar miradas cómplices mientras servíamos las mesas y hablar mientras limpiábamos. Tal vez deba tener esto en cuenta para lo que quiero cuando regrese a...

Oigo un carraspeo detrás de mí. Me resulta muy familiar. Pero al mismo tiempo no del todo.

—¡Hola, papá! —dice Olivia desde el bar, donde está envolviendo cubiertos.

«El padre de Levi».

Mi fogón interno está encendido a máxima potencia.

Me vuelvo despacio hacia él y adopto de nuevo la sonrisa que he lucido mientras servía los platos, ya que este hombre es técnicamente mi jefe en el trabajo que aún no he aceptado desempeñar. Es evidente que no es la primera vez que lo veo; de hecho, solía verlo con bastante frecuencia en las gradas durante los partidos de fútbol del instituto del condado de Harris, animando a Evan con entusiasmo. Pero es la primera vez que lo veo desde que conocí a Levi y me causa extrañeza lo diferente que me parece ahora que comparo sus rasgos con los del hijo del que apenas sabía nada hace menos de una semana. Tiene los ojos del mismo color que Levi y es casi igual de alto, aunque no tan corpulento. No tiene barba, pero aun así su mandíbula también me recuerda a la de Levi.

—Cal Fanning —me dice, tendiéndome la mano, y es extraño; Levi ha sacado sus ojos, penetrantes y un tanto desconfiados, y Evan tiene su sonrisa, espontánea y encantadora—. Y ¿quién eres tú?

—¡Papá! —exclama Olivia, llena de entusiasmo mientras se acerca para ponerse a mi lado—. ¡Es Georgie Mulcahy! ¿No te dijimos que a lo mejor venía hoy? Bueno, pues ha venido y nos ha salvado el cul... —Bueno, tal vez Levi no haya sacado sus ojos, ya que nunca lo he visto reprender a una mujer adulta antes por su lenguaje—. Trasero —se corrige Olivia.

—Ah, sí, Georgia —dice Cal, lo que resulta muy molesto.

Georgie no es diminutivo de nada, salvo de los raros apodos de mi padre. Le estrecho la mano de todos modos.

—Hola, señor Fanning.

No me pide que le llame Cal, lo que sin duda significa que en privado solo pensaré en él como Calvin, Calthorpe o cualquier otro nombre del que decida que Cal es diminutivo.

—Tu padre solía hacer algunos trabajos para mí —comenta.

—¡Sí! —digo con entusiasmo, como si hablara con un agente hipotecario borracho. «Calórico». «Calloso». «Calcio».

—¿Y mi hijo y mi hija han conseguido convencerte para que te unas a nosotros un rato? Como puedes ver, nos falta mucho personal —prosigue, señalando la estancia que hemos estado limpiando a marchas forzadas durante la última hora.

Casi puedo imaginarme a Remy poniendo los ojos en blanco, pero estoy demasiado preocupada, demasiado atascada en la otra parte de la frase del viejo Calvo, como para que me moleste el comentario sobre el comedor.

«Mi hijo y mi hija».

Quizá no debería molestarme tanto la exclusividad; al fin y al cabo, Evan y Olivia son los dos únicos hijos de Cal que trabajan aquí. Pero ese metódico emparejamiento de Evan y Olivia hace que suene en mi cabeza una campana y solo puedo pensar en Levi, en la forma callada y hosca en que dijo que nunca fue capaz de saber dónde encajaba. Por primera vez en todo el día dejo a un lado la vergüenza de la noche anterior y me concentro en cómo me sentí al acercarme a Levi con la tarjeta de Evan en el bolsillo trasero, como si hubiera hecho algo malo al aceptar venir aquí. Como si le hubiera traicionado de alguna manera. Trago saliva y cambio el peso de un dolorido pie al otro dolorido pie.

Me doy cuenta de que me he quedado extrañamente callada cuando Cal vuelve a hablar.

—Podríamos ser flexibles con tu horario. Olivia y Evan me comentaron que has venido a la ciudad para ayudar a una amiga.

—No estoy segura de que hoy le hayamos causado muy buena impresión —dice Olivia, con expresión avergonzada.

—Claro que sí —me apresuro a decir, porque a pesar de los remordimientos que siento por estar cerca de Cal (Calistenia, Calibre, Cálculo)

Fanning, Olivia ha sido muy amable y trabajadora. Y, en cualquier caso, quizá estoy siendo demasiado dura, demasiado crítica. A fin de cuentas, las familias son complicadas y no conozco toda la historia.

Solo intento conocer toda mi historia. La que a día de hoy me estoy esforzando por contarme. Estoy en La Ribera y la cosa ha ido bien; me ha enseñado algo sobre lo que quiero. Por echar mano de una metáfora, no se ha quedado inmóvil mientras yo intentaba besarla. Es muy posible que si me quedo no vea a Cal Calamidad demasiado a menudo.

—Me he divertido —digo, con absoluta sinceridad, y Olivia parece encantada. El señor Fanning (¡Vale! ¡Utilizaré el nombre apropiado!) sonríe igual que Evan y empieza a hablar del papeleo.

Y escucho mientras finjo que una parte de mí no sigue en esa sartén. Finjo que no sigo pensando en Levi en el patio trasero, preparándome una pizza y diciéndome que siga adelante. Finjo que no me pregunto si esta mañana estaba esperando a que me despertara.

Y sobre todo, lo peor de todo, es que finjo que no me pregunto si él también ha estado pensando en mí.

10

Levi

—¡Levi!

Me tambaleo en el taburete y casi se me cae el matraz que sostenía de forma distraída a la luz mientras esperaba a que Hedi clasificara y archivara las muestras que le he traído. Por la forma en que ha dicho mi nombre, ya ha terminado de clasificar y archivar, o al menos ha estado intentando hablar conmigo mientras lo hacía. Bueno, que se ponga a la cola. No he prestado atención a nada de lo que me han dicho en horas, no desde que sentí el cuerpo de Georgie Mulcahy contra el mío.

No desde que me quedé paralizado por la sorpresa. Presa de un desesperado y confuso anhelo.

No desde que la ahuyenté con mis dudas.

Dejo el matraz con cuidado, porque sé que en el laboratorio de Hedi no se juega con el equipo. Si lo hubiera roto, me habría dado una buena colleja.

Me aclaro la garganta.

—Lo siento, no me he enterado.

Resopla, cierra la nevera y se vuelve hacia mí.

—He dicho que has traído más de lo que esperaba.

—Cierto. Hoy no he estado trabajando en la obra, solo revisando algunos sitios en los que están trabajando mis chicos. Y ya que estaba, se me ocurrió tomar algunas muestras extra.

Hedi asiente y se pone a tomar notas en un portapapeles que tiene sobre la mesa donde he estado sentado. Llevo un tiempo trabajando con Hedi, recogiendo muestras de agua y de plantas del río, todas ellas de cerca o de debajo de los muelles que he construido o reparado. El ámbito de investigación de Hedi son los pastos marinos de la bahía y de qué forma se ven afectados por la proliferación de algas, que es frecuente en zonas muy urbanizadas o donde hay grandes puertos deportivos. Al ser poco profunda, la bahía puede soportar todo eso aún peor que las aguas oceánicas más profundas, que también se contaminan más cada año, y el cometido de Hedi es recuperar esos pastos. Al principio pensé que era un área bastante específica, pero con el tiempo he aprendido que la mayoría de los asuntos académicos son muy específicos. En el despacho de al lado del de Hedi hay un colega que trabaja con un tipo concreto de ostra, que cree que puede salvar toda la bahía si hubiera suficientes.

Sé que sus ojos me miran, agudos e incisivos. No se le escapa nada.

—¿Cuál es la situación de tu casa?

—Sigue patas arriba —digo, volviendo a mirar el matraz. Joder, me dan ganas de juguetear con algo. Me arrepiento de haber dejado a Hank en el despacho de Hedi con uno de sus estudiantes de posgrado, ya que siempre es una distracción formidable. Pero no se permiten perros en el laboratorio por norma—. El contratista dice que, por lo menos, unos días más.

Esta mañana cuando le llamé desde mi camioneta, derrotado porque está claro que Georgie me está evitando, me dijo que tal vez estaría para el jueves de la semana que viene. Intenté no soltar un sonoro gruñido al imaginarme los próximos seis días en casa con ella, deseándola como la deseo y sabiendo que, con toda seguridad, no le haría ningún bien saberlo.

—Pero te quedas en casa de tu amigo, ¿verdad? —pregunta. Vuelvo a agarrar el matraz—. Levi —me regaña y lo dejo—. Te juro que si Hank y tú dormís en la camioneta o en una tienda...

—No es así.

—¿Te alojas en una casa? —pregunta sin rodeos porque ella es así. Mandona. Implacable. Siempre pendiente de cada detalle.

Levanto la vista y me mira con los ojos entrecerrados. Una sensación de calor se apodera de mi nuca al recordar la vez que Hedi me pilló durmiendo en mi camioneta aquí mismo, en este campus, porque estaba demasiado cansado para conducir durante una hora para volver a Darentville después de una clase nocturna tras un día entero inspeccionando muelles bajo la lluvia. Nunca me habían gritado así en mi vida, y eso es mucho decir. Por aquel entonces tenía veintisiete años y ya no creía que me fuera a volver a echar la bronca una profesora.

—Sí, te lo prometo.

Su mirada se suaviza y acerca un taburete para sentarse frente a mí en la mesa del laboratorio. Han pasado cinco años desde aquella vez que me sorprendió en mi camioneta, y desde entonces Hedi (la profesora Farzad para mí entonces) y yo nos hemos convertido en algo parecido a amigos, o al menos en algo que es más que profesor y alumno. Cuando dejó de ser mi profesora, Hedi me preguntó si estaría dispuesto a seguir trabajando con ella de vez en cuando, colaborando para dar con la mejor forma de que las construcciones de muelles se adapten mejor a los pastos que intenta salvar. Soy uno de los pocos ribereños de la región con los que trabaja en la recogida de muestras, aunque tengo la sensación de que haber sido su alumno, aunque solo fuera durante una clase, entraña que siempre me ha tratado de forma diferente a ellos. En todos los años que hace que la conozco, he visto cómo es con los alumnos, y no se parece en nada a los profesores que tuve de niño. Siempre habla de «cruces», de que tu vida fuera del aula o del laboratorio influye en lo que ocurre dentro. Gracias a eso hizo que comprendiera que la construcción de muelles tenía mucho más que ver con la ciencia marina de lo que en un principio había imaginado.

También por eso me doy cuenta de que sabe que me pasa algo.

—Pero no estoy solo —digo, porque prefiero adelantarme. Y Hedi no es igual que Carlos, Laz, Micah o cualquier otro conocido en la ciudad. Hedi es muy diferente y siempre ha sido más fácil hablar con ella.

—Vaya.

—La pareja a la que pertenece la casa... Su hija llegó a la ciudad de forma inesperada. Vive en California. En Los Ángeles.

—¿Cómo es? —pregunta Hedi, fingiendo que mira su portapapeles. Sé que, en realidad, lo que hace es conseguir que hablar me resulte más fácil.

«Divertida. Llena de vida. Desordenada. Impulsiva. Tan guapa que aún puedo verla cuando cierro los ojos por la noche».

—No está mal.

Vale, no es tan fácil hablar con ella. A fin de cuentas, mi forma de ser no ha cambiado.

—Los Ángeles, ¿eh? Debe de ser un gran cambio para ella.

Hago un ruido para expresar que estoy de acuerdo y Hedi me lanza una mirada molesta que reconozco. Hace un par de años me pidió que llevara en mi barco a algunos de sus becarios de verano para hacer labores de recogida. Lo hice sin poner pegas, pero la siguiente vez que fui a verla me puso la misma cara y me dijo que si iba a seguir llevándome a los becarios tenía que dedicar, al menos, cinco minutos a mantener una agradable conversación con ellos para que los chicos no pensaran que los llevaba al agua con el fin de cometer un asesinato. He mejorado, pero todos estos chicos siguen haciendo que me sienta como si tuviera mil años.

—Creció aquí, así que está familiarizada con la ciudad —aduzco—. Pero sí, sospecho que esto no se parece mucho a California.

Hedi pasa las páginas en el portapapeles para fingir que está ocupada.

—¿Qué estás buscando esta vez? —pregunto.

—Lo de siempre. —Pasa otra página—. Así que, ¿estás haciendo una nueva amiga?

Exhalo un suspiro. Hablando de lo de costumbre. Siempre le ha mosqueado mucho que sea antisocial, aun antes de que nos hiciéramos amigos. Cuando estudiaba Introducción a la Biología con ella, siempre me decía que me iría mejor si fuera más colaborador y comunicativo, porque así es como los científicos consiguen grandes cosas. Yo le decía que no tenía ninguna intención de ser científico, pero me replicaba que mientras estuviera en su clase, lo era, y que más me valía esforzarme. Cuando dejé de ser su alumno, me preguntó qué hacía yo aparte de construir muelles, llevarle muestras de agua y recortes de plantas, y nunca había tenido una respuesta para eso. Hedi sabe que no veo a mi familia, pero no se preocupa por eso; una vez me dijo que sus ancianos padres y sus tres hermanos están metidos en una especie de secta religiosa en el oeste y que hace más de treinta años que no ha hablado con ninguno de ellos.

No, lo que le preocupa a Hedi es por qué yo no he hecho lo mismo que ella, que es formar su propia familia, una familia en la que no importe la sangre. Hedi está casada con un profesor de Inglés que vive en Maine, pero ambos mantienen una relación duradera con una mujer llamada Laura que vive con Hedi a tiempo completo. Durante las vacaciones y los veranos, los tres viven y viajan juntos. Laura tiene dos hijos de su anterior matrimonio y también están por aquí; llaman a Hedi mamá y a veces el exmarido de Laura viene a pasar las Navidades a su casa, junto con un montón de amigos, vecinos y antiguos alumnos a los que Hedi siempre invita. Además, tiene un montón de animales en su casa, un variopinto grupo de rescatados. Tengo a Hank gracias a Hedi, aunque eso no ha servido para que se sienta del todo satisfecha en lo que se refiere a mejorar mi vida social. O, como dice a veces, a «tener relaciones más significativas».

—No —digo, con más firmeza de la que pretendo, porque lo que ha quedado muy claro de lo de anoche es que no veo a Georgie Mulcahy como una amiga y supongo que ella tampoco me ve como tal.

Pero no sé qué hacer al respecto.

—Ah, ya veo —dice.

—No, de eso nada —murmuro, pero es probable que sea así. Juro que lo ve todo. Tiene ojos en la nuca, como todos los profesores, salvo que los suyos ven las cosas que importan. No te ven tallando un símbolo anarquista en tu pupitre, sino que te ve frustrado y desconsolado porque es posible que algo que deseas no te convenga.

—No sé muy bien qué te inquieta, joven Levi —dice, burlándose de mí como solía hacer cuando yo era la persona más mayor de su lista—. ¿Compañera de piso temporal que está en la ciudad de forma temporal? Eso es justo lo que a ti te va. No hay problema.

Lo que Hedi no entiende, lo que no puede entender, es que Georgie Mulcahy es un auténtico problema. Llevo días preocupándome por ella, por no mencionar que desde que no le devolví el beso, he pasado horas reviviendo de forma miserable esa fracción de segundo en la que perdí la oportunidad de mantener sus labios pegados a los míos. Me intranquiliza que duerma en la habitación de al lado. Me intranquiliza el sonido de su risa. Por supuesto que todavía me roban la tranquilidad sus piernas, pero ahora también lo hacen esos ojos grandes y esa deslumbrante sonrisa, y que los clavara en mí una tranquila noche de verano a la luz de una maldita vela de citronela. Me inquieta que parece que la entiendo, me inquieta que siento que encajo con ella y que sé que no puede haber nada entre nosotros.

Muy bien, el problema soy yo.

—Levi —dice con severidad, a todas luces frustrada por mi silencio.

—Me conoces, Hedi. Me gusta la estabilidad en mi vida. Las cosas simples.

«Y ella no es simple. —Esa es la conclusión tácita—. No para mí».

Se rinde con el portapapeles y posa las manos encima.

—Mira, he renunciado a sermonearte sobre la vida que has decidido llevar. Construyes tus muelles, trabajas en tu casa, sales con Hank y trabajas para mí cuando puedes. Es una buena vida.

—Es una buena vida —coincido, y lo digo en serio. No es solo que vaya conmigo, que sea tranquila, ordenada, sosegada y estable. Es que estoy decidido a que siga siendo así. Cada año que pasa hago una cosa, estoy siendo el Levi Fanning que jamás nadie en cuatro condados imaginó que podría ser. El Levi Fanning que mi padre jamás imaginó que podría ser.

—Lo es —insiste, poniendo los ojos en blanco—. Pero, ya sabes, la vida es larga, si tienes suerte. Cuando terminé mi postdoctorado, solicité trabajo por todo el país. Y ¿sabes qué? Podía imaginarme en todos los sitios en los que me entrevistaban —prosigue mientras yo empujo con suavidad el matraz de manera distraída. Así era ella en clase; empezaba con una anécdota o una cita antes de dar un rodeo (bastante largo, si he de ser sincero) hasta llegar al meollo de la cuestión. Era muy estresante tomar apuntes en sus clases—. Resultó que solo recibí una oferta y, tal y como estaba el panorama, fue una suerte. Cuando empecé, no dejaba de pensar en los otros sitios que no me habían elegido. Jamás imaginé que me establecería en Virginia, precisamente. —La miro con el ceño fruncido. No entiendo por qué Virginia se merece ese «precisamente». No quiero ser parcial, pero podría haber acabado en un sitio peor—. ¡Y mírame ahora! —Extiende los brazos, abarcando el laboratorio que la rodea. El término «abierta» me viene a la cabeza porque Georgie se ha trasladado a mi psique—. ¡Llevo aquí veintidós años!

—¿Desearías que no fuera así? —Todavía estoy en la metafórica fase de esta situación de tomar notas de forma frenética; no tengo ni idea de adónde quiere ir a parar con esto.

—¡No, estoy encantada! Tengo un trabajo estupendo. He conocido a muy buena gente. Pero no deja de ser un trabajo. También me gusta viajar y probar cosas nuevas. ¡En mi último año sabático di clases de trapecio en Nueva York! Fue maravilloso. Y también fue maravilloso volver al trabajo, ¿sabes?

La verdad es que no. Lo que significa que quiere que piense en ello.

—Ella no es una trapecio —digo después de unos segundos, molesto.

Hedi suelta un bufido.

—Eso ya lo sé, Levi. Solo digo que tener a una buena mujer en la ciudad durante unas semanas no te va a complicar la vida. Diviértete. Haz algo diferente.

Trago saliva, fingiendo que esas frases («Diviértete. Haz algo diferente») no me producen cierto terror. Mi trayectoria a la hora de elegir la forma de divertirme o de hacer cosas diferentes no es nada buena. Lo que sí se me da bien es buscarme problemas cuando la diversión y lo diferente están de por medio y por eso procuro no complicar las cosas. Mi perro, mi trabajo, mi casa. Cero problemas.

Pero Georgie no es un problema. No es un trapecio, no es un problema y tampoco es una complicación. Es una persona. Una persona agradable por la que me siento atraído, una persona a la que he apartado porque me agobió lo profundos que son ya mis sentimientos por ella y que dichos sentimientos no parecen ser lo más indicado para que las cosas continúen siendo estables y simples.

Hedi y yo estamos callados, aunque sospecho que su silencio es el de la profesora que está esperando a que alguien de la clase levante la mano. Se levanta, se dirige a la nevera y se pone a ordenar las muestras que tiene allí. Cuando asistía a la clase de Hedi (fue un capricho, un poco habitual respiro de los cursos de contabilidad y gestión que Carlos me había recomendado que hiciera), a veces me preguntaba si quería seguir, si quería trabajar en un laboratorio algún día. Yo le daba largas, siempre le decía lo mismo. Me gustaba lo que había aprendido, pero la universidad no era para mí; estaba tierra adentro, demasiado lejos del agua. Quizá no tenga mucho sentido, pero vuelvo a pensar en Georgie y en la parte de mí a la que afecta. Creo que es mi parte exterior. La parte que quiere respirar aire fresco. La parte que quiere el movimiento y el ruido de la naturaleza. Cuando pienso en eso, lo único que deseo es volver a anoche, a ese momento en el que se acercó a mí y me dio a probar sus suaves y carnosos labios.

Lo único que quiero es estrechar contra mí ese soplo de aire fresco, caótico y ruidoso que es ella. Solo deseo saborearlo, aunque no sea algo simple.

—Será mejor que me vaya —digo, y Hedi me sonríe como si hubiera levantado la mano para participar en la discusión—. Gracias —añado de forma avergonzada.

Se encoge de hombros, como si no supiera por qué le estoy dando las gracias.

—Nos vemos en un par de semanas —me dice, y la conozco lo suficiente como para saber que quiere decir que más me vale haber ordenado mis pensamientos para entonces.

El trayecto de vuelta a Darentville es precioso; el cielo se tiñe de rosas y morados, el aire se toma un respiro de la brutal humedad. Hank alterna entre meter el hocico en la estrecha franja de ventanilla abierta del lado del copiloto y mirarme con impaciencia por no abrirla más, pero no puedo dejar que su oreja ondee al viento. Sin embargo, me hago una idea de cómo se siente: excitado y frustrado a partes iguales.

Le concedo otro par de centímetros.

Golpeo el volante con el pulgar, preguntándome si Georgie estará en casa cuando llegue. ¿Sería demasiado repetitivo volver a preparar la cena, encender esa vela e invitarla a sentarse conmigo en el porche trasero? ¿Sería demasiado pedir tener la oportunidad de repetir toda la noche y hacer que el final sea diferente?

Cuando llego a casa de los Mulcahy, ya le he dado bastantes vueltas a estas cuestiones; un treinta por ciento de mis pensamientos han girado en torno a lo que debería cocinar y puede que un setenta por ciento a lo que podría pasar después. Incluso he pensado mucho en la forma de conseguir que vuelva a ponerse esa bata.

Su coche no está en su sitio habitual, pero no me preocupa demasiado; incluso lo veo como una ventaja. Me deja tiempo para ducharme, tiempo para preparar algo. Santo Dios, esta vez pondré dos velas y que así abunde la resplandeciente luz que jugaba sobre su piel mientras comía y esa llama que danzaba en sus ojos mientras me miraba.

En la puerta de atrás, busco las llaves a tientas, sorprendido por esta sensación de nerviosismo e impaciencia. Una parte de mí cree que se debe a la influencia de Hedi; es generadora de la idea de una sola mujer, siempre con alguna hipótesis nueva, algún experimento nuevo para ponerla a prueba.

Pero esta impaciencia, esta excitación... Dudo que sea lo mismo que tener una idea nueva. Busco un recuerdo de la última vez que me sentí así y me cuesta encontrarlo. ¿Cuando Carlos me ofreció trabajo? ¿Cuando firmé los papeles del negocio o de mi casa?

No, tampoco se parece a eso.

Esto es algo más intenso, más absorbente. Tal vez sea algo que jamás haya experimentado.

Georgie ha estado aquí; veo sus platos en el fregadero y una de sus gomas del pelo en la encimera. Hay un par de zapatos suyos tirados en el suelo delante del sofá, como si se los hubiera quitado ahí mismo. Me la imagino con los pies y las piernas desnudos, acurrucada mientras tal vez se echaba una siesta.

«Vuelve a casa», pienso, con toda esa intensa impaciencia agitándose dentro de mí.

Me dirijo a la ducha cuando el teléfono suena en mi bolsillo y, de manera automática e instintiva, la expectación da paso a la decepción. Lo saco del bolsillo trasero y Hank me olisquea la mano, como si él también tuviera ese presentimiento.

Esta noche me quedo en casa de mi amiga Bel. ¡Pero puedo volver mañana temprano, si necesitas que cuide de Hank! Espero que hayas tenido un buen día.

Clavo la mirada en el teléfono, sintiendo como si mis manos se hubieran resbalado de una barra de un trapecio, pero lo dejo a un lado con rapidez, me agacho para acariciar el costado de Hank y hago que mi cuerpo se mantenga físicamente inalterable mientras lucho contra la decepción.

Acto seguido, cuando recupero la compostura, tecleo:

No hace falta. Gracias por preguntar.

Pongo el móvil en silencio y lo tiro al sofá.

Y cuando me dirijo a la ducha, intento decirme que al final esto no es una decepción.

Intento decirme que es un alivio.

11

Georgie

—Ahora que lo pienso...

—Harry —digo, intentando que no se me note la irritación—. No lo digas.

Se calla durante medio segundo y luego se aclara la garganta. No le miro.

—Es que...

—Cariño —le interrumpe Bel—, ¿por qué no esperas en el coche?

Harry no contesta, pero en realidad puede que sí lo haga; es probable que Bel y él estén manteniendo ese tipo de comunicación silenciosa entre casados que hace que este momento sea aún peor. Es más o menos el mismo tipo de comunicación que mantuvieron cuando me presenté por sorpresa después de mi turno en La Ribera, desesperada por no irme a casa todavía. Lo bastante desesperada como para haber tenido que aguantar ese tipo de miradas toda la noche, sobre todo cuando, después de insistir en trabajar en el trastero, les pregunté si podía quedarme a dormir.

Porque soy una cobarde. Una cobarde avergonzada y atormentada aún por los remordimientos.

Cuando por fin los miro, veo que Harry continúa debatiéndose. Son las ocho de la mañana de un sábado y lleva puesta una camisa de lino azul sin una sola arruga, por lo que desde luego pienso donar todas esas camisetas viejas. Supongo que, a excepción de la que llevo puesta, que me han prestado esta mañana. Me gusta porque hace que parezca una persona que corre largas distancias por placer.

—Estoy de acuerdo —digo con suavidad—. Espera en el coche.

Él suspira y vuelve a echar una mirada suspicaz al agua que rodea el muelle de Buzzard's Neck, pero le ignoro. Puede que anoche fuera una cobarde, pero no pienso serlo esta mañana.

Al menos, no en lo que respecta al diario.

—Vale, pero voy a estar mirando. —Se vuelve hacia Bel—. Tú no te vas a meter, ¿verdad?

—¡Claro que no! —responde, acariciándose la barriga. Cuando él se aleja, Bel pone cara de enfado, pero también una expresión soñadora y rebosante de amor—. Es muy protector.

Sin Harry, respiro más tranquila. Adoro a ese hombre, pero no creo que entienda el cuaderno, y aunque no pasa nada, resulta un poco desalentador, máxime porque desde que Bel y yo se lo contamos anoche ha intentado apoyarme. Cuando anuncié que lo siguiente en mi lista era Buzzard's Neck, dijo que él nos traía. No quise rechazar su ofrecimiento, sobre todo porque ya sabía que Bel ejercería de espectadora en Buzzard's Neck. Al menos, así no quedaría excluida del todo.

Me quito mis viejas Birkenstock.

—El caso es que puede que Harry tenga razón —dice Bel.

—No empieces tú también —gruño.

—¡Lo digo en serio! ¡Ahora que estamos aquí, tengo dudas! ¿Puede que esta sea una de esas cosas que solo le resulta divertida a un adolescente?

Exhalo un suspiro y me froto los ojos cansados mientras observo lo que me rodea. A menos que me falle la memoria, Buzzard's Neck tiene mucho peor aspecto que cuando éramos niñas. Entonces le envolvía un halo de misterio; una parcela de tierra en la que no había mucho más que una granja abandonada y este muelle. Su atractivo radicaba en su casi perfecta cala de agua cristalina y escondida; un pozo de los deseos para tu cuerpo. Puede que la granja no tenga un aspecto tan diferente, ya que sigue estando en ruinas, pero el agua ya no es cristalina. No diría que esté turbia, pero tampoco diría que vaya a hacer tus sueños realidad.

—Voy a hacerlo —digo, porque anoche, tumbada en las sábanas de tres millones de hilos de la cama de la habitación de invitados de Bel, con la zona lumbar dolorida debido al inesperado turno de camarera, me parecía imperativo seguir con la lista. Fueran cuales fuesen mis persistentes dudas sobre Levi, había obtenido una victoria en La Ribera y tenía que mantener mi objetivo y conservar la confianza. Tacharía Buzzard's Neck y después estaría preparada para volver a casa de mis padres. Para retomar el curso de mi nueva vida, en la que no hay cabida para el vacío ni las distracciones.

Bel está a mi lado, en silencio, y creo que ha renunciado a intentar convencerme de que no lo haga.

—Seguro que los adolescentes no tienen en cuenta las amebas *comecerebros*.

—¿El qué?

—Ya sabes, las... amebas. Que están en el agua y se meten en el cerebro de la gente.

—¿En esta agua?

Bel se encoge de hombros.

—No veo por qué no iba a haber en esta agua.

—¡Tú te has construido una casa en esta agua!

Se muerde el labio.

—Pero esta agua es diferente.

Pongo los ojos en blanco.

—No voy a estar mucho tiempo dentro. Pásame el rotulador.

Bel titubea.

—Creo que las amebas se mueven rápido.

—¡Ay, por Dios, Bel!

—Solo lo digo.

Respiro mientras me asalta una aguda punzada de irritación y unos vagos recuerdos tratan de abrirse paso en mi cerebro. ¿Por qué nunca llegamos a saltar del muelle de Buzzard's Neck? ¿Fue por este tipo de cosas, por las preocupaciones por los microscópicos *comecerebros*? ¿Fue porque Bel tenía demasiados deberes o porque no quería mentir a su madre?

Estiro la mano, con la palma hacia arriba, y le indico que me lo dé con un conciso gesto. Ella suspira y saca el rotulador del bolso.

—Vale —cede, con voz más suave mientras me lo pasa, y puedo notar que está arrepentida—. Bueno, ¿de qué iba esto en particular?

Tomo aire, esperando que ese olor a mugre no sean las amebas.

—Tal vez... ¿de magia? —Sé que no lo expreso bien—. Puede que de correr un riesgo para conseguir algo que quería, aunque fuera una tontería.

Bel asiente.

—De acuerdo. Entonces, te escribes el deseo en el brazo y luego saltas, ¿verdad?

—Sí.

Me golpeo la muñeca con el rotulador. Pienso en lo que voy a escribir cuando Bel habla de nuevo:

—No te enfades.

La miro. Cambia el peso de un pie al otro y sé lo que se avecina.

—No me voy a enfadar —digo, resignada.

—Tengo que hacer pis —declara y yo suelto un gruñido—. ¡Lo siento! ¡Es el sonido! Toda esta agua, ya sabes.

Exhalo otro suspiro y me guardo el rotulador en el bolsillo de los pantalones cortos.

—De acuerdo. Volveremos a casa.

Parece ofendida.

—¿Estás de coña? No voy a llegar a casa. —Señala una arboleda cerca de donde Harry ha aparcado—. Iré allí.

—Bel, ¡no puedes hacer pis en el bosque! ¿Cómo vas a sermonearme sobre amebas *comecerebros* y luego te vas a bajar las bragas en el bosque?

Se encoge de hombros.

—¡Mi vejiga no atiende a razones; no tiene miedo! Mi vejiga es una adolescente.

—Vale, vete a mear. —Vuelvo a sacar el rotulador y lo destapo—. Ya se me ocurrirá qué escribir.

—No saltes antes de que vuelva. Ni se te ocurra hacerlo, Georgie.

—No lo haré.

Soy una gran nadadora y el agua por aquí no es muy profunda, pero estoy nerviosa por las amebas, aunque la verdad es que Bel tampoco iba a poder hacer nada al respecto.

No tarda en desaparecer por el camino por el que se fue Harry y me pregunto si a la que va a hacer pis aprovechará para intercambiar una de esas miradas típica de los casados a través del parabrisas. Avanzo por el muelle hacia el borde del que acabaré saltando, doblo el brazo izquierdo y lo giro para que la pálida y un tanto pecosa cara interna de mi antebrazo quede hacia arriba. Mantengo el rotulador suspendido sobre mi piel, pero estoy en blanco. Para los niños, el objetivo de esta tradición no era desear grandes e importantes cosas; nadie venía a Buzzard's Neck y se escribía LA PAZ MUNDIAL en el brazo antes de zambullirse. La gente escribía cosas como «Entrar en el equipo de animadoras» o «Una nueva camioneta Ford 150 para mi 16º cumpleaños». No es difícil imaginar qué habría escrito entonces; sin duda habría tenido que ver con Evan, con el que seguro que serviré mesas en algún momento de esta semana y del que no deseo otra cosa que un nuevo método de contratación para el restaurante de su familia.

Me planteo pedir un deseo para el bebé de Bel, algo sobre el cambio climático o la sanidad universal, pero eso es lo mismo que pedir la paz mundial, y en cualquier caso, no es un deseo sobre mí. Necesito el equivalente adulto de desear una pareja concreta para el baile de graduación.

Pienso en Levi, lo que resulta muy molesto. Esa barba oscura y ese tic en la mejilla cuando sonríe. La forma en que me mira, al menos, cuando no acabo de besarle. El diario de ficción que podría escribir solo sobre esa mirada...

Cierro los ojos mientras intento apartar ese pensamiento.

—¡Eh!

Al principio pienso que podría estar teniendo algún tipo de alucinación auditiva provocada por pensar en él o tal vez por una ameba *comecerebros* que ha llegado hasta mí por el aire. Pero entonces vuelvo a oír un «¡Eh!» claro y apremiante y sé que no estoy alucinando.

—¿Levi? —digo.

Abro los ojos y los veo a Hank y a él a lo lejos, en una pequeña lancha neumática del mismo color verde oliva que la gorra de Levi. Me sorprendo lo suficiente como para olvidar por un segundo mi vergüenza. Sonrío y levanto la mano para saludar con entusiasmo, encantada por encontrarnos aquí por casualidad.

—¡Quítate de ahí! —grita, y miro a mi alrededor, como si pudiera estar hablando con otra persona, pero es evidente que aquí solo estoy yo. Vale, no soy la propietaria de este muelle, pero él tampoco. Sé que he oído rumores de que una vez Levi Fanning allanó una propiedad, por no hablar de la vez que irrumpió en mi casa mientras yo llevaba puesta una bata digna de un culebrón. Apoyo la cadera contra el pilote más cercano y vuelvo a torcer el brazo. Tal vez pida como deseo que este hombre no vuelva a entrometerse en mis momentos de descubrimiento personal.

—¡Georgie! —vuelve a gritar.

Veo que ha orientado su lancha hacia mí. Hank ladra de forma alegre y no puedo ignorarlo, sobre todo porque lleva un chaleco salvavidas amarillo chillón para perros. Es lo más tierno que he visto nunca.

—¡Hola, colega! —le saludo, agitando la mano otra vez con demasiado entusiasmo, y... ¡Uf! Este pilote es muy estable...

—Te he dicho que esperaras —dice Bel detrás de mí al mismo tiempo que Levi grita mi nombre y que Hank vuelve a ladrar. Todo es un poco caótico, agobiante. Me giro para mirar a Bel y las tablas bajo mis pies se balancean un poco.

—¡Espera! —digo, levantando una mano, consciente de que o bien me he cargado algo en este muelle o bien no me he dado cuenta de que ya estaba roto—. No te acerques. Voy a volver, ¿vale?

Se para donde está.

—¡Uf! ¿Tan mal está? —Mira más allá de mí—. Oye, ¿quién es...?

No estoy segura de lo que ocurre a continuación, si es que al darme la vuelta para mirar a Bel me he acercado al borde más de lo que pensaba o si el bamboleo de la tabla me ha hecho perder el equilibrio, pero en una fracción de segundo caigo hacia atrás, con el rotulador en la mano, y antes de tocar el agua, que está más fría de lo esperado, oigo el aullido de sorpresa de Bel, los ladridos de Hank y el ruido sordo del motor de la lancha de Levi.

El agua está turbia y siento un montón de resbaladizas plantas bajo mis pies y a lo largo de mis pantorrillas. Yo, que crecí nadando en este río, debería avergonzarme, pero pataleo de manera frenética, desorientada por lo oscuro que parece estar aquí abajo. Algo afilado me araña la espinilla y eso hace que me sacuda y patalee con más fuerza hacia la superficie. Aunque ridículo, me acuerdo del rotulador y retuerzo el cuerpo con torpeza, como si intentara alcanzarlo. Cuando por fin salgo a la superficie, el pelo me tapa los ojos, no paro de toser y levanto un brazo en el aire de manera desgarbada. Esta tiene que ser la peor zambullida en Buzzard's Neck de la historia, ni remotamente parecida al alegre y triunfal lanzamiento en bomba con carrerilla que había descrito en el diario.

Me aparto el pelo de los ojos y a la primera persona que veo es a Bel, que sigue en el mismo sitio justo al principio del muelle. Harry se une a ella y, por alguna razón, de repente resulta muy divertido; yo flotando en el agua y ella ahí, de pie, con la boca fruncida en una perfecta «o» de asombro que se transforma en una sonrisa. Acto seguido, rompemos a reír, al menos, durante unos segundos, hasta que Bel vuelve a ponerse seria. No tengo mucho tiempo para preguntarme por qué, pues antes de que me dé cuenta, unas manos firmes y ásperas me agarran por debajo de las axilas y me sacan del agua de forma vertical. ¡Dios mío, qué fuerte es Levi! Y en menos de un segundo estoy en su lancha y Hank me lame la cara entre ladridos mientras menea todo el cuerpo con su encantador chaleco. No puedo evitarlo; me echo a reír otra vez.

—Dios mío —digo, sin aliento—. Esto es ridículo.

—¡Tienes mucha razón! —grita Levi.

Me estiro y arqueo el cuello para escapar de los entusiastas lametones de Hank y enfrentarme a la improcedente ira de mi compañero de piso.

—Oye —le digo, ahora molesta—. ¡Sé nadar!, ¿sabes? ¡No tenías por qué venir a sacarme!

—¿Qué estabas haciendo en ese muelle? —Continúa hablando en un tono elevado y severo.

—¿Georgie? —Bel me llama desde la orilla. Da un paso adelante y Harry le pone una mano en el brazo para impedir que avance.

—¿Georgie? —repite él. No veo por qué su técnica iba a ser más eficaz que la de Bel, pero da igual.

Señalo a mi furioso salvador.

—Este es Levi.

Lo miro, esperando que salude a Bel y a Harry, pero no lo hace. Me mira, más cabreado que una mona, con la mandíbula desencajada y una expresión furiosa en los ojos. Por primera vez me doy cuenta de que estoy empapada, de que la camiseta de la maratón de Harry es blanca casi en su totalidad y de que tengo... frío.

Cruzo los brazos sobre el pecho.

—¡Oh! —exclama Bel—. ¡Vaya, encantada de conocerte, Levi! He oído hablar mucho de ti.

Agradezco en silencio a la Georgie del pasado que le diera vergüenza contarle a Bel lo del beso. El no beso, en realidad.

Levi pone mala cara, como si no alcanzara a imaginar cómo le ha pasado esto esta mañana.

—¿Qué estabas haciendo? —repite.

—Darme un chapuzón mañanero —me burlo, porque no pienso sacar otra vez el tema del cuaderno después de lo de la otra noche. ¡No! Levi Fanning no sabrá más secretos míos, no después de haber rechazado... el secreto de mi boca, supongo.

—Esta es una de las cosas de tu diario. —No es una pregunta. Qué irritante. Cruzo los brazos, decidida a no responder, y él suspira. Mete la mano debajo del asiento, saca una delgada cazadora y me la da—. ¿Me equivoco? —insiste en cuanto acepto la prenda.

—No tengo ningún problema en nadar hasta la orilla yo solita —replico, subiéndome la cremallera. Tengo el orgullo herido, pero claro, también tengo los pezones erectos. La cazadora es el menor de dos males de esos que acaban con tu orgullo.

—Deberías haber preguntado por ahí. Hace años que ningún niño ha saltado de este muelle. Porque está en pésimas condiciones, algo de lo que al parecer no te has percatado. Podrías haber pedido el maldito deseo en algún lugar más seguro.

—¡Oye! —exclamo, la única réplica que se me ocurre a su grosero sermón. Recuerdo la silenciosa reprimenda que Cálculo Fanning le dio a Olivia ayer en La Ribera; está claro que Levi y su distanciado padre tienen algo en común. Pero antes de que pueda considerar demasiado la comparación, mi interés se despierta y me lleva en otra dirección—. ¿Conoces los deseos de Buzzard's Neck?

—Yo también crecí aquí, en caso de que lo hayas olvidado.

—¿Georgie? —Bel me llama de nuevo, y cuando desvío la mirada hacia Harry y ella, me doy cuenta de que nos han estado observando con interés.

—¿Estás bien? —pregunta Harry.

—Estoy de put...

—Puedo llevarla en mi camioneta y acercarla a casa —dice Levi, reconociendo por primera vez que hay más personas aquí—. Si no quieres llevar en tu coche a la Cosa del pantano.

Abro la boca para protestar, pero Bel sonríe.

—¿En serio? Sería genial, la verdad.

—¡Oye! —repito. Le lanzo a Bel una mirada reprobatoria con los ojos entrecerrados, pero ella se limita a encogerse de hombros, con expresión contrita. Es muy tiquismiquis con ese coche.

—Además, está sangrando —añade Levi, molesto, y por primera vez miro hacia abajo y veo un delgado rasguño con sangre que baja por mi espinilla—. Es probable que te hayas arañado con un clavo. —Murmura algo que no capto sobre unas reparaciones a medio terminar y luego añade—: Espero que estés vacunada contra el tétanos.

—Lo estoy —respondo, pero tendré que comprobarlo más tarde.

Alarga el brazo al frente y me roza la pierna desnuda mientras alcanza algo que hay debajo de mi asiento. Aun con un roce tan fugaz noto el agradable calor de su piel. Me acerco a Hank, que está a mi lado.

Levi me entrega un pequeño botiquín.

—Ahí tienes un botiquín. Hank, siéntate.

—Georgie, ¿de verdad estás bien? —Bel se dirige a mí de nuevo y sé que esta vez busca que se lo confirme, que a pesar de la despreocupación que ha mostrado encogiéndose de hombros, necesita mi permiso de verdad para dejarme con Levi. Miro hacia allí y veo a Bel con un bonito vestido color crema hasta los tobillos y a Harry con su camisa de lino azul y no quiero nadar hasta ellos, hecha un asco por el río y sangrando, y que tengan que llevarme en un impecable BMW al mismo sitio al que va Levi. No quiero ni imaginarme las miraditas de casados, de esas que dicen: «Pobre Georgie», que se echarán el uno al otro durante todo el camino de vuelta a casa.

—Estoy bien —contesto, y ella promete acercarme el teléfono y el bolso más tarde. Cuando Harry y Bel se dan la vuelta para irse, Levi dirige la lancha hacia el muelle y se para, dejándome ver esas piernas firmes que mencionó la primera noche que cenamos, con las que tan bien se maneja en un barco. Cuando está lo bastante cerca, se inclina y engancha mis sandalias del muelle, las deja en la barca y gira para adentrarse con pericia en la cala.

En conjunto, ha sido una exhibición impresionante, y mi caída al agua, lo más seguro que haciendo aspavientos como una loca, parece ahora aún más torpe.

Me concentro en limpiarme el delgado y poco profundo corte, que es posible que no merezca ni una tirita, y al final lo único en lo que puedo concentrarme es en el enorme silencio, en que no tenemos nada que decirnos ahora que no corro un aparente peligro de ahogarme. Seguro que está ahí, esperando que no vuelva a besarle.

Aun así, no soporto este silencio.

—Bueno, ¿qué deseo pediste tú? —pregunto, llenando el espacio entre nosotros.

—¿Qué?

—Cuando hiciste esto. Cuando saltaste de Buzzard's Neck.

—No he dicho que yo saltara.

Cierto. Seguro que era demasiado guay para esta tradición. Levi, el alborotador que no sabía dónde encajaba, no era de los que hacían lo mismo que otros chicos.

Se remueve en el asiento.

—Lo más probable es que hubiera pedido una barca —dice, con voz grave—. Una canoa o algo así. Por aquel entonces quería tener mi propia barca.

Le miro, aunque él mantiene la vista fija en el agua.

—Es genial —digo, y mi testarudo corazón da un vuelco.

—¿Y tú? —Es una ofrenda de paz. Se le veía muy acalorado cuando me ha subido a su lancha y se ha puesto a gritarme, pero ahora se ha calmado, lo mismo que su respiración.

—No he llegado a pedir nada —digo, levantando los brazos e imitando mi torpe chapoteo. Pero luego vuelvo a mirarme la espinilla, concentrándome en no mostrar la decepción que estoy segura se ha filtrado en mi expresión. A fin de cuentas, es un pésimo presagio fracasar en Buzzard's Neck. Ni siquiera se me ocurre nada que deseara para escribirme en el brazo.

—Lo siento —dice Levi.

—¿Haberme metido a las bravas en tu lancha?

Su mejilla se contrae de forma nerviosa.

—No, que no puedas cumplir tu deseo.

Me encojo de hombros.

—No pasa nada. De todas formas, es posible que no fuera una buena elección. Bel no podía participar.

Levi asiente y dirige la lancha hacia una recta. El sol brilla con más fuerza aquí y el agua resplandece y huele a fresca. Las temperamentales facetas del río, que unos pocos metros de distancia haga que el agua que te encuentras sea tan diferente, era algo que me encantaba de vivir aquí.

—¿Qué te ha traído aquí tan temprano? —pregunto.

Vuelve a acalorarse.

—Necesitaba salir un rato al agua. He dormido fatal.

—¿Con la casa para ti solo?

Lo digo en broma, pero cuando me mira, no parece una broma. Da la impresión de que me esté respondiendo, que me esté diciendo: «Precisamente porque la tenía toda para mí». Desde luego no pretendo malinterpretar la expresión de este hombre otra vez, pero es difícil no hacerlo.

Cuesta no darse cuenta de que posa la mirada en mi boca antes de dirigirla de nuevo a mis ojos.

Si tuviera el rotulador, sé lo que escribiría ahora. Sin dudarlo.

—Georgie —dice, y esta vez no creo que sea lástima. Suena a pasión y
a deseo, a un delicioso escalofrío que me recorre la columna vertebral.

Se ha arrimado mucho a mí.

Apenas unos centímetros me separan de él cuando me viene a la memoria; me acuerdo de que la vergüenza que sentí al besarlo no fue la única razón por la que no fui a casa anoche. De repente, vuelvo a tener frío,
estoy mojada y sucia, y hablo antes de pensar.

—Tu padre me ha ofrecido trabajo.

Al principio, considero seriamente volver a zambullirme en el río.

Es la mejor alternativa a la expresión de Levi, que pasa del calor al
frío en una fracción de segundo. En Los Ángeles, deploraba la tendencia
hipster del vello facial en los chicos de allí, ya que no me gustaba nada el
que pareciera esconder sus expresiones. Pero con Levi, no hay tal problema. Su barba comunica.

Ahora mismo, está comunicando que le he traicionado.

—Es en parte la razón de que anoche no volviera a casa —digo, lo
cual da asco. Siempre he sido propensa a sincerarme cuando me presio-
nan. Es probable que cada castigo o cada mala nota que tuve en la escuela fuera el resultado de este tipo de cosas. «Esa es mi nota, señor
Zerelli. De verdad que me olvidé por completo del proyecto, señora Ha-
rrison. Sí, me he agujereado la ropa de gimnasia, pero para ser justos es
porque no quiero hacer gimnasia ni hoy ni nunca, entrenador Wy-
mouth». Pero ya he empezado y puede que la barba de Levi esté diciendo: «Estás muerta para mí» —. Bueno, ¡eso y el beso! —añado, yéndome
del todo por las ramas—. Del que es evidente que necesitaba cierta distancia. ¡No tanto como tú, claro! Pero sabía que lo del trabajo podía incomodarte, y ya me sentía culpable porque ni siquiera te había dicho
que me había topado con tus hermanos... —Algo cambia en los ojos de

Levi y su barba ya no aparenta estar tan furiosa—. En la tienda de anti-güedades —continúo, sincerándome—. Estaban buscando cosas para...
—me interrumpo porque Levi carraspea. No quiere oír lo que estaban buscando—. En fin, están teniendo problemas de personal en el restau-rante en La Ribera, sobre todo con los camareros, y ya sabes que fui camarera, así que...

Me quedo callada, porque esto está muy tranquilo. Estamos solo Levi y yo y esta horrible tensión, que ha cambiado; Hank está jadeando, y no sé de qué forma terminar mi frase. «Así que dije que sí, ¿porque resulta que el hotel de tu familia era parte del proyecto del cuaderno del que te hablé? ¿Dije que sí porque, para empezar, fue tu hermano quien me lo pidió y él también está metido en ese cuaderno? ¿Dije que sí porque soy un desas-tre, siempre lo he sido y todavía no sé qué hago aquí?».

Al final Levi rompe el silencio y, para ser sincera, se me parte un poco el corazón cuando lo hace.

—¿Están bien? —Casi no le oigo. Su voz es como el río, apenas un mur-mullo—. ¿Mis hermanos?

Le miro durante un buen rato. Parece preparado para cualquier res-puesta que pueda darle.

—Parecen estar bien. —Es la respuesta más neutra que se me ocurre.

No quiero decir todas las cosas que me rondan por la cabeza sobre lo unidos que están. No quiero decir que son compañeros de piso que ven películas juntos. No quiero decir: «¿Sabías que tu hermano se ha divorcia-do?» o «¿Sabías que tu hermana dirige el *spa*?». ¿Qué pasaría si dijera cualquiera de esas cosas y acabara haciendo que a Levi también se le rom-piera un poco el corazón?

Él se limita a asentir. Hank, que estaba junto a mí, se levanta y da unos pasos de forma titubeante antes de sentarse entre las piernas abier-tas de Levi. Levi baja la mano y acaricia la oreja buena de Hank de manera distraída. ¡Ay, por Dios! Tal vez sea una ameba *comecerebros*, pero me dan ganas de llorar. Qué gesto tan familiar e instintivo entre este hombre y su perro. Qué relación de codependencia tan tierna.

—No tengo por qué hacerlo. Me refiero al trabajo.

Me enfado conmigo misma nada más decirlo. ¿Por qué habría de importar qué siente Levi respecto a que yo acepte un empleo de camarera? Después del fracaso de hoy, llevo uno de tres en mis intentos de recrear las hazañas del diario; sería ridículo renunciar a lo único que hasta ahora tiene visos de salir bien.

—Deberías hacerlo —dice, antes de que pueda retractarme de mi oferta—. Si quieres, claro. Seguro que es un buen trabajo.

Es evidente que no necesito su permiso, pero no creo que lo haya dicho en ese sentido. Creo que lo ha dicho en la misma línea que lo de la otra noche, que debería seguir con ello. Volvemos a sumirnos en un tenso silencio. El frío del río me ha calado hasta los huesos y sé que huelo al agua estancada de Buzzard's Neck. Menos mal que se lo he confesado en un momento crítico, porque ahora tendrá una razón para no besarme, aparte de mi hedor a río.

—Georgie —dice Levi, otra vez con ese grave susurro, y miro hacia él. Detesto que su sonido haga que entre en calor de inmediato, que me llene de esta manera.

—¿Sí?

Ahora soy yo la que se pone nerviosa. ¿Y si me dice que al final se va a un hotel? ¿Y si me dice que sí le traicioné, pero que ni siquiera puede explicarme por qué, ya que no me cuenta nada de la familia con la que no habla y que parece que tampoco se habla con él?

—Podría hacer parte de tu lista contigo —se ofrece.

Estoy tan sorprendida que si me pinchan no sangro.

—¿Qué parte?

—Las cosas que tu amiga no puede hacer. Podría hacer algunas contigo. Si tú quieres.

—¿En serio?

Levi encoge un hombro.

—Ya te lo dije. Podría estar bien volver atrás en ciertas cosas.

Parpadeo por la sorpresa mientras le veo contemplar el agua. No sé a ciencia cierta por qué Levi se ofrece; si porque le preocupa que me caiga de otros cien muelles antes de que esto termine o porque tiene una reserva secreta de caprichos que solo me muestra a mí. Pero me doy cuenta de que no importa mucho. Lo que importa es cómo quiero vivir el diario de ficción y, por alguna razón, me gusta mucho la idea de vivir parte de él con Levi.

—De acuerdo —digo.

Él asiente, pero no me mira cuando añade:

—Por ejemplo, yo volvería a la otra noche. Cuando me besaste.

—¿De veras? —digo, y puede que ni siquiera me oiga, porque estoy bastante segura de que apenas he emitido ningún sonido. Nunca había deseado tanto tener una máquina del tiempo para retroceder hasta un jueves por la noche. Estoy acalorada, casi vibrando en este incómodo asiento.

Levi levanta la vista hacia mí. Siento su mirada cálida y penetrante posarse en mi boca, en los ojos y de nuevo en mi boca.

—De veras —dice, con voz ronca—. Estamos en una lancha, con mi perro entre nosotros. Tú tienes frío y estás empapada y hoy tengo que hacer horas extra en dos obras. Pero ¿me dejarías volver atrás cuando termine?

—Uh —digo, porque este hombre sí que sabe cómo hacer que la oferta de volver atrás en el tiempo resulte sexi—. Me gustaría.

Sus labios se curvan y estoy bastante segura de que es porque debo estar mirándole embobada; empapada, apestando y con una gran sonrisa.

Puede que no haya conseguido pedir mi deseo, pero tengo la sensación de que un deseo se ha cumplido de todos modos.

—Elige algo de tu lista para nosotros —dice—. Y luego volveremos atrás juntos.

12

Levi

Pasan días hasta que podemos volver.

El miércoles por la noche empiezo a preguntarme si fue un espejismo que el sábado viera a Georgie, lo mismo que pensé cuando la vi en el destartalado borde del muelle de Buzzard's Neck, con esos raídos pantalones cortos y una camiseta vieja, bañada por la magnífica luz de la mañana. Al fin y al cabo, había salido al agua para intentar despejarme, después de haber pasado toda la noche anterior pensando en ella, dando vueltas en la cama al saber que no dormía en la habitación de al lado, que podía haber perdido mi oportunidad.

Desde entonces, no he parado de dar vueltas en la cama casi todas las noches, esperando a que la ocasión se presente de nuevo.

Preocupándome por si se va a presentar.

Cuando el sábado dejé a Georgie en casa y me dirigí a mi primer lugar de trabajo del día, supuse que volvería a verla pronto, incluso esa misma noche, y creo que ella pensó lo mismo. Por eso los dos habíamos acordado de manera tácita no empezar nada hasta que pudiéramos hacerlo bien, cuando yo no tuviera que ir a trabajar y ella no tuviera un montón de plantas empapadas enredadas en el pelo.

Pero ninguno de los dos contaba con la llamada que Georgie recibió más tarde ese mismo día; su amiga del muelle estaba teniendo contracciones demasiado pronto y Georgie había pasado la noche en el centro médico regional, a unos cuarenta y cinco minutos de la ciudad. El domingo por la mañana, las cosas se habían calmado lo suficiente como para que Annabel recibiera el alta; el problema era sobre todo las contracciones de Braxton-Hicks, pero también la presión arterial elevada que había que vigilar. Georgie había vuelto a casa solo el tiempo necesario para hacer una maleta de forma rápida y frenética. El plan era que ella se quedara en casa de su amiga las siguientes noches, ya que el marido tenía que salir de la ciudad por negocios y Annabel había insistido en que no cancelara su viaje.

Como no soy un cretino, no le guardo rencor a nadie por un problema médico ni por ser la clase de amiga que es Georgie, que está ahí siempre que se la necesita. Georgie me envía mensajes de texto todos los días para saber cómo me va con Hank, al que le quitarán las grapas en cualquier momento. A veces también me manda mensajes con otras cosas: divertidas novedades sobre la organización de las videoconferencias de su amiga, que está postrada en la cama; fotos de recuerdos del instituto que ha encontrado en un trastero que está ordenando; una larga conversación por mensajería instantánea acerca de que intenta conseguir por teléfono la receta del batido de fresa de Ernie Nickel. Son más mensajes de texto de una única persona de los que he recibido en mi vida y no puedo decir que me molesten, aunque la mitad de las veces no tenga ni idea de cómo responder.

Pero no es lo mismo que verla, que oírla. No es lo mismo que tenerla cerca.

Y el tiempo a solas no me ha hecho ningún bien.

—Vamos, amigo —le digo a Hank, que ha estado mordisqueando un cuerno en el salón mientras yo recogía la cocina.

Todas las noches que hemos estado aquí solos, Hank y yo hemos salido al patio después de cenar, donde él puede estar cara a cara con el gallo y yo puedo distraerme con las cosas que Paul Mulcahy ha dejado sin atender. Esta noche tengo pensado ponerme con una de esas jardineras podridas, y en cuanto Hank se sienta frente a su gigantesco amigo ave, empiezo a sacar clavos oxidados, deseando que mi mente fuera tan simple como la de mi perro.

No es que me arrepienta del ofrecimiento que le hice a Georgie mientras estaba sentada frente a mí en mi lancha, empapada y luchando con todas sus fuerzas contra su propia vulnerabilidad. La verdad es que le haría esa misma oferta diez mil veces más si pudiera volver a verla sonreírme de esa manera. Es más bien que, sin haber empezado, sin haber hecho efectiva esa oferta de realizar su lista, de retroceder en el tiempo, he estado pensando en la razón por la que se la hice.

Todo empezó de modo muy simple, o al menos tanto como es posible cuando se trata de lo que siento por Georgie Mulcahy. Ahí estaba yo, en mi lancha, con Hank como única compañía, pensando por un segundo que estaba viendo un espejismo que hacía que el pecho me doliera de añoranza. Entonces el espejismo (Georgie, la Georgie de carne y hueso) tropezó y cayó al agua... ¡Y a la mierda el dolor de pecho!

Creí que se me había parado el corazón.

Tal vez me excedí al sacarla del agua como si fuera una muñeca de trapo, como si no supiera nadar, pero me entró el pánico solo de imaginármela allí abajo, demasiado cerca de aquel viejo muelle, y lo único en lo que podía pensar era en sacarla. En cuanto la tuve delante y la miré bien, con las pestañas pegadas entre sí, las gotas de agua haciendo que las pecas de las mejillas parecieran más grandes y el pelo empapado, tan oscuro que casi parecía de color burdeos, mi corazón volvió a ponerse en marcha y empezó a gritarme una palabra.

«Mía, mía, mía».

Tiro de una tabla que he aflojado mientras gruño por el esfuerzo. Hank me mira como si hubiera perdido la cabeza. Es lógico.

En fin, tal vez podría haber sobrellevado ese «mía» si la cosa se hubiera quedado ahí, en que yo la deseaba y sucumbía a ese deseo. Pero entonces Georgie mencionó que mi padre le había ofrecido un trabajo en La Ribera, y me entraron ganas de agarrarme a la borda y destrozar la lancha con mis propias manos. Si antes pensaba que ese «mía» era el latido de mi corazón, de repente se apoderó de todo mi cerebro.

«No me la arrebates», pensé mientras en mi estómago se desencadenaba un verdadero incendio, que es más o menos lo que siento cuando surge algo relacionado con mi familia.

Es una putada y lo sé.

Pero desde luego no lo paré.

En lugar de eso, le pregunté si podía hacer la lista con ella. Si podía hacer algo más que la lista con ella.

Arranco la tabla podrida y la tiro al montón que he estado formando las dos últimas noches. Al final la añadiré a la pila de chatarra que Paul tiene detrás de su cobertizo y que hay que clasificar con urgencia.

Llevo dándole vueltas a este sentimiento de culpa desde que supe que Georgie no iba a volver a casa el sábado, pero se ha transformado en algo más pesado, y sé que es porque ya no está en casa de Annabel. De hecho, está en La Ribera, cubriendo su primer turno oficial de la cena, y luego, dado que el marido de Annabel ha vuelto esta tarde, vendrá aquí. Debería centrarme en lo segundo, en que va a venir aquí, pero en su lugar me la imagino en el hotel, puede que haciéndose amiga de Evan y de Olivia y tal vez ganándose a mis padres con su encanto. Moviéndose en ambientes en los que yo no encajo.

Así que, sí, he perdido la cabeza. Hasta tal punto que me planteo destruir la lancha por una mujer que hasta hace una semana casi no sabía ni que existía. No quiero empeorar la situación haciendo partícipe a Georgie de las viejas heridas causadas por mi familia y más de una vez he pensado en recoger mis cosas y marcharme para librarle de eso. Estaría bien hacerlo ahora; hoy me ha llamado el contratista para decirme que vuelvo a tener agua corriente en mi casa y que su equipo terminaría el trabajo mañana.

Pero si recuerdo la sonrisa que me brindó, si pienso en lo feliz que parecía cuando le pregunté si podía hacer la lista con ella, como si yo fuera la pieza que faltaba en todo esto... Sé que sus dos primeros intentos no han salido bien, sé que ambos han sido tan endebles y accidentados como ese muelle, y yo..., bueno, a eso me dedico hoy en día. A construir cosas resistentes y bien hechas.

Así que es posible que yo sea la pieza que falta; tal vez encajo bien. Y ¿acaso no deseo volver a tener esa oportunidad con ella mientras esté aquí?

Estoy discutiendo conmigo mismo sobre esta mierda, a punto de volver a arrancar otra tabla de esta jardinera en pésimas condiciones, cuando

Hank, que estaba contemplando al gallo, levanta la cabeza que tenía apoyada en sus patas y luego se pone de pie y se sacude a la vez que empieza a mover el rabo. Incluso después de no verla durante unos días, está claro que siente algo por Georgie, y supongo que esa es otra cosa en la que este perro y yo somos como dos gotas de agua.

Mantengo la cabeza gacha mientras detiene el coche y apaga el motor, debatiéndome aún conmigo mismo. Quizá cuando salga del coche sepa qué hacer. Es probable que lleve puesto el uniforme de La Ribera y que eso me destroce.

Pero por supuesto no ocurre eso; pasa lo mismo que cuando la tuve sentada enfrente de mí en mi lancha, toda mojada. Sale de su coche y no me fijo en si lleva uniforme o no. Me fijo en que Hank corre hacia ella y en que ella le saluda con un «¡Hola, colega!» a la vez que se inclina para acariciarlo mientras él resopla y se pavonea bajo su atención. Me doy cuenta de lo que se siente al estar aquí fuera esperándola, porque eso es lo que estaba haciendo yo mientras me ocupaba de las jardineras. Me doy cuenta de que este tipo de vuelta a casa que nunca imaginé para mí parece por completo algo natural.

Quiero aprovecharlo cada segundo que pueda.

Me enderezo y me encamino hacia ella, limpiándome las manos en los vaqueros mientras entro a la cochera. Menos mal que aún no he sudado demasiado, aunque seguro que huelo a insecticida, lo cual es un asco. Intento no pensar en ello.

—Hola.

—Hola —me dice, con cierta timidez, y me pregunto si, a pesar de todos los mensajes de texto que me ha estado enviando, también se ha estado planteando todas estas cuestiones. Mira más allá de mí, hacia las jardineras—. ¿Estás haciendo un proyecto?

—Sí. Están podridas.

Se encoge de hombros, como si se lo esperara, y supongo que es así. Aun en los pocos días que pasamos juntos la semana pasada tuve la sensación de que Georgie es de las que improvisa cuando se trata de las condiciones de su vivienda. Antes de que yo la arreglara anoche, la tostadora de la cocina no funcionaba a menos que mantuvieras pulsada la palanca durante todo el tiempo que el pan estuviera dentro y a ella no parecía importarle en absoluto. Mantenía el dedo en la pestaña y hablaba con Hank. Está acostumbrada a la forma de hacer las cosas de sus padres; es como ellos. Flexible, amable, divertida.

Por supuesto, entonces me fijo en el uniforme, que no tiene nada de divertido. Lleva la camisa de La Ribera metida por dentro de unos ajustados pantalones tobilleros negros, y como Georgie Mulcahy no me parece de las que se meten la camisa por dentro, detesto su aspecto. No me doy cuenta de que la estoy recorriendo con la mirada hasta que llego a sus pies descalzos y ella menea los dedos con timidez.

—Me los he quitado en el coche —dice—. Se me había olvidado lo que es estar tanto tiempo de pie.

Me mira con cautela, como si me pusiera a prueba. Para ver si ha pisado una mina al mencionar dónde ha estado.

Pero esos pies descalzos se me han clavado. No es posible que pueda caminar así.

—¿Cómo ha ido? —pregunto, como si fuera el trabajo al que va todos los días. Como si fuera yo quien la recibiera en casa.

Se encoge de hombros.

—Ajetreado. Divertido, como pueden serlo los restaurantes. Agotador.

Vuelvo a asentir y bajo la mirada a Hank, que se ha sentado sobre una de sus patas.

—Seguro que quieres dormir.

No dice nada hasta que vuelvo a mirarla a los ojos.

—Pues no —dice al fin, mirándome con la misma expresión que en la lancha, y mi corazón dice: «Mía» igual que entonces. Se vuelve hacia el coche y se agacha para alcanzar algo del asiento del copiloto. Intento no mirarle el culo, pero es que está ahí. Ese uniforme no está tan mal.

Cuando se acerca, lleva una pesada bolsa de papel marrón y se aparta un mechón de pelo de los ojos de un soplido. Si eso es comida para llevar de La Ribera, tiene que saber que no la quiero.

La expresión de mi cara debe de decirlo todo, porque la suya se transforma y sus ojos adquieren un tono cauteloso.

—Creía que querías hacer esto —dice, con cierta decepción en la voz—. ¿Mi lista?

Entonces me doy cuenta de que no quiero decepcionar nunca a esta mujer. Me comeré esa comida aunque la haya cocinado mi padre.

—Sí que quiero. —Probablemente suena demasiado tajante para la ocasión, como si le estuviera haciendo otro tipo de promesa—. Con todo lo que ha pasado desde el sábado, pensaba que no...

—Todavía quiero —suelta—. La lista y..., ya sabes, volver atrás.

—Muy bien. —No estoy seguro de si es la parte de mi corazón la que dice «mía» ahora, pero no me ha pasado desapercibido que ha mencionado su lista primero. Si ella quiere, puedo esperar para retroceder hasta la otra noche. A fin de cuentas, llevo esperando desde el sábado—. Entonces, ¿qué vamos a hacer esta noche?

Me vuelve a dedicar esa sonrisa y me siento impotente ante ella.

—Bueno, Levi —dice, levantando la bolsa—. Tiene que ver con la sidra que llevo aquí.

Es necesario cierta negociación.

En primer lugar, cuando me dice que este punto de la lista conlleva una película de terror, tengo que decirle que no puede haber nada con zombis, porque me dan miedo y soy lo suficientemente hombre como para reconocerlo. Ella se ríe y accede a que no haya zombis, pero dice que a cambio no puedo cerrar los ojos en ningún momento de la película que al final elija, pase lo que pase, porque de lo que se trata es de experimentarlo todo.

Después negociamos los tentempiés, porque Georgie me dice que no ha comido desde el almuerzo y que por eso pilló una caja gigante de caramelos rellenos de menta y recubiertos de chocolate cuando compró la sidra. Me da igual lo que diga Georgie, porque no estoy de acuerdo en que una caja de caramelos cuente como comida, así que mientras ella se da una ducha rápida, yo caliento las sobras de mi cena y me siento con ella mientras se las come y me cuenta, casi siempre con la boca medio llena, que Annabel está mucho mejor, que han hecho tres proyectos de manualidades para la habitación del niño y que han hecho una limpieza en la galería de fotos del teléfono de Annabel. Presto atención a todo eso, pero cuando salió del baño llevaba puesta la bata, atada de manera floja, encima de unos pantalones cortos de deporte y otra de esas camisetas de tirantes que se han creado para acabar conmigo. Es probable que se me escapen algunas cosas.

Y estoy seguro de que me pierdo más de un par de cosas una vez que empieza la película, incluyendo un buen número de personas asesinadas por cosas que no son camisetas de tirantes. Después de tanto preocuparme los últimos días por esto, me sorprende lo fácil que es, lo cómodo que me siento en este pequeño sofá, aunque tenga que apoyar una pierna en la mesita; que no me importe el sabor de esta sidra demasiado dulce de la que solo he conseguido beber media botella; que me guste oír los chillidos y gritos ahogados de sorpresa de Georgie cuando algo en la pantalla le asusta. Se ha arrellanado al otro lado del sofá, con las rodillas apretadas contra el pecho, y de vez en cuando la sorprendo rompiendo la regla que me ha impuesto; cierra los ojos con fuerza antes de volver a abrirlos y luego me lanza una mirada llena de culpa y exasperación. Le pregunto dos veces si quiere dejarlo, pero se limita a negar con la cabeza y a beber otro trago de sidra.

Es adorable.

Resulta muy agradable ver esta película con ella, y eso se debe a que nunca he disfrutado de noches como esta; sentado a oscuras en casa de los padres de una chica, fingiendo ver una película mientras pienso en lo mucho que quiero besarla. Cuando tuve edad suficiente para interesarme por las chicas, ya era el tipo de chico que los padres no querían en sus casas, sin importar cuál fuera mi familia. Me siento como si tuviera quince años, así que empiezo a pensar que hay algún tipo de magia en la lista de Georgie y lo bien que funciona para volver atrás en el tiempo.

—¡Oh, no! ¡Oh, no! —dice Georgie, chillando de nuevo, y esta vez no cierra los ojos de golpe. En lugar de eso, se apresura a agarrar el mando a distancia y se derrama la sidra en la camiseta y en la bata, pero no creo que se dé cuenta. Cuando lo tiene en la mano, pulsa botones al azar con fuerza, sin mucho éxito a la hora de parar la película. Alargo el brazo para quitárselo, ignorando el roce de su suave mano con la mía.

Giro el mando que estaba al revés y pulso pausa.

—¿Eso es lo que querías?   digo, tratando de disimular la risa.

—¡Dios mío! —dice, echando la cabeza hacia atrás y llevándose la mano al pecho. La veo subir y bajar rápidamente y, de repente, esto ya no resulta cómodo. La cabeza echada hacia atrás, la respiración agitada...

Me hace pensar en otras cosas aparte de ver películas.

—Esto es estresante —añade, riéndose de sí misma y frotándose el pecho de un lado a otro con la mano, como si tratara de calmar su corazón.

«Mía, mía, mía», pienso, igual que un animal.

Me inclino hacia delante y dejo la sidra en la mesita mientras me concentro en el sonido de Hank en la otra habitación. Se fue a dormir hace media hora, resoplando porque estaba molesto conmigo, y Georgie me tomó el pelo con que estaba trasnochando. Oír su ronquido perruno, al menos, me devuelve mi propia humanidad.

—¿Crees que podrías haber manejado esto en el instituto? —pregunto, señalando la pantalla, ahora que vuelvo a aparentar que estoy tranquilo.

Se ríe de nuevo.

—Es probable que no. Habría fingido por Bel y luego me habría pasado tres semanas sin dormir.

Vuelvo a apoyarme en el respaldo, pero las cosas han cambiado en el ambiente del sofá; ahora que la película está en pausa, Georgie se ha relajado y ha estirado las piernas, por lo que los dedos de sus pies descalzos rozan la cara externa de mi muslo cuando me acomodo. Sin duda, esto contaría como una experiencia erótica para un quinceañero.

Me aclaro la garganta, desesperado por tener una distracción.

—No sé por qué, pero imaginaba que serías bastante inmune a la magia del cine —digo, y Georgie arruga la frente, confundida—. Porque has trabajado en el cine, claro.

Ella asiente, moviendo esos dedos desnudos.

—No, en realidad no lo he hecho. Bueno, al margen de que no he trabajado para nadie que hiciera este tipo de películas —mira hacia la pantalla, hace una mueca y vuelve a menear los dedos de los pies—, mi trabajo consistía más bien en... cosas no relacionadas con las películas. —Se queda callada durante un minuto mientras fija la mirada en sus dedos, apoyados contra la costura de mis vaqueros. Mi yo de casi treinta años no siente nada a través de la tela vaquera, pero mi yo de quince está claro que sí—. Para serte sincera, a veces me pregunto si un empleo así se desperdició conmigo —dice, y vuelvo la cabeza hacia ella—. Hay mucha gente en esa ciudad que vive y respira el cine. ¡Incluso fuera de esa ciudad! Como esta noche, Oliv...

Se interrumpe y aprieta los labios con fuerza, con la cara enrojecida por la vergüenza. No tardo más que un segundo en darme cuenta de por qué, en percatarme del nombre que estaba a punto de pronunciar.

El de mi hermana.

Yo también me sonrojo un poco.

—Lo siento —se disculpa, y le reconozco el mérito de no intentar fingir que iba a mencionar a otra persona en vez de a mi hermana. Hace muchos años que no veo a Olivia ni hablo con ella, pero no me cuesta creer que le siga interesando tanto el cine como cuando era niña. A mi padre le volvía loco que le contara trivialidades sobre cine durante las comidas. Para su noveno cumpleaños, Evan y yo juntamos nuestras pagas y le compramos un reproductor de vídeo en eBay para que pudiera ver una caja de cintas antiguas que encontró en casa de nuestra abuela Sue. Olivia apenas salió de su habitación durante una semana. Cuando por fin lo hizo, estuvo hablando durante días con citas de una vieja película titulada *Hechizo de luna*. Recuerdo que después se pasó meses gritando de vez en cuando: «¡Quítate eso de la cabeza!».

Carraspeo de nuevo, pero esta vez para tragar el nudo que se me ha formado en la garganta. No es que no oiga hablar de mis hermanos, pero la mayoría de las veces oigo cosas importantes: que Liv dirige el *spa* del hotel, que Evan se ha separado de su mujer, a la que ni siquiera conocía. Ignoro por qué, pero duele más escuchar las pequeñas cosas, como que mi hermana aún adora algo que adoraba cuando teníamos relación.

—No pasa nada —digo con brusquedad, y espero enfadarme igual que la primera noche. Pero no lo hago, ya no. Tal vez sea porque ahora conozco mejor a Georgie o porque ha sido muy fácil estar aquí con ella esta noche. Tal vez sea por su lista mágica y porque esta me permite retroceder en el tiempo, me permite ser una versión de mí a la que no le habría importado que mencionaran a mi hermana.

—No le he dicho que te conozco —dice en voz baja—. No se lo he dicho a ninguno.

Se refiere a mi familia, y seguro que para cualquier otra persona no sería ningún cumplido. Incluso podría ser un insulto, un sucio secretillo del que no puede hablarle a sus nuevos jefes.

En lugar de eso, me invade de nuevo ese arrebato posesivo, esa sensación de inmerecida victoria. Es una sensación que no experimento muy a menudo, como si aquí hubiera algo que es solo mío, algo que no tiene que ver con mi reputación ni con que haya tenido que reconstruirla.

—¿Por qué no? —pregunto, en voz baja y serena para amoldarme a la suya.

No sé si quiero que me quite esas ideas posesivas y que me diga que estaba siendo práctica, evitando algo arriesgado. Evitando algo de lo que le dije que nunca hablo.

Georgie alza la mirada y la clava en la mía.

—Porque me gustan las cosas así, solo nosotros dos. Ni siquiera se lo he dicho a Bel. Estaba... Estaba deseando volver. Para retroceder en el tiempo contigo.

Debería decir algo, y en mi cabeza se arremolinan un montón de posibilidades simples y complicadas. «A mí también me gusta. Me gusta esta caótica casa y tu pelo aún mojado; me gusta esa bata y el color que la sidra que has bebido ha dejado en tu boca. Me gusta que seas una chica de pueblo que viene de lejos, que me conozcas y que yo te conozca, pero no del mismo modo que los demás por aquí. Me gusta que encajemos».

Pero no puedo expresar ninguna en voz alta. Lo único que puedo hacer es rodear con suavidad su tobillo desnudo con la mano. Acariciar con el pulgar su tibia, suave y tersa piel. Me cuesta creer que lo haya hecho.

Pero ¿y Georgie?

Georgie sí que lo cree; Georgie estaba esperándolo. Antes de que pueda asimilar lo que está ocurriendo, aparta el tobillo de mi mano para poder sentarse con las piernas encogidas, arrimarse a mí y entonces... entonces estoy rodeado. Su pelo húmedo, su bata de seda, su boca sobre la mía, que sabe a sidra... Qué desastre de beso. Su botella queda atrapada entre nuestros cuerpos y unas frías gotas me mojan la camisa, pero no me importa. No cuando me estoy esforzando para que continúe, para arreglarlo y que Georgie no se dé cuenta del torpe comienzo y decida parar. No quiero verla sonrojarse de vergüenza otra vez; quiero verla sonrojarse por esto, por la unión de nuestras bocas y porque nuestras manos no paran quietas mientras nos tocamos.

Cambio de posición para meter una mano entre ambos y le arrebato la botella que tiene agarrada, sin apartar los labios de los suyos mientras la dejo sobre la mesita que hay junto al sofá. Acto seguido, le pongo las manos en las caderas, sobre la tela de su fina bata, y ella me capta; se arrima y se acomoda en mi regazo, a horcajadas sobre mis muslos, y se inclina para profundizar nuestro beso. Así mejor, más cómodos. Qué sensación tan maravillosa. Su boca se abre contra la mía y recorre mi labio inferior con la lengua, arrancándome un ronco gemido. La aferro con más fuerza y la estrecho contra mí. Estoy desbordado por ella, con todos mis sentidos a flor de piel, pero no tanto como para no pensar en lo mucho que este beso representa a Georgie, en que al instante se ha entregado a él en cuerpo y alma. La Georgie de: «Claro que puedes quedarte aquí, claro que cuidaré de tu perro, claro que te hablaré de mi extraña lista». La abierta Georgie. Jamás en toda mi vida he conocido a nadie igual y acercarme tanto a ella es perfecto, embriagador, abrumador.

—Solo esto —murmuro entre besos, intentando aferrarme a algo de sentido común pese a que estoy convencido de que no me queda sangre en las extremidades superiores—. Has bebido.

Se ríe contra mi boca y esa es la forma favorita en que jamás he experimentado la risa. Quiero devorar esa risa, así que la beso con más pasión, agarrándole la cintura con más fuerza.

—Tú también. —Menea las caderas contra la parte más dura de mí. Solo por esta caliente y perfecta descarga al sentir su regazo contra el mío doy por buenos todos los días que he esperado y he estado dándole vueltas a si esto valía la pena.

Nos besamos como si hubiéramos retrocedido en el tiempo, como si fuéramos adolescentes, tanto rato que se enciende el salvapantallas del televisor, un logotipo blanco que rebota y que acaba dando paso a una pantalla negra. Tengo las manos en su húmeda melena y Georgie tiene las suyas en mi cuello. Si la beso de cierta manera, ella aprieta los dedos con suavidad, justo en los músculos más tensos de mi cuerpo, y consigue que emita un gemido de placer sin poder evitarlo. Suena como el sexo y parece sexo, aunque ninguno de los dos nos hayamos quitado ni una sola prenda de ropa.

Cuando empieza a mover las caderas de nuevo, de forma rítmica y frenética, lo único que quiero es darle lo que necesita, aunque yo mismo esté peligrosamente cerca de la desesperación. Meto las manos bajo la bata, coloco los pulgares en el bajo de su camiseta de tirantes y rozo la franja de tibia piel, expuesta de manera impecable, intentando pedirle permiso de un modo que me permita seguir besándola.

Georgie asiente, se aparta solo lo necesario para susurrar un sí con voz entrecortada y mueve las caderas más deprisa...Y basta con eso. Subo las manos y las introduzco bajo la fina camiseta de tirantes, debajo de la cual no lleva sujetador (¡por Dios, no lleva nada!). Acaricio con los dedos esa parte sensible, la parte que se tensa y se pone erecta bajo mi tacto. Adopto su ritmo, acompasando sus movimientos y escuchando los momentos en que su respiración se entrecorta de placer. Una mitad de mí se arrepiente de haber dicho que solo haríamos esto, pero la otra mitad también está encantada; esto es volver al pasado, es disfrutar de algo que la otra noche, cuando me besó por primera vez, fui demasiado estúpido y estaba demasiado asustado como para ir a por ello. Y veo que podría convertirse en una mágica y perfecta lista en sí:

«Mañana podemos retroceder a esta noche y podemos ir a por más.

La noche siguiente podemos retroceder a la anterior e ir a por más.

La noche siguiente a esa, y la siguiente a esa...».

Georgie jadea y separa su boca de la mía para apoyar la frente en mi hombro. Sé que está a punto y deseo con todas mis fuerzas que llegue al final; que esa parte salvaje, suave y abierta de ella estalle contra mi control firme y estable. Aprieto los dientes y me concentro en todo lo que tiene que ver con ella y en nada que tenga que ver conmigo; su olor, su cadencia, su respiración entrecortada, que acaba llevando a que se derrumbe contra mí de forma suave y satisfecha.

La estrecho con fuerza contra mí, para así no perder el control. Pero estoy en tensión, demasiado cerca de correrme en los pantalones, y esa es una de las vivencias pasadas que no quiero volver a experimentar a mis treinta y pico años. La bajo con cuidado de mi regazo y la deposito a mi lado, manteniéndola pegada a mí lo mejor que puedo, saboreando el suave murmullo de protesta que ofrece como respuesta.

—Dame un minuto —digo en voz baja, y cuando vuelve a reír con suavidad, siento su cálido aliento en la nuca y me pregunto si es esta mi nueva forma favorita de vivir la risa. Se acurruca, con la cabeza contra mi pecho y la mano apoyada en mi estómago. Veo cómo ambas suben y bajan mientras intento serenar mi respiración, intento llegar a un punto en el que podamos retroceder de nuevo en el tiempo.

Permanecemos así durante unos minutos eternos, perfectos; Georgie se funde contra mí, su ingobernable cabello me hace cosquillas en el cuello y en la barba, y yo mantengo todos los sentidos concentrados en ella mientras recobro la compostura. Supongo que por eso dichos sentidos son ajenos a todo lo demás: el sonido de un vehículo grande recorriendo el camino de entrada; la luz del porche trasero que se enciende y se cuela por la puerta de atrás que al final abren de un empujón. El débil olor a incienso, mezclado con un toque de marihuana.

Si hay algún consuelo, es que Georgie tampoco se da cuenta de nada.

Eso es así, claro está, hasta que el sonido de la estruendosa carcajada de Paul Mulcahy nos sorprende a ambos.

13

Georgie

Estoy bastante segura de que hemos asustado a Levi.

En los quince minutos transcurridos desde que mis padres se presentaran por sorpresa («¿Qué hacíamos conduciendo por toda la creación de Dios mientras nuestra niña estaba en casa?», había dicho mi madre), Levi apenas ha pronunciado cinco palabras, y eso siendo indulgente, porque dijo «Hola» dos veces seguidas cuando ambos nos levantamos del sofá, en el que estábamos bien pegaditos el uno al otro. Mis padres le miraron con fugaz preocupación, y tengo la sensación de que, en condiciones normales, como cuando Levi no les está mirando a la cara cinco minutos después de haber hecho que me corriera, tiene una relación mucho más desenfadada con ambos.

¿Y yo? Bueno, claro que estoy avergonzada, pero no demasiado. Levi y yo nos hemos librado de que nos pillaran en pleno acto, y aunque mis padres nos hubieran visto a Levi y a mí haciendo algo más que abrazarnos con toda la ropa puesta, nunca han sido remilgados con el sexo. A otras niñas parecían darles la «charla», mientras que mis padres comulgaban más con la filosofía de dialogar con normalidad, así que solían proporcionarme con regularidad información muy franca sobre todo tipo de temas, desde «¿Qué esperar durante tu ciclo lunar?» hasta «¿Por qué no necesitas una pareja para que te dé placer?». Cuando tenía dieciséis años e intentaba superar mi vano enamoramiento por Evan Fanning (qué incómodo resulta recordar eso ahora mismo), salí con un chico de mi clase de Inglés durante dos meses, y después de la segunda vez que salimos, mi madre me sentó para hablar de si era posible que quisiera gozar de algo de intimidad con él.

En este preciso instante me vendría bien un poco de intimidad, aunque desde luego estoy feliz de ver a mis padres. Pero, ¡Madre del Amor Hermoso, Levi Fanning besa como si fuera su vocación! Tiene unas manos fuertes y sabe muy bien dónde ponerlas, y huele a madera, a sudor y a citronela. Además, ese bulto en sus vaqueros bien podría haber sido mi mejor máquina de placer sin una pareja a pilas. Si mis padres hubieran esperado a la mañana para presentarse aquí, quizá podría haberle pedido a Levi que reconsiderara su maravillosa directriz de «Solo esto» que había farfullado. O tal vez hubiera podido limitarme a besarle toda la noche, a estudiar largo y tendido esa boca e imaginar lo que podría hacerme la próxima vez.

—Consideramos parar a dormir, pero esta semana estoy en plena forma y casi no tengo dolores, así que pensamos, ¿por qué no seguir adelante? —dice mi madre.

Está en el sofá con Hank, que resulta evidente que se ha enamorado; la mira a la cara con embeleso mientras ella le frota la oreja buena. Levi, que está junto a la mesa del comedor, donde comimos juntos por primera vez, tiene toda la pinta de que no piensa volver a acercarse a ese sofá. Como si fuera la escena de un crimen.

Intento atraer su mirada, con la esperanza de que podamos compartir una sonrisa avergonzada, o tal vez incluso una indulgente al ver la estampa de mi madre y de Hank, pero no consigo nada.

Mi padre vuelve de la cocina con una bandeja con tazas.

—¡Este es el té del que te hablé! —dice, pero, para ser sincera, no me acuerdo de a qué té se refiere. Han hablado de trescientas mil cosas desde que han entrado: la longitud de mi pelo; las nuevas señales de la 64; el trabajo de Levi en el jardín; el estado de todas las plantas de interior de la casa; la lesión de Hank, e incluso el «¡dulce momento!» en el que entraron, que parecen haber aceptado sin mostrar la menor sorpresa.

—Ah, este té... —dice mi madre, inclinándose hacia delante en el sofá. Hank parece desolado—. Este té podría ser el secreto. ¿Qué hierbas dijo que llevaba, Paulie?

Intento captar de nuevo la atención de Levi mientras mi padre le da una taza. Si le preocupaba que esa sidra alterara su capacidad para tomar decisiones, no debería beberse este té. Tratándose de mis padres, nunca se sabe.

Pero sigue sin mirarme, y si algo me sirve de consuelo, es que tampoco mira a mi padre a los ojos. Acepta la taza, pero me doy cuenta de que no tiene intención de beber ni un sorbo, sino que se limita a mirarla como si fuera una judía verde en un plato de pasta.

Tomo una taza solo para poder dejar de ver esa expresión en su cara un instante.

Mis padres se acomodan en el sofá y ninguno de los dos es consciente de la hora; la una de la madrugada, lo que significa que Levi y yo nos hemos estado enrollando durante más de una hora. En cuanto eso se me mete en la cabeza, comprendo la razón por la que Levi evita el contacto visual con los ocupantes del sofá, aunque para mí no sea la escena de ningún crimen, sino de la mejor sensación que he experimentado en años.

Pero empiezo a sentirme inquieta e incómoda a medida que pasan los minutos y persiste el categórico silencio de Levi, que contrasta con la inagotable y despreocupada cháchara de mis padres. Desde mi asiento en un viejo sillón de mimbre cerca del televisor que sigue reproduciendo el salvapantallas, el retablo de este salón empieza a parecer vergonzoso. El centro del sofá está hundido y mi botella de sidra a medio beber se encuentra peligrosamente en el borde de la mesa auxiliar. Mis padres, benditos sean, encajan como un guante, ya que ambos también están un poco desaliñados: el pelo de mi madre es un nido de pájaros y sus pulseras de cuentas tintinean cada vez que acaricia a Hank; mi padre lleva los calcetines por media espinilla y el dobladillo de sus viejos pantalones cortos está deshilachado. Tampoco soy nadie para juzgar, ya que llevo una bata digna de un culebrón y la camiseta llena de lamparones, además de que estoy bastante segura de que el sonrojo típico después del orgasmo perdura aún en mi pecho y en mi cuello. El hecho de que Levi esté a unos pasos de distancia bien podría situarlo en otro condado; lleva puesta su camiseta oscura, que no deja ver ese enrojecimiento; está de pie, rígido y erguido, como si estuvieran a punto de pasarle revista. Tal vez debería servirme de consuelo el que también tenga el pelo revuelto, pero no basta para quitarle hierro a las palabras que dice a continuación.

—Más vale que me ponga en marcha.

Mis padres levantan la vista sorprendidos, interrumpidos en medio de su esporádica partida a dos de «No te olvides de la hierba».

—¿Y tu té? —pregunta mi padre.

—Voy a pasar del té, señor —responde Levi, y es…, sí, es absolutamente extraño. Nadie se dirige a Paul Mulcahy como «señor». No parece respetuoso; parece rebuscado, forzado, avergonzado. Me da un vuelco el estómago y se me revuelve. Papá parpadea y frunce el ceño—. Mañana tengo que madrugar —añade Levi.

—¡Pero, Levi! —exclama mi madre—. ¡Todas tus cosas están aquí! No pretendíamos echarte.

—Oh, no, señora —dice, y yo pongo los ojos en blanco—. Puedo recoger mis cosas enseguida. Creo que hoy han terminado la obra de mi casa.

Muevo la cabeza hacia él y, por primera vez desde que empezó toda esta farsa, me dedica una mirada. Una mirada fugaz y un tanto culpable.

Es imposible que hoy hayan terminado la obra de su casa; ya me lo habría dicho a estas alturas.

Pero una vez más, se niega a mirarme a los ojos y dentro de mí se retuerce algo que se siente sensible, dolido y muy decepcionado. Lo que le he dicho a Levi antes de que nos besáramos sobre que me gusta la intimidad que compartimos, que estemos los dos aquí, iba en serio, pero no le he explicado hasta qué punto. No le he explicado lo mucho que he disfrutado de todas las breves pausas que he hecho en secreto para enviarle un mensaje de texto ni de todas sus escuetas pero sinceras respuestas, durante los días que he pasado con Bel, ayudándola de verdad esta vez. No le he explicado que una hormigueante sensación de alivio e impaciencia me ha acompañado durante todo mi turno en La Ribera porque sabía que esta noche volvería a casa con él. No le he explicado que ha supuesto toda una revelación para mí conocer de verdad la frontera entre estar en el trabajo y estar en casa. Darme cuenta de que esa frontera es algo que no he tenido en mucho tiempo y que quiero tener en el futuro.

Pero ahora, mientras Levi va de un lado a otro de la casa recogiendo sus cosas y Hank le sigue pisándole los talones, jadeando con nerviosismo, todo eso parece una insensatez, complicado, demasiado pronto y demasiado intenso. Aquella mañana en el río, Levi solo dijo que haría alguna de las cosas de mi lista conmigo, que le gustaría divertirse retrocediendo en el tiempo. Y me he pasado los últimos cinco días avanzando con entusiasmo, inventando un nuevo diario de ficción en mi cabeza e imaginando que Levi estaba en él conmigo.

—¿Quieres que te ponga un poco de esto en una jarra para llevar, Levi?

Me doy cuenta de que Levi se ha pasado los últimos minutos convirtiéndose en una mula de carga, con sus cosas y las de Hank colocadas en distintas partes del cuerpo; una bolsa en cada hombro, la cama de Hank enrollada bajo un brazo y una bolsa de tela en cada mano. Es el tipo de desesperación por desear hacer un solo viaje que suele reservarse para llevar las bolsas de la compra a casa.

—Está bien, señ... —se interrumpe y se aclara la garganta, lo que significa que se ha dado cuenta de que no debe llamar «señor» a un hombre con una camiseta de Phish—. Paul —se corrige.

Mi madre se levanta y se acerca a él, sin prestar atención a todo lo que lleva encima mientras le da un torpe abrazo.

—¡¿Qué habríamos hecho sin ti?! —exclama y Levi por fin me mira por encima de su hombro.

—Georgie se habría encargado —replica, y esta vez soy yo quien no puede mantener el contacto visual. Tal vez esté siendo educado, pero en este momento, eso me sienta igual que un puñetazo. Es como si el hombre con el que he pasado las últimas horas disfrutando de una gran noche, de repente, deseara volver a una época en la que no estaba aquí, atrapado en mi desastre.

No sé cómo, pero consigo despedirme de Hank con una alegre sonrisa. Jamás he estado tan agradecida por lo mal que a mis padres se les da analizar la situación y por lo dispuestos que están a llenar los silencios con conversación. No paran de hablar con Levi hasta que entran en la cocina, y si se dan cuenta de que me quedo atrás, no lo mencionan. Me quedo en el salón, escuchando el repiqueteo de las uñas de Hank en el suelo y las voces de mis padres, cada vez más lejanas, mientras acompañan a Levi hasta su camioneta. Apago el televisor, ahueco y enderezo los cojines caídos y recojo nuestras botellas. Doy un paso atrás y contemplo la estancia.

Hay demasiadas cosas en esta casa como para que llegue a estar realmente ordenada. Pero, aun así, a mí me parece dolorosamente vacía en este momento.

Por segundo día consecutivo, el desayuno parece un castigo.

El de ayer tuvo la ventaja de empezar tarde, pero solo porque parecía que tuviera resaca causada por media botella de sidra, aunque en realidad eran las consecuencias de haberme pasado casi toda la noche en vela pensando en un hombre. Salí de mi antigua habitación (la de Levi) hacia el mediodía, arrastrando los pies, con los ojos enrojecidos y de mal humor, y me esforcé por darles los buenos días a mis padres, que estaban bebiendo té de nuevo y lanzándome las mismas miraditas elocuentes, aunque poco exigentes, que me habían lanzado tras la marcha de Levi. Los distraje fingiendo que había pensado en utilizar fertilizante Miracle-Gro para sus plantas de interior y luego aguanté la leve indignación que eso provocó.

Como es natural, debería haberme servido de consuelo que mis padres estén aquí, en la casa en la que tan bien encajan y que no hacía ni dos semanas que me había acogido de nuevo en su desordenado y tranquilo sosiego. Pero yo solo podía pensar en que había dejado su huella: su comida seguía en la despensa y su leche, en el frigorífico. Ni siquiera tenía que mantener pulsada la palanca de la tostadora mientras preparaba mi comida reconfortante favorita, un hecho que me había llenado de una absurda frustración.

Aún sentía el cosquilleo de su barba en los labios.

Al menos, el cosquilleo ha desaparecido por fin esta mañana, pero el desasosiego no me ha abandonado, y como es mi primer turno del desayuno en La Ribera, la distracción es un lastre. Todo había estado tranquilo la primera hora; solo unos pocos madrugadores, probablemente huéspedes que se preparaban para marcharse antes del fin de semana. Pero luego la cosa se ha animado, y como solo somos tres sirviendo, he tenido que correr. Me he equivocado de mesa dos veces y en una ocasión he estado a punto de servir café recién hecho en un vaso de agua. He pedido mil y una disculpas cada vez que he cometido un error, pero también he recordado que Levi Fanning no se ha disculpado.

Por si fuera poco, también tengo público.

—¡Georgie! —me llama Bel desde una mesa junto a uno de los enormes ventanales, haciéndome señas con la mano para que me acerque. Tiene buen aspecto, ha recuperado el color y parte de la preocupación ha desaparecido de su cara ahora que Harry está en casa. Los dos se han tomado el día libre para ir más tarde al médico de Bel a hacerse otro seguimiento, pero lo que Bel no sabe es que Harry también ha planeado que disfrute de uno de esos relajantes masajes para embarazadas en el *spa*, antes de irse. Como es una persona que, a diferencia de otros hombres que conozco, de verdad le da un uso provechoso al teléfono, ayer me envió un mensaje de texto para que le ayudara a concertar una cita.

—Hola —les saludo a los dos. Espero que no parezca que estoy resollando debido a lo mucho que me he estado esforzando para no fastidiarla con más comandas—. ¿Todo bien por aquí?

Bel señala el pequeño tarro de mermelada artesanal que acompañaba a su bollo.

—Georgie —repite, bajando la voz hasta que no es más que un entusiasmado susurro—, ¡qué elegante es todo aquí!

Como conozco a Bel, sé exactamente a qué se refiere con ese entusiasmo por un minúsculo tarro de mermelada de lujo. No es que nunca haya visto algo así, dado los círculos en los que se ha movido en la última década, sino que jamás lo ha visto por aquí. A pesar de que La Ribera era un establecimiento exclusivo de Iverley cuando éramos pequeñas, ahora lo es aún más, y Bel se lo toma con la misma sorpresa de la niña de Darentville que yo sentí cuando vi por primera vez el nuevo escaparate de Ernie Nickel.

—¡Sí, lo sé! —digo, llenando hasta arriba la jarra de café de Harry.

—Harry —dice, tocando con suavidad su mano—, esto me recuerda a... ¿Cuál era ese sitio al que fuimos por nuestro aniversario hace dos años? —Él arquea una ceja y ladea la cabeza—. Ya sabes, el lugar en el que había... —agita una mano en dirección a su bollo— aquellos pasteles. No me acuerdo; ya sabes cómo tengo la cabeza con este embarazo.

Harry asiente y mira a su alrededor. Estoy segura de que o bien no se acuerda del lugar de los pasteles o bien no cree que La Ribera se le parezca.

—Ya lo veo —responde de todas formas porque es maravilloso. Envía mensajes de texto y también finge recordar las fechas de aniversario de hace dos años, y apuesto a que nunca te dejaría a solas con tus padres, la viva encarnación del caos, a los diez minutos de poner tu mundo patas arriba.

—Deberíamos haber venido antes, cielo —dice—. ¡Es muy bonito!

—Además se cena bien —intervengo, porque soy bastante autocomplaciente con cualquier cosa con la que Bel intente entusiasmarse; conseguí mucha práctica en esto durante los días que me quedé con ella. Cuando Harry se fue el lunes por la mañana, me di cuenta de que seguía nerviosa, aunque hacía todo lo posible por disimularlo metiéndose en los laberintos de Pinterest. Esa tarde nos pasamos tres horas buscando ideas para la fiesta del primer cumpleaños y yo defendí a capa y espada la idea de servir algo llamado pastelitos «baby», aunque ni siquiera sé si los niños de un año pueden comer pastel.

—Puedes incluirlo en la rotación para la noche de cita una vez que te sientas cómoda dejando al bebé con una canguro. Buena comida y cerca de casa —añado, del mismo modo que defendí las mejores perspectivas higiénicas de los pastelitos baby individuales en una fiesta de cumpleaños que no tendrá lugar hasta dentro de trece meses y medio.

—¡Sí! —Se lleva las manos al pecho y parece emocionada—. ¡Noches de cita!

Echo un vistazo al comedor para asegurarme de que no estoy desatendiendo el trabajo. El número de comensales ha disminuido de manera considerable y las mesas que me quedan están casi todas ocupadas.

—Además, será una forma de conocer gente nueva —le dice Bel a Harry — Dijiste que ahora vienen más lugareños aquí, ¿verdad, Georgie?

—Sí, una mezcla bastante homogénea, según Olivia.

—Oh, ¿está por aquí hoy? —pregunta Bel.

—Me parece que no. —Es mentira, pero no quiero estropear el masaje sorpresa—. Creo que no viene tan pronto...

—Bueno, alguien sí —susurra Bel, con un tono burlón y significativo en la voz, y ni siquiera tengo que girarme para saber a quién se refiere. Si hubiera hecho lo más inteligente y le hubiera contado a Bel la situación con Levi, seguro que no seguiría insistiendo en lo de Evan. Pero como no lo he hecho, aquí estoy, a punto de estar frente a frente con mi jefe, más o menos, mientras lo más probable es que mi mejor amiga planee abrir un tablero de Pinterest para nuestra boda.

—Annabel —dice Evan, deteniéndose a mi lado, con toda la tranquilidad del mundo y con su sonrisa perfecta en los labios. Estaría mejor con barba, si bien no es de mi incumbencia—. Me alegro de que hayas venido.

—¡Le estaba diciendo a Georgie lo maravilloso que es esto! —Señala de nuevo el tarro de mermelada, pero está claro que Evan no lo entiende de la misma manera que yo. Seguro que toda su vida ha estado llena de diminutos y caros tarros de mermelada. Me cabreo de nuevo con Levi. A él también le gustan los tarros de mermelada diminutos y caros, aunque ahora no lo parezca.

—Aún más maravilloso ahora que la tenemos en nuestro equipo —aduce Evan, y es probable que Bel decida qué tipo de ramo debo llevar al altar—. Es una verdadera profesional en esto.

«Menos mal que no me has visto a punto de echar café en un vaso de agua», pienso, pero también me sonrojo por el cumplido. O quizá no sea tanto por el cumplido como por la forma en que Evan lo dice, como si fuera la ofrenda a unos padres desesperados por sentirse orgullosos de su hijo, al que acaban de contratar.

—Evan, te presento a mi marido, Henry Yoon. Harry, la familia de Evan es dueña de este hotel desde hace... ¡Uf, décadas!

Evan y Harry se saludan con un apretón de manos y un gesto cortés, como suelen hacer los hombres de negocios, que es más una evaluación mutua que un saludo. Es un encuentro que resulta curioso de ver. Los dos son guapos se mire por donde se mire, pero para ser sincera, Harry le da mil vueltas a Evan, el amor de mi adolescencia. Evan es guapo, al estilo del equipo de fútbol del instituto; Harry es guapo al estilo de los anuncios de relojes en blanco y negro.

Estoy pensando a qué categoría de guapo pertenece Levi (guapo al estilo carpintero, guapo al estilo amante de su perro, guapo al estilo que te deja con las ganas) mientras Bel hace una de esas largas presentaciones de gente profesional, explicándole a Evan que Harry se dedica a las finanzas y explicándole a Harry que Evan dirige este local. Empiezan a charlar sobre sus respectivos trabajos, y aunque podría quedarme aquí callada, pensando si arreglar tostadoras es otra categoría de guapo, también empiezo a sentirme extrañamente fuera de lugar. ¿Debería comprobar si alguien necesita más mermelada o un vaso de zumo de naranja recién exprimido? Claro que Evan también trabaja aquí, pero esta mañana no está de servicio. Lo tengo a mi lado, vestido con unos pantalones lisos en gris y una camisa bien planchada, remangada hasta los codos, y yo llevo uniforme y uno de esos delantales cortos en los que puedo meter de todo, desde libretas para las comandas y bolígrafos de repuesto hasta la chuleta que me he hecho sobre el menú del desayuno.

La cosa empeora cuando Evan posa la mano en el respaldo de una de las sillas que rodean la mesa para cuatro y Bel le invita de inmediato a que los acompañe a Harry y a ella. Cuando sonríe y se sienta enseguida, me quedo paralizada durante unos segundos eternos, porque no sé si debería...

—¿Te traigo un café? —balbuceo. Mi cerebro se ha adelantado y ha decidido que lo correcto es atenderle.

Evan me mira, con una encantadora sonrisa torcida. Es una sonrisa amable, espontánea. Rezo para que me mande a por un bollo u otra cosa, pero en lugar de eso mira el reloj.

—¿No ha terminado ya tu turno?

Me aclaro la garganta.

—Casi, pero...

Acompáñanos —dice, señalando la silla que tiene al lado y retirándola.

—¡Oh, sí! Por favor, siéntate con nosotros unos minutos, Georgie —replica Bel, con un brillo burlón en los ojos.

Intentaría lanzarle una mirada significativa para comunicarle que me lo monté con el hermano de este hombre hace un par de noches, pero como él me está mirando a la espera de mi respuesta, en lugar de eso intento excusarme, haciendo un gesto vago por encima del hombro.

—Debería ayudar a recoger.

—Insisto —dice Evan, sujetando aún la silla—. Un café.

Bel coloca una idea para un recogido en el tablero de «La boda de Georgie y Evan» que ahora vive en su cerebro. Me doy cuenta por la expresión de su cara.

Disimulo un suspiro mientras me aliso el delantal y tomo asiento.

—Un momento —murmuro, aunque no creo que nadie me oiga. Evan llama la atención de Remy y le hace señas para que se acerque. Si pudiera lanzarme en cohete directamente al sol, es más que probable que lo hiciera. Remy y yo somos iguales, compañeros de trabajo, y ahora estoy holgazaneando y recibiendo un nada habitual trato especial.

—Rem, ¿te importaría traernos un café a Georgie y a mí?

Casi gimo de vergüenza y le pido disculpas a Remy sin articular sonido alguno antes de que se vaya. Al menos, parece comprensivo, como si se hubiera visto arrastrado por uno de los caprichos irreflexivos de Evan alguna que otra vez, pero aun así me disculparé más tarde. Cambiaré el agua de todos los cubos de fregar de este lugar.

—¿Quieres algo de comer? —pregunta Evan—. Puedo decirle a Rem que...

—¡No! —exclamo en voz alta, y luego trato de suavizarlo—. Gracias, pero no. Comí antes de entrar.

Esto también es mentira, porque no podría volver a enfrentarme a la tostadora reparada, pero desde luego no quiero explicárselo a nadie. Ni siquiera a mí misma.

—¿Quieres el resto de mi bollo? —dice Bel y, de repente, todo lo relacionado con esta situación me parece triste e irónicamente divertido. En mi cuaderno tengo un relato muy detallado en el que Bel y yo teníamos una cita doble con nuestros perfectos novios. El suyo era Joe Jonas y el mío era el chico sentado a mi lado. Escribí que Joe y Evan se hacían buenos amigos. No sé qué imaginaba que tendrían en común Joe Jonas y Evan Fanning, pero es imposible que fuera más aburrido que el golf, que es de lo que empiezan a hablar Evan y Harry en cuanto rechazo el bollo.

«Levi nunca hablaría de golf», pienso de mala gana, y me saca tanto de quicio que me planteo seriamente tirarme el café que me trae Remy en mi propio regazo. Me daría una razón válida para excusarme.

Cuando la conversación deriva hacia la casa de Bel y de Harry, al menos, estoy algo familiarizada con el tema. Evan le confiesa a Harry que vive con su hermana desde que se divorció, con una pizca de vergüenza en los ojos, que resulta encantadora, pero dice que le encanta la zona en la que Bel y Harry viven ahora, y que algún día él también se plantearía vivir allí.

—Oh, deberías —aduce Bel—. ¡Tenemos una casa maravillosa! ¿Verdad que es maravillosa, Georgie?

—Lo es —confirmo, aunque es una pregunta retórica.

—Estaba lista para entrar a vivir —añade Bel—. El mayor proyecto que nos queda por hacer es construir un muelle.

Me atraganto un poco con el café y carraspeo de manera poco delicada. «Por favor, no hables de muelles», pienso, pero ese tren ha salido de la estación. Nos hemos descarrilado y solo puedo culparme a mí misma. ¿Por qué no le conté a Bel lo mío con Levi y le advertí de que cualquier tema relacionado con él estaba prohibido?

—Deberías llamar a Hammersmith Marine —dice Evan—. Se ocupan de los nuestros aquí.

—Es un buen consejo —dice Bel—. Pero los embarcaderos que tenéis aquí son mucho más grandes de lo que necesitaríamos. Queremos algo pequeño.

Evan asiente.

—Bueno —dice, haciendo una pausa para beber un sorbo de café, y el pánico se apodera de mi estómago en esos pocos segundos de silencio—. Te diría que llamaras a mi hermano, pero no aceptará construir tu embarcadero.

Bel parpadea sorprendida por la mención de Levi, algo que le honra, y desvía la mirada hacia mí. «¿Debería derramarme encima el café ahora?», me pregunto, pero antes de que pueda intentarlo, Harry, que es evidente que no está nada al tanto de los viejos cotilleos de estos lares, interviene.

—¿Por qué no?

Evan bebe otro sorbo de café y se encoge de hombros. Es la primera vez desde que he vuelto que veo que no está del todo cómodo.

—No acepta trabajos en esa parte del río. Algo referente a que pone en peligro la costa. —Se aclara la garganta—. Al menos, es lo que he oído.

Harry mira a Evan con el ceño fruncido.

—¿Qué quiere decir que pone en peligro el litoral?

—El agente inmobiliario dijo que podíamos poner un muelle —añade Bel, con el ceño fruncido por la preocupación. Está claro que a ambos se les escapa lo más importante: que Evan ha reconocido la existencia de Levi.

—Y podéis —replica Evan—. Pero no un muelle construido por mi hermano.

Puedo decir que a Bel y Harry no les gusta esta respuesta. Si hay alguien por ahí que piensa que no deberían construir un muelle en su propiedad, querrá saber por qué.

—En mi opinión, no es un buen plan de negocios —refunfuña Evan, y ni siquiera estoy segura de que haya querido decirlo en voz alta. No creo que Bel y Harry lo hayan oído, pero yo sí, y cuando le miro, no veo en su rostro una expresión que concuerde con el insulto casual. En todo caso, parece un poco triste.

—Creo que su negocio va bien —comento, y en cuanto sale de mi boca me doy cuenta del lío en el que me he metido.

Evan gira la cabeza hacia mí.

—¿Conoces a Levi?

—Oh, yo... La verdad es que no —digo, y decido que en realidad no es mentira. Pensé que conocía a Levi, pensé que estaba conociendo a Levi. Pero el Levi al que creía conocer no me habría dejado colgada—. Se mueve en los mismos círculos que mi padre.

Aunque Evan asiente, sé que no ha sonado del todo convincente. Solo espero no haber sonado tan poco convincente como para que todos en esta mesa se den cuenta de que anteanoche estuve a punto de acostarme con Levi.

—¡Dios mío, más vale que estire las piernas! —dice Bel de repente, retirando la silla y poniéndose en pie más deprisa de lo que yo creía que era capaz a estas alturas. Harry parece sobresaltado y no le culpo. Prácticamente se ha puesto en pie de un salto—. Odio tener que dejar esto aquí —dice, alisándose la túnica y enviándome una mirada cómplice que me dice que, en realidad, no he sido muy convincente al decir que no conozco a Levi—. ¡Pero se supone que debo cuidar mi circulación!

Harry también se levanta, sin duda, preocupado por cómo afecta esta repentina marcha al horario del masaje. Cuando Evan se levanta, le sigo, dando así por finalizada la cita doble más extraña que jamás podría haber imaginado. Insiste en invitarles a la comida (una prerrogativa del gerente) y les indica el bien cuidado camino que sale del patio y que será el mejor para Bel. Ella se inclina para darme un abrazo de despedida y luego me susurra al oído de forma taxativa que tengo que llamarla más tarde.

Cuando por fin se han ido, hago lo que me parece más natural y empiezo a recoger los platos. Evan también recoge uno, pero le hago un gesto para que no lo haga.

—Yo me encargo —le digo, desesperada por que no me pregunte nada más sobre Levi—. Gracias por el café.

—No hay de qué —dice, pero no hace ademán de irse—. Haces un gran trabajo aquí, ¿sabes? Remy dice que eres estupenda.

«Probablemente ya no dirá eso, puesto que ha tenido que servirme un café estando aún de servicio», pienso.

—Bueno, soy veterana en esto.

Sonríe y casi desearía sentir algo, porque esta situación, atraer la atención de Evan Fanning trabajando en el hotel de su familia, es tan digna del diario de ficción que casi está predestinada. Pero no hay nada, solo un dolor sordo porque su cara no es la que me gustaría ver ahora.

—He visto a mi hermana cuando venía. Mencionó que tus padres han vuelto.

Asiento mientras sigo recogiendo platos.

—Sí, hacía tiempo que no estábamos todos juntos. Es agradable estar en la misma casa otra vez.

—Yo me siento igual al vivir con Liv. —Vuelvo a ver su mano apoyada en uno de los respaldos de la silla—. La mayor parte del tiempo. Algunos días creo que estoy yendo hacia atrás. Después de todo lo que pasó con..., bueno, ya sabes.

Paro mientras recojo un plato y le miro. Parece joven, o quizá es que parece un poco perdido por primera vez desde que puedo recordar. Me doy cuenta de que intenta compadecerse. Él, divorciado y viviendo con su hermana; yo, de vuelta de Los Ángeles y viviendo con mis padres, aunque sea de forma temporal. Me brinda otra de sus encantadoras sonrisas, esta vez llena de humildad.

Pero veo que oculta algo sincero, algo triste. Aunque nada queda ya de aquel enamoramiento que sentía por él, no quiero dejarle colgado.

—Estoy segura de que es solo por un tiempo —digo, recordándole hace años, impresionante y seguro de sí mismo, y siempre tan amable con todo el mundo. Por algo Bel le llamaba «héroe local».

—Te vi jugar al fútbol, Evan Fanning. Nunca te quedabas atrás demasiado tiempo.

Me mira como si hubiera curado algo en él. Su rostro se suaviza, se le iluminan los ojos y su sonrisa se transforma en algo más auténtico.

—Es verdad —dice en voz baja. Con gratitud.

Veo a Remy nervioso junto a la barra.

—Será mejor que siga con esto. Gracias de nuevo.

—Cuando quieras. —Llevo soltera el tiempo suficiente para captar el tono, para saber que no es un «cuando quieras» indiferente y de rigor.

Es una insinuación.

Pero finjo no entenderlo así. Asiento como si me estuviera despidiendo de mi jefe, nada más que mi jefe, y luego me encamino a toda prisa hacia Remy y me refugio en las tareas del final de turno durante otra hora. Estoy nerviosa e inquieta todo el rato. Por alguna razón me parece un fracaso haber vivido un momento (dos momentos, si cuento esa extraña cita doble) que mi yo más joven deseaba con desesperación casi patológica y no experimentar nada más que el anhelo de algo, de alguien, completamente distinto.

Cuando por fin ficho, miro el móvil por la fuerza de la costumbre, no por necesidad. Pero es probable que haya, al menos, un par de cosas ahí; tal vez ese emoji sudoroso y preocupado de Bel o una de las notas de voz accidentales de mi madre. A estas alturas, no rechazaría más fotos de burros de Nadia. Al menos, sabría que alguien piensa en mí.

Pero si hay algo de eso, no me doy cuenta, porque el único mensaje que parece que puedo ver en este momento es uno de Levi.

Una dirección seguida de una invitación directa, tan torpe como elocuente era la de Evan. Dice:

Ven.

14

Levi

Supongo que no vendrá.

Estoy en mi embarcadero, con Hank roncando suavemente a mi lado, contemplando las vistas para intentar serenar mi mente. Echaba de menos este lugar en concreto, a pesar de que la propiedad de Mulcahy es bonita, grande y muy arbolada, y la luz del sol se filtra todo el día entre las hojas. Pero no tiene río, que es lo que más me gusta; el tranquilo murmullo del agua, la brisa salobre, el chapoteo ocasional de un pez o un pájaro que se zambulle.

La primera vez que Carlos me dijo que quería venderme este lugar, casi no podía creer que hubiera tenido tanta suerte; hacerme cargo de una propiedad que en el momento más bajo de mi vida había sido un refugio. En el último año, a veces me ha parecido menos un golpe de suerte y más un proyecto interminable, pero cuando vengo aquí, al muelle que reconstruí yo mismo el otoño pasado, sé que todo ha merecido la pena. Me ha costado mucho trabajo hacer mío este trozo de tierra, pero ahora puedo vivir como siempre he deseado.

En silencio, en privado y en mis propios términos.

Mientras crecía no tuve mucho de eso; primero en casa de mis padres, donde casi todas las reglas eran reglas que no entendía o que no quería acatar. Después, en la escuela a la que me envió mi padre, donde no tuve intimidad ni un segundo de paz en ningún momento en todos los miserables días y noches que pasé allí. Cuando por fin salí de ese lugar, solo pude conseguir una mierda de apartamento de dos habitaciones en Richmond que compartía con otros tres chicos. Y ni siquiera cuando me vine otra vez a vivir aquí, al principio en la caravana que Carlos solía tener en la propiedad, fui capaz de librarme de la sensación de que nunca estaba solo de verdad.

Por lo tanto, no es de extrañar que pueda contar con los dedos de una mano el número de personas que no son contratistas que han venido aquí desde que soy propietario. Carlos, por supuesto, que me visitó hace seis meses y se deshizo en elogios por las mejoras que ya había hecho. Laz y Micah, que me ayudaron a retejar el pequeño tejado a cambio de cerveza y de pizza. Hedi, pero nada más que una vez, y solo para ver el río y tomar algunas muestras de la orilla.

Así que una parte de mí no puede creer que le haya enviado mi dirección a Georgie y le haya dicho que venga. Sé que hacerlo en un mensaje de texto ha sido una chapuza. Pero también soy consciente de que después de la forma en que la dejé hace dos noches, le debo una explicación, una explicación de verdad, y he empleado todo este tiempo preparándome para dársela. Me ha llevado todo el día de hoy y la mitad del de ayer, y he pasado el tiempo limpiando y ordenando mi casa con esmero, manteniéndome ocupado mientras practicaba lo que iba a decirle. Hank ya lo ha oído suficientes veces como para estar seguro de que le he provocado una depresión, o bien estaba más apegado a ese gallo de metal de lo que yo creía.

Se remueve a mi lado y suelta un suspiro pesado y apático, así que supongo que debo entrar. Han pasado más de dos horas desde que le envié el mensaje a Georgie y me parece justo que lo ignore. Mi plan no va a salir bien y me lo merezco después de cómo he actuado. Es hora de que empiece a pensar en otras alternativas para explicar lo que me pasó cuando Paul y Shyla nos sorprendieron la otra noche.

Me levanto de la silla cuando oigo su coche aproximándose por el camino de entrada y ya está cerca debido a ese motor silencioso que tiene. Como era de esperar, Hank me abandona porque a estas alturas ya está harto de mis gilipolleces, y para cuando Georgie aparca junto a mi camioneta, la saluda ladrando y girando en círculos, presa de la excitación.

Me trago los nervios, le doy la espalda y finjo que estoy revisando un pilote, como si los muelles que yo construyo fueran a tener ese tipo de defectos. Se me ocurre que solo había tenido en cuenta la decepción que sentiría si no aparecía; ahora me pregunto si estaré peor si la veo aquí y no logro convencerla de que se quede.

—¡Levi Fanning! —grita, con tono irritado, y enseguida oigo sus pies pisando con fuerza la madera de mi muelle. ¡Caray, me encanta ese sonido! No hay nada como el sonido de los pasos sobre un embarcadero de madera construido sobre el agua, aunque sean pasos airados.

Cuando me vuelvo hacia ella, al principio pienso que ha venido con la bata que la otra noche tenía entre mis manos, pero resulta que es un vestido de algodón suave, sin mangas, con un llamativo estampado y lo bastante largo como para rozar los tablones. Su pelo forma un esponjoso halo rojo anaranjado perfecto en torno a la cara.

—Eres de lo que no hay —espeta, plantando los brazos en jarra. Veo que, bajo la curva inferior de sus grandes gafas de sol, tiene las mejillas enrojecidas. Está cabreada. Así que abro la boca para hablar, pero ella me interrumpe—: Después de ignorarme, ¿me envías un mensaje gancho? ¿A las once de la mañana de un viernes?

—¿Qué es un mensaje gancho?

Menea la cabeza, murmura algo que tiene la palabras «quinto pino» o «retrasado». De cualquier manera, no es muy halagador para mí.

—Es un mensaje que envías cuando quieres ver si alguien está para... ya sabes.

—No —digo, pero me hago una idea, por la forma en que ha dicho «ya sabes».

—Levi —dice, exhalando un suspiro más irritado que el de Hank. No debería gustarme, pero me gusta. Que diga mi nombre de esa manera... es la clase de irritación que, de algún modo, es deliberada. Parece que esté diciendo: «¿Cómo no ibas a decir esto, Levi?».

—No era un mensaje gancho. No lo creo.

Levanta la cabeza.

—Bueno, de todas formas, olvídalo. La otra noche saliste huyendo.

—Ya lo sé. Y lo siento.

Baja las manos, que tenía apoyadas en las caderas, encorva los hombros desnudos, y una parte de mí quiere decirle que no me dé ni siquiera eso, porque recuerdo su expresión la otra noche, que yo guardé silencio y que sus padres se pusieron a hablar sin parar, y que ella parecía hacer ambas cosas, sonreír y hablar con ellos al mismo tiempo que se iba retrayendo.

Pero la otra parte de mí está tan desarmada al ver que se está ablandando que me olvido de todas las cosas que con tanto cuidado planeaba decir.

—Estaba avergonzado.

—Sí, bueno —se burla ella, que vuelve a endurecerse. Cruza los brazos sobre el pecho y se cierra en banda—. Yo también.

Me aclaro la garganta y empeoro las cosas de inmediato.

—No me gusta meterme en ningún lío por aquí.

Es un comentario tan colosalmente desafortunado que Georgie descruza los brazos y se coloca las gafas de sol a modo de diadema. Me fulmina con la mirada.

—¿Me tomas el pelo?

Sé muy bien lo que quiere decir. He conseguido que lo que hicimos juntos parezca algo sucio, cuando fue la noche más maravillosa que jamás he vivido. Eso formaba parte de lo que pensaba decirle durante toda la conversación que había practicado con Hank, que sin duda me está mirando con cara de decepción.

—Deja que intente explicarme. Por favor.

Se cruza de brazos otra vez y da golpecitos con el pie. Puede que no sea una postura receptiva, pero el sonido me tranquiliza lo suficiente como para empezar.

—Sabes que tengo cierta reputación. Sabes que de joven era problemático. No has querido comentar nada, pero sé que lo sabes.

Deja de fulminarme con la mirada.

—Eso fue hace mucho tiempo —dice, suavizando el tono. Vuelvo a recordar esa palabra, abierta. Incluso cuando intenta cerrarse en banda, Georgie se mantiene abierta, y eso hace que desee protegerla de cualquiera que se aproveche de ella, incluyéndome a mí.

—Este lugar está lleno de gente con mucha memoria.

Resopla y un lado de la boca se crispa.

—A mí me lo vas a contar.

—A veces... —digo, llegando por fin a lo que he practicado. A veces pienso que no hay una sola persona en todo el condado a la que no haya fastidiado de algún modo, en cuya propiedad no haya causado algún destrozo. Que no haya robado en su cobertizo. Que no me haya peleado con sus hijos. Una vez entré en casa de Bob Vesper y robé todo el licor que guardaba en su cocina.

—Bob Vesper era el sheriff.

—He dicho que era problemático, no que fuera inteligente.

—Eres inteligente —contesta. Luego baja la mirada y se quita las sandalias; los dedos de los pies desnudos asoman por debajo del dobladillo del vestido. Eso parece satisfacerla, y a mí me gusta, porque también es una de mis sensaciones favoritas; sentir la madera caliente del sol bajo la planta de los pies. En ocasiones, cuando termino un trabajo, me quito las botas y los calcetines y camino por el muelle para comprobar una última vez su resistencia—. ¿Por qué hiciste todo eso? —pregunta. Es la pregunta más incisiva posible, formulada justo en el silencio que he dejado que se prolongara durante demasiado tiempo.

Vuelvo a aclararme la garganta, ya que me ha pillado por sorpresa. No tengo muchas ganas de contarle el porqué.

Pero intentaré responder a las preguntas que me haga. Se lo debo.

—Tenía una muy buena excusa, diría yo. Cada familia prominente necesita un garbanzo negro, una oveja negra. Eso soy yo para los Fanning.

Ella entrecierra los ojos, pero no con recelo, sino como si esperara. No quiero contárselo todo, las partes de las que me avergüenzo y las partes de las que debería avergonzarse el hombre para el que ahora trabajo. Pero puedo contarle algo.

—Mi padre —empiezo, ignorando el impulso de apretar los dientes al pensar en hablar de él— es un tipo al que le importa mucho la reputación. La suya y la de toda la familia. Él tiene éxito, mi abuelo lo tuvo y también mi bisabuelo. Tenía muchas ideas sobre cómo debían comportarse sus hijos. Sobre cómo debía comportarme yo. Era más duro conmigo que con Evan y, por supuesto, más conmigo que con Olivia. Parecía tener la profunda sensación de que me torcería, de que necesitaba más mano dura. Más reglas, más disciplina. La impaciencia pasiva que mostraba con mi madre o mis hermanos se convertía en crueldad activa cuando se trataba de mí.

Georgie me observa con atención y puedo ver su mente trabajar. Me pregunto si, al tener a Paul y Shyla como padres, esto es casi imposible de entender para ella. Pero sigo adelante de todos modos.

—Odiaba sus reglas. —Espero que se percate del énfasis que he puesto en ese «odiaba». Siempre estaba furioso, como si hubiera un animal salvaje dentro de mí—. Odiaba que lo único que le importara fueran las apariencias. Ir a la misma misa todas las semanas, hacerse una foto de familia todos los años en la misma época, estar en el hotel para los eventos. Siempre vestido de una determinada manera, siempre sonriendo, sin importar lo que él y yo nos hubiéramos dicho en el coche de camino.

—¿Os peleabais?

Niego con la cabeza, bajo la mirada y me meto las manos en los bolsillos. «Pelear» no es la palabra adecuada. Éramos un polvorín; era más complicado que una simple pelea. No se me ocurre nada amable que nos hayamos dicho.

—Lo único que me importaba por entonces era estropear lo que a él le importaba. Él quería que las cosas en nuestra familia se vieran de cierta manera, por lo tanto, yo quería lo contrario. Por eso hice todas esas cosas. Para ser mezquino. Para herirlo. Para hacerle quedar mal por aquí.

—Levi —dice, y también esa forma de decir mi nombre es agradable—, estoy segura de que no querías...

—Lo hice —la interrumpo—. Lo reconozco.

Aprieta los labios para no discutir. En lugar de eso, hace otra de esas preguntas incisivas.

—¿Por eso dejaste de estudiar?

Trago saliva.

—No abandoné los estudios. Mi padre me envió a otra escuela, al oeste de Virginia.

—Oh.

Todo mi ser ruega que no haga otra pregunta, porque no quiero intentar responder nada sobre esto. Al fin y al cabo, no era tanto una escuela como un «correccional», un lugar al que las familias, y a veces los jueces, enviaban a los chicos que causaban problemas. La parte del aprendizaje era secundaria a todo lo demás, y todo lo demás era básicamente un montón de adolescentes problemáticos peleándose a puñetazo limpio mientras los encargados de enseñarnos disciplina fingían no darse cuenta. Si antes de ir allí estaba jodido, no fue nada comparado con cómo estaba cuando por fin salí.

—¿Tu madre estaba de acuerdo con eso?

Bueno, al menos, no preguntó por la escuela.

Me encojo de hombros.

—Mi madre dejaba que mi padre se encargara de todo. No es una madre demasiado involucrada. Dudo que se diera cuenta de mi ausencia.

Arruga la frente y se mira los pies.

—Pero después volviste. —Hay una chispa de esperanza en su voz, como si estuviéramos llegando a la parte en la que le di la vuelta a todo. Pero hubo muchos líos antes de llegar a ese punto, incluido el que armé cuando por fin reuní el valor para volver a ver a mi familia por primera vez después de abandonar aquel lugar. Ocurrió una noche y fue el peor desastre posible, y la razón por la que ya no tengo relación con ninguno de ellos.

Aunque me esfuerzo por no hacerlo, todavía puedo ver a mi padre aquella noche en mi cabeza. Con la cara roja de rabia y los puños cerrados. «Le estoy matando, solo por el esfuerzo que está haciendo para no pegarme», pensé, y durante una terrible fracción de segundo, fui incapaz de decidir qué quería más. Que se fuera o que claudicara al fin y me pegara.

«Eres un veneno para esta familia —me dijo—. Vete de este pueblo y no vuelvas jamás, ni siquiera el día que me entierren».

—Mi padre tenía razón en algunas cosas —digo, apartando por la fuerza aquella noche de mi cabeza y centrándome en todo lo que aprendí después de ella—. La reputación de un hombre importa y yo había arruinado bastante la mía a lo largo de los años. Pasé mucho tiempo haciendo que la gente me viera de forma diferente para poder ganarme la vida por aquí. Ahora dirijo un negocio, que soy afortunado de tener. Tengo una casa que es posible que no merezca, pero que cuido bien. Soy reservado y procuro ser responsable. Cerciorarme de que la gente me vea de cierta manera.

Georgie frunce el ceño.

—Mis padres no...

—Lo sé. Pero no lo sabía cuando nos sorprendieron. O fui incapaz de llegar a esa conclusión, si eso tiene sentido. Yo... —me interrumpo y sacudo la cabeza—. Empezaron a abrirse viejas heridas. Me entró el pánico. Tu padre es una de las pocas personas que ha hablado bien de mi trabajo cuando nadie más que Carlos lo hacía. Estoy en deuda con él.

Todo en ella se ha suavizado: su postura, sus ojos, sus labios. Pero, cuando habla, lo hace con una suavidad tentativa y a regañadientes.

—Vale, pero no le debes, ya sabes..., mi castidad.

Es la primera vez que tengo ganas de sonreír. Me doy cuenta de que me ha perdonado, o al menos está a punto de hacerlo, pero no le he dado lo suficiente, todavía no. He ensayado otra parte de mi discurso y pienso decirla.

—La otra noche fue la mejor que he tenido en mucho tiempo. Tal vez la mejor noche que jamás haya vivido. Daría lo que fuera por volver atrás y no marcharme como lo hice. Y tendrías todo el derecho a no volver a hacer ninguna parte de esa lista conmigo después de haberla fastidiado en mi primera oportunidad.

—La mejor noche, ¿eh?

—Sí.

Doy un paso hacia ella y meto la mano en el bolsillo para sacar lo que he guardado ahí esta mañana, después de mandarle el mensaje. Puede que diga que no, puede que piense que es demasiado presuntuoso por mi parte. Pero si es así, lo entenderé. Al menos, lo habré intentado.

Le tiendo el rotulador.

—Este muelle es mejor que el de Buzzard's Neck —digo— Más resistente. Aquí la calidad del agua es buena.

Da un tímido paso hacia delante, me quita el rotulador, le da unas cuantas vueltas entre los dedos y baja la mirada.

—Ni siquiera se me ocurrió un deseo cuando estaba en Buzzard's Neck. Ni algo pequeño.

—Puedes intentarlo de nuevo. Tal vez te falte práctica.

Cuando levanta la vista hacia mí, hay cierto agradecimiento en su expresión.

—Puede que sí.

Pero no hace amago de destapar el rotulador.

—Si quieres, puedo dejarte sola. Puedes llamarme si me necesitas. Hank y yo nos quedaremos cerca.

Vuelve a girar el rotulador mientras lo piensa.

—Creía que querías hacer alguna de estas cosas conmigo. —Una sonrisa suave y burlona se dibuja en sus labios. Una ofrenda de paz.

—Claro que quiero —asevero, reconociendo que ya le he hecho antes esta promesa. Esta vez, no lo romperé.

Asiente con la cabeza, destapa el rotulador y levanta el antebrazo. No vacila y yo no me fijo en lo que escribe, por si quiere mantenerlo en secreto. Cuando termina, se preocupa de pasarse el rotulador a la otra mano, de modo que cuando me lo tiende para que lo tome, también lo deja claro: me está mostrando su deseo.

«Otro beso de Levi Fanning», ha escrito y, cuando la miro, veo que está sonrojada, insegura y muy, muy guapa. Haría realidad su deseo ahora mismo, pero sé que quiere que le siga el juego, que escriba mi propio deseo.

Agarro el rotulador y sé que lo que quiero escribir está mal. Que es demasiado para el momento.

«Georgie», quiero que ponga en mi piel.

«Georgie aquí para siempre».

Pero ella está esperando y yo quiero darle lo que quiere de su lista: el espíritu de Buzzard's Neck, sencillo y a pequeña escala.

Giro el brazo y escribo un deseo que complementa el suyo, porque estamos haciendo esto juntos.

«Esta vez sin interrupciones», escribo y se lo enseño.

Esboza una sonrisa de oreja a oreja, puede que la sonrisa más deslumbrante que jamás me haya obsequiado, y juro que se me para el corazón durante un minuto. Pero mi corazón vuelve a latir cuando se gira, me muestra su perfil y se quita el vestido por la cabeza de un tirón, de forma rápida, desinhibida y alegre. Lleva un sujetador y unas bragas blancas. Cuando se meta en el agua...

—¿Y bien? —dice, con la mirada fija en el río.

No hace falta que me lo pida dos veces. Me quito la camiseta, me descalzo, me desabrocho los vaqueros y me los bajo y me quito los calcetines al mismo tiempo. En cuanto esté en el agua, Hank hará del montón de mi ropa una cama, pero no me importa. Siendo sincero, espero encaminarme adonde no necesite ropa por el resto del día.

Nos quedamos el uno al lado del otro, en silencio y excitados. Entonces me agarra la mano con la suya y la balancea de un lado a otro. Una vez, luego dos, y me doy cuenta: está contando.

A la de tres, saltamos.

En el agua, no espero. Cuando Georgie emerge, lo hace con más delicadeza que aquella mañana en Buzzard's Neck; con la cabeza echada hacia atrás, el pelo retirado de la cara y una suave sonrisa. Quiero hacer realidad todos sus deseos, pero empiezo por el que se ha escrito en el brazo. Así que me acerco a ella y mi mano encuentra su cadera bajo la superficie del agua sin problemas. Es la más fluida de las danzas; sus piernas ingrávidas envuelven mis caderas, sus brazos me rodean el cuello. ¡Dios mío, qué guapa está así! Sol y agua salada, árboles por doquier. Un sueño que no sabía que albergaba hecho realidad.

Nos besamos como si lo hubiéramos hecho siempre, como si no hubiéramos parado la otra noche, pero ahora también es diferente; sin límites, sin aquel «solo esto». Georgie se aprieta contra mí, frotando su entrepierna contra mi abdomen mientras la sujeto con fuerza.

—Levi, ahora quiero más —susurra contra mi boca.

—Voy a por el rotulador. —Georgie echa la cabeza hacia atrás y se ríe, pero eso hace que su cálida entrepierna descienda aún más por mi cuerpo, justo contra la parte de mí que está dura y ardiendo de deseo por ella—. Vamos dentro —digo con voz ronca y ella me besa de nuevo y asiente.

Trepamos como podemos. Le pongo la mano en el trasero para ayudarla a subir, un acto que siembra en mi cerebro todo tipo de nuevos deseos, de esos que hacen que sea una situación peligrosa para mí auparme sin clavarme una astilla en el miembro. Al final debo de parecer un auténtico espectáculo, intentando encaramarme con cuidado a tierra firme de nuevo, pero Georgie no parece darse cuenta. Hank salta entusiasmado sobre nuestra ropa y, en cuanto estoy de pie, Georgie y yo la miramos y nos encogemos de hombros. Luego la tomo de la mano y echamos a correr hacia mi casa. Nos reímos cuando nos resbalamos en la hierba mientras Hank ladra confuso a nuestro lado, lleno de júbilo.

Cuando llegamos a la puerta trasera, la abro de par en par y dejo pasar a Hank primero. Señalo la lujosa cama que tiene, le tiro su cuerno favorito y le digo que se acomode. Una vez más doy gracias por haber dedicado tiempo a colocar las cosas; los muebles en su sitio, todo ordenado. Pero no creo que Georgie se dé cuenta, porque no mira a su alrededor.

Solo me mira a mí.

Y esa mirada que carece por completo de timidez, de sospechas y de una inapropiada curiosidad sienta de maravilla. Me mira como si yo fuera exactamente lo que quiere.

Vuelvo a ponerle las manos en las caderas y a posar la boca sobre su piel y la llevo hacia el dormitorio, que teniendo en cuenta el reducido tamaño de este lugar, no queda lejos. Tenemos la piel húmeda, la ropa que nos queda está empapada y Georgie se estira lo suficiente como para desabrocharse el sujetador, dejando que caiga al suelo entre los dos mientras aprieta sus pechos desnudos contra mí. Todavía tengo un cortocircuito en el cerebro provocado por eso, cuando me pone las manos en la cinturilla mojada y me baja los calzoncillos, rozándome el pene, duro como una roca. Es muy rápido y me quedo desnudo con ella. La otra noche estuve completamente vestido con ella durante horas en plena oscuridad, y ahora estamos aquí, totalmente desnudos a plena luz del día. Es tan difícil de creer que tengo que parar y preguntarle, tengo que parar y asegurarme de que lo desea.

—¿Quieres esto?

—Sí —dice, y lo repite después de besarme de nuevo—: Sí —jadea de forma apremiante

Me encanta cómo dice ese «sí». Decido que tengo que averiguar todo a lo que quiere decir «sí» en la vida, para poder oírlo una y otra vez. Un helado, unas vacaciones, una joya, una noche de fiesta, una casa nueva, lo que sea.

«¿Quieres esto?».

«Sí, sí».

Una vez en la cama, me vuelvo loco. Su cuerpo desnudo y el deseo que se refleja en el rubor de su cuello perfecto y acalorado; las cimas de sus pezones de color rosa amarronado; la humedad entre sus piernas contra mi muslo. Estoy tan abrumado que apenas sé por dónde empezar. Agacho la cabeza y le lamo el cuello.

—Levi —susurra, retorciéndose contra mí—, es increíble. Lo quiero todo.

—Puedo dártelo —digo contra la piel de su estómago—. Todo lo que quieras.

Me mira y luego vuelve a sonreír mientras me pone la mano en la cabeza y empuja con suavidad hacia abajo.

«¡Gracias a Dios!».

Sabe a gloria, a limpio y a sal. Al río. A Georgie. A complicación, a caos y a diversión. Y, ¡santo Dios!, si antes, sentada frente a mí en una mesa, alcanzando el orgasmo en mi regazo o perdonándome una cagada, pensaba que era abierta, no tenía ni idea de lo que me esperaba al estar con ella así. Separa los muslos y mantiene la mano en mi pelo para guiarme justo hacia el lugar donde me quiere; se mueve contra mi cara y grita de placer; me empapa. Yo lo tomo todo, pues tengo hambre de ella; la lamo dentro y fuera, succiono con suavidad su zona más sensible, ese punto que hace que me agarre el pelo con fuerza y jadee mi nombre como si fuera el único que ha oído, dicho o pensado en toda su vida.

Cuando se corre, no es como antes; no es ese orgasmo dulce y sensual durante el que puedo aguantar sin perder la compostura. Es una ola, de las que imagino que recorren ese océano junto al que ha vivido todos estos años; grande, palpitante y estruendosa, nada que ver con la placidez casi silenciosa del río de fuera. Tengo que concentrarme para no dejarme arrastrar por ella, para no separarme de ella demasiado pronto y levantar mi cuerpo para anclarme dentro de ella. Aún no me lo ha pedido y puedo quedarme aquí abajo, disfrutando mientras continúan las palpitantes réplicas de su orgasmo, hasta que me pida otra cosa.

Apoyo la frente en su estómago entre resuellos. Sus manos se enroscan en mi pelo aún húmedo y supongo que necesitará un minuto. O más, dado que también jadea.

Pero al cabo de lo que deben de ser unos segundos, vuelve a hablar, con apenas un ronco hilo de voz, pero de algún modo sé que está preparada. Que sigue preparada o que vuelve a estarlo, no importa.

Su voz transmite una sonrisa, una invitación.

—Has dicho que podías dármelo todo.

15

Georgie

Cuando le digo a Levi que lo quiero todo, sé lo que cree que quiero decir. Cree que me refiero al sexo, y por supuesto que es así, sobre todo ahora que he sentido su erección desnuda y dura contra mi piel. Y cuando se levanta de entre mis piernas y puedo ver bien por primera vez lo que tiene entre las suyas, admito que todo se reduce, más o menos, a cualquier cosa que tenga que ver con tenerlo dentro de mí.

Pero también quería decir algo más, y cuando se inclina para besarme, con mi sabor aún en sus labios y en su lengua, se me viene a la cabeza. Todo lo que ha supuesto la última hora que he pasado con Levi se ha hecho de alguna forma eterno: sus disculpas en el muelle dando paso a todas las historias que aún no me ha contado sobre él; ese temerario y desenfrenado salto desde el muelle transformándose en días y días de risas juntos; ese beso en el agua convirtiéndose en el beso entre mis piernas, en el beso que me está dando ahora, en el beso que me dará mañana...

—Georgie —susurra contra mis labios—, espera.

Me quedo paralizada debajo de él, esperando no haber dicho en voz alta algo sobre eso. Pero resulta que me he sumido tanto en mis pensamientos que le he rodeado las caderas con las piernas para atraerlo hacia mí. Casi dentro de mí.

—Deja que vaya a por una cosa —dice.

—¡Ay, por Dios! —exclamo, aflojando las piernas y echando las caderas hacia atrás—. Lo siento.

Se ríe contra mi cuello y me hace cosquillas en la piel con su barba.

—No quiero que te arrepientas de esto. Ahora vuelvo.

Cuando se va, me acomodo mejor en su suave, limpia y perfecta cama, con la fragancia de la piel de Levi impresa en las sábanas. Siento ganas de revolcarme en ellas mientras le espero, de hundir la cara en su almohada, de ver un mechón de mi pelo sobre la nívea funda blanca.

Es increíble la cantidad de cosas que deseo.

Vuelve con una caja de preservativos, mostrando su desnudez con toda naturalidad, y sé que no llevo mucho tiempo en esta casa con él, pero ya veo que aquí se muestra muy diferente; más relajado, menos cohibido, no el tipo de hombre reservado o que se preocupa por su reputación. En ese momento decido otra cosa que quiero.

Quiero verlo soltarse por completo.

Quiero que se sienta más libre que nunca.

Me incorporo y le quito la caja. Acto seguido, le agarro de la muñeca, tiro de él hacia la cama, le tumbo boca arriba y me siento a horcajadas sobre sus muslos. Le tomo en mi mano, le acaricio una vez y su respiración se entrecorta.

—Georgie —dice con voz grave y desesperada, así que sigo.

—¿Te gusta?

Él medio ríe, medio gime.

—No voy a aguantar demasiado tiempo.

Cierra los ojos e inspira para serenarse, para controlarse.

Le agarro con más firmeza, deslizo la otra mano hacia abajo para ahuecarla sobre el suave peso de su escroto y lo acaricio con suavidad, consiguiendo que sus caderas empujen con rapidez y, probablemente, de manera involuntaria. Maldice entre dientes.

Entonces me acerco a su boca, sin dejar de acariciarle, y le paso la lengua por el labio como recompensa por lo que me ha mostrado y, cuando me retiro, vuelve a empujar, dejándose llevar por el momento. En esta posición, puedo contemplar a placer todo lo que he sentido moverse contra mí; el trazado de músculos que va de sus hombros a sus muñecas; el oscuro vello que cubre su ancho y fuerte pecho; la estrecha y poco profunda hendidura que muestra toda la definición a ambos lados de su largo y bronceado torso.

—Abre los ojos —digo, porque también quiero verlos, quiero ver esa mirada azul oscuro, hambrienta y desesperada.

—Así no duraré —dice, manteniéndolos cerrados, y decido que tengo que regañarle por esa desobediencia.

Me inclino y lamo la longitud de su verga.

—¡Dios santo! —jadea, y entonces se deja llevar.

Se incorpora de golpe, me agarra de los brazos y me quita de encima para hacerme rodar bajo su cuerpo tenso y tembloroso. Acto seguido, engancha una pierna a un lado a fin de separar bien las mías, y busca la caja de condones. Su expresión ya no es relajada y satisfecha, como después de lamerme, sino un rictus duro e impaciente que vi por primera vez en la cola de Nickel's o en la puerta de la casa de mis padres aquella primera noche. En esos contextos resultaba desagradable, borde; me hacía sentir desordenada e inoportuna.

En este, es lo más sexi que he visto jamás. Me hace pensar que soy lo más sexi que ha visto en toda su vida.

Lo miro mientras se coloca el preservativo, intentando disimular mi impaciencia, pero cuando su ancho glande toca ahí donde estoy mojada, sé que un gemido escapa de mi garganta.

—¿Sí? —pregunta, lo que sin duda no es impaciencia, pero es perfecto; su actitud me hace sentir segura, pero la tensión de su voz hace que me sienta muy deseada. Asiento con la cabeza, levanto las caderas y oh...

¡Ay, Dios mío, qué maravilla!

Me penetra de un solo envite, apoyando una palma en el colchón junto a mi cabeza. Clava los ojos en los míos mientras contonea las caderas y gruñe, utilizando la otra mano para agarrarme la cadera y pegarme a él, justo donde me quiere. Le siento como una roca dentro de mí, su presión es insistente y perfecta, y no sé cómo nunca había experimentado el sexo así; brusco y delicado, sucio y dulce, egoísta y a la vez generoso. Es todo eso a la vez y concluyo que debe de ser Levi, que ha sido todo a la vez desde que lo conocí. Enfadado conmigo, aunque paga mis batidos; cortante conmigo, pero solo porque es muy dulce.

No creo que vaya a correrme otra vez, ya que nunca lo he hecho, y aún menos tan pronto después de tener un orgasmo, pero cuando Levi me penetra con más insistencia, algo dentro de mí empieza a surgir de forma titubeante. Jadeo y me estremezco debajo de él cuando se inclina y se lleva mi pezón a la boca y lo succiona con fuerza. Levanta la barbilla y su barba me roza el pecho, provocando una sensación eléctrica y perfecta que sé que volveré a pedirle más tarde. Por ahora, disfruto sintiéndole sepultar el rostro contra mi cuello y murmurar mi nombre. Un acto que demuestra tanta vulnerabilidad es el perfecto contraste a sus cada vez más profundos envites, que llegan hasta un lugar de mi interior que me provoca otro orgasmo. Es rápido y palpitante. Le clavo las uñas en la espalda mientras exhalo un agudo grito de sorpresa cuando el clímax llega como una descarga perfecta y demoledora entre mis piernas. Durante una fracción de segundo casi me siento furiosa por no haber mantenido el control, por no haberle esperado.

Pero entonces vuelvo a oír el estrepitoso gruñido de Levi mientras sus caderas arremeten contra las mías a un ritmo brusco e irregular. Me pasa un brazo por debajo y me rodea la parte baja de la espalda, estrechándome contra él para anticiparse al momento en que su cuerpo se tensa y se queda inmóvil, en que profiere el sonido más hermoso y desgarrado que jamás he oído a un hombre.

Me agarro con fuerza y vuelvo a rodearle con las piernas, manteniéndole pegado a mí mientras resuella, con la frente apoyada en el colchón. No puedo evitarlo; vuelvo a pensar en ello.

«Todo. Eterno».

Justo lo contrario de una página en blanco.

Ambos dormimos durante un rato.

Al principio, Levi dice que no duerme nunca durante el día; en uno de esos momentos narrativos eternos que esperaba, me confiesa que hace unos años sufrió insomnio durante meses, lo que le obligó a vigilar su higiene del sueño. Pero los párpados le pesan mientras me acaricia la espalda con los dedos y al final se queda frito incluso antes que yo. Cuando me despierto una hora más tarde, sigue como un tronco; respira como si durmiera profundamente, no como si estuviera echándose una siesta, y después tener que aprovechar los mínimos momentos de descanso en los escasos huecos en blanco del implacable horario de Nadia, noto la diferencia.

No le dejaré dormir mucho tiempo, no después de que me contara lo del insomnio, pero agradezco este momento de intimidad, porque no puedo creer cómo me siento. Lo primero es mi cuerpo, que está agotado y satisfecho; noto ese cansancio propio del verano, del sol y de estar en el agua. Lo segundo, lo más llamativo, es mi mente. Está despejada pero no en blanco, excitada pero no inquieta.

Hank entra en el dormitorio con cara de curiosidad y luego se acerca a mi lado de la cama, apoya la barbilla en el colchón y me dedica su gran sonrisa perruna. Es un poco asqueroso, pero también adorable, y me pregunto si despierta así a Levi todas las mañanas. Levanto despacio la mano y me llevo un dedo a los labios, como si Hank entendiera el gesto humano de guardar silencio, y luego salgo con cuidado de debajo del brazo de Levi. Hank se menea, pero deja de jadear, como si me hubiera entendido, y cuando me pongo en pie, recuerdo que mi vestido está tirado en el muelle de Levi y que mi sujetador y mi ropa interior aún están bastante mojados. Agarro una chaqueta con capucha que cuelga de un gancho en la puerta del armario de Levi, me la pongo y maldigo mi altura mientras me subo la cremallera. Ojalá me llegara un poco más abajo de los muslos.

Hank me sigue hasta el pasillo y cierro la puerta en silencio. Sé que se acerca su hora habitual de cenar y no me obliga a esforzarme para averiguarlo, sino que me empuja con el flanco hacia el recipiente que hay junto al frigorífico y que contiene su pienso. Hago todo lo que puedo para continuar con la rutina que le he visto seguir a Levi: espero a que Hank se siente, echo su comida en el cuenco y le digo: «Adelante, colega», del mismo modo que hace Levi. Sé que tardará un rato en comer, así que me sirvo un vaso de agua y empiezo a fijarme en todos los detalles de esta casa que puedo ver sin fisgonear.

Por supuesto, está ordenada, lo que me lleva a pensar que es muy posible que a Levi le resultara agobiante la casa de mis padres, aunque tampoco es aséptica. De hecho, es acogedora como una cabaña de vacaciones, y la confusión hace que frunza el ceño. Es imposible que sea la misma casa que hace unos días ni siquiera tenía agua corriente, a menos que Levi haya sido poco estricto con la higiene del sueño desde la noche en que me dejó plantada. En la alargada cocina hay estanterías abiertas, con platos de color marfil apilados de manera ordenada y entremedias hay intercalados libros de cocina en tapa dura, muy coloridos y todos vegetarianos. En el pequeño salón situado al otro lado de la encimera principal veo un lujoso y mullido sofá con cojines. Enfrente hay un televisor en la pared, flanqueado por estanterías, y me acerco mientras me bajo la sudadera lo mejor que puedo.

No solo hay libros en estas estanterías; también hay objetos decorativos; algunas fotos enmarcadas de imágenes del río; una pequeña talla de madera de una canoa; un pisapapeles de cristal con la forma de un pájaro en pleno vuelo. No me gusta nada generalizar, pero todas las casas de hombres que he visitado en Los Ángeles que estaban medianamente bien decoradas o bien tenían un decorador o una novia, y me sorprende lo mucho que detesto la idea de que Levi haya tenido lo último.

—Hola. —Oigo su voz detrás de mí.

Me sobresalto y tiro del dobladillo de la chaqueta con capucha, lo que hace que parezca que estaba fisgoneando.

—¡Lo siento! —digo, volviéndome hacia él—. Estaba esperando a que Hank terminara de comer.

—No pasa nada. —Tiene el pelo alborotado y la barba más aplastada por un lado que por otro. Lleva unos pantalones holgados y una camiseta gris. Esboza una pequeña sonrisa y dice—: Tampoco es que te haya encadenado ahí dentro.

Enarco una ceja con aire burlón y doy un paso atrás de forma exagerada cuando empieza a acercarse a mí.

—¿Te gusta eso?

Me apoya contra la estantería, se inclina y me besa la piel desnuda del cuello que la capucha abierta deja al descubierto.

—Me va más la cuerda —murmura, mordisqueando la piel con suavidad. Estoy segura de que me está devolviendo la broma, pero mis pezones se ponen erectos de todos modos.

Mantiene la cabeza gacha mientras inhala mi aroma.

—Gracias por dar de comer a Hank —murmura.

Levanto una mano y la paso por su despeinado cabello.

—Estabas como un tronco.

Asiente, levanta la cabeza y me mira.

—No creas que he dormido así de bien desde que te conocí.

—Se te dan genial los cumplidos.

—Tenía que pensar en cosas muy aburridas para no entrar en la habitación de tus padres por la noche y despertarte. En viejos sermones de iglesia. En golf. En permisos de construcción. En cualquier cosa.

Me río y él me besa, tragándose toda mi risa.

—Me gusta tu casa —susurro, cuando vuelve a levantar la cabeza.

—¿Sí?

—Es acogedora.

—La estaba ordenando para ti. Antes de pedirte que vinieras, quiero decir. Con la esperanza de que vinieras.

—Me gusta —repito, pero esta vez no me refiero a la casa. Me refiero a que me gusta lo que ha dicho, a que se haya tomado tantas molestias. Levi Fanning ha dejado a un lado su higiene del sueño y todo por mí.

Parece muy contento mientras me da la vuelta y me acerca al sofá. Pero cuando se acerca, frunce el ceño y aprieta los labios.

—¿Qué pasa?

—Todavía no estoy seguro sobre esos cojines. Los compré justo antes de empezar las obras. Puede que no sea el color adecuado. —Me quedo con la boca abierta y Levi vuelve a mirarme—. ¿A qué viene esa cara?

Cierro la boca.

—¿Qué cara?

—Pareces sorprendida. Los hombres sabemos elegir cojines. Existe una página de la que saco ideas.

—¡Dios mío, Levi! ¿Hablas de Pinterest?

Me toma en brazos y me deja en el sofá.

—¿Y qué pasa si es así?

Abre los ojos como platos cuando ve que no llevo nada debajo de la chaqueta. Vuelvo a bajármela de un tirón y le lanzo una mirada reprobatoria. Aún no he terminado con lo de Pinterest. Probablemente no acabe hasta que lo vea y hasta que me asegure de que Bel lo sabe. Quizá hasta que escriba una carta al respecto al periódico local.

—¡Libros de cocina y decoración del hogar! Eres un dios doméstico. Yo nunca he elegido un cojín.

Se sienta a mi lado, me coloca las piernas desnudas sobre su regazo y desliza por mis espinillas sus palmas, tan ásperas como la madera.

—¿En serio?

—He vivido en la casa de invitados de Nadia los últimos años. Estaba toda amueblada, con cosas muy bonitas.

—¿Qué hiciste con todas tus cosas?

—¿Qué cosas?

Levi frunce el ceño.

—Tus muebles. Tus... —Hace un gesto con la mano hacia las estanterías, donde están las fotos, la canoa en miniatura y el pisapapeles.

—Ah. —Me encojo de hombros—. En realidad, no tenía nada. Antes de que me contratara Nadia llevaba tres meses trabajando en un plató, así que vivía en un hotel. Antes de eso tenía una habitación alquilada en un apartamento con otros dos ayudantes, pero no era más que una estación de paso. Nos pasábamos el tiempo viajando por los rodajes en exteriores.

—Ya.

—Una vida nómada, lo sé. —De repente me siento tímida, sin duda, intimidada por las proezas decorativas de Levi cuando yo ni siquiera he tenido nunca un juego de platos. Le quito las piernas de encima y vuelvo a ponerme de pie para seguir inspeccionando las estanterías. Levi deja escapar un ruido estrangulado a mi espalda y vuelvo a tirar de la chaqueta—. Compórtate —digo, pero me contoneo un poco al andar.

Lo cierto es que los libros de Levi están ordenados con mucho cariño; algunos están de pie, otros tumbados y apilados para que sirvan de sujetalibros. La mayoría no son libros de ficción, casi todos tratan de la bahía o del cambio climático: *Chesapeake bay explorer's Guide, Chesapeake requiem, The weathermakers, All we can save.* En los estantes inferiores, los libros son más gruesos, más pesados, y ladeo la cabeza para leer los lomos.

Principios de gestión. Introducción a la contabilidad. Informática básica. Fundamentos de biología.

—¿Libros de texto?

—¿Mmm?

Estoy segura de que mis piernas en esta chaqueta con capucha le tienen distraído, lo cual es agradable. Pero quiero conocer la historia que hay detrás de estos libros.

—¿De qué son?

Levi se aclara la garganta.

—Obtuve una diplomatura hace unos años.

Me giro para mirarle.

—¿En serio?

Asiente con la cabeza.

Me acerco de nuevo con la intención de volver a sentarme a su lado. Pero tira de mí para que me siente a horcajadas sobre sus muslos y me veo obligada a sujetarme la sudadera sobre mi regazo.

Gruñe con desaprobación y yo le dirijo una mirada apaciguadora.

—Cuéntame —digo.

Baja la mirada al lugar que me estoy tapando, con los ojos un tanto vidriosos.

—¿Ahora?

—Sí, ahora. —Me retuerzo contra él—. Quiero saberlo.

Me muero de ganas de saberlo. Me parece importante saber que Levi volvió a estudiar. A fin de cuentas, ¿no es una de las cosas que se supone que debo considerar? ¿Una de las cosas que es posible que yo quiera?

Me sujeta las caderas con firmeza para que deje de menearme.

—Vas a tener que dejar de moverte si quieres que pueda hablar.

Me quedo inmóvil de forma exagerada.

—Cuéntame —vuelvo a decir, sin apenas mover los labios.

Esboza una sonrisa. Levi tiene una especie de vena tonta. Me pregunto si alguien más lo sabe.

Espero ser la única

—Después de trabajar para Carlos un par de años, me sugirió que estudiara algunas asignaturas en un colegio universitario para poder ayudar con la contabilidad. —Se encoge de hombros—. Lo hice y luego estudié otras. Eran bastante fáciles.

—¿La biología era fácil? —A mí me cuesta imaginarlo. En décimo aprobé la asignatura por los pelos. Además, mis padres escribieron una carta de protesta a mi profesora por tener que diseccionar animales de manera obligatoria.

Baja la mirada y me frota las piernas con las palmas de las manos.

—La biología era distinto.

—Distinto, ¿cómo?

Vuelve a encogerse de hombros.

—Lo que estudié a sugerencia de Carlos no estaba mal, pero era aburridísimo. O, al menos, lo era para mí.

—Contabilidad —digo, entrecerrando los ojos y asintiendo con la cabeza, como si estuviera memorizando esta información—. Ya, no es nada fascinante.

Levi sonríe.

—Un semestre estaba en clase con un tipo que estaba arreglando la convalidación de su asignatura secundaria; el resto del tiempo estudiaba biología en William & Mary. Casi siempre estaba estudiando para esas clases y a veces yo miraba por encima de su hombro y leía. O miraba, mejor dicho. Sus libros siempre tenían montones de fotos.

—Uy, qué *guayyyy* —digo, retorciéndome de nuevo, y Levi me pone las palmas de las manos en los muslos.

—De todos modos, una vez le pregunté y él conocía el programa de licenciatura para adultos que tenían en William & Mary. Así que estudié biología allí durante un semestre.

—Ya veo. «Así que estudié biología» —le imito, exagerando la forma en que me lo ha contado, como si no fuera para tanto. Pero sí que debió de serlo. Seguro que a Levi, tan callado y reservado, le costó mucho preguntar a un tipo de su clase de contabilidad sobre un curso de biología.

—Seguro que sacaste buena nota, ¿eh?

Sus labios se mueven de forma nerviosa.

—Saqué un sobresaliente.

—¡Qué asco das! —Le propino un manotazo en el brazo y él me clava los dedos en los costados con suavidad, haciéndome cosquillas. Cuando me dejo caer sobre su pecho, chillando, vuelve a mordisquearme el cuello.

—Deja de burlarte —refunfuña, pero creo que le gustan mis burlas.

Me bajo de su regazo y me acurruco contra su costado, mirando la línea de su mandíbula, su barba todavía despeinada.

—¡Un sobresaliente! —repito, pero ya no estoy bromeando. Estoy realmente impresionada.

—Tuve una buena profesora. A veces sigo recogiendo muestras para ella. Es una amiga.

—¿Qué tipo de muestras?

—Agua de ríos y arroyos, pero a veces también esquejes de plantas. Estudia sobre todo la proliferación de algas y lo que le hacen a la bahía. Me ha enseñado mucho sobre sostenibilidad y cambio climático. Me ha sido útil saberlo para desempeñar mi trabajo de la manera correcta.

Reprimo un escalofrío al pensar en mi conversación de esta mañana con Evan, Bel y Harry, en la insistencia de Evan sobre que Levi no les construiría un muelle. No sé si debería mencionarle a Levi que ya me he enterado de que se preocupa por la sostenibilidad.

Decido no correr ese riesgo ahora.

—Eso está muy bien —digo en su lugar.

Él resta importancia al cumplido, lo desvía.

—Es una mujer brillante. El año pasado presionó a la asamblea legislativa en referencia a la regulación. Predica con el ejemplo.

—¿Es guapa? —suelto.

Levi me mira.

—¿Qué?

No puedo fingir que he dicho otra cosa; no conozco ningún término de biología que rime con «guapa». De hecho, no sé si conozco algún término de biología. En cualquier caso, no importa. Sigo casi desnuda en el sofá de este hombre y entre la infinidad de cosas que me interesan saber de él están todas las mujeres con las que ha salido, incluso si una de ellas es una brillante profesora que ahora se ha convertido en amiga.

—Ya sabes. Si te ponía la profesora guapa.

Hace una mueca y se ríe.

—No sé. Nunca lo había pensado. Sé que no es guapa como tú —dice, y yo me sonrojo.

—¿A qué te refieres con «guapa como yo»?

Levanta una mano y desliza con suavidad el dedo índice por mi frente, por mi nariz, sube y baja por mis labios, por la curva de mi barbilla.

—A esto. A todo lo que veo.

Se inclina hacia mí y se apodera de mis labios, me besa de manera lánguida durante largo rato, antes de apartarse de nuevo, deslizar una mano por mi muslo e introducirla, por fin, por debajo del dobladillo de su chaqueta.

Me muevo para intentar acercar sus dedos adonde quiero sentirlos.

—Tú también eres guapo —susurro.

—¿Sí?

Asiento y le beso como él me ha besado a mí, de forma pausada y apasionada, y esta vez nos dejamos llevar. No tardo en estar debajo de él, con su mano bajándome la cremallera.

Entonces noto una lengua en el tobillo y casi le doy un rodillazo a Levi justo en sus partes sensibles.

—Hank ha terminado de comer —dice de manera inexpresiva y luego gime de frustración—. Necesita un paseo.

—Ah. —Me aparto, decepcionada. Es un paréntesis en la maravillosa burbuja después de lo que acaba de pasar y lo que hagamos a continuación está por determinar. Ya es de noche y es como si fuera un cambio de turno; una cosa termina y empieza la siguiente.

Pero descubro que quiero que este turno continúe eternamente.

—¿Te vienes a pasear con nosotros? —pregunta, sin soltarme.

—¿Crees que le parecerá bien? —En realidad, no estoy preguntando por Hank.

—Sí —dice, y sé que tampoco está respondiendo por Hank—. Le gustas como parte de su rutina.

—Vale. —Intento no sonreír de oreja a oreja—. Puedo quedarme a dar un paseo.

—Y después a cenar —dice Levi, con un tono más exigente que de petición.

—Y después a cenar.

Se inclina para darme otro beso, presionando la dureza entre sus piernas contra el espacio entre las mías.

—Y después —añade.

Asiento, de acuerdo una vez más mientras cuento cada uno de sus «después». Me aseguro de recordarme que no son eternos.

16

Levi

—No te muevas.

Georgie, que está a mi lado, deja de moverse inquieta como lo ha estado haciendo durante los últimos cinco minutos; alzándose de puntillas, sacudiendo las manos y bajándose la visera de la gorra de béisbol para volver a subírsela al cabo de unos segundos.

—¿Has oído algo? —susurra, y parece más entusiasmada de lo que sería adecuado teniendo en cuenta las repercusiones de lo que está preguntando. Estoy convencido de que no sería bueno para ninguno de los dos que un policía nos pillara bajo las gradas del estadio de fútbol del instituto del condado de Harris a las dos de la madrugada de un jueves por la noche.

Aun así, no puedo evitar sonreír, aunque me mantengo ojo avizor y con los oídos bien abiertos.

Georgie aguanta unos treinta segundos antes de volver a las andadas, esta vez pinchándome en el costado.

—¿Has oído algo? —repite, esta vez más alto.

Bajo la vista a la mitad de su rostro que puedo ver proyectada en las sombras que arrojan la única luz de emergencia del campo de fútbol que se filtra a través de las gradas de aluminio que hay sobre nosotros. He estado viendo la cara de Georgie día y noche desde que apareció en mi muelle hace casi dos semanas y no me importa decir que la he estudiado.

Por la mañana temprano, en mi cama, su pálida piel está surcada de arrugas que ha dejado la almohada y sus pecas son menos visibles, como si también hubieran estado durmiendo. Por la tarde, si vuelvo a casa del trabajo y la encuentro sentada con Hank en el muelle, tiene las mejillas sonrosadas, la frente y la nariz teñidas del empolvado residuo blanco de la crema solar que nunca frota hasta que termina de absorberse. Por las tardes, sus facciones están más vivas que en ningún otro momento; sus ojos se agrandan cuando me cuenta algo que ha hecho con Bel o con sus padres ese día, frunce el ceño mientras escucha con atención cuando le digo algo sobre un encargo en el que estoy trabajando, sus labios se suavizan y brillan cuando quiere que la bese. Esta noche, al no poder verla tan bien, agradezco haberla contemplado tanto en otros momentos.

—*Leviiii* —dice, pinchándome de nuevo.

—No —respondo al fin—. Solo te estaba poniendo a prueba.

Ella chasquea la lengua y pone los ojos en blanco. Luego levanta las manos para tirar de las correas de la vieja mochila que llevo.

—No necesito una prueba —murmura, y acto seguido se mira—. ¡Fíjate en mí! De los dos, solo hay uno que sabe vestirse para llevar a cabo una actividad delictiva y no eres tú, Levi Fanning.

No voy a estropearle la diversión a Georgie diciéndole que ponerse unas botas, unas mayas, un jersey ajustado de cuello vuelto y una gorra de béisbol todo negro no es la mejor manera de vestirse cuando se está a punto de cometer un delito; mis discretos vaqueros y mi camiseta azul marino de manga larga son la mejor opción. Egoístamente, tampoco pienso arruinarme las vistas que disfruto cuando me quita la mochila de la espalda y la deja caer al suelo, haciendo que el contenido tintinee mientras se agachar para abrir la cremallera.

—Ahora —dice, encendiendo la linterna de su teléfono y apuntando hacia abajo mientras mete una mano dentro—. Bel quiere el suyo en dorado, así que voy a empezar por ahí. Aunque no le he preguntado si debería unir sus iniciales con un guion. ¿Cómo sería? ¿Sería A-R-Y para Annabel Reston-Yoon y omitiría su segundo nombre? Oh, pero su segundo nombre es Iris, ¡lo que significa que tengo que incluirlo! ¡A-I-R-Y! Eso sería genial. ¿Por qué estoy pensando en eso ahora? ¡Es muy *cuqui*!

No digo nada, porque no hace falta, no cuando Georgie está de este humor. Cuando estaba con ella en casa de sus padres, me parecía simpática, habladora, caótica. Sin embargo, ahora que he estado con ella, ahora que he sucumbido a todas las formas en que la deseo, veo todo eso y más. Veo que Georgie siempre es más abierta en momentos como este; cuando está pensando en otra persona, aprendiendo sobre otra persona o haciendo algo por otra persona. En casa, con su madre, ha estado haciendo docenas y docenas de flores de papel de seda mientras Shyla lidia con un brote; están viendo una serie de Netflix que dirigió Nadia, y Georgie dice que Shyla insiste en pararla cada poco para que Georgie le cuente primicias de «detrás de las cámaras». En casa de Bel, está ayudando con el libro de recuerdos del bebé y casi ha terminado con el trastero. Además, se le da tan bien preparar batidos de fresa que hace tres días le llevó uno a Ernie Nickel, insistiendo en que hiciera una cata a ciegas para ver si podía distinguir entre el suyo y el de ella. Tengo la sensación de que hay más, que sin duda participa en todo tipo de cosas en La Ribera, aunque no me cuenta nada al respecto. No la presiono, pero a veces casi me dan ganas de preguntarle, como por ejemplo cuando vino anoche, contenta y agotada, y con una camisa distinta de la que suele llevar en el trabajo.

—Vale, ¿de qué color lo quieres tú? Podría ser el negro, pero el verde te pega más, aunque el verde podría resaltar demasiado el orgullo escolar dadas las circunstancias... Por otra parte...

—Georgie —digo, y ella me mira, levantando mucho la barbilla para poder verme con la visera—, ven aquí.

—De eso nada. —Agarra la bolsa de pintura en aerosol y retrocede con torpeza—. Ya me conozco ese tono de voz.

—¿Qué tono de voz?

—Ya sabes qué tono de voz —refunfuña—. El mismo que nos ha traído aquí a las dos de la madrugada en vez de a medianoche. Eres un peligro, Levi.

Sonrío al recordar el momento en que Georgie salió de mi dormitorio vestida como una ladrona. Lo único que no me gusta de esos pantalones es lo mucho que me costó quitárselos.

Tal vez debería molestarme que Georgie diga que soy un peligro, debería hacerme sentir igual que cuando salí pitando del salón de sus padres la noche en que estuve a punto de perder mi oportunidad con ella. Pero me gusta ser ese tipo de peligro para Georgie: me gusta hacerla trasnochar y que se quede boquiabierta por la sorpresa; me gusta ir a la ferretería y comprar cinco botes de pintura en aerosol para que tenga opciones de eliminar otra cosa de su lista.

Ahora me apunta con un bote, y aunque apenas puedo verle los ojos, apuesto a que los tiene entrecerrados.

—¡No me sonrías así! —espeta. Así que levanto las manos en señal de rendición, pero no estoy seguro de haber conseguido reprimir la sonrisa—. Vale, tienes que elegir —dice—. ¿Negro, verde, amarillo, dorado o...? —Mira otro bote con los ojos entrecerrados—. ¿Rosa?

Me encojo de hombros.

—Lo estaban liquidando. Pásame el amarillo.

Levanta la cabeza de golpe y se lleva tres botes contra su pecho.

—No —replica con firmeza.

Le hice una promesa a Georgie cuando me ofrecí a acompañarla esta noche. Al parecer, pintar con espray la roca fuera de nuestro antiguo instituto era algo que Annabel y ella habían planeado hacer juntas; primero, cuando soñaban en su época de adolescentes; y después, cuando Georgie volvió a encontrar su lista y decidió llevarla a cabo. Georgie dice que no recuerda muy bien por qué no lo hicieron cuando iban al colegio, aunque cree que tuvo algo que ver con la madre de Annabel, que era bastante estricta. Al parecer, esta vez Annabel estaba más que dispuesta, pero el bebé que viene en camino, no; sobre todo, tiene que procurar que sus salidas sean tranquilas, y la cadera le ha estado dando la lata tanto durante la última semana, que ha guardado reposo.

Así que esta noche soy suplente, y Georgie me dijo que solo me dejaría acompañarla si no hacía nada que pudiera causarme problemas. Sé que es por todo lo que le conté aquel día hace un par de semanas. Esta noche me ha obligado a aparcar la camioneta cuatro calles más allá y me ha dicho que me quede debajo de las gradas para enfocar la roca con la linterna de su teléfono móvil mientras ella pinta. Además, se supone que debo echar a correr si alguien aparece.

—Vamos —digo, señalando de nuevo el bote porque lo cierto es que nunca he tenido la menor intención de cumplir esa promesa. No voy a dejar que salga sola, y estoy seguro de que no saldré huyendo de quien nos sorprenda. Dada mi suerte, lo más seguro es que sea el mismo imbécil que solía ocuparse de la seguridad en los partidos de fútbol que se jugaban aquí el viernes por la noche. Sé que sabe que fui yo quien le pinchó las ruedas traseras a su Firebird cuando tenía dieciséis años.

—Levi, me lo has prometido.

—Te mentí —confieso, y me resulta extraño admitirlo sin rodeos. Hubo un tiempo en que mentía mucho; sobre dónde estaba, qué hacía y qué pensaba. Cuando me reformé, me dije que mentir era algo que hacía el viejo Levi, que no habría motivo para hacerlo al seguir el buen camino. Pero eso fue antes de conocer a Georgie Mulcahy, y contaría todo tipo de mentiras para evitar que se meta en problemas. No hace que me sienta como el viejo Levi.

Me hace sentir como el nuevo.

—No —repite, sacudiendo la cabeza—. Me dijiste que no quieres meterte en líos.

Me agacho y agarro uno de los botes que no tiene en la mano.

—No voy a meterme en ningún lío.

Georgie exhala un profundo suspiro de frustración.

—No vale la pena arriesgarse.

—Georgie, hay probablemente veinticinco años de pintura en aerosol en esa roca, y una parte está bastante fresca. No han arrestado a nadie por esto. No te preocupes por el riesgo.

Pero me doy cuenta de que está preocupada. Va a necesitar más persuasión para que me deje ir con ella.

Me acerco, le tiendo la mano y tiro de ella cuando la toma, haciendo que los botes choquen entre nosotros. Me brinda una sonrisa.

—Menos mal que esto no es insecticida —dice—. Podría rociarte la cara y dejarte aquí, incapacitado. Y ocuparme yo sola de mis asuntos, como pretendía hacer.

Suaviza la amenaza con un beso rápido y brusco en los labios, pero no voy a dejar que me distraiga.

—Voy a hacer esto contigo. Vamos.

Ella sacude la cabeza.

—Es una tontería; ni siquiera importa. No sé por qué quería hacerlo, excepto porque todos los demás lo hacían.

Ahora es Georgie la que miente y eso es otra cosa que sé gracias a que he pasado las dos últimas semanas con ella. No me enseña el diario, pero habla mucho de él, de todo lo que intenta aprender de él y de que lo que ha elegido de él son cosas que cree que le ayudarán de alguna manera. Si eligió pintar esta roca con espray, es por algo, y no porque todo el mundo lo hiciera.

No digo nada. He aprendido que es algo que funciona bastante bien con Georgie. Si dejo que reine el silencio, ella no se guarda sus pensamientos.

Se mueve contra mí.

—Pensaba que cuando la gente hacía esto en el instituto, era algo así como decir: «He estado aquí», ¿sabes? —explica, hablando más o menos a mi pecho.

—Claro —digo, aunque no puedo decir que entienda ese impulso. En mi caso, estuve aquí hasta que dejé de estarlo. Las cosas eran una mierda aquí y luego las cosas fueron una mierda en otro sitio, y preferiría que nadie lo recordara.

—Y cuando escribí sobre ello en el diario, imaginaba que Bel y yo... Qué sé yo. Llegaríamos al instituto y dejaríamos nuestra huella. Con nuestras iniciales en la roca, pero también de otras maneras. —Hace una pausa y se aleja de mí lo bastante como para agitar uno de sus botes de pintura en espray. «Clac, clac, clac»—. No cabe duda de que Bel dejó huella. Apuesto a que si entrara en ese edificio ahora mismo, podría encontrar su nombre en un trofeo de debate o su foto colgada en alguna pared por todos sus logros académicos.

Trago saliva y siento una incómoda punzada al reconocerme en sus palabras. Si entrara en ese edificio ahora mismo, podría encontrar algo parecido sobre mi hermano y, posiblemente, también sobre mi hermana. Los trofeos de fútbol de Evan, el reconocimiento de All-American que obtuvo en su penúltimo año, su nombre en la lista como el encargado de dar el discurso de bienvenida de su promoción. No sé mucho sobre los años de instituto de Olivia, pero no es difícil imaginar que tuvo éxitos. Era inteligente, atlética y había dado clases de baile casi desde que empezó a andar.

—Pero yo no dejé huella. Era una estudiante por debajo de la media. No pertenecía a ningún club ni practicaba deportes. No fui a la universidad. Si dejé alguna huella, es del tipo que la señora Michaels recuerda, ¿sabes? —prosigue. No creo que tenga que decir que, en realidad, sí que lo sé. Si alguna huella dejé, es peor que la que dejó Georgie. Pero también vi la forma en que la señora Michaels la miró aquel día en Nickel's y sé por qué duele, por qué hizo que se sintiera pequeña. Reducida a los momentos en los que ella fue un peligro para otra persona. En este aspecto, Georgie y yo encajamos—. He dejado huella en mis trabajos a lo largo de los años, pero eran huellas invisibles. Ese era mi objetivo. Desvanecerme en el fondo para que mis jefes pudieran dejar su huella.

Vuelve a agitar la lata. «Clac, clac, clac, clac».

—Así que quieres poner tus iniciales ahí. ¿Ver lo que se siente al dejar huella?

Levanta la cabeza y está demasiado oscuro para verle los ojos, pero sé que me está mirando.

—Sí —responde, con voz serena pero seria.

Este experimento es muy importante para ella y en el fondo de mi ser sé que me va a necesitar, que va a necesitar a alguien que la entienda como yo, ahí fuera con ella. Si no quiero pasarme toda la noche discutiendo sobre mi promesa debajo de estas gradas, sé que tengo que estar con ella, que tengo que darle una razón propia para querer probar esto.

Por sorprendente que parezca, no es difícil dar con una.

—Quiero hacerlo porque todos los demás lo hicieron —digo.

—¿Qué?

—En general no hacía nada que hicieran los demás; me dedicaba a hacer lo contrario a propósito. Voy a ver qué se siente al hacer esto.

No añado que no se trata de nadie más. Es que estoy seguro de que tanto mi hermano como mi hermana hicieron esto, una forma sana de divertirse que no está «permitida», pero que todas las figuras de autoridad reciben con un guiño cómplice y que a mi padre le habría parecido bien. Pintar mis iniciales en una roca es lo más parecido a una experiencia compartida que he tenido con mis hermanos en años.

«Clac, clac, clac».

—De acuerdo —dice al fin—. Pero tienes que prometer que echarás a correr si viene alguien.

—Lo prometo —digo.

Pero esta vez ambos sabemos que estoy mintiendo.

Casi tan pronto como nos acercamos a la roca, Georgie se distrae antes de dejar su marca.

Está considerando dónde deberían ir las iniciales de Annabel, sopesando los pros y los contras de todas las opciones; en vertical, a un lado; en horizontal, en el centro; en diagonal hacia arriba o en diagonal hacia abajo. Ha decidido dejar de susurrar y la mayoría de las veces repasa estos pensamientos a un volumen normal, como si fuera pleno día y estuviera en un lugar totalmente inocuo. Le advertiría, pero entonces me dice que se le ha ocurrido una gran idea y que es subirse a mis hombros para poder pintar las iniciales de Annabel bien arriba.

—Eso es lo que ella querría. —Ya se está colocando detrás de mí y apoyándose en mis hombros.

—Date prisa —digo, mientras me agacho—. Soy viejo, ya sabes.

Se ríe mientras se acomoda encima de mí y pone una pierna sobre mi hombro y luego la otra. Que se te suban a los hombros no es excitante en sí, pero los muslos de Georgie cerca de mi cara sí lo son, y tengo que respirar despacio por la nariz para no excitarme tanto que ponerme de pie sea un problema. Cuando por fin lo hago, sujetando con firmeza las espinillas de Georgie, ella grita, se agarra a mi pelo y luego susurra: «¡Lo siento!», pero estoy seguro de que le está hablando al aire tranquilo de la noche y no a mi cuero cabelludo.

Agita el bote de pintura dorada y deja escapar un ruido pensativo.

—Cuando quieras, Mulcahy. —Le aprieto las espinillas.

—Es divertido que me llames Mulcahy. Es divertido como una película de adolescentes. Sí que te estás dejando llevar por esto de retroceder en el tiempo.

—Si no te das prisa, el lunes voy a estar en la consulta de un quiropráctico. No tengo la columna vertebral de un adolescente.

Georgie suelta una carcajada.

—Acércate más. ¿Lo pongo todo en mayúsculas o todo en minúsculas? ¿En cursiva?

Hago como que pierdo el equilibrio y ella vuelve a gritar, pero entonces la tapa del bote de pintura aterriza en la hierba a mi lado.

—Vale, estoy listo.

Le quito una mano de la espinilla, saco el móvil del bolsillo y enciendo la linterna, apuntando hacia arriba. Georgie se calla porque está concentrada y no quiero meterle prisa, aunque eso signifique herniarme un poco. Pero, al cabo de unos segundos, oigo el familiar sonido del aerosol mientras Georgie escribe las iniciales de su mejor amiga.

Cuando termina, me da un golpecito suave en la frente y yo me arrodillo y me agarro a sus manos mientras ella se aparta de mis hombros, dejando tras de sí toda su tibieza.

—Está bien, ¿verdad? —Su voz suena un poco rara, pero a lo mejor es que le falta el aire.

Miro hacia arriba y sí que está bien, todo lo bien que imagino que es posible cuando estás subida a los hombros de alguien y nunca antes has hecho una pintada. La «Y» parece una «V». Pero ese tonillo raro en la voz de Georgie... es el mismo que me dijo que tenía que venir aquí con ella. Sé que mi respuesta importa.

—Muy bien.

—He fastidiado la «Y».

—De eso nada. Vamos, hagamos el tuyo.

Pero me doy cuenta de que Georgie ha perdido el coraje. Se cala más la gorra de béisbol y se mira las botas.

La oigo sorber por la nariz con tristeza.

—Oye —digo. Estiro la mano para agarrarle el codo, la atraigo hacia mí y la rodeo con el brazo. Lo primero que pienso es que no sé con qué enfadarme: si con el bote de pintura o con la roca, o puede que con Annabel. Pero cuando Georgie apoya su peso contra mí, no quiero enfadarme. Solo deseo centrarme en ella—. ¿De qué va esto? —pregunto, manteniendo la voz baja.

—Esto es raro, ¿verdad? ¿Es raro que esté llorando ahora mismo? —Alza una mano y se la pasa por las mejillas—. Dios, soy un desastre.

—No eres un desastre. La «Y» está bien.

Suelta otra carcajada, pero es una carcajada llorosa y apesadumbrada.

—No estoy celosa de Bel. Nunca lo he estado. Lo que he dicho antes sobre que dejó su huella... No quiero que pienses que estoy resentida por eso.

—Yo no pensaría tal cosa.

—Es solo que... estar aquí, ver sus iniciales ahí arriba..., en cierto modo me recuerda a los últimos años que pasé aquí.

—¿Sí?

Asiente contra mí, luego toma aire por la nariz y lo expulsa de manera ruidosa.

—¿Recuerdas la noche que me preparaste la pizza a la parrilla? —empieza tras unos segundos de silencio.

—Claro. Me besaste.

Ella gime.

—No me lo recuerdes.

Agacho la cabeza y le robo un beso rápido, porque desde luego que quiero recordárselo. Quiero recordarme cuántas veces he conseguido besarla desde entonces.

—Esa noche dijiste algo sobre... Dijiste que solo podías ver el día que estabas viviendo. Dijiste que todo lo demás estaba en blanco.

Suena bastante mal cuando lo dice, pero no tiene sentido negarlo. Es lo que dije y así era.

—Así fue también para mí. Pero es evidente que no siempre, ¿verdad? El diario es prueba de ello. Pero luego llegamos al instituto, y cuanto más llenaba Bel su vida, cuanto más llenaba la suya todo el mundo, más parecía vaciarse la mía. No quería apuntarme a ningún club ni practicar ningún deporte. No quería buscar universidades, aunque no había hecho lo suficiente como para entrar en ninguna. No quería hablar de qué trabajo debería desempeñar algún día. No habría sabido cómo dejar huella, aunque hubiera querido.

Cambio de posición, coloco a Georgie delante de mí y acerco su espalda a mi pecho mientras contemplamos esa gran roca que, incluso a pesar de estar cubierta de pintura y de los garabatos de otros chicos que han dejado su huella a lo largo de los años, me doy cuenta de que es otro gran espacio en blanco para ella.

—Saber lo que no quieres no es estar en blanco —digo—. Quizá el problema es que todo el mundo hace que parezca que lo es. Porque, en general, solo saben unas pocas cosas con las que pueden llenar su vida. El deporte, los clubes, la universidad o el trabajo. Lo que sea. Hay otras cosas en la vida.

Está en silencio delante de mí, con el cuerpo inmóvil. Es raro que Georgie esté tan callada y me doy cuenta de que está pensando. A mí también me da tiempo para pensar. Por aquel entonces yo tampoco sabía con qué llenar mi vida y acabé escogiendo los problemas. Me pregunto cómo habría sido mi vida si hubiera podido elegir otra cosa.

Si de alguna manera hubiera podido elegir a Georgie. Si hubiera podido tenerla en mi vida todo el tiempo.

—Nunca lo había pensado de ese modo. —Inclina la cabeza y posa los labios en mi antebrazo, que le rodea el pecho. Es un gesto tan delicado y agradecido que no puedo evitar querer darle más.

—Creo que, probablemente, dejaste todo tipo de huellas. Lo más seguro es que la mayoría de la gente de por aquí no pudiera verlas, eso es todo. Tal vez tú tampoco pudiste verlas.

Se gira en mis brazos, se levanta la visera de la gorra y me muestra sus ojos; todo lo que he percibido en ese beso en mi brazo está ahí mismo, para que yo lo vea. Creo que está a punto de darme las gracias, lo cual es innecesario, pero en lugar de eso se pone de puntillas, me besa con fuerza y me dice algo que casi me deja sin aliento.

—No eres un peligro, Levi Fanning —susurra—. Quizá nadie aquí podía ver eso.

Antes de que pueda estrecharla con más fuerza, atesorar todo lo que ha dicho, se aparta y se acerca a la roca con el mismo bote de pintura en la mano que ha utilizado para las iniciales de Annabel.

Esta vez no lo duda. En cuanto me recompongo lo suficiente como para enfocar con la linterna de mi teléfono, levanta el brazo y escribe sus iniciales en letras grandes, doradas y en negrita: GMM.

Justo en el centro de esa roca.

Se echa hacia atrás, contempla su obra durante unos interminables segundos y, acto seguido, se vuelve hacia mí y sonríe tímidamente mientras se encoge de hombros.

—Hecho —dice.

Me doy cuenta de que todavía está pensando en ello, tratando de averiguar qué le hace sentir esto a lo que le ha dado tanta importancia. No solo en el diario, sino en su vida.

—¿De qué es la «M»? —pregunto, y esa sonrisa tímida se transforma en algo burlón, algo juguetón.

—No es asunto suyo, señor —dice, lo que significa que ahora tengo que saberlo.

Me agacho para agarrar un bote de la hierba y me acerco a la roca. Escribo mis iniciales debajo de las suyas, más pequeñas, para no estropear el gran efecto que ha conseguido ni la manera en que ha intentado dejar su huella. Cuando doy un paso atrás, hago lo que sospecho que ha hecho ella. Busco algún tipo de sentimiento, la sensación de conexión que pensé que experimentaría si hacía esto que, probablemente, hicieron mis hermanos.

Pero no hay nada, y no me sorprende, no después de tanto tiempo.

No me siento bien ni me siento mal. Hueco, tal vez.

—LPF —lee, interrumpiendo mis pensamientos—. ¿A qué corresponde la «P»?

—Te digo lo mío si tú me dices lo tuyo.

—No hay trato. ¿Qué es? ¿Peter o algo parecido? Eso no es nada comparado con lo mío.

Sacudo la cabeza.

—No. Es Pascal.

Parpadea.

—¿Pascal?

—Sí.

—Y eso ¿qué es? ¿Francés?

Me encojo de hombros.

—No lo sé. Es el nombre de mi padre.

Georgie parpadea de nuevo y, acto seguido, suelta una carcajada tan estentórea que tiene que taparse la boca con una mano.

—¿Tu padre se llama *Pas-cal*? —dice después de serenarse, acentuando mal las sílabas. Claro que no es un nombre muy común, pero nunca me resultó especialmente gracioso. Aunque quizá me esté perdiendo algo; no es que tenga sentido del humor cuando se trata de mi padre—. ¡Pas! ¡Cal! —repite, y se echa a reír de nuevo. Es tan divertido verla reír que al final yo también lo hago. Vuelvo a pensar en lo que le dije antes de venir aquí. «Quiero hacerlo porque todo el mundo lo hizo».

Eso es lo que siento cuando Georgie ríe; la más pura presión de grupo.

Se seca los ojos mientras se endereza, sacude la cabeza y recupera el aliento.

—¡Vale, vale! —dice, y en su voz noto que se ha ablandado un poco—. Solo por eso, te diré el mío.

Finjo que me pongo serio y cruzo los brazos.

—Adelante.

—Me doy cuenta de que es mucho pedir después de *Passssss-cal* —suelta otra risita—, pero por favor, intenta no reírte.

—No lo haré.

Exhala un suspiro.

—Es... *Moonbeam**.

Me aclaro la garganta. Mi promesa de no reírme bien podría ser igual que la que hice de huir si alguien nos sorprende aquí fuera.

—No te atrevas —me advierte, pero no puedo decir nada; estoy demasiado ocupado mordiéndome el interior de la mejilla—. Obviamente no es un nombre de la familia. A menos que cuentes que mi familia es muy caótica. De todos modos, nací una noche de luna llena. Mi madre dice que el cielo estaba tan despejado que su luz plateada iluminaba toda la habitación del hospital mientras me tenía en brazos. Dice que era algo que quería recordar para siempre.

Se me quitan las ganas de reír. Es la razón más bonita que he oído nunca para ponerle a alguien un nombre vergonzoso. Es mucho mejor que ponerme Pascal a mí, un recordatorio de un hombre al que nunca entendí y que nunca me entendió, probablemente ni siquiera el día en que nací.

—Te pega —asevero.

Georgie suelta un bufido.

—Sí, claro. Mis profesores me lo hacían pasar muy mal por eso. No es el tipo de nombre que hace que la gente te tome en serio.

—No me refiero a eso. De todos modos, los profesores de aquí no eran nada buenos. —Sé que eso es generalizar demasiado, pero no pasa nada siempre y cuando consiga que Georgie se sienta mejor—. Te pega porque tú eres así. Brillante y única. Un poco misteriosa. Así eres tú, Mulcahy.

Hace más o menos lo que su nombre dice que está destinada a hacer. Me brinda una deslumbrante sonrisa.

---

* *Moonbeam* significa 'rayo de luna'. (N. de la T.)

Luego vuelve a nuestra pila de botes de pintura y va agarrando cada uno hasta que encuentra el que compré en liquidación. No espera a que le pregunte qué es lo siguiente. Vuelve a la roca y, como si fuera lo más natural del mundo, pinta un gran corazón rosa alrededor de nuestras iniciales.

—Ya está —dice, como si por fin lo hubiera arreglado, lo hubiera resuelto.

Georgie Mulcahy dejando su huella en mí.

17

Georgie

—¿Os vais a casar?

Casi me corto la punta del dedo al oír la última palabra de la pregunta que Bel me suelta a bocajarro.

Aprieto los labios con irritación y miro a Bel, que está al otro lado de la encimera de mármol de la isla, parpadeando de manera significativa. ¿Quién saca el tema del matrimonio cuando alguien está cortando una cebolla?

En mi opinión, es de mala educación.

—¿Lo vais a hacer? —repite.

Le apunto con el cuchillo.

—¿Por qué no estás rallando?

Exhala un sonoro suspiro desde donde está sentada, en uno de los elegantes taburetes de la barra de desayuno que le entregaron ayer en casa, y agarra la cuña de parmesano que le he asignado. Incluso esta pequeña interrupción me desconcierta, porque, como demostraron las judías verdes del plato de pasta, no soy chef. Pego de nuevo los ojos al libro de cocina que le tomé prestado a Levi esta mañana, porque me preocupa mucho seguir el paso adecuado para esta lasaña vegetariana. «Aguantar bien el congelado», dice, que es la razón de que me decidiera por este plato.

«Cortar la cebolla en trozos de medio centímetro», leo, y me tranquilizo un poco diciéndome que soy capaz de hacerlo.

Tal vez sea un error haber elegido preparar la comida como actividad de distracción muy necesaria para Bel. Le quedan dos semanas para dar a luz a partir de hoy y también es su primer día oficial de baja por maternidad. Durante los últimos días he notado que su ansiedad iba en aumento; cada vez que nos enviábamos mensajes o estábamos juntas, hablaba casi con fanatismo del trabajo, de reuniones que se habían torcido o de proyectos que no podía confiar a nadie más, y estoy segura de que se está arrepintiendo de no trabajar hasta el preciso instante en que se ponga de parto. También veo que Harry se ha dado cuenta de su vehemencia al respecto; hace dos noches, mientras etiquetaba las últimas cajas recién organizadas de la habitación de los trastos (que gracias a mí es ahora un trastero, con mucho espacio disponible para el mogollón de cosas que Annabel encargó a las tres de la madrugada hace dos noches), les vi gritarse por primera vez. Harry preguntó con sequedad cuánto tiempo hacía que Bel no se levantaba de la silla para estirarse y Bel puso los ojos en blanco y le dijo que no se metiera en sus asuntos en un tono que nunca le había oído emplear con él.

Así que quizá debería haber elegido algo que me permitiera estar más tranquila, más segura y menos preocupada por posibles fracasos. De ese modo, podría haberme centrado por completo en Bel y seguro que habría podido tomarme a broma su pregunta sobre el matrimonio, igual que me he tomado a broma el resto de las preguntas que me ha hecho en las últimas semanas, desde que le conté lo mío con Levi en un mensaje de texto, que no me avergüenzo de haber enviado desde la cama de Levi a la mañana siguiente de habernos acostado por primera vez. Al principio preguntaba si se bajaba al pilón (¡Dios mío, sí!) y si su cuarto de baño estaba limpio (¡como los chorros del oro!), pero luego pasó a preguntarme si se portaba bien con mis padres (muy bien; reconstruyó todas sus jardineras de exterior) y si usaba algún apelativo cariñoso conmigo (todavía no, a menos que cuente mi apellido, y para mí sí que cuenta). La otra noche me preguntó si Levi me había dado una llave de su casa (sí, después de la primera noche que me quedé a dormir), así que puede que para ella el matrimonio sea la siguiente pregunta natural en esta serie de preguntas insistentes, pero bienintencionadas.

Pero es la primera vez que, por alguna razón, ha hecho que me sienta inquieta y que me tiemblen las manos.

—Estoy rallando —dice, pero lo que en realidad está diciendo es: «Estoy esperando».

—Nos lo estamos pasando bien. —Es todo lo que voy a decir mientras aparto el montón de cebolla cortada en dados en la esquina de una tabla de cortar e inclino de nuevo la cabeza hacia el libro de cocina. Solo voy por el segundo paso.

De unos diez millones de pasos.

Reprimo un gemido, tratando de sacudirme este extraño estado de ánimo.

Por supuesto, no es que le esté mintiendo a Bel con mi respuesta. Levi y yo lo estamos pasando muy bien; de hecho, mejor de lo que nunca lo he pasado con nadie con quien haya tenido una relación. El sexo es increíble; la conversación es cómoda, interesante y significativa; las bromas son divertidas y cada vez más personales para los dos, un lenguaje privado que estamos construyendo en todos los momentos que pasamos juntos a solas.

Pero estar con Levi, estar de verdad con Levi, no es solo pasar un buen rato. Es... es un gran rato, un rato completo, un rato eterno. Un rato en el que algo dentro de mí intenta desesperadamente encajar. La primera vez fuera del dormitorio que de verdad me paré a sentirlo fue aquella noche hace un par de semanas en el instituto, cuando dibujé ese gran corazón rosa alrededor de nuestras iniciales. Lo achaqué al diario, a que la noche había sido muy diferente de lo que imaginé para mi yo del instituto.

Mucho mejor.

Lo que pasa es que la sensación ha continuado persiguiéndome en momentos que nada tienen que ver con el diario. En la lancha de Levi mientras él recogía muestras para su antigua profesora y me explicaba en voz baja lo que podía ver sobre la calidad del agua con solo mirar poco más de un centímetro del tallo de una planta. Tumbada sola en la cama de Levi con Hank roncando a mi lado mientras hojeo de forma distraída uno de sus viejos libros de texto. Sentada en el porche trasero de casa de mis padres, viendo a Levi escuchar pacientemente a mi madre mientras se lo cuenta todo sobre su signo del zodiaco, sin que su cara revele ni un ápice de su suspicacia natural. Al entrar en casa de Levi después del trabajo, con el aire impregnado de lo que sea que esté cocinando y Johnny Cash sonando en el altavoz que Levi tiene en el salón. Cuando Hank me saluda moviendo la cola y Levi lo hace en voz baja.

Pero, sea lo que sea esa sensación de «intentar encajar», no termina de encajar, y en los dos últimos días, mientras me he estado amoldando al nuevo ritmo de Bel, se ha vuelto más difícil de ignorar. Entre Levi y yo hay todo un océano de cosas que no nos decimos, grandes espacios en blanco que flotan de forma molesta entre nosotros. No le cuento que también he empezado a trabajar un par de días a la semana en el *spa* de La Ribera; no le cuento que el jueves pasado conocí a su madre, una mujer educada, aunque distante, llamada Corrine, que según me contó Olivia, pasa la mitad del año en Florida y la otra mitad trata a su familia como a meros conocidos. Él no me cuenta qué significaba la expresión de su cara cuando mi madre le preguntó por los cumpleaños de sus hermanos mientras le hacía una lectura del horóscopo ni por qué no se ofreció a llevarme él mismo al trabajo en La Ribera cuando ayer tuve que llevar el Prius al taller para que le cambiaran una rueda trasera. Mi padre me llevó en su lugar.

Esta mañana, cuando he despertado sola en la cama de Levi y he echado un vistazo al móvil, el mensaje que Bel me ha mandado a las siete y media de la mañana en el que me decía: YA ME HE ABURRIDO, me ha recibido como una sentencia, y de repente me he sentido bajo una presión agobiante. Faltan dos semanas para que Bel salga de cuentas, dos semanas para el gran acontecimiento que ha sido la razón de que haya vuelto aquí, y ¿estoy más cerca de cumplir la promesa que me hice aquella tarde en Nickel's? Si vuelvo a pasar por allí, si me topo con la curiosa y criticona señora Michaels mientras espero en la cola, ¿qué puedo decir en mi favor? ¿Que he aceptado un empleo sirviendo mesas y reservando masajes y tratamientos de belleza, pero que no es permanente? ¿Que la mitad de mis escasas pertenencias están en casa de mis padres y la otra mitad en casa de Levi Fanning y que él y yo no hablamos de su pasado ni de nuestro futuro? ¿Que ya casi he terminado con mi viejo diario, pero aún no sé si estoy más cerca de conseguir lo que quería de él?

—¿Eso es todo? —dice Bel, irrumpiendo en mis pensamientos—. ¿Os lo estáis pasando bien?

Me aclaro la garganta. Odio la forma en que suenan mis propias palabras cuando me las repiten; superficiales y pobres, cuando lo que siento por Levi es cualquier cosa menos eso. Pienso de nuevo en aquella noche en la roca y en que pareció entenderme de inmediato, por completo. Me aferro a lo que dijo; que saber lo que no quiero no es un espacio en blanco.

Pero aun así estaría bien saber lo que hago.

Me concentro en cortar un calabacín, deseando haber elegido una comida para congelar que no hubiera requerido tener que picar tanto.

No tantas dudas sobre mí.

Sacude el rallador de queso y exhala un profundo suspiro mientras deposita el montón de parmesano en un cuenco.

—Vale —refunfuña, aceptando a regañadientes que quiera cambiar de tema—. ¿Has vuelto a saber algo de Nadia?

Es curioso, pero esa pregunta en concreto me recuerda mis progresos. Hace unas semanas, oír el nombre de Nadia habría hecho que, en el mejor de los casos, fuera a mirar el móvil o, en el peor, que me invadiera la sensación de vacío que solía sentir al no tenerla diciéndome lo que tenía que hacer. Sin embargo, ahora estoy gratamente sorprendida de que le sigan gustando los burros, los cactus y el desierto en general.

Asiento con la cabeza.

—Intercambiamos algunos mensajes la semana pasada. Me mandó fotos de una manta que está haciendo a ganchillo.

Yo le envié algunas fotos mías: la roca pintada con espray, sin más explicación. Hank dormido en el muelle, con un minúsculo trocito de su rosada lengua asomando. Una imagen desde el patio del restaurante en un despejado día, con el agua y el cielo rivalizando por cuál posee el azul más hermoso. El móvil que monté para el bebé de Bel y Harry, colgado sobre la cuna. El montón de flores de papel de seda que mi madre y yo terminamos por fin y que ella dice que podría convertir en una obra de arte en la pared.

La respuesta de Nadia fueron tantos corazones rojos que tuve que desplazarme hacia abajo para llegar al final de su cuadro de texto.

—¡Ganchillo! —exclama Bel—. No piensa trabajar más, ¿eh?

—Eso creo. —He terminado con el calabacín y, según el libro de lujo de Levi, aún quedan unas cien verduras más por picar. Seguir recetas es un tostón.

—¿Y a ti? ¿Te... sigue gustando tu trabajo en el hotel?

—Claro —digo de forma evasiva. Bel desprende esa energía tensa e insistente al otro lado de la isla y reconozco que es la misma obsesión que tenía con el trabajo, solo que encauzada ahora hacia otro asunto. Se está tomando muy mal el primer día de la baja por maternidad, así que lidiaré con las preguntas si eso es lo que necesita de mí—. Nunca me ha importado trabajar de camarera y añadir los turnos del *spa* ha estado bien. Olivia tiene algo bueno, aunque también le falta personal.

—¡Quizá puedas hacerte cargo! ¿Ser la gerente o algo así?

Profiero una carcajada, divertida por el firme empeño de Bel en darle a esta situación un final de película de Hallmark. La Ribera haría las veces de la consabida tienda de *cupcakes* y mi futuro profesional estaría resuelto.

Se queda callada unos segundos y mis hombros se relajan un poco; mi mal humor y mis esfuerzos por seguir la receta ya son suficiente estrés sin tener que soportar este interrogatorio.

—¿Podemos salir esta noche? —dice entonces.

Parpadeo y la miro.

—¿Por ahí?

Se remueve con torpeza en su taburete.

—Aún no has hecho lo de El Nudo, ¿verdad? ¿Del diario?

—No, pero...

—Puedo hacerlo contigo. Mi cadera está bien, de verdad, y mi médico dice que moverme con regularidad es lo mejor para ella. Mi presión sanguínea también está bien.

—Bel —digo, y en cuanto lo hago, lo oigo; ese sutil tonillo cauteloso que he percibido en la voz de Harry una docena de veces desde la noche que pasamos en el hospital. Sé que he cometido un error.

Los ojos de Bel brillan de frustración.

—Quiero ir —dice, con la voz firme que emplea durante sus llamadas de trabajo—. Esto es algo que puedo hacer contigo y quiero hacerlo.

—Quiero que lo hagas. Es que...

Levanta una mano cubierta de parmesano para hacerme callar.

—No es nada, Georgie. Has sido tan buena conmigo, haciendo de todo por aquí y... —Señala todas las verduras que he picado— buscando tantas formas de ayudarme, pero ahora, sin trabajo, yo...

Cierra los ojos y respira de manera entrecortada. Dejo el cuchillo y le tomo la mano, sin importarme que probablemente vayamos a derretir una capa de parmesano entre nuestras tibias palmas.

—Cielo —digo.

—Sé que no soy una inútil, porque..., fíjate, ¿acaso no estoy gestando un bebé? Pero al mismo tiempo siento que no sirvo para nada. No me siento yo misma. Quiero ir a algún sitio que no sea esta casa o la consulta del médico y quiero ser la que era antes de quedarme embarazada.

—Lo entiendo. —Está claro que nunca he gestado a un bebé, pero aun así me identifico, al menos, en cierto nivel. Sé bien lo que es sentirse inútil y querer volver atrás, y si eso es lo que tengo que hacer para ayudar a Bel ahora, lo haré, aunque esté a punto de recibir una reprimenda por parte de Harry. Probablemente será algo así como: «Georgie, no creo que sea una buena idea», pero eso es el equivalente a que Harry se enfade.

—Además, quiero conocer a Levi. Conocerlo de verdad. Yo le mando un mensaje a Harry, tú a Levi, y saldremos todos.

Le suelto la mano y apoyo la mía en la cadera, entrecerrando los ojos. Me gusta este plan porque no excluye a Harry, pero lo que no me gusta es que es probable que Bel siga de ese humor que le lleve a preguntarle a Levi si nos vamos a casar.

Ella me lee el pensamiento.

—Te prometo que no preguntaré qué intenciones tiene —dice, enfatizando el acento que últimamente aprecio más en su voz.

—Puede que no quiera ir. Él... —Me detengo, ya que nunca le he explicado a Bel que a Levi le gusta mantener la cabeza gacha y no meterse en líos—. Es probable que El Nudo no sea su ambiente.

Bel ríe con suavidad, descartando esa excusa mientras se baja torpemente del taburete y estira los brazos por encima de la cabeza, como si ya estuviera poniéndose en forma para esta noche.

—Georgie Mulcahy, por lo que he visto las últimas semanas, el ambiente de ese hombre es dondequiera que tú estés —dice.

Sin duda, El Nudo no es lugar para una mujer embarazada.

Gracias a Dios, ya no se puede fumar aquí, y el local en general, con una gran barra en forma de U y una zona de comedor que da paso a una pista de baile, está más limpio, mejor iluminado y es más espacioso que como me lo imaginaba cuando era joven. Aun así, la música está alta y la gente muy animada, y las bebidas se sirven en tamaño grande y con una rapidez que implica que nadie, excepto los conductores designados, permanece sobrio mucho tiempo. Cuando entramos hace media hora (Levi ha quedado con nosotros cuando acabe de trabajar), Harry echó un vistazo y yo estaba segura de que iba a tomar a Bel de la mano y salir de inmediato.

Pero debe de haber oído una versión del mismo discurso que ella me ha soltado antes a mí, porque se ha limitado a apretar los dientes y ha seguido pareciendo desconfiar de todo. Bel me ha dicho que había llamado tres veces al médico para preguntarle si venir aquí estaba bien y también que hay un tensiómetro en el asiento trasero del coche en el que me han recogido.

Pero ahora que estamos aquí, ambos nos damos cuenta de que Bel se lo está pasando en grande.

Harry y yo acabamos de sentarnos en una mesa que se ha quedado libre, sin prestar atención a las cartas mientras vemos a Bel terminar su conversación en la barra, donde habíamos estado esperando. Está hablando de forma animada con Melanie Froggart, que era Melanie Dinardo cuando estábamos en el instituto. Melanie era bastante simpática por aquel entonces, aunque mi opinión de ella se resintió por su apego a la señora Michaels, que con razón pensaba que Melanie tenía la mejor voz de nuestra clase y le daba todos los solos que podía. Melanie nunca se aprendió mi letra alternativa de *El ciclo de la vida*, y sé que no puedo echárselo en cara. Parecía tan feliz como una perdiz de ver que Bel estaba embarazada, porque tiene un niño pequeño en casa y otro bebé en camino dentro de unos cinco meses.

Así que supongo que El Nudo sí es lugar para embarazadas.

—No debería estar de pie —dice Harry. Le miro y veo que tiene el ceño fruncido. Es una expresión a la que me he acostumbrado desde aquella noche en el hospital. Cuando Bel está cerca, frunce el ceño en plan «Soy sensible y estoy bajo control», pero en este momento es en plan «Estoy cagado de miedo», y el corazón me da un vuelco por él.

—Bel está bien, Harry.

Se ajusta los puños, porque lleva una camisa de vestir muy bonita en un bar no tan bonito, y se apoya en el respaldo de la silla, aunque sin dejar de mirar a Bel. Lleva un vestido premamá corto de estampado floral con una cazadora vaquera y unas viejas botas vaqueras que encontramos hace un par de semanas en una caja con las cosas de su madre. En la mano izquierda tiene una botella de zarzaparrilla. Encaja a la perfección.

—Bueno —empiezo, agarrando mi carta, decidida a distraer a Harry hasta que venga Bel—, este sitio era famoso por su pescado frito, pero no creo que ninguno debamos pedirlo, ya que Bel no puede comer marisco. ¿Te gustan los perritos calientes? Aquí hay diez tipos distintos de perrito caliente. ¿Puede comer perritos calientes?

Harry me mira por fin, dedicándome una sonrisa agradecida y avergonzada.

—¿Diez tipos diferentes?

Asiento con entusiasmo, lanzándome de inmediato a hacerle un resumen. Voy por el perrito caliente con queso de Filadelfia, cuando Bel se acerca agitando el teléfono de un lado a otro.

—¡Hemos intercambiado los teléfonos! —anuncia, ocupando la silla junto a la de Harry e inclinándose para darle un beso en la mejilla—. Dice que podemos quedar para jugar; ¿no es genial? —Luego me mira a mí . También ha dicho que eres aun más encantadora que en el instituto.

—¡Ja, ja! —digo, pestañeando y fingiendo que me atuso el pelo. La verdad es que esta noche también me he tomado más tiempo con mi aspecto: llevo mis vaqueros *vintage* favoritos con una blusa drapeada de algodón en color amarillo anaranjado que siempre he pensado que quedaba bien con mi color de pelo. Incluso me he maquillado, porque en el cuaderno, el maquillaje era una característica; según pensaba, era la clave para entrar sin que nos pidieran el carné de identidad.

Mientras Harry y Bel se ponen a ojear su carta, me tomo unos segundos para asimilarlo todo, para recordar otras partes del cuaderno que tienen que ver con El Nudo. La pista de baile no está demasiado concurrida, pero hay algunos grupos pequeños de gente que se mueven de forma distraída al son de la música *country* y se arriman para hablar a pesar del ruido o se echan hacia atrás para reír. En la barra hay un grupo de tíos agrupados en un extremo, que miran absortos algo en la televisión que no alcanzo a ver, hasta que todos sueltan un gemido colectivo mientras se empujan y sacuden la cabeza. A dos mesas de nosotros, una mujer enseña su móvil a sus tres acompañantes, que se inclinan y se quedan boquiabiertas. Una de ellas golpea la mesa con la palma de la mano en un arranque de alegría apenas contenida, haciendo sonar la desvencijada mesa.

No estoy segura de que mi yo preadolescente comprendiera todo lo que ofrecía este lugar, pero mi yo de casi treinta, sí. El Nudo es un lugar en el que liberar el estrés, y de repente estoy muy agradecida de que Bel insistiera en que viniéramos. Si bien nunca llegué a venir a este bar cuando vivía aquí, mi vida después de Darentville incluyó este tipo de veladas durante un tiempo; en Richmond, cuando trabajaba de camarera, mis compañeras y yo salíamos a menudo al acabar el turno y mis primeros trabajos en platós incluían a veces sesiones similares después del trabajo en las que se establecían lazos y nos quejábamos. Al trabajar con Nadia perdí la costumbre. Y aunque me caen bien mis compañeros de trabajo en La Ribera, no puedo negar que mantengo cierta distancia y que siempre tengo en mente el secreto no tan secreto de Levi.

Sin embargo, ahora que estoy aquí veo cuánto deseo esto. Deseo este ruido, este ambiente único en el que estamos separados, pero unidos con otras personas que han salido por la noche, esta liberación colectiva del estrés acumulado durante el día. Me siento ligera, excitada; me estoy deshaciendo de esa extraña presión que he sentido antes. Y estoy deseando que llegue Levi, que me vea con mi bonita blusa y mi sofisticada sombra de ojos, que se siente aquí con mi mejor amiga y su marido y que me persuada de salir a la pista de baile más tarde. En este lugar parece que no existiera el mundo. Aquí es donde todo el mundo viene a alejarse de su realidad y esta noche, estoy dispuesta a dejarme llevar.

Durante los minutos siguientes, divido mi atención entre Bel y Harry y la puerta principal. El corazón me da un vuelco de emoción cuando llega Levi; está tan guapo al entrar en el local, con sus mejores vaqueros, aún desgastados, una camiseta remangada hasta la mitad del antebrazo y una expresión estoica y distante hasta que me ve. Cuando lo hace, sus ojos se vuelven amables y su boca dibuja una sonrisa bajo la barba.

Dios, espero que baile conmigo. Una canción lenta, pienso. Ya me imagino el vello de su barba enredándose en mi pelo, esa camisa suave contra mi mejilla, esos brazos fuertes estrechando mi cuerpo contra el suyo.

Me pongo en pie cuando se acerca y Harry también lo hace. Ambos lanzamos una mirada de advertencia a Bel, que pone los ojos en blanco pero luego parece estar de acuerdo en que no merece la pena. En lugar de eso, esboza una alegre sonrisa desde su asiento y da una pequeña palmada de aprobación cuando Levi se inclina para besarme en la mejilla a modo de saludo.

—¡Ey! —me saluda en voz baja, antes de volverse hacia Bel y Harry—. Hola —dice. Ahora sé que Levi saluda así cuando está nervioso y esa vulnerabilidad que hay en él y que solo yo veo hace que mi corazón palpite de afecto.

Le pongo una mano en la espalda y hago las presentaciones de forma sencilla, nada que ver con la cuidadosa presentación formal que Bel hizo una vez entre Harry y Evan. Cuando por fin volvemos a estar todos sentados, me contagio de parte de los nervios de Levi. De repente me preocupa que en la carta no haya nada que pueda comer, que la conversación sea tensa o que Levi se pregunte por qué Harry lleva camisa de vestir en un sitio en el que hay cáscaras de cacahuete en el suelo.

Pero Harry se vuelve hacia Levi casi de inmediato y le pregunta acerca de la construcción de un muelle en su propiedad, y la tensión me abandona de nuevo. Conozco a Levi lo suficiente como para saber que puede pasarse horas hablando de esto: de todos los problemas con los mamparos y con los diques de contención; de los beneficios de las costas vivas; de los muelles construidos con los materiales adecuados. Le explica a Harry por qué un muelle en su casa es una mala idea, pero lo hace de tal forma que Harry asiente con la cabeza y se queda absorto. En un momento dado, capto la mirada de Bel y sé que está pensando lo mismo que yo: es esto lo que imaginábamos cuando escribí el cuaderno, sin necesidad de Joe Jonas ni de Evan Fanning. Harry y Levi apenas dejan de hablar el tiempo necesario para que pidamos la comida, y aunque sé que Bel se preocupa por los planes para su casa, también sé que ahora mismo le importa más el hecho de no ser el centro de atención de Harry, que por fin se ha relajado lo suficiente como para disfrutar.

Nos sonreímos al otro lado de la mesa y entonces ocurre algo aún mejor: empieza a sonar una canción de The Chicks. Es una de las favoritas de Bel y mía de cuando íbamos a primaria y las dos gritamos sorprendidas.

Bel se levanta de su asiento, ahora más despacio que aquel día en La Ribera, pero con la misma expresión de apremio.

—¡Georgie, tenemos que salir!

La pista de baile se está llenando, las mujeres con el contenido escandaloso en el móvil ya están en la pista, cantando y moviendo las caderas fuera de ritmo. Harry mira a Bel con el ceño fruncido, pero yo estoy de su lado; parece tan feliz y emocionada como no la he visto en semanas, y bailar un poco no le vendrá mal. Yo también me pongo en pie y echo un vistazo a Levi, que me mira con ese placer silencioso que tan bien se le da.

—¿Quieres bailar? —le pregunto, guiñándole un ojo.

—Creo que voy a quedarme aquí —dice, con cierto tonillo burlón que sugiere que tiene toda la intención de mirar.

—Tú te lo pierdes —digo, me agarro del brazo de Bel y salgo a la pista de baile. Las mujeres que cantan al son de la canción nos dan la bienvenida como si fuéramos parte olvidada de su fiesta, y una de ellas le grita a Bel: «¡Ven aquí, mamá!». Bel se ríe, me toma de la mano y las dos nos unimos al coro, ajustando entre risas nuestros movimientos para acomodar la prominente barriga de Bel.

Con toda franqueza, ambas nos lo estamos pasando en grande.

Giro hacia la zona del comedor y capto la mirada de Levi. Estoy demasiado lejos para leer su expresión, pero me doy cuenta de que me observa, de que me mira como si yo fuera el rayo de luna que una vez dijo que era: brillante, única y misteriosa. En esta pista de baile, con sus ojos clavados en mí, estoy tan cerca, tan bien, sintiendo justo la presión adecuada. No me preocupan esos grandes espacios en blanco que hay entre Levi y yo; no me preocupan las dos semanas que faltan ni qué diría la señora Michaels. Ni siquiera lo que quiero o no quiero.

Bel me deja para que una mujer que lleva una margarita gigante en la mano dé vueltas a mi alrededor; tiene un mechón rosa en el pelo blanco y los pendientes más grandes que he visto nunca, y le dice algo a Bel que también la hace reír a carcajadas. Cuando una pequeña mano se posa en mi hombro, pienso que estoy a punto de conocer a otro miembro de este temerario y divertidísimo grupo de mujeres, y me doy la vuelta con una gran sonrisa en la cara, lista para la aventura. Estoy tan absorta en el momento que tardo un segundo en darme cuenta de a quién estoy mirando y de que su presencia aquí está a punto de cambiarlo todo.

Es Olivia Fanning.

Y su hermano Evan está de pie justo detrás de ella.

18

Levi

Por supuesto que los he visto desde aquella noche.

Recuerdo cada una de las veces, con más frecuencia en aquellos primeros días, cuando todos estábamos aprendiendo la nueva normalidad. Dos semanas después, cuando aún estaba en carne viva, nervioso y apenas era consciente de lo que hacía la mayoría de los días, vi a Evan de lejos mientras esperaba a que revisaran la camioneta de Carlos. Tenía el brazo en cabestrillo, algo de lo que yo era responsable, y caminaba con la cabeza gacha por el aparcamiento de un centro comercial al otro lado de la calle. Dos meses después, vi a Olivia y a mi madre en el interior de una farmacia a la que yo había ido a recoger la receta de antidepresivos que me había prescrito mi entonces nuevo psicólogo. Olivia no me vio, pero mi madre sí, y una mirada suya (la mirada acerada y apenas interesada que me lanzó) me dijo que probablemente sería la que menos me echaría de menos de toda mi familia. Mi padre, al menos, sentía algo por mí, aunque fuera sobre todo rabia, o quizá algo peor.

También había habido otros momentos inevitables en el condado, pero la mayoría fueron de esos en los que todos intentábamos fingir que no éramos conscientes de la presencia de los demás. Una vez, casi un año después de aquella noche en casa de mis padres, estaba transportando restos de madera para guardarlos en el almacén externo de Carlos durante el invierno, cuando levanté la vista de la caja de mi camión y vi a Evan de pie, con las manos en los bolsillos y los dientes apretados por la tensión y los nervios.

—Hola, Lee —me dijo.

Yo fui más cruel que nunca y no permití que dijera más que esas dos palabras.

—Lárgate —espeté, sin apenas mover la boca, con todos los músculos del cuerpo en tensión por la vergüenza, la frustración y una tristeza que entonces no podía admitir—. No tenemos nada que decirnos.

No me molesté en mirarle a la cara para ver si le había hecho daño, pero aquella primavera, cuando salí en la lancha de Carlos, me crucé con él y con mi padre en la suya, y la forma en que me ignoró por completo me indicó que había logrado asegurarme que no volvería a intentar acercarse. Me dije que había hecho lo correcto. Le había protegido.

Pero en cuanto veo a mis hermanos aparecer en la pista de baile con Georgie, en el fondo sé que esta noche no va a ser como las otras veces.

Puede que lo supiera desde hace unas semanas, no que fuera aquí, en El Nudo (que es el primer sitio donde me he metido en una pelea a puñetazos de verdad, y también el sitio donde una vez le tiré a Barnett Gandry una jarra de cerveza de plástico a la cara por llamarme «estúpido cretino rico»), sino que sería en algún sitio y que sería pronto.

Es Georgie quien me metió la idea en la cabeza, aunque nunca ha dicho una palabra al respecto. En todo este regreso al pasado que hacemos juntos (las películas de terror, los saltos del muelle, las pintadas con espray en el colegio, una segunda excursión que hicimos juntos a Sott's Mill), Georgie se mantiene alejada de mi familia, aunque pasa unos cuantos días a la semana con, al menos, algunos de ellos. Es el único sitio al que no quiere volver, el único al que le dije que no volviera nunca, y quizá si ella significara menos para mí, diría que eso está bien.

Diría que así es como quiero que sigan las cosas.

Pero ella significa mucho para mí.

Y quiero que se quede.

Supongo que no me hago ilusiones sobre la posibilidad de que Georgie se establezca aquí conmigo. Sé que ha visto muchas cosas en el mundo; cuando mi mente está en silencio, todavía la oigo a veces responder a mi pregunta de si iba a volver aquí para siempre con aquel burlón «¡No, por Dios!».

Pero también oigo otras cosas: su divertida charla con Hank cuando cree que no la escucho; sus suspiros somnolientos cuando la arrimo a mí en la cama; su risa alegre cuando habla con sus padres. Oigo las ideas que dice en voz alta dar vueltas en ese sociable cerebro: qué va a hacer en casa de Bel; si debería comprarme uno de esos robots aspiradores; por qué ha llegado el momento de que su padre piense en incorporar algunas medidas adicionales de accesibilidad a su casa. A veces creo que también oigo lo que no dice, y todo tiene que ver con las dos personas que ahora mismo parecen encantadas de verla en la pista de baile.

Sé que si quiero tener alguna esperanza de que se quede, no puedo seguir pidiéndole que mantenga separadas dos partes de la vida que tiene aquí. Sé que tengo que hacer que encajen, si quiero que ella encaje conmigo.

—¿Estás bien? —dice una voz a mi lado, y me doy cuenta de que he visto a mis hermanos justo en el momento en que Harry me hacía una pregunta sobre la escorrentía de sedimentos. Quién sabe cuánto tiempo llevo aquí sentado como un bloque de piedra.

Me aclaro la garganta y señalo con la cabeza en dirección a la pista de baile.

—Georgie se ha encontrado con algunos de sus compañeros de trabajo.

Parezco un chiflado refiriéndome así a mis hermanos.

Incluso desde aquí veo que no se siente cómoda; antes reía y bailaba, era más un rayo de sol que un misterioso rayo de luna. Pero ahora no es ninguna de las dos cosas y toda su luz se ha apagado. Se queda quieta. Cuando Olivia le da un rápido abrazo, parece sorprendida y rígida, y momentáneamente aliviada cuando Olivia centra su alegre atención en Bel, pero solo hasta que mi hermano se inclina para darle también un abrazo.

Justo cuando la música cambia y empieza a sonar una canción lenta.

Le pone una mano en la cadera, como si le estuviera haciendo una sugerencia. Como si estuviera a punto de estrecharla.

Me levanto de la silla.

Harry también se levanta. Es bastante buen tipo, y no lo digo porque es evidente que se preocupa por el cambio climático.

Oh, espera, es...

El resto de la frase, sea el que sea (quizá reconoce a Evan de La Ribera, quizá se percata de que nos parecemos), no lo oigo. Estoy demasiado pendiente de Georgie, que se aparta de mi hermano, de su sonrisa vacilante y de sus ojos, que se dirigen a los míos, con una expresión abatida y nerviosa.

Me acerco a ella antes de que me dé tiempo a pensarlo. Antes de que me dé tiempo a pensar en lo que voy a decir.

—Levi —dice, y es la primera vez que la oigo pronunciar mi nombre en ese tono: cauteloso, tenso, quedo. Siento los ojos de mi hermano clavados en mí, pero aún no puedo mirarlo—. Te pre... —empieza, pero luego se detiene al darse cuenta de lo incómodo que resulta presentar a dos hermanos.

Por el rabillo del ojo veo que Harry se lleva a Bel para bailar la lenta, aunque supongo que también siguen observando este choque de trenes.

—Evan —digo, mirándole por fin a los ojos justo en el momento en que Olivia vuelve al lado de Georgie—. Liv —añado en un tono que casi no puedo oír ni yo.

Somos cuatro personas inmóviles y serias al borde de la pista de baile, y sé que debería tener algo más que decir. Pero es como si me hubieran dado con una jarra de plástico en la cara y durante unos segundos eternos lo único que puedo hacer es asimilar los cambios que se han producido en ellos; Evan lleva una ligera barba incipiente, Liv va maquillada; ambos tienen los pómulos más definidos y su aspecto es más adulto de lo que yo recordaba. Me imagino que debo de tener una expresión tensa y seria.

Olivia rompe el silencio primero.

—Bueno, es... es realmente estupendo que nos hayamos encontrado aquí.

Al final de la frase se percibe una pregunta y me doy cuenta de que no le ha quedado claro ni a ella ni, obviamente, a Evan, que no me he acercado a saludar, a pesar de llevar años haciendo todo lo contrario. A pesar de todos los años que no se me ha visto en ningún sitio que no sea en el trabajo o haciendo recados.

No saben que estoy aquí con Georgie y no puedo culpar a nadie más que a mí.

De repente, hay una trampilla debajo de mí otra vez. La parte racional de mi cerebro sabe que tengo una oportunidad ante mí, ante los tres, y lo único que he de hacer es decir algo educado, algo normal, algo que haga ver a Georgie que puede seguir trabajando en La Ribera todo el tiempo que quiera, que todos coexistiremos sin problemas en esta ciudad si ella se queda.

Algo que haga ver a mis hermanos que ella y yo encajamos.

Pero no estoy escuchando a esa parte de mi cerebro. Escucho a la parte de mi cerebro que ve a Evan acercarse a Georgie, como si tuviera que protegerla de mí; escucho a la parte de mi cerebro que ve a Liv mirándome con los ojos como platos por la incredulidad. Hago caso a la parte de mí que, aunque no tenga ningún sentido, aunque Evan y Liv nunca me hayan castigado como lo hizo mi padre, dice: «No me la quitéis».

—Georgie —digo, con voz áspera y cortante—, estoy listo para irme.

Me mira fijamente mientras parpadea sorprendida, abre y cierra la boca y su cara palidece, y sé que la he cagado. Esto no era solo una oportunidad para actuar con educación y normalidad, para demostrarle que podía sobrellevar su trabajo aquí, su vida aquí. Era una oportunidad de ponerle nombre a lo que hay entre nosotros y no de una forma que me hiciera parecer un imbécil impaciente.

—Acabamos de pedir la comida —replica al final, aferrándose a la practicidad ante este lío absoluto que estoy armando.

Evan nos mira.

—¿Estáis juntos? —pregunta, con un cierto tonillo receloso y de sorpresa en la voz, y detesto cómo suena. Es el mismo tonillo que me acostumbré a oír los primeros años que trabajé para Carlos, cuando me presentaba a los clientes como parte de su equipo. «¿Levi Fanning?», decían con el mismo tono.

—¿Algún problema? —replico en el acto de manera cortante, desafiante, y también detesto cómo suena eso. Como si estuviera a un par de palabras de meterme en otra pelea a puñetazos aquí, cuando jamás de los jamases le pondría una mano encima a mi hermano. Cuando haría todo lo posible, cuando he hecho todo lo posible, para no volver a hacer daño a ninguno de mis hermanos.

Pero dentro de mí se libra ahora una vieja guerra y el Levi que quiero ser va perdiendo. Mi cuerpo está preparado, en tensión, todo en mí es intimidatorio. Sé lo que debo parecer visto desde fuera.

Un peligro.

Si Georgie sale de aquí y no vuelve a dirigirme la palabra, me lo tendría bien merecido.

En lugar de eso, con sus ojos fijos en los míos y la voz apagada por la decepción, pronuncia tres palabras que deberían tranquilizarme, pero que no lo hacen.

—Sí, estamos juntos.

—No voy a bajarme.

Georgie está en su lado del asiento, lo más cerca posible de la puerta del acompañante, con los brazos cruzados sobre el pecho y los labios apretados con fuerza. Tiene la mirada fija en el oscuro río, en mi muelle, que a duras penas se ve desde el lugar donde he aparcado delante de mi casa.

Es lo máximo que le he oído decir desde que nos fuimos de El Nudo, desde que acompañó su declaración a mis hermanos con otra; de hecho, estaba lista para irse. Dijo: «Disculpadnos», me tomó de la mano y me empujó hacia donde bailaban Bel y Harry, que apenas disimularon que lo habían visto todo.

—Levi y yo tenemos que irnos —dijo de golpe—. Harry, te enviaré por Venmo nuestra mitad de la cuenta.

—No, yo... —Intenté intervenir, pero Georgie me lanzó una mirada que me hizo pedazos. Desfiló por delante de mis hermanos con paso airado y salió por la puerta por la que yo me había abierto paso hacía menos de una hora.

A continuación, se sentó pegada a la puerta en un silencio sepulcral durante todo el trayecto de vuelta a casa.

Dejo de desabrocharme el cinturón de seguridad, presa de la confusión. Esperaba que llegáramos, que ella se bajara y que volviera a casa de sus padres. A fin de cuentas, su Prius está aparcado a pocos metros y no creo que le haya dado tiempo ni a tomarse una copa en la barra.

—¿No? —Mi voz suena como si no la hubiera usado en años. El viaje en coche hasta aquí no ha sido demasiado largo, pero cada segundo me ha parecido una eternidad.

Se gira lo suficiente como para mirarme por primera vez, echando chispas por los ojos.

—No, Levi, no. Quiero hablar de lo que ha pasado.

Trago saliva; una parte de mí se siente aliviada y la otra sigue teniendo un miedo atroz a esa trampilla. Termino de desabrocharme el cinturón de seguridad.

—¿Aquí fuera?

—¡Sí, aquí fuera! —suelta, luego resopla y fija la mirada de nuevo en el parabrisas—. No quiero discutir delante de Hank. —Yo también miro hacia el parabrisas, sobre todo porque no quiero que vea que me ha dado una pizca de esperanza al decir eso. Tampoco quiero que Hank nos vea discutiendo—. Esta noche era importante para Bel —prosigue—. Y ¿sabes qué? Era importante para mí. Estaba tan cerca de... —se interrumpe, sacude la cabeza y baja la vista a su regazo.

—¿De qué?

—No importa. —Exhala un profundo suspiro y vuelve a empezar—. Me has tratado como si fuera algo que te hubieras adjudicado.

Hago una mueca y me paso una mano por la cara, por la barba.

—Lo siento.

—Y has tratado a Evan como si fuera un tío cualquiera con el que te ibas a pelear. Casi ni has mirado a Olivia y, oye, sé que no quieres hablar de tu familia, pero es gente con la que trabajo, y conmigo han sido muy amables. Si te han hecho algo, y por eso has actuado así, entonces tienes que...

Georgie —digo suavemente—, sé que tengo que contártelo. —Ella guarda silencio y la miro. Sigue con la cabeza gacha y los brazos cruzados—. He estado pensando en contártelo. —No dice nada, pero la oigo de todos modos. «Pues no lo has hecho». Así que tomo aire y me armo de valor—. No me han hecho nada —admito por fin—. Me refiero a mis hermanos. No hablo con ellos porque mi padre me pidió que no lo hiciera. Me dijo que no lo hiciera.

Georgie levanta la cabeza y me mira a los ojos.

—Es imposible que haya una buena razón para eso.

Quiero decirle que sí la hay, pero si lo hago, estaré cometiendo el mismo error que he cometido en la pista de baile al no dejar que ella decida por sí misma. Vuelvo a mirar hacia el parabrisas.

—El colegio al que me envió mi padre no era un buen sitio —digo, con un nudo en la garganta—. Me creía muy duro cuando entré, pero me dieron una paliza las primeras semanas, y eso no fue lo peor. Era el tipo de sitio donde alguien se cagaría en tu colchón para enseñarte una lección.

—Dios mío, Levi —dice, pero si está a punto de ofrecer más lástima, no la quiero.

Sigo adelante, sin darle la oportunidad.

—Al cabo de un tiempo, aprendes cómo funcionan las cosas y luego sigues adelante. Pero cuando salí, ya no estaba bien de la cabeza. Me mudé a Richmond con Danny, un chico con el que compartía habitación en la escuela. Conseguí trabajo, pero principalmente... —Sacudo la cabeza y agarro el volante—. No lo sé. Fumaba mucha hierba para conseguir dormir, tomaba mucho Adderall sin receta para que me ayudara a estar despierto y poder trabajar. Ni siquiera estaba en mis cabales.

Aprieto los dientes, dejando que me invada una oleada de vieja y conocida vergüenza. Creía que ya no me avergonzaba de esta parte de mi vida, de que básicamente estaba drogado las veinticuatro horas del día. No es diferente de lo que hacen millones de personas, buenas personas que sufren o no saben a quién recurrir; buenas personas que necesitan un respiro de todas las cosas duras, tristes e implacables de este mundo.

Pero contárselo a Georgie es otra historia.

Ella no ha pasado por eso.

—Cuando tenía veintidós años, se me metió en la cabeza volver a casa por Acción de Gracias. Danny y yo llevábamos unos meses trabajando en la construcción y me sentía como una especie de gran hombre, ganando un dinero de forma decente. No había vuelto desde que mi padre me echó y se me ocurrió darle una lección. Evan estaba en su primer semestre de universidad y Liv acababa de empezar el instituto. También se me ocurrió darles una lección a ellos, demostrarles que no era el hermano que recordaban. —Yo era peor, ahora lo sé. Pero entonces no lo sabía—. A pesar de lo duro que me creía al volver aquí, era demasiado cobarde para venir solo. Así que me traje a Danny. Creía que...

Me callo antes de decir que pensaba que era un buen tipo. Era mi amigo; lo pasábamos bien y me ayudó unas cuantas veces cuando me quedé corto de pasta para pagar las facturas. Pero eso no lo convertía en un buen tipo y yo lo sabía. Sabía que Danny se metía drogas más duras que yo. Sabía que trataba a las mujeres que traía a casa como si fueran basura que había que sacar a la mañana siguiente. Sabía que podía cubrir mis gastos porque no trabajaba solo en la construcción. Sabía que tenía su propio dolor, sus propios problemas, pero también sabía que era más problemático que yo.

Lo sabía, y le traje conmigo de todos modos.

Más tarde, me di cuenta de que tal vez era una especie de venganza. Quería demostrarle a mi padre que yo tenía un trabajo fijo, que vivía por mi cuenta y que no estaba bajo su control. Quería enseñarle con qué gente me había juntado al enviarme a ese lugar. Quería demostrarle cuánto me había alejado de su círculo.

No pensaba en nada más. En nadie más.

Bajo la ventanilla y dejo que el aire fresco de la noche y la brisa del río me calmen. Quiero acabar con la siguiente parte y quiero hacerlo rápido.

—No llamé antes para avisar. Me presenté con este tipo y me di cuenta de que a mi padre no le gustaba, lo que significaba que a mí sí. Bebí demasiado, porque podía, porque tenía la edad legal y él no podía impedírmelo, y porque sabía que eso le cabrearía. —Hago una pausa y una carcajada corta y sin gracia se queda atascada en mi garganta—. Nuestro pastor estaba allí. Pensé que era una oportunidad de oro para avergonzarlo delante de una persona de la Iglesia.

—Levi —dice, con tono compasivo, y vuelvo a sacudir la cabeza.

—Ya te lo he dicho antes. Lo asumo. —Y la siguiente parte también la asumo—. Estaba en el baño, sacándome una pastilla del bolsillo, porque estaba amodorrado por todo el vino que había bebido. Y entonces... —Trago saliva otra vez—. Oí un estruendo espantoso, el ruido de cristales al romperse, a mi hermana gritando y a mi padre chillando. Me quedé paralizado unos segundos. Demasiado jodido para moverme rápido.

A pesar de todo el caos que sobrevino después, por alguna razón recuerdo ese momento en el baño con más claridad. El dispensador de jabón de cristal, las toallas de mano con calabazas y hojas otoñales bordadas, el espejo sin mellas ni churretes. Nunca me había fijado en nada de eso. «Qué cuarto de baño tan bonito», pensé mientras intentaba hacerme con la pastilla.

—Evan encontró a Danny en la terraza trasera —digo, deseando que mi voz suene lo bastante áspera para contar esto, que es lo peor que le he hecho a mi familia—. Tenía una pistola y se la estaba enseñando a Olivia.

—Oh, Levi —susurra Georgie.

—Evan fue a por él y al final le hizo atravesar la ventana trasera de un empujón. Se rompió la clavícula al hacerlo, razón por la cual no jugó la segunda mitad de su primera temporada en el fútbol universitario. Estoy seguro de que no volvió a jugar. Danny se cortó con el vidrio, así que había sangre por toda la casa. Olivia vomitó cuando lo vio.

Parecía tan joven... Parecía aterrorizada. Y Evan..., cuánta ira en su cara y la sangre de Danny en su camisa.

Se parecía a mí.

«Eres un veneno para esta familia».

—Esa noche, mi padre me dijo que no me quería cerca nunca más. Ni en la casa, ni en el hotel. Ni cerca de él ni de mi madre. Pero, sobre todo, no me quería cerca de Evan ni de Liv.

«Si se ponen en contacto contigo, ignóralo —me dijo—. O los desheredaré también a ellos».

—Es imposible que siga pensando lo mismo —dice ella.

—Georgie, podría haber hecho que mataran a mi hermana. Pude haber hecho que mataran a mi hermano. Esa pistola estaba cargada.

—Pero...

—¡No! —digo de manera tajante y brusca, porque no hay excusa—. No.

—Georgie guarda silencio otra vez—. Como es evidente, no estaba lo bastante sobrio para conducir a casa. No sé si Danny lo estaba, pero lo hizo de todos modos. Yo caminé durante horas esa noche y luego me desmayé en medio de la nada o eso pensé. —Señala con la cabeza por el parabrisas—. Pero fue por ahí, donde está mi muelle. Carlos me encontró a la mañana siguiente.

También le contaré todo lo que pasó después, si quiere saberlo. Que Carlos me acogió y me desintoxicó, que me dio un trabajo que mantuvo mis manos ocupadas y mi cuerpo cerca del agua, que al final hizo que fuera a terapia.

Pero me estoy quedando sin energía; el bajón tras el subidón de algo intenso e inesperado. Agradezco que no me pregunte nada más sobre esa época en la que me estaba reformando, aunque eso signifique que esté ahí, pensando que esta no es una explicación suficiente para la forma en que he actuado esta noche.

—Si hubiera hecho todo lo que mi padre quería, me habría ido de aquí y no habría vuelto. Pero he reconstruido mi vida aquí y no me cabe duda de que eso ya es suficiente desgracia para él. Lo menos que puedo hacer es mantenerme alejado de Evan y de Liv. No porque él me lo haya dicho, sino porque es lo correcto para ambos. Con tu trabajo, sé que eso te pone las cosas difíciles, Georgie...

—¡¿En serio?! —grita. La miro, sorprendido. No me parece una historia para gritar, pero quizá estoy demasiado cerca de ella—. ¡No me importa mi trabajo, Levi! —Parpadea cuando lo dice, como si ella misma se sorprendiera, pero solo una fracción de segundo antes de proseguir—: ¡Tu padre es... es horrible! —despotrica. No pienso discutírselo. Es horrible, o al menos siempre lo fue para mí, y no tengo por qué perdonarle las cosas que hizo y que me complicaron la vida. Pero también sé quién era yo entonces y él intentaba pro...—. ¡Me gustaría decirle lo que pienso de su forma de criar a los hijos! —espeta, porque supongo que ha decidido que soy bueno y que he terminado de hablar por un rato—. ¡Es terrible hacerle eso a una persona..., a tu hijo..., que tenía problemas! Y además... —señala al aire— ¡tus hermanos deberían saber que fue algo horrible!

—Ellos no tienen la culpa.

—¡Bueno, tampoco tú!

Se baja de la camioneta.

Durante un segundo no estoy seguro de si quiere que la siga. He tenido experiencia de sobra con gente que se enfada conmigo, pero no estoy seguro de haber visto que alguien se enfade en mi nombre, y creo que eso es lo que Georgie está haciendo.

Tiene que ser una de las mejores sensaciones que he tenido en toda mi vida.

Georgie cruza el patio con paso airado y pasa de largo el Prius en dirección al muelle. Es posible que quizá quiera que le dé un minuto, ya que veo que sigue haciendo aspavientos y gritando aunque nadie la oiga, pero tiene que saber que no voy a dejar que vaya sola cuando está oscuro. Seguro que no quiere que me acuerde de aquel torpe chapuzón en Buzzard's Neck, pero lo recuerdo, y no es necesario repetirlo por la noche.

—Pascal Fanning. —La oigo farfullar cuando me acerco, cuando estoy a unos pasos de ella, y todo lo que siento por ella me golpea de repente con toda su fuerza, como el embate de grandes olas palpitantes, justo aquí, en la tranquila orilla del río donde he pasado los años más tranquilos de mi vida.

—Georgie —digo, porque es demasiado importante para callarlo. Demasiado importante para esperar a que se desahogue.

Ella resopla y se da la vuelta.

—¿Qué?

Bueno, supongo que también sigue enfadada conmigo. Y tal vez eso signifique que no debería decir lo que voy a decirle, no en este momento, pero ya he ido demasiado lejos. Estoy seguro de que hace ya tiempo que he ido demasiado lejos.

—Te quiero. Estoy enamorado de ti.

—¿Qué? —repite, ya más tranquila.

—Te contaré todas las cosas malas sobre mí si quieres saberlas. Te contaré que, al verte esta noche con mis hermanos, me he sentido transportado a cuando tenía veintidós años, a ver las mejores versiones de mí, las que siempre actuaban bien, las que siempre encajaban. Te contaré que he visto a mi hermano tocarte y solo podía pensar que estaba a punto de perderte, igual que perdí un montón de cosas que amaba cuando era joven. Metí la pata al actuar de ese modo y lo sé. Pero se me da bien arreglar cosas y voy a arreglar esto, Georgie. Haré lo que quieras.

«Para que te quedes —tengo ganas de añadir—. Para que te quedes aquí conmigo para siempre». Es una ola que resuena al romper en mi cabeza y todas las ideas que se me ocurren para que Georgie y yo sigamos juntos se diluyen en la espuma que deja tras de sí.

Pero me obligo a ignorarlo. Apenas puedo creer todo lo que ya he dicho. Probablemente ya es bastante malo que haya elegido este momento para decirle que la quiero; no deseo empeorarlo hablando de su futuro cuando sé que todavía está intentando dilucidarlo.

Se queda callada el tiempo suficiente para que sienta calor en la nuca por la vergüenza. Me meto las manos en los bolsillos, agacho la cabeza y contemplo los rectos y resistentes tablones bajo mis pies.

Hasta que ella se acerca a mí y se detiene cuando escasos centímetros separan la puntera de sus zapatos de los míos.

—¿Me quieres? —pregunta casi susurrando.

Levanto la vista y la miro a los ojos. Incluso en la oscuridad, veo que son grandes, hermosos y están un poco húmedos. Espero que sea porque le ha golpeado la misma ola que a mí.

Pero no necesito que me lo diga. Ahora no, así no.

Levanto las manos para ahuecar mis ásperas palmas sobre sus suaves mejillas y le digo las tres últimas palabras que me quedan esta noche. Tres palabras que ya le he dicho antes, y esta vez no me importa en absoluto si suenan como un juramento.

Porque así es como las siento.

—Sí, te quiero.

19

Georgie

«Levi Fanning me quiere».

Es lo primero que pienso cuando me despierto a la mañana siguiente, con los ojos todavía pesados por el sueño, las extremidades doloridas de un modo muy agradable y el corazón rebosante. Aunque recuerdo vagamente el suave beso que Levi me dio en la cabeza hace un par de horas, antes de irse a trabajar, el instinto hace que me dé la vuelta y me arrime a su lado de la cama, deseando estar cerca de él, del calor que haya dejado. Hundo la nariz en su almohada e inhalo el aroma de su champú, de su detergente y de él.

«Me quiere».

Mientras dormito durante unos cuantos minutos, dejo que cale de nuevo en mí, que me vengan flashes de anoche: Levi quitándome la sedosa tela de la blusa por la cabeza, deslizando con suavidad las ásperas yemas de los dedos por mis hombros y mis brazos; Levi haciéndome retroceder hasta la cama, sin apartar la boca de la mía, con delicadeza, lentitud y determinación. Entre nosotros había reinado una quietud perfecta, no el silencio pesado y tenso del trayecto de vuelta desde El Nudo, sino algo ingrávido y cómodo, algo sanador. Levanto una mano, poso dos dedos en el hueco sobre la clavícula y acaricio el lugar donde juro que sentí una lágrima deslizándose por mi piel la noche anterior, cuando Levi sepultó el rostro contra mi cuello después de correrse.

Le estreché contra mí, con los ojos rebosantes de un inconmensurable afecto por él, por todo lo que había pasado cuando era joven y estaba solo. Me sentí feroz, abrumada y protectora, como si quisiera construir un muro alrededor de él y de su corazón roto, como si quisiera encontrar a Pascal Fanning y darle una lista de todas las formas en que le había fallado a su hijo. No sé cuánto tiempo permanecí despierta después de que Levi se sumiera casi de inmediato en un sueno profundo y sereno, pero debieron de ser horas.

Construyendo mi muro imaginario, haciendo mi lista imaginaria.

Sin embargo, a medida que me espabilo por completo, me doy cuenta de que mi ferocidad de medianoche convive ahora con otra cosa; otra vez esa presión, esa sensación de intentar encajar, una franja de espacio en blanco que ahora es más estrecha y que sigue sin llenarse, por muy feliz que me hiciera Levi anoche, por muy bien que nos compenetráramos, por muy protectora que me sintiera.

«Es porque tú aún no se lo has dicho», me responde esperanzado mi cerebro, y estoy desesperada por hacer caso a lo que me dice; es cierto que yo no se lo he dicho a él, es cierto que le seguí la corriente a lo que me pareció una necesidad bastante acuciante de Levi de que guardáramos un silencio absoluto. Y es cierto que es solo un «aún», que no hay duda de que le quiero. Pienso decírselo cien veces, mil veces, infinitas veces, aunque creo que él ya lo sabe.

Pero mi cerebro no tiene nada en ese espacio en blanco. Me lo imagino como un pequeño pero brillante vacío blanco, rodeado por su propio muro imaginario, de kilómetros y kilómetros de altura. Impenetrable.

Así que tal vez sea lógico que lo siguiente en lo que piense sea en mi lista no imaginaria.

El cuaderno.

El diario imaginario.

Me siento en la cama, me aparto el enmarañado cabello de los ojos y suelto un suspiro de frustración conmigo misma, lo bastante fuerte como para molestar a Hank en su letargo tras el desayuno y el paseo matutino. Levanta la cabeza y la ladea mientras me mira, y aunque es más que probable que esté pensando en comida, en Levi o en lo que sea que haya estado olisqueando bajo el viejo eucalipto del jardín delantero durante la última semana y media, no puedo evitar interpretar su mirada curiosa como una especie de pregunta: «¿A qué viene ese suspiro?».

Y la cuestión es que, en realidad, es una buena pregunta, aunque Hank no la formule. ¿Qué tiene de frustrante despertarte y que todos los problemas no se resuelvan porque un hombre esté enamorado de mí, porque yo esté enamorada de él? En todo caso, probablemente debería alegrarme de que esa sensación de intentar encajar siga ahí esta mañana; sin duda debería tomármelo como otra señal de todo lo que he progresado. Ya no soy la misma Georgie que llegó aquí hace un mes y medio, perdida sin un jefe que le dijera lo que tenía que hacer, desesperada por encontrar algo con lo que ocupar todo mi tiempo para no tener que pensar en mi futuro. En lugar de eso, soy la Georgie que ha estado trabajando en ello; soy la Georgie que sabe que construir un muro alrededor del corazón de Levi y hacer una lista de agravios en su nombre no será suficiente para hacer que esté completa.

Soy la Georgie que sabe que aún tengo cosas que resolver y que en el fondo sabe que cada vez estoy más cerca de hacerlo.

Me levanto de la cama con las piernas cansadas y cruzo la habitación para acariciar la cabeza lisa y plana de Hank a modo de disculpa.

—Lo siento, pequeño submarino —canturreo, utilizando uno de los muchos apodos sin sentido que me he inventado para él en las últimas semanas. Golpetea el suelo con la cola con suavidad en señal de satisfacción antes de apoyar el hocico sobre las patas y volver a dormirse.

En la silla del rincón hay un desordenado montón de cosas mías: parte de mi ropa de anoche, mi bata, mi bolso, la camisa de trabajo que llevo para los turnos en el *spa*, una bolsa de lona arrugada que compré la última vez que estuve en Nickel's. Encuentro lo que busco debajo de todo; su desgastada cubierta está más desgastada ahora, su blanda cubierta de cartón es una textura familiar bajo mi palma.

Me lo llevo a la cama, coloco las almohadas, me arropo con la sábana hasta el regazo, y me acomodo. El despertador de pantalla tenue de la mesilla de Levi (hace una semana aprendí que las luces intensas y los móviles en el dormitorio son malos para su higiene del sueño) me dice que solo pasan unos minutos de las ocho, así que faltan horas para que tenga que presentarme en La Ribera y actuar con normalidad, incluso después de todo lo que ahora sé. De repente me siento agradecida por el tiempo, por la intimidad, por la sensación de plenitud que aún me produce este diario ficticio. No sé por qué, pero sigo pensando que la respuesta está aquí.

Quiero que esté aquí.

Teniendo en cuenta lo mucho que él aparece en esta cosa, no es extraño que en la primera página por la que lo abro aparezca el nombre del hermano equivocado por todas partes; mi pareja ficticia para el baile de graduación, el que me imaginaba trayéndome un ramillete de rosas de color rosa pálido, que combinaba a la perfección con el vestido de gala que me imaginaba llevando; el que conduciría el mismo vehículo que Edward Cullen (¡uf, qué espanto!) en la primera película de *Crepúsculo*.

Sin duda, cualquier otra mañana me reiría de mí misma (Por Dios, cuántas «a» con forma de corazón), pero hoy siento escalofríos al verlo. No es que haya convertido a Evan en el villano de la historia que me contó Levi, ya que ese honor sigue correspondiendo al padre de Levi y también a ese tal Danny. En todo caso, con unas horas de distancia, siento casi tanta empatía por Evan y por Olivia como por Levi. Estoy segura de que cada uno ha soportado su propio dolor por lo que pasó esa noche y seguro que un montón de noches antes y después.

En cambio, todas las cosas que imaginé de niña (el ramillete, el coche de *Crepúsculo*, Evan cubriéndome los hombros con su chaqueta de esmoquin) son cómicamente frívolas después de estas semanas con Levi, después de la última noche con Levi. Puedo ver entre líneas lo que quería de aquella cita para el baile, que era sentirme especial, encajar, que me adoraran, pero por supuesto que nada de eso puede reproducirse ahora. Nada de eso es lo mismo que el que alguien se coma tu extraña comida o te compre botes de pintura en aerosol; no es lo mismo que el que alguien aparezca en un bar abarrotado y te vea bailar con tu mejor amiga embarazada y una borracha con el pelo rosa. Nada de eso...

Hank y yo nos sobresaltamos al oír el estridente timbre de mi móvil en la otra habitación, interrumpiendo nuestro acogedor silencio. Me planteo de forma fugaz ignorarlo, otra señal de mis progresos desde que volví aquí, teniendo en cuenta que una vez estuve casada con mi móvil, pero como últimamente lo tengo casi siempre en «No molestar», solo los contactos que he marcado como favoritos suenan. Vuelvo a levantarme de la cama, sonriendo al recordar que hace solo unas semanas añadí a Levi a esa lista. Si es él, decido, no me detendré y le diré que le quiero en cuanto conteste.

Sin embargo, cuando llego a la encimera de la cocina, veo el nombre de Bel en la pantalla iluminada. Debería habérmelo esperado; no solo es casi la misma hora a la que ayer me llegó el mensaje de «YA ESTOY ABURRIDA», sino que también es la mañana después de que Levi y yo nos marcháramos de repente de una cita doble que, hasta la inesperada reunión familiar de los Fanning, había ido de maravilla. Está buscando compañía o un informe completo, o las dos cosas, y cuando respondo, espero que empiece a gritarme antes de que tenga la oportunidad de saludarla.

En lugar de eso, su voz se oye débil y asustada.

—¿Georgie?

—¿Qué pasa? —El corazón se me dispara.

—Vale, bien —dice, y parece que le falta el aire—. El caso es que estoy de parto.

Si hay un momento en el que mi alta tolerancia al caos resulta útil, es en el hospital local más cercano, al que Bel y yo llegamos apenas una hora después de que me llamara, con una bolsa no muy bien empaquetada y sendas expresiones de sorpresa no muy bien disimuladas. Para ser justos conmigo, es algo bastante chocante que Bel (la que se ha jactado durante años de que podía meter en un único equipaje de mano todo lo necesario para un viaje de negocios de tres días) no tuviera una bolsa de viaje preparada de forma impecable para el parto, y pienso preguntarle por ello más adelante. Pero para ser justos con ella, la cruda realidad de tener que empujar a un bebé fuera de tu propia vagina parece bastante chocante, por mucho tiempo que hayas tenido para prepararte.

Además, rompió aguas en el asiento del copiloto de mi Prius.

Sin embargo, ahora que ya llevamos un rato aquí, me he metido de lleno en la situación; me he encargado de hacer el registro, que conlleva un absurda cantidad de papeleo; le he puesto a Bel el suave y holgado camisón que hemos traído de casa; he sacado y vuelto a doblar o a colocar todo lo que habíamos metido en la bolsa de viaje. He estado al lado de Bel cuando la enfermera de maternidad ha venido a conectarla a un monitor; he tomado notas en mi teléfono cuando el médico de guardia ha venido a examinarla. Sé que Bel ha dilatado cinco centímetros y que su tensión sigue en un rango que no preocupa al médico; también sé que aún pueden pasar horas hasta que tenga que empujar. He memorizado los nombres de todas las personas del puesto de enfermería, situada a pocos pasos de la puerta de esta habitación, y también he conseguido encontrar el volumen de televisión perfecto para ahogar algunos ruidos molestos procedentes del pasillo.

El único problema es que Harry no está aquí.

Y me doy cuenta de que Bel no está bien.

Hasta que no estábamos saliendo por la puerta principal no me dijo, con toda la naturalidad del mundo: «Será mejor que llame a Harry». A lo que yo respondí con un grito de sorpresa: «¡¿QUÉ?!». Bastante malo era ya saber que no estaba en casa; no tenía ni idea de que aún no le había llamado. Me había dicho que no quería hacerlo hasta estar segura de que era de verdad y entonces, probablemente cuando vio que mi mandíbula tocaba el suelo por la incredulidad, más que cuando me dijo que la bolsa no estaba lista, admitió que se habían peleado.

Y que no quería hablar de ello.

Entonces tuvo otra contracción, allí mismo, en el porche de su casa.

En el coche, antes de romper aguas, por fin le llamó, con una voz extraña y falsamente calmada, a pesar de que Harry estaba cada vez más frenético. Ya estaba a dos horas de distancia, atascado en el tráfico de la I-95 de camino a Washington, y tuve que llevarme el dorso de la mano a la boca para no soltar diez mil preguntas sobre por qué había ido allí en primer lugar. ¿No había decidido no hacer más viajes de trabajo después del último? ¿No cuando la fecha del parto estaba tan cerca?

Sé que ha pasado algo entre ellos, y sé, porque lo sé, que eso la está volviendo loca.

Sentada en el sillón que he colocado junto a su cama, giro ligeramente la cabeza y oriento la oreja para escuchar alguno de esos angustiosos ruidos que se oyen en el pasillo. Al ver que no oigo ninguno, agarro el mando a distancia del brazo del sillón y bajo el volumen de la televisión.

—¿Quieres hablar ya de ello? —le pregunto.

—No —responde, tirando de la manta blanca de punto de nido de abeja que cubre su regazo.

—¿Estás segura?

Asiente con tristeza, con los ojos llorosos, y se me encoje el estómago. Ha sido duro ver a Bel sufrir físicamente durante las últimas dos horas, pero es peor saber que también está sufriendo de esta manera. No quiero que esta experiencia sea así para ella, quiero que desborde ilusión y amor por la familia que Harry y ella están a punto de formar.

—Cuéntame qué pasó anoche contigo y con Levi —me dice, sorbiendo por la nariz. Sé lo que está haciendo, sé que quiere distraerse y que ahora mismo haría cualquier cosa que me pidiera. Aun así, dudo. A Levi no le gustaría que compartiera la historias que me contó anoche, y menos aún con alguien a quien todavía no conoce muy bien. Y más allá de eso, tal y como se encuentra Bel ahora mismo, no sé si una historia sobre la pelea y la reconciliación entre Levi y yo es la mejor opción para distraerla, ya que está claro que sigue esperando lo segundo con Harry—. Vamos, Georgie. Quítame esto de la cabeza. Es probable que dispongas de seis minutos antes de la próxima.

Arrimo más el sillón y tomo la mano de Bel, que no para de tironear de la manta. La pongo con la palma hacia arriba y empiezo a masajearle la muñeca y los dedos. Hace años, antes de trabajar para Nadia, tenía una jefa a la que le encantaban los masajes en las manos, pero que nunca tenía tiempo para que se los hiciera un profesional. Cinco vídeos de YouTube después ya me había proclamado «mejor que cualquiera al que hubiera pagado». Bel suspira aliviada.

Le cuento la versión abreviada, la versión que protege la intimidad de Levi, la versión en la que le digo que la reputación de Levi de problemático era solo una parte de la historia, que la reacción que tuvo al ver a sus hermanos la pasada noche en El Nudo no tenía tanto que ver con ellos como con el hombre a la cabeza de su familia y que nunca trató bien a Levi. Le digo que me contó muchas cosas, cosas que no puedo contarle ahora, pero que han hecho que piense que Levi Fanning es el hombre más fuerte y sensible que conozco.

Le cuento que me ha dicho que me quiere.

Ella interrumpe mi masaje agarrándome la mano con fuerza. Me mira con una sonrisa llorosa de alegría.

—No hace falta que me digas que le quieres. Hace semanas que se te nota en la cara.

—Lo sé. Pero yo...

—¡Dios mío! —suelta, apretándome la mano con más fuerza e impidiendo que le explique que aún no he tenido ocasión de decírselo—. ¿Significa eso que te vas a mudar aquí? —pregunta, con voz aguda y desesperada—. ¿Para siempre?

—Oh. Bueno, tenemos...

—Georgie —me corta, y ahora el apretón es... intenso. Le echo un vistazo a la barriga, aunque no tengo ni idea de lo que espero ver ahí—. Deberías hacerlo. Tienes que hacerlo.

Soy vagamente consciente de que esta conversación (sobre mí, sobre volver aquí para siempre) me habría parecido absurda hace dos meses; también soy vagamente consciente de que ahora no me parece tan absurda. Pero soy mucho más que vagamente consciente de que la expresión de Bel no tiene nada que ver conmigo ni con lo que me está preguntando.

Separo con suavidad sus dedos del borde de mi mano y se la sostengo de forma que haya menos posibilidades de que mis huesos se rompan en pedazos.

—¿Bel? —digo.

Y rompe en llanto.

Un llanto ruidoso, desesperado.

Me levanto del sillón y me siento lo mejor que puedo en el borde de la cama; me inclino para apartarle el pelo de la cara y secarle las mejillas con la manga. Lo hago con incomodidad, con torpeza, y me doy cuenta de que es porque nunca he visto a Bel llorar tanto, ni siquiera cuando su madre estaba muy enferma, ni cuando falleció, ni siquiera en el funeral. Ni siquiera en los tristes y sombríos meses posteriores, cuando sus lágrimas por FaceTime y por teléfono eran frecuentes, pero no descarnadas. Como una suave llovizna, no como una tormenta.

—Lo he estropeado, Georgie —dice al fin, cuando consigue recuperar el aliento.

—De eso nada —asevero de inmediato. Sé que no tiene sentido, porque ni siquiera sé de qué está hablando. Pero cuando tu mejor amiga está así de disgustada, le dices que no y lo haces con todo el corazón. Quieres decir que nunca ha cometido un error en toda su vida que estés dispuesta a reconocer.

—Que sí —solloza, bajando la barbilla hacia el pecho, y yo la tranquilizo, la consuelo, le digo que respire. No puede ser bueno para ella llorar tanto cuando su cuerpo está haciendo lo que está haciendo. Echo un vistazo a los monitores con preocupación, como si tuviera idea de lo que dicen. Y por fin me mira con la cara roja, húmeda y desolada. Respira hondo—. Odio estar aquí.

Parpadeo, demasiado sorprendida aún para ser algo más que tontamente literal.

—A ver... Claro que es estéril, pero...

—Odio Darentville. Odio todo el condado. Odio mi casa.

—¿Qué?

—La odio; es muy grande y hay moqueta por todas partes. Y ¿sabes qué? Ni siquiera me gusta la mecedora del cuarto infantil; me da náuseas cada vez que me siento en ella. Odio tener un patio y además hay demasiada naturaleza ahí fuera...

—¿Naturaleza? —digo, confusa, pero creo que no me oye.

—Y Harry también lo odia. No quiere decirlo, pero lo odia. Se aburre y odia trabajar desde casa. Y anoche, después de que os fuerais, alguien le derramó un granizado azul chillón en la espalda y creo que una parte de él murió por dentro.

«Oh, no —pienso en el acto—. Harry lleva unas camisas preciosas».

No tengo tiempo para pensar en ello, porque Bel se está confesando.

—Echo de menos mi trabajo. ¿Por qué dejé mi trabajo? Y también mi piso. ¡Joder, me encantaba mi piso, Georgie!

—Ya lo sé —digo, todavía parpadeando, porque Bel nunca dice la palabra que empieza por «j».

—Aquí hay que ir en coche a todas partes. En ningún restaurante sirven la comida que nos gusta. Me duelen los ojos de mirar el ordenador todo el día y tengo que reiniciar el *router* cada dos puñeteras horas porque el Wi-Fi es una mierda. Es silencioso, terrible y pequeño. ¿Por qué lo he hecho, Georgie?

Estoy tan aturdida que apenas se me ocurre qué decir. Me aferro a la más obvia, la razón por la que estamos aquí, la razón por la que Bel dijo que quería cambiar de vida.

—¿El... El bebé? —pregunto y Bel se lamenta—. Oh, no —susurro, metiéndome del todo en la cama con ella, sin preocuparme demasiado de si molesto al equipo al que está conectada, aunque espero no hacerlo. La rodeo con un brazo y la atraigo hacia mí. Sigue siendo incómodo, difícil de manejar, ya que apenas hay espacio para este tipo de abrazo, pero es una necesidad. La dejo que llore a su antojo.

—No creo que pueda hacer esto —prosigue—. Me refiero a ser madre. Por eso no me atrevía a hacer la maleta, porque no estoy preparada. Sé que siempre lo he querido, Georgie, pero aún no estoy preparada.

—Claro que lo estás —digo con fiereza—. Vas a ser una madre maravillosa, Bel. Jamás he estado tan segura de algo en toda mi vida.

Ella sacude la cabeza contra mí. Una tonelada de lágrimas de Bel moja mi camiseta y probablemente también algunos mocos. Sin embargo, me las apaño mejor que en el asiento del copiloto del Prius.

—Echo de menos a mi madre —susurra con voz entrecortada, y el dolor se apodera de mi corazón—. Creo que por eso volví, porque me quedé embarazada y solo podía pensar en lo mucho que echo de menos a mi madre. Y ella me habría ayudado, Georgie. Viviría también aquí y me habría ayudado con esto. Me habría enseñado cómo hacerlo.

—Oh, cielo. —La abrazo con más fuerza, con el corazón encogido—. Aun así te enseñará cómo hacerlo. Lo hará. Porque eres suya y eres maravillosa. Vas a ser muy buena madre, Belly.

Ella jadea, busca mi mano libre y la aprieta fuerte de nuevo.

—¡Ay, Dios mío!

Vuelvo al sillón para dejarle espacio, permitiendo que me estruje la mano mientras respira, suda y sigue llorando, y su cuerpo trabaja para hacer este increíble prodigio para el que sé bien que está preparada. Debo decírselo una docena de veces mientras supera la contracción; le digo que es perfecta y fuerte; le digo lo orgullosa que estaría su madre.

Cuando termina, se apoya en las almohadas. Me tiene asombrada. Para ser sincera, cualquiera que haya hecho esto me asombra; todas las mujeres que han pasado por ello deberían recibir un millón de dólares y además tener la oportunidad de darle un puñetazo en la cara a cualquiera que no les caiga bien. Le traigo agua y una toallita fría para la frente y las mejillas llenas de lágrimas.

—Esta mañana hice que se fuera —dice, una vez que he conseguido refrescarla, aunque sigue luchando contra las lágrimas—. Harry. Había una reunión trimestral en su bufete, y él iba a asistir desde casa, pero... pero no sé. Cuando os fuisteis anoche, apenas habló de otra cosa que de mi cadera, de mi tensión y de mis tobillos hinchados, y estoy harta. Estoy harta de verme reducida a ser solo esto. —Se señala el estómago—. Y nos peleamos y esta mañana...

Se interrumpe y sacude la cabeza.

—¿Qué, Bel?

—Le he dado mucho la lata; le dije que debía irse, que necesitaba que se fuera, para disponer de un tiempo a solas.

—Bel, no tiene nada de malo necesitar un tiempo a solas. Sé que últimamente ha estado muy encima de ti.

—Pero creo que lo sabía —dice, y es una confesión—. Sabía que hoy era el día, tenía la sensación de que hoy era el día. Pero tengo miedo y sé que hemos cometido un error viniendo aquí, intentando reinventar toda nuestra vida, y no sé de qué forma confesárselo a él. Nunca había cometido un error así y no sé cómo enfrentarme al lío que he montado, así que le mandé a paseo y ahora...

Empieza a llorar otra vez y, con toda sinceridad, olvida lo que he dicho de que jamás había visto llorar tanto a Bel. Esto es de récord mundial.

—No pasa nada —digo—. Ya viene. Está de camino y llegará pronto, Bel.

—Sé que lo hará, pero... ¿qué voy a hacer? ¿Qué voy a hacer con lo que siento por mi casa, por esta ciudad, por mi trabajo y... por todo? ¿Qué voy a hacer cuando tenga un bebé que cuidar?

Miro durante largo rato a mi hermosa, refinada y perfecta amiga, que está hecha polvo, y hago lo único que se me ocurre que podría ser de alguna utilidad.

Empiezo a hablar.

—Bueno, para empezar vamos a permitirnos pensar en esa casa que tienes como un retiro postparto de lujo...

Se lo cuento todo. Le hablo de la gran ducha de vapor del baño principal y de que la ayudará a recuperarse; le hablo de la mullida alfombra que será un bálsamo para sus pies descalzos cuando se pasee de un lado a otro mientras intenta calmar al bebé para que vuelva a dormirse. Le digo que mis padres y yo seguiremos llenándole la nevera de comida; le digo que podrá encender la chimenea de gas y acurrucarse con Harry en el enorme y lujoso sofá que han encargado. Describo que se sentarán juntos mientras el bebé duerme y buscarán un nuevo lugar para vivir, algún lugar en Washington, o si eso ya no es lo que quiere, al menos, algún lugar cercano. Le explico que encontrarán algo mejor que el viejo piso; le recuerdo las corrientes de aire en las ventanas y los minúsculos cuartos de baño; le digo que, en cualquier caso, siempre quiso vivir más cerca de una estación de metro. Le prometo que su casa nueva se venderá en menos de una semana, cuando esté preparada; alardeo de que su antiguo jefe estará deseando recuperarla y de que ni siquiera tiene que aceptar el empleo, que puede seguir teniendo su propia consultoría en Washington. Describo la guardería perfecta que me estoy imaginando, el parque infantil que habrá en el camino de vuelta a casa, la estupenda niñera que van a contratar, pan comido, y que podrán quedar para almorzar en un sitio mucho mejor que La Ribera.

Le prometo que voy a estar a su lado durante todo el proceso.

Superamos las tres contracciones siguientes y Bel está cada vez mejor; más tranquila, más concentrada, ya no llora y su respiración se suaviza.

—Lo estás haciendo muy bien —le digo frotándole de nuevo la mano.

Se ríe con suavidad y siento que soy lo más.

—Sabes que la mitad de eso probablemente no va a pasar, ¿verdad? —aduce con una sonrisa torcida en su enrojecido rostro—. La guardería perfecta, ¡ja! Y seguro que tendré que seguir viviendo en un sitio con corrientes de aire en las ventanas y un baño minúsculo. Sobre todo si vivo cerca de una estación de metro.

Me encojo de hombros.

—Tal vez.

—Georgie —dice, con voz seria—, gracias. Gracias por venir.

Pongo los ojos en blanco de forma dramática, una actuación para distraerla de todo.

—¡Cómo no iba a venir! ¿Te crees que iba a dejar que te trajera una ambulancia? Los gastos son estratosféricos.

Suelta otra carcajada.

—No, quiero decir... Gracias por venir. Por volver a casa. No sé en qué estado estaría si no lo hubieras hecho.

Ahora me toca reír a mí, un bufido lleno de humor y humildad.

—¿Estás de broma? Te habría ido bien. Yo sí que debería darte las gracias. ¿Qué habría hecho yo si no hubiera podido volver? Seguro que estaría de okupa en la casa de invitados de Nadia, comiendo judías directamente de una lata.

—No, de eso nada. Habrías solucionado las cosas. —Pero hago un gesto con la mano, burlándome. Sigue sin saber de ese espacio en blanco que se niega a desaparecer—. Georgie —vuelve a decir, y la miro a los ojos. Ahora son más que serios. Son apremiantes. Casi indignados.

—¿Sí?

—Lo habrías conseguido. Si alguna vez he hecho que sientas que no lo conseguirías, quiero que sepas que se trataba de mí, no de ti. Quería que volvieras y quería tenerte cerca. Quería que vieras esta nueva gran vida que estaba viviendo. Quería que me dijeras que no pasa nada, como acabas de hacer. Que me convencieras de que todo iría bien, pasara lo que pasase.

—Nunca has hecho que sienta... —empiezo, pero esta vez, cuando me aprieta la mano, lo hace con suavidad y habla. «Sabes que sí», está diciendo, y lo sé. «Tiempo para pensar», recuerdo que me dijo el día que llegué, con una expresión persuasiva y empática en los ojos.

Tal vez incluso compasiva.

El silencio se dilata... o más bien el típico no silencio de los hospitales. Las voces de desconocidos, los pitidos de las máquinas y el chirrido de los zapatos sobre suelos de linóleo, los televisores que tapan los ruidos que no quieres oír.

—¿Recuerdas por qué empezamos el diario imaginario? —pregunta.

Bajo la mirada a los dedos de Bel, que aún aprietan los míos, y por un segundo, hay una extraña mezcla de momentos en mi cerebro; esta mañana, el cuaderno sobre las sábanas de la cama de Levi, y ahora mismo, la mano de Bel y la mía entrelazadas sobre un tejido de punto blanco.

—Para... no sé. Para prepararnos para el instituto. Para entusiasmarnos con el instituto.

Sacude la cabeza.

—No. Es decir, en general sí. Pero ¿recuerdas específicamente por qué empezamos?

—Supongo que no. ¿Fue idea de mi madre? Ya conoces a mi madre.

—No fue idea de tu madre. Fue idea tuya. Y se te ocurrió por mí. Porque me daba mucho miedo ir al instituto.

—Todos tenían miedo; era...

—No como yo. Tú lo sabes, Georgie. Te acuerdas de eso.

Y una vez que lo ha dicho, lo recuerdo. Recuerdo que Bel le daba vueltas en la cabeza, que tuvo dolores de estómago durante un año. Que hablaba de a qué clubes se uniría, de qué asignaturas de nivel avanzado daría, de qué promedio quería mantener durante los cuatro años. Recuerdo que empezó a hablar de la universidad, incluso entonces; las universidades a las que quería enviar su solicitud, el trabajo que tendría que hacer para entrar.

—Escribiste el diario imaginario por mí —dice Bel—. Para que no tuviera miedo. Para que pensara en las cosas divertidas. Solías ponerme tareas. Decías: «Escribe sobre lo que pasaría si los Jonas Brothers vinieran a nuestro colegio»; «Escribe sobre el coche de tus sueños».

Ahora soy yo quien le aprieta la mano mientras dentro de mí se mueve algo que siento tenso y asustado. Al principio pienso que debe de ser decepción. ¿Resulta que ese cuaderno en el que he estado depositando todas mis esperanzas, la prueba de que una vez pensé en mi propio futuro, lo escribí por mí? Era entonces la misma que sigo siendo ahora. Una marioneta. Un espacio en blanco a menos que me llene de otra persona, a menos que...

Bel rompe el hechizo apartando su mano de la mía para apretar la palma contra la parte baja del lado derecho de su vientre y hace una mueca de dolor. Pero respira hondo y de forma pausada, y yo la observo. Me doy cuenta de que no estoy decepcionada en absoluto. Estoy de pie en el borde de un muelle, lista para saltar. Estoy agitando un bote de pintura en espray. Veo cómo se llena de gente la pista de baile. Está tan cerca; está a punto de hacer clic.

—Georgie —dice Bel, ya sin aliento.

—¿Sí?

—Eso que siempre piensas que es un lastre. El que no hagas planes. Que no siempre sepas con exactitud qué quieres para el futuro...

—Sí.

—Es maravilloso. La forma en que te adaptas es lo más mágico de ti. Creo que tal ve... tal vez el mundo se aprovecha de esa cualidad que posees, Georgie. Sé que yo lo he hecho, y sé que Nadia lo hizo. Pero no es un defecto. Es tu don, y la única razón por la que la gente no te lo dice todo el tiempo es porque están demasiado absortos en sus propios problemas. —Me aprieta la mano de nuevo con una pequeña mueca de dolor, pero vuelve a hacer las respiraciones hasta que pasa—. Están muy ocupados asegurándose de tener un determinado puesto de trabajo a los treinta años. O de quedarse embarazadas en el momento que creen más oportuno o decidiendo mudarse a un lugar que consideran mejor para formar una familia. Comprando muebles por catálogo y haciendo que en sus casas nuevas, que son demasiado grandes, parezca que no ha vivido nadie.

—Bel —digo, regañándola con suavidad, porque a pesar de lo que piense de sí misma en este preciso instante, atenazada por este dolor y este miedo, yo sé que se está juzgando con demasiada dureza. Sé que lo más mágico de ella es que no intente adaptarse, sino que se ciñe a sus planes de forma tenaz y decidida. Puede que algunos de esos planes fueran equivocados, que los hubiera hecho por razones equivocadas, pero no por ello es menos impresionante que los haya llevado a cabo.

—Solo conozco a una persona capaz de resolver los problemas como tú y eso es porque nunca has vivido tu vida pensando a diez años vista, Georgie. Diez días o diez horas. Siempre has vivido para hacer lo mejor en el momento. Por eso se te ocurrió el diario imaginario. No para planear nuestro futuro en el instituto. Sino para hacer lo mejor para ambas en el momento.

No voy a decir que oírle decir eso es como un relámpago. No voy a decir que es algo positivo, fuerte o impactante. Diré que es como el río que va creciendo en la época de las lluvias, lento y silencioso hasta que deja de serlo, hasta que pasa por encima de todo lo que se ha construido para controlarlo. Diré que el muro que hay dentro de mí se está derrumbando; se ablanda, se desmorona y a continuación viene abajo por completo.

Que el espacio en blanco por fin se está llenando.

Todo este tiempo pensaba que lo que estaba esperando era dilucidar algo sobre mi futuro para llenar el vacío que arrastro del pasado, que descubriría mi futuro trabajo, que descubriría mi hogar para siempre, que decidiría si quería casarme, tener hijos, ser una trotamundos u otra cosa. Pero creo que lo que ha dicho Bel acerca de que siempre he vivido para hacer lo mejor en el momento significa que lo que realmente he estado esperando es algo de mi presente.

Que he estado esperando darme cuenta de que estoy bien y que probablemente siempre lo he estado.

Que no soy como Bel, como Nadia, como la señora Michaels ni como cualquier otra persona. Que era buena en los distintos empleos que he desempeñado no porque no supiera qué quería, sino... sino porque sí lo sabía. Quería hacer lo mejor para alguien en el momento, sin importar lo que fuera. Por eso destaqué en lo que hice por Nadia y por todos mis jefes antes que ella. Y si me perdí por el camino, si a veces me involucré demasiado en sus vidas, no pasa nada, porque ahora también he descubierto las cosas que quiero para mí en el presente; quiero amigos y colegas y diversión; quiero amar a Levi y que él me ame a mí; quiero ver películas, quiero besos y nadar en el río; quiero libros y adornos en las estanterías y cojines que no haya elegido un decorador. Quiero hacer proyectos con mi madre y reírme con mi padre; quiero salir a bailar por las noches cuando estoy estresada.

Quiero ser yo misma. La yo del presente.

He acompasado mi respiración a la de Bel; le aprieto la mano contra la plenitud que también está dentro de mí, dentro de mi pecho, donde mi corazón late fuerte y con firmeza.

Pienso en Levi y quiero llamarlo ahora mismo, quiero contárselo todo porque sé que lo entenderá. Le recuerdo aquella noche junto a la roca, diciéndome que hay otras cosas en la vida aparte de los clubes, las universidades y las notas. Siempre ha parecido entenderme.

Pero Bel hace otra mueca de dolor, esta vez más dramática, y vuelvo a darle la mano. Oigo antes que ella los pasos de Harry, aproximándose por el pasillo a la carrera, y observo el rostro cansado de mi amiga, esperando el momento en que se dé cuenta de que por fin ha llegado.

—Annabel —dice Harry, resollando detrás de mí, y Bel abre los ojos y levanta la cabeza que tenía apoyada en la almohada y empieza de nuevo a llorar, ahora de manera suave y constante. Me alejo y la mano de Harry sustituye a la mía—. Annabel —repite al tiempo que se inclina sobre ella, con el rostro convertido en una máscara que desborda terror, arrepentimiento y agotamiento—. Lo siento mucho. No debí irme.

—Yo te obligué a irte —replica Bel, pasándole una mano por el pelo, pero él niega con la cabeza.

—No debería haberme ido. Habría llegado antes, pero el tráfico... Además, he parado dos veces para vomitar. Lo siento.

Bel me mira por encima de la cabeza de Harry y pone los ojos en blanco, pero lo hace con una sonrisa indulgente y llena de alivio. Henry Yoon, príncipe entre los hombres, que vomita cuando está asustado. Un desastre como el resto, que hace lo que puede en el momento.

Hago un gesto por encima del hombro, con expresión inquisitiva. «¿Salgo?», dicen mis ojos, y ella asiente.

—Gracias —replica sin emitir sonido alguno, y yo sonrío de oreja a oreja. Confío plenamente en ella.

Y quizá, por primera vez en mi vida, en mí misma.

20

Levi

Recibo el primer mensaje de Georgie poco después de las nueve de la mañana, cuando Micah y yo estamos apoyados en la plataforma de su camioneta, bebiendo los cafés que nos ha traído Laz mientras debatimos sobre si la propiedad en la que estamos trabajando está lo bastante guarecida del viento para tener un muelle flotante. Micah dice que sí, que si utilizamos juntas articuladas no pasará nada. Yo digo que no, que el problema del resguardo solo irá a peor a menos que se plante poner mucha más protección natural a lo largo de kilómetros de costa. Laz se mantiene neutral mientras se come su sándwich de huevo y ríe cuando Micah me llama «ecologista radical».

Cuando me suena el móvil, intento contener la sonrisa que me tira de la mejilla, ya que estoy intentando dejar muy clara mi postura sobre el tema de las protecciones contra el viento. Pero cuando lo leo, sé que no lo consigo.

En el hospital con Bel. ¡YA VIENE EL BEBÉ! Necesito que me limpien el coche con urgencia 🖤

La última parte es el tipo de sinsentido que Georgie suele soltar en sus mensajes y eso me hace sonreír tanto como las buenas noticias sobre Bel. Recuerdo la noche anterior, antes de que las cosas se fueran a la mierda, la mejor amiga de Georgie estaba en la pista de baile, y sé que no me corresponde decirlo, pero me pareció que estaba a punto de estallar. Espero que tenga un buen parto; espero recibir pronto otro mensaje de Georgie con una foto de un bebé arrugado y malhumorado con uno de esos gorritos que siempre les ponen en los hospitales.

—¿Quién te manda el mensaje, jefe? —pregunta Laz, que utiliza el término «jefe» del mismo modo que Micah utiliza «ecologista radical». Laz tiene cincuenta y ocho años y lleva construyendo muelles tanto tiempo como yo, pero reconoce que no le interesa el mundo de los negocios. Sin embargo, con un par de vadeadores se maneja como nadie que yo haya visto, moviendo su cuerpo por el agua como si hubiera nacido para ello.

—Tiene que ser su novia —dice Micah, antes de que pueda responder. Chasquea la lengua al ver la cara que debo de ponerle—. Anda ya, no finjas que no tienes novia. Llevo mucho tiempo trabajando contigo, hermano.

Me guardo el móvil y le doy un sorbo al café para controlar la expresión de mi cara. Estoy seguro de que Micah se refiere a que últimamente me ha sorprendido más de una vez tarareando su música cuando él la pone. La semana pasada le pregunté por las pintadas, sin venir a cuento, y eso no es propio de mí.

—Ya era hora —dice Laz—. Será mejor que llame a Carlos más tarde para ponerle al corriente.

Resoplo, pero la verdad es que esta mañana no me importa demasiado que Laz, que es amigo de Carlos desde hace décadas y que me vio hundido en la miseria hace mucho tiempo, siga presentando este tipo de informes a Carlos. Nunca son sobre el negocio, ya que Carlos no ha hablado conmigo de nada que no sea eso. En cambio, tratan de mí, de mi estado de ánimo, de mi vida. Solía enfadarme más que una mona esa mierda de velar por mí, pero ahora me gusta la idea de que Laz llame a Carlos.

Para decirle que tengo a alguien especial.

Siento una punzada en el pecho al recordar a Georgie dormida en mi cama esta mañana, murmurando cuando me incliné para darle un beso de despedida. Creo que me dijo «Te quiero», pero me imagino que no cuenta, no cuando una vez se dio la vuelta dormida me dijo que arregló las cintas de radiocasete del gato.

Aun así, después de todo lo de anoche, vivo con una especie de expectación en la sangre, y el mensaje de Georgie no hace más que acrecentarla. Va a ser un buen día; estoy trabajando en esta obra, después iré a ver a Hedi para llevarle unas muestras y por último a casa con Georgie, donde espero que me cuente lo del nuevo bebé, y que me diga que me quiere, esta vez de verdad.

Lo he sentido en su manera de besarme, de abrazarme.

Es algo increíble tener esperanza respecto a los sentimientos de alguien hacia mí, tan nuevos como algo que acaba de nacer, algo que acaban de plantar. Por supuesto, sé que estos chicos me cubren las espaldas; sé que Carlos haría, y ha hecho, casi cualquier cosa por mí. Sé que Hedi quiere que sea feliz; incluso sé que hay más gente en esta ciudad que jamás hubiera imaginado que quiere que me vaya bien. Y puede que algo de eso sea amor, pero si lo es, no es del tipo que podría recibir de Georgie.

Sé que lo que Georgie podría darme no se parece a nada que haya tenido en mi vida.

—Dile lo que quieras —replico y dejo el café sobre la plataforma del camión. Esta vez no me molesto en disimular mi sonrisa—. Cuando hayamos acabado aquí.

Paso unas horas con ellos, preparando el terreno y empezando la demolición de la vieja estructura. Cada vez que suena mi teléfono, intento no parecer impaciente hasta que puedo mirarlo, pero dudo que lo consiga. A primera hora de la tarde, cuando me subo a la camioneta para ir a ver a Hedi, estoy al tanto de todo, desde la llegada de Harry (¡Vomitó DOS veces!) hasta el médico de guardia (¡El apellido del médico es BOX! ¿Es gracioso o es que estoy estresada?), pasando por el estado del cuello del útero de Annabel (¡¡¡7 centímetros!!!, aunque las clases de salud de nuestro colegio fueron muy poco informativas sobre el parto). Intento llamarla, pero salta el buzón de voz, y dos minutos después, me manda un mensaje para decirme que hay MARAVILLOSAS NOTICIAS, TE LLAMO 🖤 🖤

Creo que nunca me he dado tanta prisa en una visita a Hedi desde que la conozco y también creo que nunca me he tomado tan bien las pullas que me lanza al respecto. Me dice cosas como: «¡Debes de estar demasiado ocupado para la ciencia hoy, joven Levi!», «No tienes tiempo para tu vieja profesora, ¿eh?» y «¡Eso, eso, sal corriendo de aquí; tan solo se trata del futuro del planeta!».

También me dice que tengo un mes para traer a Georgie a conocerla y me da la sensación de que quiere darme un abrazo antes de que me vaya. En lugar de eso, me da una palmadita en el hombro y me dice que he hecho un buen trabajo con las muestras que le he traído.

A mitad de camino, por fin recibo otro mensaje y me paro a mirar el móvil; es la foto que estaba esperando, la carita roja, arrugada y malhumorada de ese bebé recién nacido, con la cabeza cubierta por un gorrito de punto amarillo pálido y la manita izquierda cerrada en un puño contra la mejilla. Georgie ha enviado una hilera de emojis de corazón. Y añade: EL NOMBRE ESTÁ POR ANUNCIAR. ESTOY ENAMORADA.

Y luego, menos de un minuto después: De este bebé, pero también de ti. Vuelve pronto a casa 🖤

Puede que antes pensara que verlo en un mensaje de texto sería decepcionante; verlo cuando no puedo abrazarla, besarla o pedirle que lo repita, que lo diga de muchas maneras diferentes para que pueda elegir mi favorita. Pero ahora que lo tengo delante en la pantalla, me doy cuenta de que me alivia estar solo la primera vez que me lo ha dicho. No podría explicarle ni siquiera a Georgie por qué este momento es tan privado para mí, por qué pulso el botón del lateral de mi teléfono para que la pantalla se oscurezca, por qué cierro los ojos y apoyo la cabeza contra el reposacabezas de mi asiento, abrumado por el alivio. Sé que el hecho de que Georgie me ame no lo es todo y sé que tenemos mucho que arreglar entre nosotros.

Pero ahora mismo, después de lo que le dije anoche, lo es todo para mí.

Todavía estoy en una nube cuando llego a casa, contento de que nadie más que Hank esté aquí para verme sonreír para mis adentros. Le dedico más atención que de costumbre, le pongo como una moto y le animo cuando sale disparado por la puerta y corre en círculos, derrochando alegría; un cuerpo inquieto que celebra la llegada de papá a casa. Es bueno observarle; es una especie de lección. A Hank siempre se le ha dado bien recordarme lo que es la felicidad. Cuando entramos de nuevo, me sigue los talones, dando saltos y jadeando, y le cuento que voy a asearme y a preparar una gran cena. Me abstengo de decirle que su madre va a volver a casa, aunque por los pelos.

En el dormitorio siguen presentes las señales de las prisas de Georgie; un sujetador encima de mi cómoda; un montón de cosas que deja en la silla del rincón, la mayoría en el suelo; mi vieja sudadera con capucha tirada a los pies de la cama sin hacer. Estoy acostumbrado a que Georgie deje cosas fuera de su sitio y por ahí, pero tengo la costumbre de ponerme a hacer la cama y ordenar parte del caos que ha dejado.

No es mi intención ver su cuaderno abierto encima de las sábanas, pero tampoco le doy mayor importancia. Ya he visto a Georgie con él docenas de veces. He formado parte de ese cuaderno, aunque nunca haya mirado dentro.

No quiero verlo, pero lo veo.

Abierto de par en par, lleno de su letra, sin un hueco en blanco. Con corazones y signos de exclamación por todas partes.

Y el nombre de mi hermano llenando la página.

Cuando llega a casa, se parece a mí hace una hora; rebosa entusiasmo y saluda a Hank de una forma que lo pone nervioso y feliz.

—Leviiiiiiiiiiiiiiiiiii —me dice, de esa forma entusiasta y abierta tan típica de ella. Me encanta cómo suena y odio no poder oírla bien, odio llevar media hora diciéndome que lo que he visto en el cuaderno no importa y odio saber que en el fondo no le he hecho caso.

Me encuentra en la cocina, con las manos metidas en el bol de la mezcla que estoy amasando para las hamburguesas vegetarianas que estoy preparando, intentando ejecutar exactamente el mismo plan que tenía antes de ver lo que he visto: preparar la cena, mirar las fotos que sé que tiene para enseñarme, oír todo sobre Annabel y sobre lo que ha pasado desde que la dejé durmiendo en la cama esta mañana. Pero cuando se arroja contra mi espalda, me rodea la cintura con las manos y apoya la mejilla entre mis omóplatos, me pongo un poco tenso. Es una forma de soportar el mismo dolor que sentí cuando miré hacia abajo y vi el nombre de Evan por todas partes, al lado del de Georgie como la mejor cita que podría haber imaginado.

Respiro hasta que pasa, concentrándome en liberar la tensión, y agradezco que Georgie no parezca darse cuenta. Se pone de puntillas, me da un beso en la piel entre el cuello de la camiseta y la raíz del pelo.

—¡Tengo diez millones de cosas que contarte! —dice.

Me aclaro la garganta.

—¿Sí? —Mi voz suena áspera, grave. No es lo que quiero, pero es cuanto tengo, ya que este obstinado dolor recorre todo mi ser, aun cuando sé que no tiene sentido. Aun cuando sé que es injusto e inmaduro.

Aun cuando sé que es un problema.

Pero ella está demasiado absorta, demasiado desbordada de felicidad.

—¡Diez millones! —repite mientras me estrecha con fuerza una vez más—. Pero tengo que ducharme. No querrás saber por qué. Me ducho y después te lo cuento todo.

Me besa de nuevo en la nuca y se va, Hank la sigue y tiene una buena razón. Sabe que mi ánimo ya no coincide con el suyo. La oigo ahí dentro, charlando con él como siempre, y luego se calla y yo me quedo quieto. He dejado el cuaderno ahí, tal como lo encontré, porque no sabía qué otra cosa hacer. No quiero hablar de ello, pero ahora no sé cómo voy a poder evitarlo.

Me aparto del cuenco y voy a enjuagarme las manos al fregadero.

—Levi. —La oigo decir unos segundos después.

La veo por el rabillo del ojo de pie en el umbral entre el pasillo que lleva a mi dormitorio y la cocina. Mantengo la mirada baja, como si tuviera que concentrarme en secarme las manos.

Y entonces me armo de valor para mirarla de frente. Ahora tiene el cuaderno en la mano, cerrado y apoyado contra el muslo. Tiene una expresión en los ojos, como si nunca se hubiera sentido tan apenada por alguien en su vida.

—Me imagino que está ahí por algo más que por el baile de graduación —digo, porque me pone de los nervios verla mirarme así ahora mismo—. Pero quiero que sepas que no he fisgoneado.

Ella parpadea y en su expresión aparece un cierto deje de testarudez, que al menos es mejor que la lástima.

—Así es —dice, sin disculparse, y sé que eso está bien. Que así debe ser. Pero toda mi vida he sabido lo que estaba bien, lo que debía ser, y aun así me pasé años eligiendo lo que estaba mal.

Ahora he vuelto a esos años. A sentirme fuera de lugar, desubicado.

—Genial —digo, inexpresivo.

—Levi —da un paso hacia mí, pero no puedo abrirme, no puedo hacer otra cosa que quedarme aquí, rígido e impenetrable—, son cosas de adolescentes —asegura—. Un enamoramiento que tuve. Tienes que saberlo. Te lo habría dicho, pero no me parecía... —se interrumpe, probablemente para evitar decir la palabra «importante».

Llevo dos meses oyendo hablar de ese cuaderno y ambos sabemos que todo lo que hay ahí es importante para ella, de un modo u otro. Y después de todo lo que le conté anoche, ambos sabemos por qué ver el nombre de Evan ahí sería importante para mí.

Puede que mi cabreo sea desproporcionado, pero también creo que debería habérmelo contado.

—Todas las cosas que hemos hecho —digo, secándome aún las manos que ya no están mojadas—. La noche de cine. El muelle. ¿Escribiste que hacías todo eso con él?

Ella sacude la cabeza.

—No. No, Levi. Él no era el objetivo. Bel y yo, nosotras... —se interrumpe de nuevo, cierra los ojos y toma aire para tranquilizarse. Cuando vuelve a abrirlos, de su expresión ha desaparecido todo signo de tozudez—. Siento no habértelo contado. Ahora me doy cuenta de que debería haberlo hecho, porque nunca habría querido que te enteraras de esta manera. Jamás habría querido hacerte daño.

Asiento con la cabeza, arrojo el trapo sobre la encimera y me meto las manos en los bolsillos. «Déjalo», me digo, intentando asimilar sus disculpas, intentando olvidar todo esto. Georgie parece cansada y está hecha un verdadero desastre: el pelo se le ha escapado de la coleta y tiene la ropa arrugada. Me recuerda al primer día que la vi, y lo que quiero es aferrarme a lo mucho que han cambiado las cosas desde entonces. Quiero meterme en la ducha con ella y apretar su cuerpo contra el mío. Quiero cenar con ella y escuchar todo lo que quiera decirme. Quiero que se duerma exhausta a mi lado en el sofá; quiero llevarla a la cama y que me murmure tonterías cuando lo haga.

Pero sigo tenso, inquieto. Dolido. Esa enorme ola me ha vuelto a golpear, pero esta vez estoy debajo de ella, luchando por tomar aire. Recuerdo todas las veces que la he cagado con Georgie porque me entró el pánico los últimos dos meses; la noche que me preguntó por mi familia y salí pitando de su casa como si me pisara los talones un sabueso del infierno. La noche que sus padres nos pillaron en su sofá. Anoche, en El Nudo.

Sé que no puedo volver a hacerlo, no quiero volver a hacerlo. Quiero salir a la superficie, tomar aire y agarrarme a algo estable.

«Se acabó», pienso mientras un tímido alivio se extiende por todo mi ser. Necesito estar seguro de las cosas, seguro de ella, y será como si no hubiera visto esas páginas.

«Haz que sea resistente —pienso—. Haz bien las cosas».

—Georgie —digo—, ¿qué quieres?

Me mira con cara de sorpresa.

—¿Qué quiero...?

—Para tu vida —le digo, pero ya me doy cuenta de que no está sonando bien. Me aclaro la garganta, buscando algo estable—. Para nosotros. ¿Adónde vamos con esto?

Ella frunce el ceño, abre la boca y la vuelve a cerrar. Su tardanza y esa confusión en su cara son como una fisura en mi esternón. No puedo evitarlo; profiero un ruido, algo parecido a una burla. Impaciente y frustrado.

—Pero ¿a ti qué te pasa? —espeta, con los brazos cruzados y el cuaderno pegado al pecho—. Si es por Evan, estás haciendo el ridículo. Es contigo con quien he estado todas las noches, Levi. Es a ti a quien... —No dice lo que puso en su mensaje de texto. Se calla y aprieta los labios con fuerza durante un segundo. La fisura se hace más ancha, más profunda—. Eres tú —termina.

—No es por Evan —replico, pero sé que es mentira, o al menos que no es del todo cierto. Es por Evan. Es por Evan, por Olivia y por mi padre, y también por mi madre, y porque nunca he encajado con ninguno de ellos. Es porque he mirado ese cuaderno y durante un eterno y terrible segundo he sentido que tampoco encajaba con ella.

Intento por todos los medios arreglar esa sensación, ahuyentarla por medio de la certeza. Resolver esto entre nosotros, conseguir que ella diga que va a quedarse.

—Entonces, ¿de qué se trata? —pregunta, y todo va muy rápido.

Por primera vez desde que la conozco, esa actitud abierta de Georgie es un lastre para mí y me empuja a ponerme a la defensiva y a retraerme más a ese familiar rincón. Puedo oír la voz de Carlos un día de hace mucho tiempo en el trabajo, cuando yo era joven y estaba triste y dolido, diciéndome que fuera más despacio mientras trabajaba, que tuviera cuidado de no cometer errores.

Pero no atiendo a razones. Estoy demasiado desesperado por zanjar esto.

—Yo sé lo que quiero —digo, y hago que mi voz suene muy segura. Lo digo como si lo tuviera todo pensado para nosotros. Estoy colocando tablones y clavándolos en su sitio, para que resistan contra viento y marea—. Quiero que te quedes aquí. Puedes vivir aquí, conmigo.

Me mira fijamente, con los labios ligeramente entreabiertos. Sus mejillas palidecen.

—Y ¿qué hago yo en este plan tuyo? —dice al cabo de unos segundos de silencio que se hacen eternos—. ¿Aparte de vivir contigo?

Aprieto los dientes.

—Estarás aquí para tus padres. Puedes ayudar a Bel. Trabajar en La Ribera, si quieres. No tendré ningún problema.

Baja los ojos y mira al suelo.

—Ah —dice, y es la sílaba más triste que he oído. «Más despacio», me digo ahora, sabiendo que la estoy cagando, pero todavía demasiado a la defensiva, demasiado sumergido bajo la ola, para saber cómo hacerlo.

«Así es como me sentía antes —pienso—. Así es como empezaba los líos».

—No necesito tu permiso para desempeñar un trabajo, Levi.

Trago saliva.

—Eso no es lo que...

—Y mis padres están bien sin mí. Es probable que no tarden en volver a la carretera. Además, Bel va a volver a Washington.

—¿En serio?

Georgie vuelve a asentir.

—Resulta que ni siquiera le gusta estar aquí. Algunas reinvenciones no aguantan —aduce. Y sé que no puede referirse a mí; sé que no se referiría a mí. Pero cuando soy esta versión de mí, cuando soy la versión de mí tan próxima al chico del que le he estado hablando, cuando estoy herido y desesperado parece que sí, y la temperatura de mi interior sube—. Levi —dice en voz baja, haciendo todo lo posible para calmarme—, ¿qué estás haciendo?

—Intento averiguar si tenemos una oportunidad juntos —digo, aún impaciente.

—No es lo que haces. No en estos momentos.

—No me digas lo que estoy haciendo. Sé lo que estoy haciendo—. Señalo el cuaderno—. Uno de nosotros se ha pasado los dos últimos meses de su vida viviendo según un proyecto de hace quince años y el otro tiene una vida y una casa aquí. Un negocio que dirigir.

Georgie parpadea sorprendida y sé que en el fondo le he hecho daño. He utilizado en su contra algo que era importante para ella, para nosotros. Estoy tratando de empujarla a ese constreñido rincón conmigo y de retenerla por la fuerza, y ya sé que no va a funcionar.

Jamás funcionaría con Georgie. La franca Georgie, que se enfrenta al mundo con los brazos abiertos.

Agacho la cabeza, levanto las manos y me las paso por el pelo. Tengo el estómago revuelto y estoy en un lío mayor que cualquiera en el que haya estado.

—Uno de los dos está hecho un lío, ¿verdad?

—No es lo que quería decir, Georgie. Déjame...

—No, Levi. Me parece que esta vez no voy a dejar que te expliques.

Cuando levanto la vista, me ha dado la espalda y se dirige al dormitorio. Hank no la sigue. Se queda de pie en el espacio que ella ha dejado mientras pasea la mirada entre mi cara y ella, que se aleja.

Cuando entro en el dormitorio, Georgie tiene la bolsa de Nickel's en la mano y está metiendo en ella todo lo que puede; la ropa que tiene por ahí, su tableta. Hasta la bata que tanto me gusta.

Aprovecho para hacerle la pregunta más tonta posible.

—¿Qué estás haciendo?

Apenas levanta la vista para responderme.

—Me voy.

—Georgie, espera.

Se detiene y se endereza después de recoger una camisa del suelo, con las mejillas enrojecidas y echando chispas por los ojos.

—No, espera tú —dice, con una voz fuerte y dura que no me resulta familiar—. ¿Sabes una cosa? Tienes toda la razón en que uno de los dos vive según un proyecto de hace quince años, pero no creo que sepas cuál de los dos es.

—¿Y eso qué significa? —pregunto. Ahora es ella la que se burla, y lo hace con más frustración y condescendencia de lo que yo podría haberlo hecho jamás. Entra en el cuarto de baño y sale un segundo después con los dos botes de productos para el pelo que usa en la ducha. Me dan ganas de aullar en señal de protesta—. ¿Qué significa, Georgie? —repito, solo que con más suavidad, pero ella no deja de moverse.

—Nada de lo que has visto en este cuaderno te molestaría si estuvieras pensando en mí —dice, abriendo de un tirón la bolsa de lona y lo saca—. No te molestaría porque me conoces, Levi. Sabes dónde he estado todas estas noches, y no es con tu hermano, que es bastante simpático, aunque no para mí. —Lo arroja sobre la cama, casi en el preciso lugar donde lo encontré—. Estás pensando en ti. Estás pensando en tu familia, o en tu padre, porque llevas años intentando demostrarle si tiene razón o se equivoca respecto a ti. Piensas en ti, en ir a trabajar, en volver a casa y en no ser nunca nada más que esta versión limpia de Levi Fanning que no volverá a dar un paso en falso, porque no vas a intentar nada diferente. ¿Tú crees que vivo según un proyecto de hace quince años?

—Georgie —vuelvo a decir, porque esa temperatura dentro de mí ha bajado de forma drástica y el frío me cala los huesos.

—Que me quede aquí, ¿no? ¿Eso es lo que quieres de mí?

—Sí —asevero, pero sé que es la respuesta equivocada.

Hunde tanto los hombros que su bolsa llena casi toca el suelo. Acto seguido, se lleva la mano libre a la frente y se la frota.

—Estaba entusiasmada —dice en voz queda—. Me hacía mucha ilusión contarte lo que he descubierto hoy.

—Cuéntamelo —digo, ahora desesperado, como si intentara retener en el puño la arena más fina y seca imaginable. Doy un paso hacia ella, pero Georgie retrocede.

—No pienso hacerlo —dice, ya sin fuerzas para luchar—. Te confié esto, Levi —dice con la voz entrecortada. Señala el cuaderno—. Mi... Mi desastre.

—No pretendía...

—Y me lo has echado en cara. Precisamente esta noche. —Se enjuga una lágrima que escapa por el rabillo del ojo.

Quiero arrodillarme a sus pies, decir algo, lo que sea, para que se quede. En lugar de eso, me siento en el borde de la cama y guardo silencio. Es lo mismo que he hecho tantas otras veces que he estado en apuros. Me aíslo desde dentro, intento no ver, no oír ni sentir nada.

Pero jamás podría ignorar a Georgie de esa manera y lo sé. Sé que esto va a doler más que ninguna otra cosa.

—No me disculpo por no tenerlo todo resuelto, Levi. Pensé que tal vez tú y yo podríamos..., no sé..., descubrir algunas cosas juntos, poco a poco. Pero tal vez no estés listo para eso. Tal vez necesites hacerlo solo.

Y sí, no me equivocaba. No puedo ignorarla, porque la veo marchar. La veo salir por el pasillo con la bolsa al hombro, la oigo susurrarle en voz queda a Hank y oigo el tintineo de su collar, que de algún modo denota confusión.

Y cuando la puerta se cierra tras ella, sigo sintiéndolo todo.

21

Georgie

Una ventaja de aceptar por fin tu yo del presente, tu yo del momento, es que ya no tienes que pensar en que, por poner un ejemplo al azar, el hombre al que amas y tú os peleasteis hace dos noches. De igual modo, y por poner otro ejemplo útil al azar, ya no tienes que darle vueltas a lo que podría ocurrir dentro de dos noches, de dos horas o quizá de dos minutos, respecto a si es posible que ese hombre con el que te peleaste solucione sus problemas y te llame.

Eres libre de ser, sin más.

En teoría.

—Entonces, ¿concierto la próxima cita?

Miro desde el otro lado del mostrador a la mujer que tengo delante y parpadeo. A juzgar por la sonrisa amable y algo confusa de su rostro, me doy cuenta de que esta pregunta forma parte de una serie, como si ya hubiera dicho, al menos, otras tres cosas que no he oído. Su piel morena luce lisa y resplandeciente gracias al tratamiento facial y sus cejas, que le hizo la esteticista que contrató el balneario la semana pasada, tienen un aspecto increíble.

—¡Oh, lo siento! —digo—. ¿Me he despistado?

La confusión desaparece de su sonrisa y se transforma en cierta comprensión.

—¿Quién no lo está hoy en día?

Me río de forma profesional y me dirijo al único ordenador del *spa* para abrir el programa de reservas. Siempre tarda en cargarse, y para evitar que dedique este tiempo muerto a seguir fracasando en mi intento de ceñirme a la teoría y no pensar en Levi, decido entablar una charla con la clienta.

—No cabe duda de eso —respondo, con animación fingida, aunque resulto convincente—. Hoy más de lo habitual en mí. —En lugar de añadir: «¡Porque escribí un diario cuando estaba en octavo, en el que aparece el nombre del hermano de mi novio por todas partes, y mi novio lo encontró! ¡Y luego, llevado por el pánico, me ofreció un lugar para vivir y encima me insultó!», digo—: ¡Mi mejor amiga ha tenido un bebé! Ayer le dieron el alta en el hospital.

—¡Qué maravilla!

Asiento con la cabeza. Por fin consigo que cargue el programa de reservas.

—Sonya Rose —digo, haciendo clic en varias pestañas—. Tres kilos y cuarenta y nueve gramos.

—Es un nombre precioso —dice la mujer, y yo vuelvo a asentir.

—Por la madre de mi mejor amiga. —Se me forma un nudo en la garganta al pensar en ello o quizá es que se me forma un nudo cada diez o veinte minutos desde hace dos días. Y no de forma teórica.

La clienta, que el programa de citación me dice por fin que se llama Tasha, se da cuenta claramente de mis ojos llorosos, pero no quiere ponerme en un aprieto.

—¿Tiene alguna foto? —pregunta con amabilidad.

Por suerte para ella, tengo diez mil fotos. Quizá sea una exageración, pero no demasiado. Ayer fui con mis padres a ver a Harry, a Bel y a la pequeña Sonya a su casa, y menudo aluvión de fotos, más aún que en el hospital. Sonya apenas hizo otra cosa que dormir, pero era el sueño más fascinante y hermoso que jamás había visto, y además, estar cerca de ella, verlos a Bel y a Harry con ella, hizo que me mantuviera anclada en el presente. Los bebés y sus flamantes padres necesitan mucho apoyo para hacer lo mejor para ellos en el momento y yo estaba feliz de poder dárselo.

—Es preciosa —dice Tasha, mientras paso a otra foto.

—En esta se le ven las uñitas. ¿Ha visto alguna vez algo así?

Tasha se ríe.

—Yo tengo un par en casa. —Su voz deja entrever cierta indulgencia y paciencia, lo que significa que me he pasado con las fotos.

Agarro mi teléfono del mostrador, haciendo una mueca.

—¡Lo siento! Me he emocionado un poco.

—Es usted una tía estupenda.

Su sencillo y amable cumplido hace que me emocione de nuevo y vuelvo a centrarme en lo que necesita, que le dé la próxima cita para el tratamiento facial y la depilación con hilo, pagar su factura y obsequiarle con la bolsita de muestras que entregamos a los clientes después de cada servicio. Cuando se la guarda en el bolso y me da las gracias, ya estoy inquieta al saber lo que en teoría va a ser, sin duda, mi nuevo fracaso una vez que se haya ido; es mi primer turno después de volver al trabajo tras el nacimiento de Sonya, tras lo ocurrido con Levi, y cada vez que he dispuesto de más de cinco minutos a solas me he distraído igual que me ha pasado con Tasha. No ayuda nada que sea un día tranquilo, sin muchas reservas programadas, y que todavía me queden aquí otras tres horas antes de empezar un turno de la cena en el restaurante.

Pero mientras Tasha sale por la puerta, otra persona entra, y durante un instante me siento aliviada. Tal vez esta persona mire las 9.775 fotos para las que Tasha no tuvo tiempo.

Pero entonces me doy cuenta de que es Olivia Fanning.

Trago saliva y me levanto de la silla a la vez que me aliso la camisa del uniforme. Estoy inusualmente nerviosa en su presencia, porque no la he visto desde la noche de El Nudo, la noche en que les dije a Evan y a ella, sin rodeos y de forma brusca, que Levi y yo estábamos juntos. Ahora no ha pasado ni una semana y no solo sé algo más, algo horrible, sobre la historia de la familia Fanning, sino que también sé que ya no hay un Levi y yo.

—Hola, Georgie —dice, y está claro que ella también está nerviosa, pues se sonroja y levanta la mano para atusarse el pelo, ya de por sí perfecto.

—Hola —respondo, sin mi habitual entusiasmo. Está apagado bajo el peso de mi tristeza.

Ella respira hondo antes de volver a hablar.

—Me alegro de verte aquí. Nos... Nos preocupaba que no volvieras —dice, y yo arrugo la frente, confusa—. Ya sabes, después de... —se interrumpe, sin terminar la frase, aunque sé de qué se trata. «Después de que os viéramos salir a ti y a Levi»—. Y luego llamaste el otro día para decir que no venías.

—Bueno, no fue porque... —Ahora es mi voz la que se apaga, también sin terminar la frase—. Annabel tuvo a su bebé —digo en su lugar—. No vine porque estaba en el hospital con ella.

Liv abre los ojos como platos y la incomodidad entre nosotras desaparece por ahora.

—¡Vaya! —dice—. ¿Tienes fotos?

Olivia está aún más interesada que Tasha y se emociona al ver las uñitas de Sonya. Durante unos cuantos minutos vuelvo a estar en el presente mientras le hablo a Liv de cada foto como si hubiera algo que explicar sobre un bebé en reposo. Pero al cabo de un rato, la sonrisa suave y algo familiar de Liv empieza a afectarme, ya que me recuerda a Levi, la persona a la que más he echado de menos en los últimos dos días. La persona a la que temo acabar echando de menos para siempre.

Debo de quedarme callada, porque Olivia deja mi teléfono sobre la encimera.

Se aclara la garganta.

—¿Vamos a hablar de ello? —aventura, y yo levanto la vista para mirarla—. De ti y de mi hermano —añade—. De Levi.

—Oh. Bueno...

—Porque aquí nadie va a causar problemas porque os veáis. Ni porque estéis juntos o lo que sea. Si te preocupa eso. Ni Evan ni yo le diremos nada a mi padre.

—Me da igual que se lo digas a tu padre. —Prácticamente... le espeto, y ella parpadea por la sorpresa. Así que busco en mi cerebro alguna respuesta apropiada sobre mi situación con Levi, y ahora estoy muy cabreada, furiosa, por él—. ¡Qué narices, yo se lo diré a tu padre! ¿Está hoy aquí? Que intente decirme algo sobre Levi.

Enfatizo mis palabras metiendo el bolígrafo que Tasha ha dejado en el mostrador otra vez en la taza que guardamos junto al datáfono.

—¿Que lo... intente?

Cruzo los brazos sobre el pecho y la miro. Tiene las cejas enarcadas y expresión de desconcierto.

—Seguro que quieres a tu padre, y puede que tengáis una buena relación, pero seguro que sabes que se ha portado fatal con tu hermano. Y sí, sé todos los problemas en los que se metió Levi cuando era más joven. No hace falta que saques el tema.

—No lo haré —dice, todavía desconcertada, pero no me detengo.

—¡Bien! Porque era un crío y ahora es un hombre adulto maravilloso, responsable y simpático, aunque en El Nudo no lo pareciera. —«O en su casa la otra noche», me dice mi cerebro, pero lo ignoro—. Y si tu padre no fuera tan idiota, a lo mejor tendrías la oportunidad de saber eso sobre tu hermano.

Vuelve a parpadear despacio, dominada por la sorpresa. Me doy cuenta de que la Georgie que vive el presente acaba de llamar «idiota» al padre de Olivia, y también mi jefe, pero no voy a disculparme porque lo decía en serio. Sobre todo porque la Georgie que vive el presente está más enfadada con Cal Fanning que con su hijo. Me estremezco al recordar lo que le dije a Levi antes de salir de su casa la otra noche.

«Llevas años intentando demostrarle si tiene razón o se equivoca respecto a ti».

—¡Vaya! —dice Liv—. Así que estáis... juntos de verdad.

Durante un humillante segundo siento que voy a echarme a llorar. Pero me reprimo con todas mis fuerzas. No quiero mentir, así que le digo la verdad.

—Estoy enamorada de él.

—¡Vaya! —repite.

—Es una persona que se merece que la quieran.

Sigo... Sigo muy enfadada con Levi, muy dolida por la forma en que me trató la otra noche, muy frustrada porque tomó algo que debería haber sido maravilloso y lo convirtió en algo doloroso. Estoy furiosa porque me robó un momento presente perfecto, y lo convirtió en algo relacionado con un futuro que quería crear para él. Con un pasado que no puede olvidar.

Pero también tengo razón sobre lo que le he dicho a Olivia.

Y es importante que le diga por qué.

—Sé que ahora no conoces muy bien a Levi —le digo, con la voz temblorosa, pues las lágrimas me están ganando la batalla—. Pero te lo estás perdiendo. Es una persona muy trabajadora, pero es humilde. Y también es... muy bueno. Seguro que no lo recuerdas así. Pero deberías verlo con su perro. O con mis padres. O si alguna vez te apetece... hacerle una cena que sea un auténtico fracaso. También le interesan muchas cosas. Grandes cosas. Siempre está leyendo sobre el cambio climático y sobre la bahía y... qué sé yo. Todo lo que tiene que ver con las plantas y con el agua. —He tomado carrerilla, aunque lo que digo es cada vez más caótico e inconexo. La Georgie del presente es un desastre—. Tiene la casa limpia, cocina, tiene cojines y también... ¿adornos? —Tomo la decisión de no mencionar Pinterest—. Le daría dinero a cualquiera para que pagara un batido. Casi nunca se ríe, pero tiene un gran sentido del humor, y un poco tonto. Levi... presta atención de verdad. Puedes estar hablando con él durante mucho tiempo sobre todo tipo de cosas, pero no pierde detalle de nada. Presta atención.

—Recuerdo eso de él —dice en voz baja, con rapidez, justo en el momento en que tomo aire a fin de prepararme para seguir con mi caótico discurso. Es tiempo suficiente para que vea la humedad que se acumula en sus ojos—. Siempre me escuchaba cuando le hablaba de cine —dice—. Cuando estaba.

En ese pequeño añadido, percibo un mundo de dolor que me quita parte de las ganas de pelear. No me arrepiento de nada de lo que le he dicho a Olivia, pero me doy cuenta de que a ella también le debe de doler. De una forma diferente a la de Levi, estoy segura, pero no creo que sea menos válida. No me cabe duda de que el hecho de que repudien a tu hermano mayor, y que sea la noche en la que te ha pasado algo espantoso, sería bastante traumático, y eso sin mencionar los años anteriores en los que estoy segura de que en la casa de los Fanning se respiraba un ambiente de tensión por las constantes peleas entre Levi y Cal.

Aprieto los labios y al final descruzo los brazos. En este momento, solo me siento libre de estar triste y cansada y de necesitar desesperadamente un abrazo, pero no creo que sea correcto pedirle uno a Olivia, no después de todo eso.

—Georgie —dice.

—¿Sí?

—Yo... —Hace un gesto por encima del hombro, indicando vagamente que se va a ir, tal vez a su oficina, tal vez fuera, tal vez a llamar a una amiga para hablar de la empleada que insultó a su padre en su cara—. Espero que no te vayas de aquí —dice—. Me caes bien. Le caes bien a todo el mundo. Nos has ayudado mucho.

—Oh —digo.

Este giro hacia asuntos laborales me pilla por sorpresa, a pesar de que estamos literalmente en un entorno profesional. Pero, al mirar a Olivia, me doy cuenta de algo; reconozco algo. Algo que tiene en común con el hermano al que he intentado presentarle de nuevo con mi espontáneo discurso. Recuerdo la noche en que le hablé por primera vez a Levi sobre Evan, de pie en casa de mis padres mientras recogíamos después de aquella desastrosa primera cena. Recuerdo la noche en que me besó por primera vez en su sofá y que salió corriendo a la primera oportunidad.

Está siendo más amable, pero lo que busca es una forma de salir de esto por ahora. La manera de escapar de algo que le resulta duro, de algo que duele.

Mi corazón desborda afecto por ella.

—Gracias —le digo—. Tú también me caes bien. Y me gusta trabajar aquí.

No prometo nada más, porque no tengo ni idea de si seguiré trabajando en el hotel. Pero sé con certeza que no voy a dejarlo por lo que pasó con Levi.

Liv asiente con una pequeña sonrisa y vuelve a hacer el gesto para indicarme que se tiene que ir. Yo le devuelvo la sonrisa e intento que transmita comprensión y una disculpa. Estoy agotada y me siento aliviada cuando ella está casi en la puerta. Tengo que intentar, teóricamente, sacarme a Levi de la cabeza durante el resto de la jornada laboral.

Pero, antes de abrirla, se detiene y se vuelve hacia mí.

—Me alegro de que mi hermano te tenga a ti —dice.

Luego se va, y sé que ya ni siquiera voy a molestarme en intentarlo.

Cuando llego a casa de mis padres por la noche, después de haber terminado mi turno en el *spa* y de pasar directamente al turno de la cena en el restaurante, donde sé que no he conseguido fingir del todo ser la misma de siempre, casi me divierte mi estrepitoso fracaso cuando se trata de no pensar en el pasado ni en el futuro, haberme pasado casi toda la jornada laboral reviviendo mi pelea con Levi o ensayando diferentes formas en las que podría llegar a él o, mejor aún, formas en las que él podría llegar a mí. He debido de mirar el móvil cada quince minutos, esperando uno de esos torpes mensajes de «Ven».

Ojalá pudiera decir que me alegro de ver a mis padres en el patio, a mi padre rasgueando un viejo banjo que suele guardar en la caravana mientras mi madre le mira con ojos soñadores. Pero la verdad es que tengo que obligarme a bajarme del Prius y a acercarme a la mesa, sobre la que hay encendidas unas velas de citronela, porque toda la escena me hace anhelar a Levi.

Me desplomo sin elegancia en un asiento junto a mi madre, gimiendo de cansancio.

—¿Un día duro, George de la Jungla? —pregunta mi padre.

No puedo evitar reírme, ya que hacía tiempo que no oía eso.

—Un día largo. Un día estresante.

—¿Quieres una gominola? —replica mi madre de forma alegre.

Lo dice muy en serio, pero esto también me hace reír. A lo mejor sí que me alegro de verlos por aquí.

—Esta noche no, mamá —digo.

—Como quieras. Yo siempre me como una gominola cuando tu padre y yo nos peleamos.

Mi padre resopla.

—Hace una década que no nos peleamos.

—Lo sé —aduce, animada—. ¡Eso es porque me como una gominola!

Los dos se ríen y mi padre toca una cómica cancioncilla con su banjo. Me uniría a ellos, pero detrás de este intercambio de bromas hay algo real: mis padres saben que Levi y yo no estamos bien.

—¿Quién ha dicho que me he peleado? —pregunto.

Mi madre me señala con un dedo un poco torcido.

—Lo dice tu cara.

Mi padre expresa que está de acuerdo.

—¿Quieres contárnoslo?

Suspiro y echo la cabeza hacia atrás para mirar el cielo despejado, los puntitos de luz de las estrellas que alcanzo a ver a través de las hojas que se agitan con suavidad. Lo primero que me viene a la cabeza es decir que no, que estoy demasiado cansada para contárselo o que no quiero hablar de ello. Después de la escena de hoy con Liv, probablemente no se puede confiar en que diga algo coherente al respecto. Tal vez acabase repitiendo todo el discurso, pero incluyendo los detalles sobre Pinterest esta vez.

Pero entonces recuerdo dónde estoy y con quién estoy: en la disparatada casa de mi infancia, con mis disparatados padres. Me inunda la misma sensación de bienestar que sentí cuando llegué a esta casa hace semanas, con el diario imaginario en el asiento de al lado, la cabeza convertida en un hervidero de pensamientos sobre Nadia, Bel y el vacío que tanto me agobiaba.

Este era un buen lugar al que venir a parar y no hay razón para pensar que ahora no lo sea.

Así que se lo cuento todo. Lo de Nadia, lo de Bel, lo del diario imaginario. Lo del gran espacio en blanco y que se ha ido haciendo más y más pequeño mientras yo estaba aquí. Lo que pasó Nickel's Market con la señora Michaels y con los batidos. Que Hank se enamoró de Rodney y que las velas de citronela de la mesa me recuerdan a la mejor pizza que he comido nunca. Les cuento lo de Sott's Mill, lo de la pintura en aerosol y lo del agua del muelle de Buzzard's Neck. Les hablo de las películas de terror y de lo bien que besa Levi. De lo sobreprotector que es Harry, de la pena de Bel, de mi miedo y mi inseguridad y de lo que Bel dijo que era mi don.

Levi, Levi, Levi. Les cuento muchas cosas sobre Levi, cosas que no he querido contar a nadie pero que sé que puedo confiarles a ellos. Los problemas en los que se metió, la escuela a la que lo enviaron.

La noche en que lo perdió todo.

Las cosas que me dijo, una vez que vio el diario imaginario.

Las cosas que quería decirle antes de que lo hiciera.

Cuando por fin termino, las velas de citronela se han consumido bastante y mi padre ha dejado su banjo en la silla de al lado. Podrían ser las cuatro de la mañana o medianoche; no estoy segura. Estoy más cansada, pero menos agobiada.

—¡Qué viaje tan largo y extraño! —dice mi madre.

—¡Tengo que decírtelo, melocotoncito! —añade papá—. ¡Has pasado por muchas cosas!

Asiento con seriedad y bebo un sorbo de su taza para humedecer mi garganta, ahora un tanto irritada. Hace tiempo que se ha quedado frío y es muy probable que me haga soñar con nubes que hablan o animales con pies humanos, pero tengo demasiada sed para que me importe.

—Y ahora ¿qué? —pregunta mi madre, y quizá sea el té, pero la frase me parece importante. No se parece al tenso y tajante «¿Adónde vamos con esto?» de Levi, una exigencia de futuro. Mi madre dice «Y ahora ¿qué?» porque mi madre se parece mucho a mí.

Qué hacemos en el presente. Qué sería lo mejor ahora.

Lo aprendí de ella. De mis padres.

—Quizá debería llamarle —digo, porque ¿acaso oír su voz y asegurarme de que está bien no sería lo mejor? ¿Decirle que estoy enfadada, pero no para siempre; decirle que tenemos mucho de qué hablar? Decirle...

—No lo creo, Georgie —dice mi padre, y como no ha usado ningún apodo sé que definitivamente debería prestarle atención.

—¿No?

Menea la cabeza y se lleva las manos a la barriga. Lleva una camiseta de *The legend of Zelda* y me da que hoy no se ha duchado todavía, pero de alguna manera me parece la persona más inteligente del mundo.

—Ahora entiendo que Levi hiriera tus sentimientos con lo que dijo. Y claro que no me gusta nada. No, no me gusta.

—No —repite mamá.

—Pero, por lo que has dicho, Levi también ha hecho muchas cosas para demostrarte su valía estos dos últimos meses.

—Cierto, cierto —apostilla mi madre; una muletilla innecesaria, pero reconfortante.

—Y le has dicho que tiene algunas cosas que pensar bien.

—Hum, eso le dijo —añade mi madre.

Paseo la mirada entre los dos. Como solo he tomado un sorbo de té y cero gominolas, me están dejando fuera del críptico círculo en el que examinan la situación y en el parecen participar los dos. Extiendo las manos, con las palmas hacia arriba, en un gesto que espero que transmita de forma clara «¿Y bien?», lo que viene a decir: «¿Qué se supone que tengo que hacer ahora?».

Mi padre sonríe.

—¿Has dicho que le quieres?

—Sí —respondo. No hay duda.

—¿Quieres estar con él? —pregunta mi madre.

—Sí.

Mi padre se encoge de hombros.

—Entonces quizá lo mejor que puedes hacer por él, por los dos, es darle algo de tiempo para que piense lo que dijiste que tenía que pensar.

De nuevo me quedo mirando a uno y otro lado y, durante unos segundos, estoy segura de que esperan que ate cabos yo sola. Pero es medianoche, o las cuatro de la madrugada, y en realidad esta vez necesito que alguien haga lo mejor para mí en este momento.

—Georgie, por lo que dices, tú has tardado dos meses en descubrir...
—empieza mi madre al fin.

—Bueno, Shyla, ¡más de dos meses! ¡Nos ha dicho que lleva años con esa sensación de vacío!

Mi madre asiente, moviendo ese dedo torcido a la vez que la cabeza.

—¡Cierto, lleva años! Has tardado años en descubrir de qué se trataba. Fue necesario que encontraras ese diario imaginario y que hicieras un paréntesis de dos meses en tu vida.

Se me cae el alma a los pies.

«¿Años?».

—No estamos diciendo que Levi tarde años —dice mi padre.

—No —vuelve a añadir mi madre, y yo me aferro a esta repetición en particular como si fuera un bote salvavidas.

«Años no», me digo.

Entonces mi padre se inclina hacia delante, separa las manos y pone una sobre las mías.

—No conozco a Levi tan bien como tú, pero he vivido aquí lo suficiente como para saber lo duro que es. ¿Y sabes por qué es tan duro? —Es la clase de pregunta que no quiere que responda—. Es duro porque nunca ha contado con el apoyo de nadie —continúa mi padre—. Por estos lares nadie ha sido amable con Levi Fanning durante mucho tiempo y seguro que eso a veces le causa problemas. Sobre todo cuando se trata de asuntos del corazón.

Parpadeo cuando me sobreviene otra repentina oleada de lágrimas. Quiero ser el apoyo de Levi. Quizá debería haberlo sido la noche que vio el diario. Dijo cosas que me hicieron daño; lo manejó todo mal. Pero ¿debería haberme quedado de todos modos? ¿Debería haberle dado apoyo en vez de mostrarme severa, aunque me hubiera costado la vida misma?

Sé que mi padre se da cuenta de que estoy inquieta, de que tengo ganas de levantarme y hacer lo que es mejor ahora mismo, porque vuelve a darme palmaditas en la mano para tranquilizarme.

—Por aquí, todo el mundo piensa que es una auténtica suerte nacer con el apellido Fanning. Esa familia tiene mucha clase. Tiene mucho dinero, mucha historia. ¡Santo Dios, por lo que dices, dos de esos niños ni siquiera tuvieron que pensar en qué tipo de trabajo tendrían que buscar algún día! Eso es impresionante —continúa. Yo trago saliva con fuerza, pues ya sé adónde quiere ir a parar—. Nosotros no te hemos dado una vida así y tampoco lo pretendíamos, Georgie. Intentamos darte otros tipos de oportunidades en la vida.

Después de dos meses aquí, después de dos meses estudiando ese cuaderno, estando con Bel y enamorándome de Levi, es ahora cuando veo todas esas oportunidades con claridad. Me animaron a hacer amigos, a probar cosas nuevas, a equivocarme. Me dieron el espacio para ser una página en blanco, para ser un desastre; nunca me trataron como a su marioneta. Me dieron lo que necesitaba, pero nunca me dijeron lo que tenía que querer. Se aseguraron de que tuviera un lugar al que acudir cuando por fin estuviera preparada para averiguarlo.

Me querían, pasara lo que pasase. De manera incondicional.

Me limpio las lágrimas que me resbalan por las mejillas mientras le doy las gracias en voz queda, de manera caótica e insuficiente. Mi madre arrima su silla a la mía y me pasa el brazo por los hombros para estrecharme lo mejor que puede.

—No puedes serlo todo para Levi, Georgie. Igual que tu padre y yo no podíamos serlo todo para ti —dice—. Has hecho bien en darle tiempo. Tienes que dejar que se lo tome unos días.

—Y estar a su lado cuando esté listo —apostilla mi padre—. Ten fe.

Vuelve a agarrar el banjo y toca una suave melodía. Mi madre se recuesta de nuevo en su silla y parece que hubieran vuelto a estar como estaban cuando he llegado a casa.

—De todos modos, tienes mucho que hacer —dice mi madre, rompiendo el silencio.

La miro y arqueo las cejas.

—Todo eso que creías que querías, no todo era por Levi, ¿verdad? —Hace un gesto con la mano—. Haremos algunas manualidades juntas. Ve a ver a ese precioso bebé. Puedes ayudar a tu padre con la persiana. Ve a bailar, si te apetece.

Lo que me está dando hace que mi corazón se llene a reventar.

Algo que mis padres me han dado toda la vida. Algo que siempre he dado por sentado.

Me está dando algo en el presente.

Su apoyo.

22

Levi

Tenía once años la primera vez que me metí en líos, en líos serios fuera de casa. Era sábado, y por aquel entonces los sábados eran días importantes para mi padre en lo que se refería al hotel. Cuando hacía buen tiempo, como aquel día, estaba en el campo de golf, jugando con los huéspedes importantes, estrechándoles la mano y hallando la manera de hablar de sus planes para el futuro de la propiedad. Yo había ido con él al campo unas cuantas veces, vestido con pantalones tiesos, zapatos incómodos y un polo a juego con el suyo, con la intención de parecer uno de esos planes de futuro. Pero mi padre no tardó en descubrir que yo era demasiado taciturno para estar allí, que no me interesaba nada estrechar manos ni sonreír, y aquel día se había llevado a Evan con él.

Los sábados de golf no solo se jugaba al golf, sino que toda la familia cenaba en el hotel, vestida de punta en blanco y a la vista de los invitados. Mi padre pedía por todos, uno de los platos especiales para cada uno de nosotros, así que los platos también salían y se veían, y daba igual si lo que nos ponían delante era algo que nos apetecía comer. Buenos modales. Sonrisas cordiales. Interrupciones frecuentes y bienvenidas de la gente que se acercaba a saludar, a estrecharle la mano a mi padre y a hacerle cumplidos.

Una familia feliz, una familia de éxito.

Odiaba esas cenas.

Aquel sábado había decidido no ir; me entusiasmaba la idea de no ir. La semana anterior, mi padre había guardado mi bicicleta bajo llave en el cobertizo de atrás en un castigo por volver del colegio con una nota de mi profesor sobre mi negativa a participar en alguna que otra actividad de clase. Pero no iba a dejar que el hecho de no tener bicicleta me detuviera. Sin duda, habría podido abrir el cobertizo por la fuerza y sacarla, pero eso solo demostraría que me había quitado algo que me importaba. Así que aquel día salí de casa a pie mientras mi madre se duchaba y la niñera estaba ocupada con Olivia. Caminé cinco kilómetros hasta el Food Lion, situado en la frontera entre Darentville e Iverley, y agarré un puñado de bolsas de plástico de una caja en la que no había nadie. Luego empecé a llenarlas de todo lo que me pareció que no se parecía en nada a ningún plato especial de la cocina de nuestro hotel. *Doritos.* Una bandeja de magdalenas, casi todas glaseadas. Un bloque de queso cheddar. Bolsas de caramelos.

Al final, estaba claro que no iba a salir sin llamar la atención. Llegué a la primera puerta automática antes de que el gerente de la tienda, que resultó que me había estado observando todo el tiempo, me agarrara por el cuello de la camiseta y me llevara de vuelta detrás del mostrador de atención al cliente, donde un par de personas que hacían cola para cobrar cheques o comprar lotería intentaban no quedarse mirando. Me senté en una silla de plástico y, con toda tranquilidad, le di al encargado el número de la recepción de La Ribera.

Me sentí grande. Satisfecho. Victorioso.

Pero tuve que estar sentado en esa silla durante mucho tiempo y hasta un niño de once años se pone a pensar después de un rato. Echaba mucho de menos mi bicicleta. No me gustaban las magdalenas. La niñera que teníamos en casa era una buena persona y seguro que ahora mi madre le echaría la bronca. Seguro que a quien atendiera el teléfono de recepción no le haría ninguna gracia ir a buscar a mi padre y tener que decirle quién llamaba y por qué.

Estaría bien que todas esas reflexiones me hubieran impedido seguir causando problemas, pero el caso es que un niño de once años no siempre saca las conclusiones correctas. En lugar de dejar de causar problemas, lo que hice a partir de entonces fue buscar la manera de no pensar en lo que había hecho.

Pero, más de veinte años después, sé que he perdido ese talento.

Porque después de que Georgie se fuera no hago otra cosa que pensar. En que le hice daño.

Que le hice daño porque yo estaba dolido.

Han pasado tres noches desde que se marchó y todas las he pasado en el mismo sitio en el que estoy ahora, en mi muelle, frente al agua, con Hank tumbado con la barbilla apoyada en mi bota, como si me anclara al suelo. Como si se asegurara de que no me vaya flotando.

Me dijo que tenía que pensar algunas cosas y creo que el problema es que ya lo he hecho. Le he dado vueltas a esa noche una y otra vez en mi cabeza y todo se reduce a que vi el interior de ese cuaderno y un agujero se abrió dentro de mí. Y después de eso me desquité con ella. Hice que se sintiera un desastre, que se sintiera pequeña. Le propuse algo, pero no era real. Era yo tratando de encajarla en un lugar que me llenara de nuevo. Que me hiciera sentir mejor, más seguro, más estable.

Creo que lo que he descubierto es que no me merezco a Georgie Mulcahy.

Hank levanta la barbilla de mi pie y mira hacia el patio, aguzando las orejas. Ha hecho eso muchas veces las tres últimas noches, esperando a que ella volviera.

—Ponte cómodo —digo, como todas las veces que lo ha hecho. Su inquebrantable e incesante esperanza es casi tan dolorosa como todo lo demás.

Espero a que suspire y vuelva a apoyar la barbilla, pero esta vez no lo hace. En lugar de eso, se levanta, mueve la cola y al cabo de unos segundos oigo que se acerca un coche. Es demasiado ruidoso para ser el de Georgie, aunque no tenía ninguna esperanza de que lo fuera. Me siento en la silla y me froto el pelo y la barba con las manos, pues sé que, sin duda, tengo un aspecto terrible, cansado y desaliñado, aunque no me importa. Lo más probable es que sea Laz o Micah, que vienen a ver cómo estoy, ya que hoy me he largado de una obra. Si tuviera algún interés en ser educado, me levantaría, me daría la vuelta, me acercaría y saludaría a cualquiera de ellos. Fingiría que estoy bien.

Pero como no tengo ningún interés en eso, me quedo donde estoy mientras espero oír de un momento a otro a uno de mis compañeros echarme una pequeña regañina por ser un vago.

En lugar de eso, oigo una frase que antes me resultaba familiar.

—Hola, Lee.

Hank se acerca y empuja contra mi mano, intentando sacarme de mi parálisis temporal al oír el saludo de mi hermano, que suena exactamente igual que hace años.

Sin embargo, cuando por fin me pongo en pie y me giro hacia él, sigue siendo un adulto, igual que la otra noche en El Nudo. Ahora va vestido de forma más informal, con unos vaqueros, zapatillas de deporte, una vieja camiseta de la Universidad de Virginia y una gorra de béisbol que le cubre los ojos. Vestido así, de pie, con las manos en los bolsillos y los hombros encogidos, él y yo nos parecemos tanto que me duele el pecho.

«Lárgate», me oigo decir hace años, y me doy cuenta de que no voy a decir nada parecido ahora.

Porque ya no es un niño. No se parece en nada a mi padre y sí se parece mucho a mí.

Por primera vez en años, saludarle me resulta algo natural.

—Hola, Evan.

Mi hermano me mira durante largo rato y me pregunto si, en cierto modo, está haciendo lo mismo que yo. Mirarse en algo que no es exactamente un espejo, pero que se le parece mucho. Intentando hacer algo distinto de lo que hicimos cuando nos vimos la otra noche.

Se aclara la garganta.

—Bonito lugar el que tienes aquí. Oí que te lo habías quedado tú.

Asiento mientras le veo contemplar la propiedad.

—Gracias. He tenido suerte.

Nos quedamos en silencio y Hank... En fin.

Hank se tira un pedo.

Agacho la cabeza y suspiro.

Evan se ríe. Siempre ha sido de risa fácil.

—Buen chico —dice. Se agacha y le abre los brazos a Hank—. No sé cómo habríamos superado ese momento sin ti.

Le frota las orejas y el pecho a Hank y deja que este le lama la barbilla. Toda su alegre franqueza con mi perro hace que mi cerebro vuelva a funcionar lo suficiente como para preguntarme por qué ha venido. Por su forma de actuar, no puede ser nada demasiado malo, pero después de todo este tiempo tampoco puede ser nada demasiado bueno.

—¿Todo bien?

Asiente una vez, se endereza y se mete las manos en los bolsillos.

—Se me ocurrió pasarme por aquí. Después de encontrarme contigo la otra noche.

Agacho la cabeza y me rasco la ceja con la uña del pulgar, esperando que no me vea enrojecer.

—Debería disculparme por eso. Es decir, te pido disculpas. Por la manera en que me comporté.

Hace caso omiso, como si yo no lo hubiera dicho.

—Fue bastante inesperado encontrarte allí. Nunca te vemos por aquí.

No digo que es adrede, pero estoy seguro de que se lo imagina de todos modos. Me pregunto fugazmente si ha venido a advertirme, si lo que me está diciendo con ese «Nunca te vemos por aquí» es «Que no vuelva a ocurrir». Pero, si es eso, no tiene por qué preocuparse. No espero tener una razón para que suceda de nuevo.

«Veo algunas cosas», recuerdo haberle dicho a Georgie semanas atrás, cuando le hablé de la vida que me había forjado aquí.

El trabajo, mi casa, Hank. A eso volveré ahora.

—Estuvo bien —dice. Yo trago saliva de forma instintiva—. Fue bastante incómodo, pero estuvo bien. Liv quería que te saludara de su parte.

—No era necesario —digo de manera automática, como si saludar fuera una tarea o un favor. Resoplo de nuevo y sacudo la cabeza—. Lo siento. No estoy...

—¿Acostumbrado a hablar conmigo?

—No sé si deberías venir por aquí, Evan —digo, pero me aseguro de hacerlo con suavidad. Me aseguro de que esta vez no haya ningún «Lárgate». Después de Georgie, estoy sensible, se ha caído mi coraza.

—¿Por papá?

Agacho la cabeza, como si fuera un breve gesto de asentimiento.

Él se encoge de hombros con despreocupación.

—Creo que ya he terminado con eso.

Parpadeo.

—¿Con papá?

Vuelve a encogerse de hombros.

—No del mismo modo que tú. Pero estoy harto de hacer todo lo que él dice. De estar bajo su control.

No creo que eso funcione, con lo involucrado que está mi hermano en el negocio y con el férreo control que mi padre ejerce sobre él. Pero tampoco creo que tenga derecho a preguntar. En lugar de eso, miro hacia el agua.

—No se lo tomará bien.

Evan suelta un bufido, que sin lugar a dudas significa que le importa una mierda.

—Bueno, mi mujer me dejó por su culpa, así que...

Vuelvo de golpe la cabeza hacia él, sorprendido por la ira que surge en mi interior. Es un fuego acumulado durante todos estos años y he estado esperando a que alguien le echara un leño encima. Que soplara un poco.

—¡¿Qué?! —exclamo, sin molestarme en ocultar la beligerancia impresa en esa palabra.

—Puede que sea una exageración —aduce—. En realidad, me dejó por un chico de su instituto. Pero nunca le gustó estar aquí, nunca quiso trabajar para él. Siempre me decía que estaba demasiado obsesionado con el camino que él me había marcado. Discutíamos mucho por eso.

Me quedo callado demasiado tiempo, pero puede que sea una necesidad, ya que aún estoy superando el *shock* de que él y yo estemos aquí juntos, y que ahora, después de diez años sin hablarnos, me haya contado algo personal sobre él y su exmujer.

Reconozco que esa franqueza me recuerda a alguien y eso duele como un puñetazo en el estómago. Pienso en sus nombres juntos, «Georgie y Evan», y odio estar traicionándola de nuevo con ese pensamiento.

«Eres tú», me dijo.

—Siento oírlo —digo por fin, esperando que no oiga la aspereza de mi voz.

—Ahora es más feliz. Se lo merece.

«Sé cómo te sientes», pienso, pero no me atrevo a decirlo. No me atrevo a ser franco con él como él lo es conmigo.

—Pero es una mierda —consigo decir, y él se ríe. Luego se calla otra vez.

—Mira, Lee —dice, bajando la mirada al muelle—. Me doy cuenta de que prefieres que me vaya y lo entiendo. Diré lo que tengo que decir y me iré.

Parpadeo, confuso. ¿Parece que quiero que se vaya?

—Yo...

—En primer lugar, he venido a pedirte disculpas. Por que las cosas se pusieran feas aquella noche, con Danny.

—Por Dios, Evan —digo, mi voz surge áspera—. No me pidas disculpas.

Frunce el ceño, y ahí está otra vez; su confusión es un reflejo de la mía.

—¿Por qué no?

—No tienes nada de qué disculparte. Yo le llevé a casa. Yo... Yo era quien era entonces. Soy yo quien lo siente. Te arruiné la vida.

—¿Por qué? ¿Porque me rompí la clavícula? ¿A quién le importa? De todas formas odiaba jugar al fútbol.

—No, no lo odiabas —replico, pero nada más hacerlo me doy cuenta de que no tengo ni idea de lo que odiaba ni de lo que amaba. No lo conocía en absoluto, salvo como una prolongación de mi padre—. No importa —me corrijo—. Lo de aquella noche fue culpa mía. Nunca debí poneros ni a Liv ni a ti en esa situación. Ni a mamá ni a papá. No debería haberme acercado, mucho menos siendo como era en ese momento.

—Bueno, yo no debí haberme abalanzado sobre ese tipo de la forma en que lo hice —aduce Evan.

—Estabas protegiendo a Liv.

Se encoge de hombros, aunque esta vez parece menos despreocupado y más tenso.

—Retrocedió en cuanto salí. Corrí un gran riesgo al empezar una pelea, con él empuñando un arma. Podría haber pasado algo peor.

Puede que tenga razón, pero no veo por qué importa eso ya.

—No tienes que disculparte conmigo por eso. Me importa una mierda que te pelearas con él, excepto porque acabaste herido. Se lo merecía. Yo también lo habría hecho.

—Lo sé —dice Evan—. Eso es lo que estoy diciendo. Lo hice porque es lo que tú habrías hecho.

Si se supone que eso hace que esta disculpa tenga más sentido, no lo entiendo.

—No voy a decir que te admiraba. Eso es demasiado simple. Te admiraba cuando éramos más jóvenes, pero en cuanto tú...

Se detiene, inseguro. Pero puedo ayudarle con esto.

—Empezaste a ser un poco gamberro.

Suelta una carcajada.

—Sí, supongo. Una vez que empezaste a ser así, creo que no te entendí.

—Eso es porque sabías actuar correctamente. Siempre fue así.

Evan sacude la cabeza.

—Sé actuar como todo el mundo. Como papá. Siempre se me ha dado bien.

—Eso no es lo que...

Levanta una mano para que deje de hablar y así lo hago. Se lo debo.

—Pero ese Día de Acción de Gracias, tío... Odiaba la universidad. Odiaba estar en el equipo. Allí no era nada y... —se interrumpe y se ríe un poco de sí mismo—. No estaba acostumbrado a no ser nada. Y entonces llegaste a casa y habías cambiado mucho. Estabas viviendo tu propia vida.

—No era así. No estaba en un buen lugar. En realidad, no estaba viviendo.

—Ahora me doy cuenta. Pero entonces yo... No sé. Estaba enfadado. Con papá, conmigo mismo. Contigo, por haberte ido. Vi a ese tipo ahí fuera con Liv y pensé: «¡Que le jodan! ¡A la mierda todo!

La sensación de que somos un reflejo del otro es tan intensa ahora que apenas puedo estarme quieto. Muevo los pies contra las tablas, pues casi no doy crédito de hasta qué punto le entiendo.

«¡A la mierda todo!» es lo que pensaba entonces, todo el tiempo.

—Lo entiendo —consigo decir.

—Y oí lo que papá te dijo después. —Evan también se mueve ahora y mira hacia el agua—. Sé que pensaste que Liv y yo habíamos vuelto dentro, pero no fue así. Le oí decirte que te fueras. —Estoy seguro de que le oyó llamarme «veneno». Le oyó decirme que no volviera jamás. No sé por qué debería avergonzarme saber que Evan lo oyó, pero así es. Profiero un sonido, un gruñido de reconocimiento—. Creo que lo que siento es no haber salido. No haber intentado ayudarte como intenté ayudar a Liv.

Se me forma un nudo en la garganta y noto las lágrimas pugnando por salir en mis ojos. Tengo que respirar por la nariz para contenerme antes de poder volver a hablar.

—No habrías podido hacerlo —digo, con toda sinceridad. En aquel entonces, lo único que podría haberme ayudado era desintoxicarme. Hacer terapia. Seguir con mi vida.

—Tal vez. Pero ojalá lo hubiera hecho de otra manera. Entonces era débil. —Hace una pausa, se agacha y se da una palmada en la pierna y espera a que Hank se acerque para poder rascarle las orejas de nuevo—. Aún sigo siendo bastante débil.

—No lo eres —objeto, pero él no me deja seguir.

—Tú eres la persona más fuerte que conozco, Lee. Sé que no te veo nunca, pero estoy al tanto. Eres fuerte —asevera. Es una lástima que ese nudo vuelva a formarse en mi garganta. Nunca me he sentido tan débil—. Papá te dijo que te fueras y te fuiste, pero lo hiciste en tus propios términos. Te labraste tu propio camino. Le diste una lección.

Lo dice como un cumplido, pero no lo percibo de esa manera. No con sus palabras y las de Georgie resonando al unísono en mi cabeza. Evan:

«Le diste una lección» y Georgie: «Llevas años intentando demostrarle si tiene razón o se equivoca respecto a ti».

Creo que voy a vomitar.

Doy un paso hacia el borde del muelle y apoyo una mano sobre uno de los pilotes. Es fuerte y resistente, como lo construí, pero no sé si podría sostenerme del todo.

—Sigues siendo mi hermano mayor, Lee —dice Evan en voz queda detrás de mí—. Todavía te admiro mucho.

Bajo la cabeza, pues estoy a punto de echarme a llorar.

—Evan...

—Hasta que has dejado marchar a Georgie Mulcahy, claro.

Al oír su nombre, se activa un interruptor en mí y me vuelvo para mirarle.

—¿Qué sabes tú de Georgie y de mí?

—Bueno, después de lo de El Nudo, creí que estabas con ella. He de reconocer que me decepcionó enterarme de que estaba pillada.

—No está pillada. No hables así de ella, como si fuera una cosa.

Algo chispea en sus ojos y yo también reconozco esa expresión: está intentando crear problemas.

Lo que pasa es que aún no sé por qué.

Su boca se curva.

—No hace falta que te sulfures. No le intereso lo más mínimo. Créeme, lo he intentado.

Entrecierro los ojos.

—¿Le tiraste los tejos?

Una vez más, se encoje de hombros de forma despreocupada. Pero me doy cuenta de que se está pasando de la raya.

—Pues claro, es guapísima. No sé cómo no me fijé en ella en el instituto.

—Yo tampoco —replico—. Eres un idiota.

—Solo te lo comento —dice riendo—. Ella no tenía tiempo para mí. De todos modos, tampoco le puse demasiado empeño. Todavía estoy destrozado por lo de Hannah. Quería algo fácil.

—Georgie no es fácil —gruño—. Si tienes alguna esperanza de seguir seco, será mejor que tengas cuidado con… —Evan tiene una sonrisa satisfecha de oreja a oreja, así que respondo con lo que espero que sea una feroz expresión ceñuda—. Creía que habías venido a disculparte —digo.

—Y lo he hecho. Ahora voy a por lo segundo. Decirte lo imbécil que eres.

—Hermano, ya lo se —digo, sin pensar. Luego me tranquilizo lo suficiente como para darme cuenta de que si él está aquí y sabe que algo ha ido mal entre Georgie y yo, debe de ser porque ella le ha dicho algo—. ¿Está bien?

Espera mucho antes de responderme; un castigo. Aunque no es cruel. Es… cómplice.

—Está bien —dice, y algo se afloja en mi pecho—. Aunque no es ella misma en el trabajo. No habla ni la mitad de lo habitual. Apenas sonríe o, si lo hace, no es una sonrisa de verdad —prosigue, y me vuelvo hacia el agua—. Además, le dijo a Liv que está enamorada de ti. —Por Dios, no me ha puesto la mano encima, pero me está dando una paliza de todos modos. No tiene piedad—. También llamó «idiota» a papá por lo que te hizo. No a la cara, pero lo hizo. Estoy bastante seguro de que va a dejarnos por eso, pero ya conoces a Georgie. Querrá esperar hasta que no nos falte personal.

—No quiero que deje el trabajo —digo, más para mí que para él.

—No parece que tengas voz ni voto.

—Sí, bueno. Está bien, porque estoy bastante seguro de que no merezco tenerlos.

«No merezco nada».

—¿Te importa darte la vuelta?

Claro que me importa. Porque estoy a cuatro segundos de echarme a llorar y no quiero hacerlo delante de Evan, que dice que soy el tío más fuerte que conoce.

Pero, al mismo tiempo, se necesita mucha fuerza para venir aquí y decirme lo débil que se siente. Lo menos que puedo hacer es demostrarle que no está solo.

Me giro hacia él. No, no está solo, porque en sus ojos puedo ver la misma mirada tensa y vacía que he visto en los míos cada vez que me he lavado los dientes o la cara en los dos últimos días.

Esto es lo que se siente cuando te falta alguien a quien amas.

—Me gustaría volver a conocerte, Lee. Y a Liv también, aunque eso nos cause problemas con papá. Si no quieres darnos eso, lo entiendo, porque seguro que será un lío.

«Esta versión limpia de Levi Fanning», oigo decir a Georgie de forma cortante y desdeñosa. No huyendo de su desastre. Orgullosa de ello.

Evan no se detiene, ni siquiera para dejarme responder.

—Pero hay algo que puedo darte aparte de mis disculpas y es un consejo —prosigue, y yo logro asentir—. No permitas que papá se interponga en lo que tienes con Georgie. Durante años le dije a Hannah que trabajaba tanto en el hotel porque era lo que quería, pero la verdad es que ¿cómo puedo saber si lo decía en serio? Estaba haciendo lo que papá esperaba de mí. La dejaba sola aquí y no la apoyaba como debería haberlo hecho. No escuchándola cuando decía que no era feliz.

«No es así», casi digo, pero me detengo al oír de nuevo a Georgie. «Llevas años intentando demostrarle si tiene razón o se equivoca respecto a ti».

Así que supongo que es algo así.

—No sé qué ha pasado entre Georgie y tú —dice Evan—. Tal vez sea algo que no puedas arreglar. Pero... —Hace una pausa y agacha la cabeza. Su boca se curva hacia abajo y le tiembla la barbilla. Es lo más fuerte que he visto nunca. Me acerco y espero a que recupere la compostura—. Lo que le oí decir a papá aquella noche..., sé que no es ni la mitad. Sé que te decía ese tipo de cosas todo el tiempo. Y apuesto a que a veces es bastante difícil no dejar que eso te afecte —prosigue. Vuelvo a asentir, incapaz de hablar. Estoy ocupado tomando prestada parte de su fuerza para mí, dejando que mis propias lágrimas se acumulen. Dejando que salgan. Veo cómo una gotea sobre el muelle—. No creo que seas veneno, Lee. Ni para mí ni para nuestra hermana, y seguro que tampoco para Georgie. Quería decírtelo, por si pensabas otra cosa.

En todos los años transcurridos desde aquella noche eso es lo único que nunca he podido contarle a nadie sobre lo que me dijo mi padre.

Ni a Carlos, ni al terapeuta al que fui, ni siquiera a Georgie. Les conté que me había desterrado para siempre, que nos había amenazado a mis hermanos y a mí si alguna vez volvía. Pero, por alguna razón en la que nunca quise pensar, jamás le conté a nadie que me dijo que yo era veneno.

Oír a mi hermano decirlo ahora, oír a mi hermano decir lo contrario ahora, hace que me dé cuenta de cuánto me caló.

Hasta qué punto he cargado con ese peso.

Hasta qué punto me lo he creído.

Cuánto me he esforzado para mantenerme firme, para conservar la estabilidad y ceñirme a una rutina. «Esta versión limpia de Levi Fanning». Mucho de ello era algo bueno; positivo, inteligente y necesario en el momento en que reconstruí mi vida, cuando estaba desesperado por mantenerme a flote.

Pero puede que algo dejara de serlo con el tiempo. Puede que solo intentara seguir contenido. Evitar que el veneno se extendiera. A Evan y a Liv, a la gente con la que trabajo, a las pocas personas de esta ciudad que no me dieron por perdido.

A Georgie.

Estoy bastante seguro de que... sí. Sorbo por la nariz.

—Sí que pensaba otra cosa —digo, sin ocultar que tengo un nudo en la garganta—. Pensaba más o menos eso.

Evan me pasa una mano por el hombro, y no sé cómo, pero me parece algo del todo natural. Como si lo hubiéramos hecho cientos de veces, encajando como creo que deberían hacerlo los hermanos.

Es como un antídoto.

—Lo entiendo —dice, un eco de mis propias palabras.

Durante un buen rato seguimos así. Evan me rodea con el brazo y Hank viene a tumbarse a nuestros pies, sin duda, preguntándose por qué le siguen cayendo gotas de agua en el lomo cuando ni siquiera está lloviendo.

Vuelvo a pensar, pero esta vez es diferente. Pienso en que me hicieron daño y en que hice daño a Georgie, pero eso no significa que sea un veneno. Solo significa que me vendría bien algo de ayuda, y no es que no la haya necesitado antes. Solo que nunca la he necesitado para esto. Para hacer mi vida más grande en lugar de más pequeña, para expandirla de la manera que merezco. Que incluya algo más que tener un trabajo, una casa y el mejor perro del mundo. Que incluya tener amigos y tal vez incluso algo de familia. Un poco de diversión.

Necesito ayuda para amar a alguien como quiero amar a Georgie. De la forma en que ella merece que la amen, para siempre.

Y menos mal que tengo aquí a mi hermanito, porque estoy convencido de que la ayuda que necesito va a tener que empezar por él.

23

Georgie

—¿Es Georgie Mulcahy a quien estoy viendo?

En pleno turno de la cena en La Ribera el sábado por la noche, me quedo inmóvil cuando estaba a punto de servir el entrante especial de esta noche (vieiras al ajillo con limón) a una refinada y elegante pareja en la mesa seis que, en vista de la última media hora, parece no tener absolutamente nada de qué hablar entre sí. Procuro que mi sonrisa no parezca una mueca y dejo el plato con cuidado mientras abrigo la esperanza de no haber oído bien esa voz detrás de mí.

—¿Georgie? —Escucho de nuevo la cantarina y musical voz. Y como no puedo quedarme aquí con esta extraña mueca de dolor en la cara a ver comerse sus vieiras a esta pareja de desconocidos, sin duda infelices, les digo un amable: «Que aproveche», respiro hondo y me doy la vuelta.

Para dar la cara una vez más.

Nuestra recién contratada recepcionista está sentando en la mesa nueve a la señora Michaels y a su marido, el entrenador de lucha libre del instituto, si no recuerdo mal, que tiene la cabeza en forma de linterna. Por suerte, no está en mi sector, así que al menos me ahorraré tener que servir a alguien que ya parece haberse comido un plato entero de «Esto es justo lo que esperaba de Georgie Mulcahy».

Pero sé que no puedo evitar, al menos, algo de conversación. No sin ser maleducada.

Me dispongo a acercarme mientras les saludo con la mano. Remy se cruza conmigo de camino a la barra y susurra: «¡Dios mío, es la señora Michaels! Enderézate», en un tono tan cómplice y sarcástico que tengo que reprimir una carcajada.

Es un momento fugaz, pero me ayuda enormemente mientras me acerco a la mesa; ese compadreo, entre bromas y sarcasmo desenfadado, con una amigue y compañerc de trabajo, alguien que está en mi equipo y que sé que me cubrirá las espaldas si lo necesito. Pero después de la desagradable sorpresa inicial de encontrarme de nuevo con la señora Michaels, me doy cuenta de que estoy bastante segura de que no voy a necesitar que nadie me proteja. No me importa si la señora Michaels se come veinte de esas tartas de «Justo lo que me esperaba», porque esta noche estoy encantada trabajando en La Ribera, charlando con los clientes, compadeciéndome del personal y ganando buenas propinas.

De acuerdo. Puede que encantada, no. Tal vez bastante contenta, excepto por el gran agujero en mi corazón, obrado por la impaciencia.

El que se hace más grande cada día que sigo sin tener noticias de Levi.

Pero mi antigua profesora de música no tiene por qué saber nada de eso.

—Hola, señora Michaels —digo, y mi mueca se transforma en algo que espero que parezca una amplia y sincera sonrisa—. Señor Michaels, encantada de verle.

—Georgie Mulcahy —dice, señalándome con un dedo carnoso y entrecerrando un ojo—. ¿No solías agujerearte el chándal de gimnasia?

—¡Pues claro! —digo, y él se ríe.

—¡No sabía que te habías metido a camarera! —comenta la señora Michaels.

Agito una mano y la poso con desenfado en la silla libre de su mesa. Acto seguido, apoyo la otra mano en mi cintura y saco la cadera. Es una postura que sé que odia, pero que transmite lo cómoda que me siento aquí, mientras nos ponemos al día.

—Oh, fui camarera durante años —digo—. ¡Es agradable volver!

Ella arquea las cejas.

—Ah, ¿sí?

—Ajá. ¿Cómo le van las cosas? ¡Seguro que estará preparándose para el nuevo curso escolar, que empieza pronto!

—Oh, bueno... Sí, así es. —Está claro que le ha pillado desprevenida el no llevar ella la conversación y he de confesar que me encanta pillarla desprevenida.

—¿Sabe con quién me encontré no hace mucho? Con Melanie Dinardo. Sé que la recuerda. Tenía una voz estupenda. Siempre quise que se aprendiera mi letra especial de *El ciclo de la vida*. ¿Se acuerda?

La señora Michaels se aclara la garganta.

—Me acuerdo de Melanie —dice con los labios fruncidos—. Y recuerdo que dijiste que habías vuelto para estar con Annabel.

Dejo escapar un dramático grito ahogado.

—¿Se ha enterado de la noticia sobre Annabel? ¡Ha tenido a su bebé! Más tarde me paso y les enseño fotos. Se llama Sonya Rose Reston-Yoon, por si quiere saberlo.

Lo más probable es que no quisiera. Además, seguro que no le gusta nada que hayan unido los apellidos con un guion. Pero a estas alturas pienso emplear cualquier excusa para sacar a relucir a Sonya, que últimamente ha pasado a ser una de las principales protagonistas de mis días, mientras hago todo lo posible por tener paciencia. Por darle a Levi su espacio.

—Bueno, eso estaría bien —balbucea la señora Michaels, alisándose la servilleta sobre el regazo. Una vez se cayó del escenario improvisado de la cafetería mientras dirigía al coro en una versión de *Lean on me* y apenas perdió el ritmo. Un segundo después, cambia de táctica—. ¿Significa esto que vas a volver? —pregunta mientras señala mi uniforme de arriba abajo, con un gesto desdeñoso donde los haya.

Me encojo de hombros de forma despreocupada, sin dejar de sonreír, a pesar de que sea un golpe directo, y no porque crea que volver a Darentville para siempre sería una especie de fracaso, como creía hace un par de meses. No, es un golpe directo porque me he planteado una y mil vez esa misma pregunta durante el último par de días y solo quiero hablar de mi respuesta con una persona en concreto. Una persona que no es mi profesora de música de noveno curso.

Pero ya ha pasado una semana entera; una semana que he dedicado a hacer manualidades, a tener en brazos a la pequeña Sonya, a ayudar a mi padre a arreglar una vieja persiana. Una semana entera en la que me he mantenido ocupada y empiezo a preguntarme si ha llegado el momento de tomar cartas en el asunto.

—Ya veremos —digo a la ligera, pero por dentro no me siento así.

De repente, ver a la señora Michaels aquí me parece la señal que estaba esperando; le he dado a Levi el tiempo suficiente. Tanto como para encontrarme con la señora que estaba allí el primer día que nos conocimos. Mi mente se adelanta a lo que podría hacer después de mi turno de esta noche. ¿Seguirá abierto el local de Ernie Nickel? ¿Podría comprar un par de batidos e ir a su casa, irrumpir allí y rescatarlo de la misma manera que planeaba rescatar a Bel cuando llegué a la ciudad?

Aunque Bel tardó unos dos meses en necesitar que la rescataran, y fue algo que tenía que hacer ella sola, y...

De pronto me doy cuenta de que me he quedado en silencio demasiado rato..., o puede que en realidad el restaurante se haya quedado en silencio. Aún se oye el sonido de las conversaciones, el tintineo de los cubiertos contra los platos, pero creo que ha bajado el volumen.

—¡Ay! —exclamo al sentir un golpe no demasiado sutil en la espalda. Al girarme veo a Remy, que claramente no es consciente de la fuerza de su propio codo. Me parece que me está rescatando de la señora Michaels de forma bastante agresiva, ya que me las estaba apañando bien aquí—. Oh —digo, ya que Remy no me estaba dando codazos por lo de la señora Michaels.

—¡Joder! —susurra Remy—. Mira quién ha venido.

Y sí.

En efecto, mira quién ha venido.

Levi Fanning.

No lleva puesta la gorra de béisbol, y tiene pelo y barba bien peinados. Viste una camiseta gris, pero con una camisa informal encima, desabrochada y con las mangas remangadas. Lleva unos vaqueros oscuros, que no están desgastados, sino que parecen más nuevos. No lleva las botas de trabajo sucias, sino un par recién cepilladas. En la mano izquierda tiene una pequeña bolsa negra de regalo.

—¡Joder! —repito.

La recepcionista se acerca a la entrada del restaurante para saludarlo y, como es nueva y tampoco es de la familia Fanning, ni se le pasa por la imaginación que haya nada raro en que este hombre, con este aspecto, esté en este restaurante. Veo que le saluda con una sonrisa de oreja a oreja y que él se queda muy sorprendido por su presencia, como si en este viaje a La Ribera no hubiera pensado qué hacer después de entrar por la puerta.

Mira por encima de su cabeza y sus ojos se topan con los míos de forma inmediata, inesperada y perfecta.

—¿No es ese Levi Fanning? —Oigo preguntar a la señora Michaels desde detrás de mí, pero no me molesto en contestar.

Me muevo entre las mesas en dirección a Levi, sin dejar de mirarle a los ojos en ningún momento, y el corazón me palpita de emoción y de alivio.

Casi he llegado, cuando veo a Cal Fanning entrar en el restaurante justo detrás de él.

«¡No, no, no!», pienso. El corazón me late ahora por algo diferente.

Levi se hace a un lado, pues sin duda nota que hay alguien a su espalda y es probable que esté intentando despejar el camino, pero me doy cuenta de que en el momento en que la recepcionista saluda a Cal, también veo que Levi se pone tenso al girarse. Ya casi he llegado y estoy preparada. No he visto mucho a Cal desde que le dije a Olivia que me parecía un idiota, pero juro que pienso decírselo a la cara si se le ocurre echar a Levi de...

—Hola, papá —dice Levi.

Me paro en seco a un par de pasos de la recepcionista y contengo la respiración. Ha dicho «Hola», lo que significa que está nervioso. ¡Ay, por Dios, esto es lo más valiente y fuerte que le he visto hacer a este hombre!

Cal le mira fijamente durante largo rato, de forma severa y obviamente sin saber qué hacer.

—Hola —responde por fin.

—No me quedaré mucho tiempo —le dice Levi a su padre; una garantía. Cal traga saliva, pero no sé si es por alivio o por arrepentimiento—. He venido a darle algo a Georgie —añade, y entonces vuelve a mirarme y la mirada que me echa..., en fin, me la conozco bien. Es una mezcla de alivio, arrepentimiento, nervios, miedo y orgullo.

Y también de amor.

Tanto amor que tengo que mantener el cuerpo en tensión, igual que él, para no arrojarme a sus brazos.

Sé que sería una decisión equivocada. Sé tan bien como me conozco a mí misma que ha venido aquí para enseñarme algo específico. Que ya no intenta demostrarle a nadie si tiene razón o se equivoca, que no crea problemas, pero que tampoco tiene miedo de equivocarse, viniendo a un lugar en el que sabe que no ha sido bienvenido en años y años.

Paso junto a la recepcionista.

—Hola, Levi —digo, cerciorándome de que Cal oiga la alegría y la despreocupación que tiñen mi voz. Sin titubeos, sin preocupación, sin esa enorme pesadumbre que dejaría ver que he estado esperando a Levi durante días. Hago que parezca que Levi es el cliente más habitual y grato que hemos tenido nunca en La Ribera.

—Georgie —dice, con los ojos rebosantes de afecto, pues sabe lo que estoy haciendo—, espero no causarte demasiadas molestias en el trabajo, pero mi hermano me dijo que estarías aquí esta noche.

Eso también es calculado. Noto que Cal cambia el peso de un pie al otro; noto que se siente excluido.

«Bien», pienso, pero mantengo la mirada en Levi.

—No es ninguna molestia —digo, y procuro no mirarle embelesada. Intento que sea algo relajado, como sé que él quiere que sea.

Asiente con la cabeza.

—Quería pasarme para preguntarte si estás libre cuando salgas de trabajar.

—Oh, hum —finjo, como si no hubiera estado ideando todo un plan con batidos para presentarme en casa de Levi y rogarle que se dé prisa en pensar. Todo forma parte de la actuación y se le crispa la comisura de la boca. Una pequeña expresión que me parece enormemente valiente.

Levi casi esboza una sonrisa mientras su padre está ahí de pie.

—Es muy posible que esté libre.

—Vale —dice—. Vale, genial. ¿Crees que podrías pasarte por mi casa?

—Sí. —Ahora me falta el aire, pero me esfuerzo por mantener la compostura—. Claro que sí.

Algo más que la sombra de una sonrisa se asoma a sus labios.

—Puedes cambiarte antes si quieres, o no —dice, y entonces levanta la bolsa que lleva en la mano y saca de ella un recipiente cuadrado de plástico transparente—. Pero, en cualquier caso, quizá podrías ponerte esto.

Lo tomo con manos temblorosas, sin saber al principio qué es lo que estoy mirando, ya que dentro todo son colores vivos y brillantes, pero parece...

—¡Es un ramillete! —suelta la anfitriona.

Levi le sonríe y estoy segura de que puedo oír el flechazo que tiene lugar en ese mismo instante. Como si un grandullón alto, guapo y con barba acabara de estrellarse de frente contra todos los lugares de los que provienen sus hormonas.

Me identifico.

—Lo he hecho yo —dice Levi—. Con tu madre. Son de papel de seda.

—Oh —susurro, incapaz por completo de seguir mostrándome relajada.

Pero Levi me salva de mí misma.

—Nos vemos en un rato —dice, y luego hace un breve gesto con la cabeza a su padre antes de darse la vuelta y salir por la puerta.

Y yo me quedo ahí de pie, con el ramillete que llevaré más tarde.

Al baile de graduación con Levi Fanning.

Claro que no es un baile de verdad.

Una hora más tarde, ya que Remy me hizo salir antes, siempre y cuando prometiera contárselo todo en mi siguiente turno, estoy delante de la casa de Levi, sentada en mi Prius, con las manos temblorosas por la expectación mientras saco con cuidado el ramillete que me ha traído. La banda que me rodea la muñeca está hecha con un coletero de terciopelo morado oscuro que contrasta con los brillantes tonos anaranjado y rojos de las flores de papel de seda. No se parece en nada a las rosas de color rosa pálido que me imaginaba que Evan Fanning le regalaría a mi yo del pasado y justo por eso me gusta mucho más.

Me queda aún lo mejor. A la mujer que soy ahora, a la que siempre he sido.

A la mujer que Levi siempre ha visto.

Procuro tener cuidado cuando abro la puerta y salgo, presa de una nueva oleada de nerviosismo por mi atuendo; espero haber interpretado bien la situación, haber interpretado bien la mirada de Levi. Jugueteo de manera nerviosa con el lazo de la cintura, mientras tiemblo y aliso la prenda lo mejor que puedo. Entonces oigo el roce de las uñas de Hank contra el porche, su ladrido alegre y el tintineo de su collar a causa de la excitación.

Estoy agachada para saludarle, con los brazos abiertos, cuando se ilumina el patio, con cientos de pequeñas y centelleantes luces blancas que surcan el porche, el patio, el muelle y el jardín. Hank da saltos y vueltas delante de mí, encantado, así que le tranquilizo lo suficiente como para poder apoyar la mejilla contra su cabeza. Es un tranquilizador saludo que necesito si no quiero convertirme en una magdalena antes incluso de que empiece el baile.

Claro que entonces me doy cuenta de que Hank lleva pajarita.

Me limpio las lágrimas que ya resbalan por mi cara.

—Hola, Georgie. —Oigo la voz de Levi y me levanto para mirarle, aliviada de haber interpretado bien la situación. Ya no lleva la camisa y ha cambiado los vaqueros de aspecto nuevo por un par que me resulta familiar.

Está perfecto.

—Me gusta tu vestido —dice, con el asomo de una sonrisa en los labios, y yo vuelvo a juguetear con el lazo mientras le miro a través de mis pestañas húmedas e intento darle una burlona y coqueta réplica.

—¿Este trapo viejo? —replico, girando una vez con mi bata de culebrón, ceñida a la cintura encima de un viejo pantalón corto y una camiseta de tirantes.

La ropa que más le gusta a Levi.

Cuando vuelvo a mirarle, la sonrisa ha desaparecido. En su lugar, parece serio, solemne, embargado por la abrumadora emoción que yo había tratado de ocultar contra la gran cabeza de Hank.

—Gracias por venir —dice en voz baja.

—Gracias por invitarme.

—Llegas antes de lo que esperaba. La cena aún no está lista.

—No pasa nada. Puedo irme a dar una vuelta si quieres. Aunque podría parecer sospechoso. Obviamente, no quiero que me paren en bata.

Sonríe de nuevo.

—No. Pero a lo mejor me apetece bailar antes de cenar.

—No me importaría en absoluto —respondo, como si no desbordara felicidad, alivio y emoción.

Me toma de la mano y me guía por el patio, hasta el iluminado muelle. Y, aunque aún no parece dispuesto a hablar, no puedo evitarlo.

—Esto es precioso, Levi.

Él asiente mientras ponemos el pie en el primer tablón.

—He tenido algo de ayuda. Tu madre con las flores, como es evidente —dice, tocando con suavidad mi ramillete—. Y fue tu padre el que me dijo que un esmoquin sería una mala idea.

No puedo evitar reírme.

—¿Ibas a ponerte un esmoquin?

Saca el móvil del bolsillo trasero y lo manipula hasta que por unos altavoces que no veo suena una balada *country*.

—Eso fue cuando esta idea estaba en su fase inicial —aduce, girándome hacia él y me dejo llevar. Me rodea la cintura con una mano y levanta la otra, con la que aún sostiene la mía, mientras empieza a mecerse al ritmo de la música. Me aprieto contra él y respiro su maravilloso y familiar aroma. A jabón y a agua salada. «A Levi».

Cuánto le he echado de menos.

Él se aclara la garganta.

—Y mis hermanos —dice, con voz ronca—. Vinieron a ayudarme con las luces.

Echo la cabeza hacia atrás y le miro a los ojos. Veo en ellos toda la emoción que le embarga, todo lo que significa que sus hermanos vinieran aquí.

—¿Cuántas fases había?

En su boca se dibuja una sonrisa humilde.

—Bastantes —dice, y sé que no está hablando de ramilletes, esmóquines y luces parpadeantes. Sé que está hablando de sus hermanos. Del momento en que ha puesto el pie en La Ribera.

—Te hablaré de todas —dice—. Pero antes quería contarte otras cosas.

—Vale —susurro, pero no empieza de inmediato. En lugar de eso, me acerca y durante unos segundos simplemente se mueve conmigo. Su barba se enreda en mi pelo y siento su suave camiseta contra la mejilla.

Es justo lo que quería aquella noche en El Nudo, solo que mejor.

Siempre es así con Levi. Lo que quiero, pero mejor.

—Georgie —dice por fin con voz grave y tranquila, y se echa hacia atrás para mirarme y estrecharme mejor. Me pone una de sus cálidas palmas en el cuello y yo le rodeo la cintura con los dos brazos—. Esta noche... —empieza, luego hace una pausa y se aclara la garganta—. Este... Eh...

Vuelve a hacer una pausa, con una mirada tímida que me hace estrecharle con más fuerza.

—¿Baile de graduación? —aventuro, con cierta mofa en la voz.

Hace otra de esas devastadoras muecas autocríticas con la boca y asiente antes de volver a hablar.

—Quiero que sepas que no lo he hecho por lo que vi en tu diario sobre Evan...

—Lo sé —suelto. Es una reacción instintiva, fruto de la desesperación irreflexiva por poner distancia entre esto y aquello: las «a» con forma de corazón, el chico equivocado en lo que, sin duda, habría sido el peor baile de graduación. Pero Levi ha debido de ponerme la palma de la mano en el cuello de forma estratégica, porque le permite deslizar con facilidad el pulgar por mi barbilla y presionar con suavidad la yema contra mi labio inferior, como una súplica.

—¿Esperamos? —me pregunta, y yo asiento con la cabeza, agradecida por su intervención. A fin de cuentas, en realidad no quiero distancia entre esto y aquello. Lo quiero todo. Quiero que el cuaderno, el caos y yo formemos parte de la historia de cómo he llegado hasta aquí.

De cómo hemos llegado hasta aquí.

Y Levi... Lo que Levi dice a continuación me indica que él también lo quiere.

—Lo he hecho porque ese cuaderno..., que me dejaras hacer de nuevo las cosas de ese cuaderno contigo, me ha cambiado la vida, Georgie. Tenías razón en lo que dijiste. Sobre mi padre y yo.

Pienso de nuevo en ello, en aquel cauto «Hola» a la entrada del restaurante. Agacho la cabeza y le doy un beso en el pecho antes de volver a mirarlo, sobre todo para no soltar una docena de cosas más: «Has estado increíble ahí dentro»; «Parecía que se había tragado un sapo»; «Creo que la nueva anfitriona está enamorada de ti».

—Y tenías razón sobre cómo he estado viviendo. Intentando darle una lección. Intentando no dar nunca un paso en falso. Viviendo una vida pequeña, estable y contenida, y aun así diciéndome que de todas formas no me merecía ninguna de las cosas buenas que tengo. —Abajo, en el muelle, Hank ladra excitado al oír el chapoteo de un pez en el río y Levi y yo sonreímos—. Aquel día en Nickel's Market vi que necesitabas dinero para un par de batidos y enseguida mi vida se hizo un poco más grande. Más complicada. Y luego, estar contigo en casa de tus padres, hacer el cuaderno contigo..., aún más grande. Aún más complicada. Caótica y divertida. El tipo de lío en el que desearía haberme metido todo este tiempo.

Pongo una fingida expresión de indignación, aunque la emoción anega mi voz.

—Levi Fanning —digo en voz baja—, ¿me estás diciendo que soy un peligro?

Acerca la boca para besarme de forma lenta y maravillosa. Cuando levanta la cabeza, está serio y clava sus ojos en los míos.

—Te estoy diciendo que eres lo mejor que me ha pasado en la vida —declara. Y le estrecho de nuevo con tanta fuerza que me duelen los brazos, tan fuerte que deja escapar un «¡Ufff!». Tengo el corazón tan lleno, tan rebosante de sentimientos, que tengo que morderme el interior de la mejilla para no interrumpirle—. Siento lo que te dije aquella noche. Siento haber intentado que lo que hay entre nosotros fuera pequeño y estable. Tan contenido como he estado tratando de ser yo todos estos años. Era el miedo y mi pasado los que hablaban. Era una forma errónea de retroceder al pasado. —Vuelve a moverse y levanta la otra mano para ahuecarla sobre mi cara. Su aliento huele a caramelo de menta, como la nerviosa pareja para el baile que nunca tuve. Estoy llorando otra vez—. La verdad es que no quiero contener el amor que siento por ti, Georgie. Aquella noche te pregunté qué querías, pero necesito que sepas que te quiero sin importar cuál sea la respuesta, aunque no tengas ninguna respuesta. Te querré si deseas volver a Los Ángeles o si deseas irte a otro sitio. Te querré si decides que quieres otro trabajo que no sea el que tienes o si quieres seguir haciendo lo que sea que te reporte suficiente dinero para salir adelante, si quieres dejar huella o si no. Te querré si quieres casarte mañana o si no quieres casarte nunca, si quieres tener hijos o si no quieres tenerlos. Te amaré si quieres dejar tus cosas por todas partes, dondequiera que vivas. Solo espero vivir allí contigo.

Le suelto la cintura y alzo las manos para cubrir las suyas. Las aprieto contra mis mejillas húmedas con más firmeza y memorizo esta sensación lo mismo que deseo memorizar las palabras que me ha dicho.

«Esto es lo que siempre has querido —pienso—. Pero infinitamente mejor y más perfecto».

—Yo también lo espero —susurro. Me pongo de puntillas y le beso una vez con ardor.

—Sé que tengo que trabajar en ello, Georgie. Hacer hueco, quiero decir. Voy a hacerlo. Por eso invité a Evan y a Liv. Y por eso le pedí ayuda a tus padres. También tengo otras ideas. Hacer más espacio dentro de mí para poder quererte como tú merec...

Esta vez le pongo dos dedos en los labios para impedir que termine.

—Levi —digo, porque ya no puedo callar más. Ahí está esa sensación de plenitud de nuevo, tan opuesta a un espacio en blanco—. Te quiero —le digo y sus labios se curvan bajo mis dedos. Entonces aparto la mano para poder ver esa sonrisa perfecta y agradecida. Respira hondo de forma temblorosa y suelta el aire despacio—. Me alegro de que me quieras sea cual sea la respuesta a todas esas cosas que has dicho, porque la verdad es que aún no tengo respuestas para la mayoría. Pero sí sé lo que no quiero, y es pasar otro día sin ti.

—¿Sí? —dice, y sé que me cree. Pero como conozco a Levi, también sé que sigue habiendo una cierta sorpresa, que se cuestiona lo que se merece, y estoy decidida a zanjar la cuestión.

Enmarco su rostro con las palmas y el suave roce de su barba en mi piel es una textura que resulta reconfortante.

—Eres tú, Levi —le repito las palabras que no pudo oír la última vez que se las dije—. La persona que más quiero en el mundo. La persona con la que quiero desentrañar todos los vacíos de nuestras vidas. Eres tú. Sin condiciones.

Entonces me rodea la cintura con los brazos, me levanta del suelo y gira conmigo en un círculo, inquieto y contento, aliviado y festivo. Lo reconozco; algo le llena por fin, encaja en su sitio. Hank se acerca y lanza un alegre aullido de conmiseración que nos hace reír de nuevo a Levi y a mí.

Cuando me deja en el suelo, me toma las manos con las suyas y se inclina para apoyar la frente en la mía.

—Para mí, también eres tú, Georgie. Eres la única para mí. Estoy seguro de que habrías sido la única para mí en el pasado y eres la única para mí ahora. Y sé que siempre vas a ser la única para mí. —Toma nuestras manos entrelazadas, extiende los brazos, me besa y luego sonríe—. La abierta Georgie —dice.

Le devuelvo la sonrisa, sin estar totalmente segura de lo que quiere decir, pero por la expresión de sus ojos sé que es algo bueno, algo referente a crear ese espacio que él necesita. Algo profundo, intenso y eterno.

Retomamos nuestro baile oscilante y permanecemos así durante largos minutos, con Hank tumbado a nuestros pies, las luces titilando sobre nosotros, sumidos en un silencio perfecto, interrumpido solo por el ligero oleaje y el chapoteo del río. Pienso en la promesa que me hice minutos después de conocer al hombre que ahora me estrecha en sus brazos: que no dejaría que esa sensación de vacío me persiguiera nunca más.

Que averiguaría qué es lo que quería.

Y es curioso el modo en que me siento ahora. No me siento perseguida, sino arropada por los brazos de Levi y por este momento, en el que cada página que tengo delante está, de alguna manera, maravillosamente en blanco y reconfortantemente llena. Bel, Harry y Sonya, mis padres. Hank y este río, y espero que también Evan y Olivia.

Yo, haciendo lo mejor en el momento, de cualquier forma que acabe teniendo sentido.

Mi nombre y el de Levi, uno al lado del otro.

Para siempre.

24

Levi

Georgie la ha liado como no he visto en meses.

Puede que nunca.

Para ser justos, Georgie no es la única responsable, pues estoy bastante seguro de que Bel es la culpable de los cañones de confeti que han sembrado la encimera en la que estoy apoyado de pequeños cuadrados brillantes de papel multicolor. Y el gigantesco trozo de tarta de zanahoria con un montón de glaseado que me estoy comiendo lo ha traído mi hermano, que quizá no se imaginaba lo patosa que podía llegar a ser la hija de Natalie y de Micah cuando le dio unos cuantos mordiscos a su propio trozo. Hay una gran mancha de glaseado de crema de queso en uno de los cojines, y apuesto a que el tema de las migas es peor. Y eso por no hablar de lo que han hecho en las estanterías en la última hora los hijastros casi adolescentes de Hedi en su aparente afán por leer la contraportada de todos los libros que Georgie y yo tenemos.

Busco a Hank por la habitación y contemplo la escena con más detenimiento: la pancarta casera de FELIZ CUMPLEAÑOS, LEVI que Georgie y su padre han colgado media hora antes de que empezara la fiesta, los globos de color amarillo chillón que Shyla infló esparcidos por el suelo. Harry (que lleva corbata, lo cual no tiene ningún sentido) está sentado con las piernas cruzadas delante de las estanterías con Sonya en su regazo, lanzando al aire uno de los globos y sonriendo, como un tipo que no lleva corbata a una fiesta de cumpleaños, cada vez que Sonya suelta una risita de alegría al verlo descender. Micah está en un rincón hablando con Hedi, y seguro que es sobre las pintadas, ya que es un gran tema de conversación desde que los presenté hace un par de horas. Evan entra por la puerta de atrás, seguido por Paul, el marido de Hedi. Por la expresión de sus caras, si no han estado fumando maría ahí fuera, me la corto. Llamo la atención de Liv, que está junto a la puerta, y ella arruga la nariz, lo que supongo que es una confirmación. Menos mal que lleva ella el coche en vez de Evan, pero no se lo puedo reprochar. Se está riendo con Paul de esa forma que tanto me gusta verle reír. Y, en cualquier caso, Paul es un buen tipo de problema para Evan, de esos que habríamos necesitado más en nuestras vidas de vez en cuando. Liv me sonríe y se encoge de hombros, y entonces se ve sorprendida por Bel, que le enseña algo en su móvil que hace que ambas rompan a reír a carcajadas.

Este es el mejor cumpleaños que jamás he tenido.

La única fiesta de cumpleaños en mi honor que recuerdo.

Me estoy metiendo otro trozo de tarta en la boca, cuando veo a Hank, moviendo la cola mientras se dirige hacia mí entre la gente. Luce esa sonrisa babosa con la lengua fuera mientras jadea de forma alegre. Ha sido un gran día para Hank, con tanta gente en casa, y se ha portado como un campeón. Me palmeo el muslo, y cuando se acerca a mí, le rasco las orejas y le hago unos cuantos cumplidos. Luego dejo mi plato en la encimera y le permito que lama una gota de glaseado que se me ha quedado en el dedo índice.

—Qué diferente es esto últimamente, ¿eh, amigo? —digo, y él se menea y jadea. Acto seguido, se da la vuelta para dirigirse a la puerta principal y se vuelve para mirarme a modo de invitación. Seguro que tiene tantas ganas de salir como yo de acercarme a la cocina a comerme mi trozo de tarta en silencio. No he tenido que soplar las velas ni nada parecido, pero me han cantado y me sorprende que no se me haya derretido la barba con tanta atención. Georgie estaba más radiante de lo que jamás la he visto.

Está en la mesa de la tarta, sentada con Shyla y con Remy. Parece percibirme de inmediato cuando la miro y levanta los ojos hacia mí y esboza una sonrisa de oreja a oreja. Estoy a punto de llorar por lo mucho que le agradezco que haya organizado esta fiesta para mí. Al principio me opuse, le dije que la casa era demasiado pequeña, que la ocasión no me importaba y que quería otra vez la celebración tranquila del año pasado, los dos solos y casi todo el tiempo en la cama. Pero Georgie me dijo que tenía que confiar en ella, que esta fiesta sería genial, y tenía razón, como en casi todo. Este cumpleaños ha obrado algo muy bueno dentro de mí. Ha abierto otro de esos espacios que ni siquiera sabía que había cerrado.

Sin embargo, en lugar de llorar delante de su madre en mi propia fiesta de cumpleaños, le devuelvo la sonrisa a Georgie y señalo con la cabeza hacia la puerta. Hank agita la cola para hacerle saber que voy a sacarle. Me lanza un sonoro beso y siento que el calor me sube de nuevo a la cara mientras abrigo la esperanza de que disfrutemos de esa celebración de cumpleaños en la cama cuando todo el mundo se vaya. Ni siquiera me importa si la casa se queda hecha unos zorros.

Me escabullo antes de ponerme más emotivo o nervioso.

Dejo salir a Hank por la puerta principal y lo sigo. Me recibe el estruendoso grito de Carlos («¡Ahí está el cumpleañero!»), que apareció ayer por sorpresa. Está apoyado en la barandilla con Laz, tomando una cerveza, y ambos brindan por mí. Carlos y yo nos pusimos al día anoche en el muelle durante mucho tiempo y todavía me estoy recuperando de todas las cosas buenas que me dijo sobre lo bien que he llevado el negocio. Lo bien que lo estoy haciendo con mi vida.

Me disculpo con ellos y rodeo la casa con Hank hasta la parte de atrás. Él va delante, trotando y estirando alegremente las patas, disfrutando del aire libre. Se detiene para saludar con un ladrido a mi regalo de cumpleaños, el que Georgie, Paul y Shyla me han dado antes de la fiesta, y no puedo evitar soltar una risita. Un gran gallo de metal, casi igual al que hay en la propiedad de los Mulcahy. Parece una tontería, sobre todo porque, a diferencia de los Mulcahy, yo no tengo ningún otro adorno en el jardín, pero incluso después de unas horas es lo que más me gusta del patio. Georgie dice que más tarde me dará el cartel de madera que encargó para colgárselo del cuello, pero ya sé lo que pondrá. Mientras tanto, tengo que pensar en un nombre para él y hacerlo parte oficial de la familia.

Una vez que Hank ha hecho sus necesidades, vuelve a mi lado y nos dirigimos al muelle. No me alejaré demasiado de la fiesta, pero sienta bien tener los tablones bajo los pies, para que me proporcionen esa sensación de solidez que aún necesito. En los catorce meses que han pasado desde que Georgie y yo nos plantamos en este muelle para disfrutar de aquel baile de graduación que organicé, he venido aquí muchas veces, a veces con Hank y Georgie, a veces solo. Hace unos meses, pasé casi todas las noches aquí fuera durante semanas, en el crudo frío y en la oscuridad de enero y febrero, intentando despejarme mientras Georgie estaba ausente. Pasó un mes y medio entero en California, haciendo un favor a una de sus amigas asistentes que iba a disfrutar de una baja familiar temporal y que solo confiaba en la famosa e imperturbable Georgie Mulcahy para sustituirla.

—Jade y yo tenemos un estilo parecido —me dijo cuando me informó de la oferta—. Y es muy fácil trabajar para Lark.

Parpadeé, tragué saliva y asentí. Los nombres como Jade y Lark me sonaban muy lejanos, muy distintos de Georgie. Pero cuando terminó de decírmelo, esperé a que llamara a Bel por FaceTime y entonces salí al muelle y traté de tranquilizarme, de recordar todo lo que había dicho de corazón la noche del baile; que la querría tanto si se quedaba aquí como si volvía a Los Ángeles o se iba a cualquier otro sitio. Que lo que quería era compartir la vida con ella.

Aun así, fue aterrador verla marchar y preguntarme, a pesar de que me asegurara que todo esto era temporal, si volvería allí y recordaría la vida a la que estaba acostumbrada, si comería en restaurantes que no tenemos por aquí y le gustarían más, si desempeñaría un trabajo que le apeteciera más que los turnos que seguía haciendo en La Ribera.

Si se acercaría a ese océano grande y ruidoso y este río tranquilo le parecería poca cosa.

Resultaba aterrador no saber lo que iba a ocurrir.

Pero al final fue bueno para los dos. A Georgie le vino bien tomar el sol de la costa oeste y reencontrarse con viejos amigos, hacer un trabajo que se notaba que aún le gustaba. También fue bueno para mí llenar mis días sin ella de formas diferentes a las que solía llenarlos antes de conocerla; ayudar en casa de Paul y de Shyla; apuntarme a otra clase que Hedi me sugirió que probara; ayudar a Evan a mudarse por fin de casa de mi hermana a un piso de alquiler no muy lejos de mí. Fue bueno enviarle mensajes de texto a Georgie durante el día, hablar con ella todas las noches, armarme de valor para ir a visitarla un fin de semana largo, por si California estaba a punto de convertirse en una parte más importante de nuestras vidas.

Sin embargo, cuando Georgie terminó su suplencia, tenía claro que no era así. Lloró a lágrima viva cuando nos vio a Hank y a mí esperándola en la terminal de llegadas del aeropuerto de Richmond; se puso el abrigo extra que le llevé y no paró de tocarme durante todo el trayecto de vuelta a casa. Dijo que echaba de menos la casa, nuestra cama. Echaba de menos el río, a Hank y a sus padres. Echaba de menos Nickel's Market y a todos sus compañeros de trabajo en La Ribera. Echaba de menos estar a solo tres horas en coche de Bel, de Harry y de Sonya.

Pero sobre todo me echaba de menos a mí.

Sin embargo, había hecho algo más que echar de menos las cosas durante el tiempo que pasó fuera, y desde que ha vuelto ha volcado el empeño que tenía en California en su trabajo aquí. Ahora mismo compagina los turnos en La Ribera con el trabajo a distancia para algunos de los contactos que tiene en Los Ángeles, gente con la que ha forjado una relación de confianza durante todos los años que trabajó como asistente. Puede hacerlo con facilidad ahora que yo (bueno, debería reconocerle a Evan la mayor parte del mérito) le he mejorado la señal Wi-Fi en casa. Realiza tareas administrativas que no requieren de su presencia: pedir comida a domicilio, organizar viajes, comprar por Internet cosas como jerséis para un terrier y estuches de edición especial para el cuidado de la piel para los que tiene que poner el despertador a la hora del Reino Unido. No sé cómo Georgie se las arregla para no gritarle al teléfono que tiene en la mano en los días de mayor ajetreo, pero siempre se las arregla. Luego, cuando termina su jornada, lo pone en silencio y nos lo cuenta todo a Hank y a mí mientras ríe y se relaja como nunca antes había sabido hacerlo.

—Leviiiiiiiiiiiiiiiii. —La oigo decir, y sus pasos en los tablones de madera siguen a su voz. Son mis sonidos favoritos. Me vuelvo hacia ella, la estrecho entre mis brazos y giro con ella, igual que la noche del baile, y ella se ríe contra mi cuello—. Feliz cumpleaños —me dice, probablemente por enésima vez hoy. Cuando la dejo en el suelo, me doy cuenta de que tiene la cara manchada de tarta de zanahoria. Me encanta su aspecto, desaliñado, feliz y divertido.

—Gracias —digo, llevándome su mano a los labios y besándole la palma.

—Tiene que ser demasiado para ti estar ahí dentro, ¿eh?

—Está lleno de gente —alego.

—Otra razón para empezar con esa habitación extra, ¿no?

Desde que volvió, Georgie y yo hemos estado hablando de ampliar la casa, hacer un despacho para su trabajo y el mío, un lugar donde podamos alojar a Bel, a Harry y a Sonya cuando vengan de visita desde Washington. Un lugar para lo que el futuro nos depare también a Georgie y a mí. Por la noche buscamos ideas en Internet y Georgie aún se ríe cada vez que añado una a mi Pinterest.

—De todos modos, les dije a mis padres que empezaran a despejar —dice—. Así que, ya sabes, probablemente se pongan a ello dentro de otro par de horas.

Río y la atraigo hacia mí para poder besarla. Es más rápido de lo que quiero, pero por ahora tendrá que bastar.

—Gracias por la fiesta —digo, y ella me sonríe de nuevo.

—¿Te ha gustado?

—Me ha encantado.

Mueve los pies llena de emoción y de felicidad. La fiesta era para mí, pero también para Georgie. Es el tipo de cosas que la hacen más feliz. Que la hacen ser quien es.

—Pero tengo un regalo más —dice, alejándose de mí.

—Se suponía que no tenías que regalarme nada.

Pone los ojos en blanco.

—Como si fuera a hacerte caso. De todas formas, ese gallo es en realidad para Hank.

Cruzo los brazos sobre el pecho y finjo una expresión severa. Georgie la llama mi «cara de batido».

—Cierra los ojos —me dice, y la miro con ellos entrecerrados. Georgie también los entrecierra, porque sabe que acabaré haciendo lo que me dice. Así que cierro los ojos—. Extiende la mano —añade, y exhalo un profundo suspiro igual que Hank.

—Más vale que sea bueno, Mulcahy.

Apuesto a que se sonroja al oír ese nombre. Le encanta que la llame así.

Extiendo la mano y espero.

Al cabo de un segundo, siento en la palma un peso cálido y ligero de algo hecho de plástico, una forma familiar que mis dedos rodean de inmediato. Si fuera capaz de sonreír de oreja a oreja, seguro que lo estaría haciendo cuando abro los ojos.

—Lo he tenido aquí, en el bolsillo, todo el tiempo —dice, palmeando la parte delantera de su mono.

Miro el rotulador mientras recuerdo el día en que nos zambullimos juntos en este río, el comienzo de nuestro viaje atrás y adelante en el tiempo a la vez.

—Este muelle es mejor que el de Buzzard's Neck —dice, repitiéndome mis palabras de antaño.

—¿Y la fiesta? —pregunto, pero la verdad es que me da igual la respuesta. De una forma u otra, voy a pedir un deseo y a meterme en el agua con ella.

Georgie se encoge de hombros.

—Esta vez no nos quitaremos la ropa —dice—. Así la gente tendrá algo de qué hablar.

—Hum. —Como si me lo estuviera pensando. Ella sabe que no.

Sabe que siempre estoy buscando problemas, cuando se trata de ella.

Le quito la tapa al rotulador. Recuerdo de nuevo aquel día, cuando fui yo el que le entregó el rotulador a Georgie en un intento de que me perdonara. Pienso en el espíritu de Buzzard's Neck, en los pequeños deseos que todos debíamos escribirnos en el brazo mientras esperábamos a que empezara un nuevo curso escolar.

Ahora puedo pensar a lo grande. Incluso mis deseos.

Georgie me mira con expectación mientras giro el brazo hacia arriba, listo para escribir. Estoy seguro de que sabe lo que estoy pensando.

Estoy seguro de que sabe que puedo hacerlo de memoria.

Levanto la vista hacia ella y coloco el rotulador sobre mi piel.

Y escribo el deseo que siempre quise pedir.

Agradecimientos

Siempre fue Georgie es el séptimo libro para el que escribo agradecimientos, y cuando me senté a redactarlos esta vez, de repente me preocupó que los lectores se percataran de que parece que siempre le doy las gracias al mismo grupo de personas. Pero luego, como no puede ser de otro modo, me di cuenta de lo afortunada que soy de tener ese mismo grupo de personas a las que dar las gracias, de contar con un apoyo leal y duradero que hace posible que escriba estos libros. Espero que seáis indulgentes por dar las gracias a algunas personas que pueden resultaros familiares si habéis leído alguna de estas páginas antes.

El primer grupo debería resultaros muy familiar porque sois vosotros: lectores, críticos, blogueros, libreros y bibliotecarios. Vuestro apoyo a mis obras, vuestros mensajes de entusiasmo y de ánimo, vuestras recomendaciones de libros y vuestra pasión por el género son un regalo. Empecé a escribir novela romántica por el consuelo y la alegría que me proporcionaba y siempre he tenido la esperanza de devolver algo de eso al mundo. Gracias por todas las formas en que me recordáis por qué es importante.

Mi agente, Taylor Haggerty, y mi editora, Esi Sogah, siempre merecen una parte tan grande de mi gratitud que apenas sé cómo expresarla. Lo que sí puedo decir es que todo escritor debería tener la enorme suerte de contar con un equipo que preste tanta atención a lo que el autor necesita durante la fase de redacción, aun cuando dicho autor no siempre lo sepa. Como siempre, os doy las gracias a los dos por esta atención y por creer en mí, incluso cuando estoy segura de que me estoy pasando. Cuando me acercaba a la fase final de las revisiones de este libro, tuve la gran suerte de contar con los servicios editoriales de Jennifer Prokop, que me ayudó a ver con claridad la manera de elaborar y pulir un final que brillara de verdad.

El equipo de Kensington Books ha trabajado de forma incansable en una época de gran presión en la industria editorial y les agradezco a todos el trabajo que han realizado en mis libros, incluido este. Quiero expresar mi más profundo agradecimiento a Michelle Addo, Lynn Cully, Jackie Dinas, Vida Engstrand, Norma Pérez-Hernández, Lauren Jernigan, Alexandra Nicolajsen, Kristine Noble, Jane Nutter, Shannon Plackis, Adam Zacharius y Steve Zacharius. También doy las gracias a Kristin Dwyer y a todo su equipo de LEO PR. Kristin, es imposible llevar la cuenta de las veces que me he perdido antes de tenerte a ti; eres un rayo de sol en mi vida y un verdadero motor en el mundo editorial.

En los años transcurridos desde que comencé mi andadura editorial, las lecciones más profundas que he aprendido son sobre la vulnerabilidad en el proceso creativo; cómo compartir la mía y cómo abrirme a la de los demás. Estoy agradecida a muchas personas que han estado dispuestas a intercambiar ideas y apoyar la escritura, pero quiero expresar mi más sincero agradecimiento por este libro a Lauren Billings, sin la que no habría tenido el valor de empezar o terminar esta historia. Lo, gracias por dejarme ser el desastre que temo ser y por quererme de todos modos. También doy las gracias a dos maravillosas primeras lectoras, AJ y Amy, que estuvieron dispuestas a revisar fragmentos de esta historia mientras le daba forma de libro. Su paciencia y entusiasmo me salvaron en muchos momentos mientras escribía este libro. Sarah MacLean, gracias por contestar siempre al teléfono y decir: «Hablemos». Todos hacéis que un proceso solitario lo sea mucho menos.

Y, hablando de la soledad, es mucho a lo que debo dar las gracias por ayudarme a mantenerla a raya mientras escribía este libro. Algunas son personas, como mi querida familia (os quiero muchísimo a todos), mis queridos amigos de toda la vida (llevo vuestros nombres siempre escritos en mi corazón), mis compañeros de trabajo y los miembros de esta gran comunidad, que han contribuido al vasto y difícil proyecto de fomentar un sentimiento de compañerismo durante una época en la que hemos tenido que estar tan separados. Algunos son animales, como mi dulce perro, que estuvo a mi lado en cada palabra que escribí de este manuscrito. Otros son cosas que, sobre todo durante estos dos últimos años, han sido un salvavidas: libros, rompecabezas, música y manualidades; grandes series de televisión, películas y vídeos divertidos en Internet; pantalones holgados, mantas suaves y tazas de té sin fin; una bicicleta estática y entrenadores en línea que se las arreglaron para llevar energía a mi sótano; cada aparato tecnológico que me permitió ver la cara de alguien y escuchar su voz y también conformarme algunos días con teclear un «Hola», un «¿Cómo estás?» y un «¿Puedes ayudarme?». Doy las gracias a todos los creadores que se enfrentaron a este periodo de la historia y dijeron: «Dejadme crear algo que reconforte, haga reír y alegre a otra persona».

Creo que todos nosotros, independientemente de cómo hayamos pasado el tiempo en los dos últimos años, tenemos una enorme deuda de gratitud con todos los que trabajan en el campo de la sanidad: científicos investigadores, médicos, enfermeras, personal de primeros auxilios, auxiliares sanitarios de todo tipo, personal hospitalario de todos los niveles, trabajadores y comunicadores de la sanidad pública, etcétera. Quiero sumar mi más sincero agradecimiento al profesional sanitario con el que comparto mi vida y cuya actitud estoica y paciente en estos momentos tan difíciles ha sido una auténtica inspiración. Sé que no te gusta que lo diga, pero... eres, de hecho, un auténtico héroe. Gracias por hacerme siempre un hueco, especialmente en una época en la que el mundo te ha permitido tan poco.

Guía para grupos de lectura

Se incluyen las siguientes preguntas de debate para mejorar la lectura de SIEMPRE FUE GEORGIE por parte del grupo.

Preguntas para el debate

1. Al principio de SIEMPRE FUE GEORGIE, Georgie se encuentra cara a cara con una antigua profesora que la recuerda como una persona voluble y desorganizada. ¿Qué crees que los profesores de tu pasado recuerdan de ti de cuando eras joven, y crees que te juzgaban de manera justa entonces?

2. Georgie y Levi pasan mucho tiempo juntos repasando algunos de los viejos sueños adolescentes de Georgie. ¿Qué momentos de tu adolescencia te gustaría poder revivir, y por qué?

3. Una cosa con la que Georgie lucha en este libro es la sensación de que nunca supo realmente cuál sería el plan para su vida, en especial porque todo el mundo a su alrededor parecía tener siempre metas para el futuro. ¿Te sientes identificado con este rasgo de Georgie? ¿Crees que nuestra sociedad pone demasiado énfasis en el tipo de planes que Georgie nunca parecía ser capaz de hacer?

4. A lo largo del libro, Levi siente una gran culpa por cómo era de joven. ¿Sentiste empatía por lo que Levi tuvo que pasar? ¿Crees que

hay alguna posibilidad de que llegue a tener una relación con sus padres?

5. El perro de Levi, Hank, es una parte importante para revelar quién es Levi como personaje. ¿Qué cualidades parecen compartir Levi y Hank y en qué se diferencian?

6. Bel y Georgie son unas amigas en apariencia incompatibles desde el punto de vista de sus personalidades. ¿Tienes alguna amistad íntima con personas de las que eres muy diferente? ¿Qué hace que esas amistades funcionen?

7. Bel y Georgie tienen impresiones diferentes de Darentville, la pequeña ciudad donde ambas crecieron. ¿Te identificas más con la visión que tiene Bel de su ciudad natal o con la de Georgie? ¿Te consideras una persona de ciudad, de pueblo o algo intermedio?

8. ¿Cómo ves a Georgie y a Levi dentro de diez años? ¿Serán felices para siempre?

9. Si pudieras tener un libro aparte sobre cualquiera de los personajes secundarios de SIEMPRE FUE GEORGIE, ¿de quién sería y por qué?

10. Ha llegado la hora de hacer un *casting*. ¿Quién crees que debería interpretar a Georgie y Levi, y a sus amigos y familiares, en una película sobre su historia?

¿TE GUSTÓ ESTE LIBRO?

escríbenos y
cuéntanos tu opinión en

f /Sellotitania   🐦 /@Titania_ed

📷 /titania.ed

#SíSoyRomántica